中大哲学文库

可与言《诗》
——中国哲学的本根时代

张丰乾 著

商务印书馆
The Commercial Press

图书在版编目（CIP）数据

可与言《诗》：中国哲学的本根时代 / 张丰乾著. — 北京：商务印书馆，2020
（中大哲学文库）
ISBN 978-7-100-18635-3

Ⅰ.①可… Ⅱ.①张… Ⅲ.①《诗经》—关系—先秦哲学—研究—中国 Ⅳ.① I207.222 ② B220.5

中国版本图书馆 CIP 数据核字（2020）第 099002 号

权利保留，侵权必究。

中大哲学文库
可与言《诗》
——中国哲学的本根时代
张丰乾 著

商 务 印 书 馆 出 版
（北京王府井大街36号 邮政编码 100710）
商 务 印 书 馆 发 行
三河市尚艺印装有限公司印刷
ISBN 978-7-100-18635-3

2020年7月第1版　　开本 680×960　1/16
2020年7月第1次印刷　印张 21

定价：96.00 元

中大哲学文库编委会

主　编　张　伟

编　委（按姓氏笔画排序）

　　　　马天俊　方向红　冯达文　朱　刚　吴重庆

　　　　陈少明　陈立胜　赵希顺　倪梁康　徐长福

　　　　龚　隽　鞠实儿

总　序

中山大学哲学系创办于1924年，是中山大学创建之初最早培植的学系之一。1952年全国高校院系调整撤销建制，1960年复系，办学至今。先后由黄希声、冯友兰、杨荣国、刘嵘、李锦全、胡景钊、林铭钧、章海山、黎红雷、鞠实儿、张伟教授等担任系主任。

早期的中山大学哲学系名家云集，奠立了极为深厚的学术根基。其中，冯友兰先生的中国哲学研究、吴康先生的西方哲学研究、朱谦之先生的比较哲学研究、李达与何思敬先生的马克思主义哲学研究、陈荣捷先生的朱子学研究、马采先生的美学研究等，均在学界产生了重要影响，也奠定了中大哲学系在全国的领先地位。

复系五十多年来，中大哲学系同仁勠力同心，继往开来，各项事业蓬勃发展，取得了长足的进步。目前，我系是教育部确定的全国哲学研究与人才培养基地之一，具有一级学科博士学位授予权，拥有"国家重点学科"2个、"全国高校人文社会科学重点研究基地"2个。2002年教育部实行学科评估以来，我系稳居全国高校前列。2017年9月，中大哲学学科成功入选国家"双一流"建设名单，我系迎来了难得的发展良机。

近几年来，在中山大学努力建设世界一流大学的号召和指引下，中大哲学学科的人才队伍也不断壮大，而且越来越呈现出年轻化、国际化的特色。哲学系各位同仁研精覃思，深造自得，在各自的研究领域均取得了丰硕的成果，不少著述还产生了国际性的影响，中大哲学系已逐渐发展成为哲学研究的重镇。

"旧学商量加邃密，新知涵养转深沉。"为了向学界集中展示中大哲学学科的学术成果，我们正式推出这套中大哲学文库。中大哲学文库主要收录哲学系现任教师的代表性学术著作，亦适量收录本系退休前辈的学术论著，目的是为了更好地向学界请益，共同推进哲学研究走向深入。

承蒙百年名社商务印书馆的大力支持，中大哲学文库即将由商务印书馆陆续推出。"一元乍转，万汇初新"，我们愿秉承中山先生手订"博学、审问、慎思、明辨、笃行"的校训和哲学系"尊德问学"的系风，与商务印书馆联手打造一批学术精品，展现"中大气象"，并谨以此向2020年中大哲学系复办60周年献礼，向2024年中山大学百年校庆献礼！

中山大学哲学系
2018年1月6日

目　录

前言　本根与枝干
　　——"古之道术"的分裂与重生 1

第一章　子学时代的"说《诗》"问题 11
　　一、多能明之 12
　　二、书于竹帛，传遗后世 18
　　三、与化为人 19
　　四、农战，君臣，名誉与《诗》 27
　　五、圣贤与时世：说《诗》者的异同 35
　　六、《诗》之失 43

第二章　诸子引《诗》明理之体例 48
　　一、依诗句出现的标示 49
　　二、依引《诗》的句式及用意 54
　　三、诸子引《诗》的几个特点 72

第三章　"一言以蔽之"与诗篇思想性的发掘 76
　　一、兴于《诗》，以立言起思 76

二、《诗》之思，思无邪 85

三、民性固然，《诗》无隐志 88

四、因《诗》知礼、乐 97

五、《关雎》之改 100

六、述而不作——《诗》的思想性和学术化 102

第四章 断章取义与诗句的哲理化 105

一、断章取义的意义 105

二、"用意"和"本义" 110

三、孔子等人断章取义的模式 114

四、"上下文"与引《诗》者 138

五、"五至""三无"：《民之父母》"得气"说 141

第五章 孔门后学之《诗》学与哲学 145

一、孔门《诗》教与子思学派 146

二、《毛诗故训传》引子思学派之《诗》说 147

三、子思学派所引《诗》篇及原诗主题 154

四、"君子慎其独"与《诗》 161

五、"型（形）于内"与"德之行" 168

第六章 "言《诗》以论学"与"即物以见道"："鸢飞鱼跃"的多重意义 178

一、"人禽之辨"的语境转换 178

二、对"鸢飞鱼跃"的"断章取义" 181

三、"君子之道"与"子思吃紧道与人处" 188

四、"言《诗》以论学"与"即物以见道" 190

第七章　儒家引《诗》明理之机制
——以"民之父母"为例 ... 197

- 一、家国（邦）天下与修身 ... 199
- 二、一体化与分离化 ... 203
- 三、从《诗》《书》看"民之父母" ... 207
- 四、"自我"的位置与大同理想 ... 212
- 五、"民之父母"的哲学基础与价值取向 ... 216
- 六、如保赤子 ... 220
- 七、劝勉、批判与革命 ... 226
- 八、"民之父母"的落实之处 ... 229

第八章　"如切如磋，如琢如磨"
——孔子如何成为哲学家 ... 232

- 一、"思" ... 233
- 二、"闲居""不器""从吾所好" ... 235
- 三、"敏求""忧惧" ... 239
- 四、"好古" ... 241
- 五、"志于道，据于德，依于仁，游于艺" ... 242
- 六、"答""问""学""习" ... 243
- 七、"无违""守死""不改其乐" ... 245
- 八、"博约""择善""本原" ... 247
- 九、"述而不作" ... 249
- 十、"如切如磋，如琢如磨" ... 250
- 十一、孔子的意义 ... 252

十二、《诗》的哲学化与哲学的诗化 254

第九章　经典·圣贤·鸟兽草木鱼虫 257

　　一、神话传说中的圣贤与鸟兽草木鱼虫 257

　　二、思想经典中的动植物世界 260

　　三、匪兕匪虎，率彼旷野——夫子之自况 268

　　四、"丧家之狗"——圣人的形与神 270

　　五、"无何有之乡" 272

附录一　"鸢飞鱼跃"集说 275

附录二　《孟子·梁惠王》篇（上、下）《诗》说集评 284

主要参考文献 312

后　记 324

前言　本根与枝干
——"古之道术"的分裂与重生

依据《庄子·天下》的分判，古之道术的"分裂"，有不同的途径，最要紧的有三类："数度——旧法、世传之史尚多有之"；"《诗》《书》《礼》《乐》——邹鲁之士、缙绅先生多能明之"；"其数散于天下而设于中国者——百家之学时或称而道之"。"数度"乃是沿袭古时的规章制度，"六艺"是以经典的形式承载道术，而道术的内在理路，则是百家之学称道的对象。但此种分裂往往由"不得已"之势所决定，如耳目口鼻之分途。三者之间，表现形式和侧重点固有不同，但"古之道术，无乎不在"，"内圣外王，皆原于一"。"百家之学"对于"数度"，特别是对于"六艺"，不能视而不见。在先秦"百家往而不反，必不合矣"的"子学时代"，考究其分裂之前共有的道术背景、经典资源和分裂之后对于道术的追求和对于经典的称引，是了解那个时代思想世界的一条主轴。换言之，"殊途"与"同归"，其实都有可追寻的线索。而诗的出现与《诗经》的形成，就是"古之道术"的特殊呈现。

中国古诗的起源是一个令人着迷但却尚无定论的问题。清代沈德潜《古诗源》将《击壤歌》列为最早的诗篇，该诗在《论语比考谶》《帝王世纪》等典籍中已被称引。① 其作者是帝尧之世八九十岁的隐者

---

① 钟肇鹏：《说〈击壤歌〉》，《文史杂志》1986 年第 2 期。

之说当然依旧具有传说的性质。但是，必须注意到，《诗经》中《风》的部分也一定有远古民谣的痕迹①；而商周青铜器上的铭文句式固定，韵读优美，内容涉及政教祭祀等多个方面，可视为《诗经》中《雅》《颂》的前身②。司马迁有言："古者《诗》三千余篇，及至孔子，去其重，取可施于礼义，上采契后稷，中述殷周之盛，至幽厉之缺，始于衽席，故曰：'《关雎》之乱，以为《风》始，《鹿鸣》为《小雅》始，《文王》为《大雅》始，《清庙》为《颂》始。'三百五篇孔子皆弦歌之，以求合《韶》《武》《雅》《颂》之音。礼乐自此可得而述，以备王道，成六艺。"③

子学时代的经学母体　经学之肇始，多以汉武帝于建元五年（公元前136年）置"五经博士"为基点。但新近出土的思想史文献，也不断提醒我们，先哲对"六艺（经）"的尊崇由来已久。其中，春秋时代于会盟、社交的场合赋《诗》言志几乎成为定例。而所谓"子学时代"的种种议题，多是由《诗》演绎而来，或以《诗》为最重要的佐证。《诗》与先秦诸子的关系十分密切，学界多有留意，只是近现代以来，更侧重于学科分类意义上的"文学"层面。但诸子是不折不扣的思想家，他们引《诗》、论《诗》，皆是为立论、辩说或说教，绝非纯粹的"作文"。而今日之人文学界，又受西方"解释学"（Hermeneutics）的刺激，对诸子说《诗》的目的、方法和原则多有留意，而忽略了诸子"如何说《诗》"的上下文语境。而且，先秦诸子之说《诗》，皆不是单纯为了解释，而是把"引经据典"作为一种论说方式。同时，"引用"之中也包含了引申和发挥，而不是单纯作为依据。

本书首先探究了《诗》如何作为先秦诸子共同的学术背景。其中儒、墨两家尊崇《诗》《书》，均以为《诗》《书》是古代圣王的心血结

---

① "行人采诗"由自发而成官方定例，是漫长的历史过程。舜时代已有纳言之官。
② 家井真：《〈诗经〉原意研究》，陆越译，江苏人民出版社2011年版，第5—42页。
③ 《史记·孔子世家》。

晶，可以作为言行的依据和批判现实的标准。《老子》《庄子》中的核心概念和《诗》有内在联系，其中《庄子》多以鸟兽鱼虫为喻阐明哲理，独与《诗》相契合。法家虽然严厉批评《诗》《书》于耕战无益，甚至是扰乱人心的祸首，但也从反面证明他们意识到《诗》《书》有强大的社会批判功能。商鞅时代的赵良连续引《诗》，批评商鞅变法的积弊，韩非子则引《诗》以证君主的绝对权威和不必事必躬亲的原则。

早期经学的子学特征　本书同时也梳理了先秦诸子对于《诗》在总体上有何立场，并特别留意于其中的异中之同和同中之异。儒家于《诗》，"多能明之"，但根据相关文献，这并不意味着儒家认为诵读《诗》《书》可以替代孝悌仁爱。

墨家对《诗》同样熟悉，却借《诗》以明天之意志与鬼神之实有，并批评儒家对于天志和鬼神的轻视，以及"诵《诗》三百，弦《诗》三百，歌《诗》三百，舞《诗》三百"对于社会资源的误导。

《庄子》中"六经"并提，其对于经典和圣人不可等同的观点，以及智慧不可传授的看法和孟子所言"以意逆志"有互补之处。孟子之"以意逆志"是"称说"经典的原则，而非"解释"经典的方法。其"知人论世"之说和墨家以为古圣王有意把历史智慧"书于竹帛"的主张可以相互发明。

孟子据《北山》之诗的上下文以为"普天之下，莫非王土；率土之滨，莫非王臣"的诗句是指王臣抱怨王事繁杂，无暇侍奉父母，而不能用以证明舜以君父为臣。韩非子激烈反对"言必称尧舜"，因为"普天之下，莫非王土；率土之滨，莫非王臣"的诗句也可以证明舜的大逆不道。韩非子之见或有曲解之处，但据《吕览》和《荀子》等文献，"普天之下，莫非王土；率土之滨，莫非王臣"的诗句就是描绘"富有天下，贵为天子"的情形，而且有可能是舜自作——即使不是，也可以推论它是流传已久的格言，则《诗》三百的采编本身就是"断章取义"的滥觞。

本书中强调，《诗》于诸子，绝不仅是笼统的"背景"，也不仅是僵化的"依据"，而是其思想议题的承载者、表述者和引发者。另外需要注意的是相关文献当中对于"《诗》之失"的讨论，由其可见古人对于经典的局限已有深刻的思考。

引《诗》明理之自然体例 早期子书注重引《诗》明理，虽然早为学者注意，但通常只是笼统地用"引《诗》以证之"或"引《诗》以明之"来说明诸子引《诗》之用意，或大体上以"引《诗》"或"赋《诗》"、"论《诗》"或"说《诗》"区分之。而对不同文献引《诗》的相通体例未作具体分疏，以至于《诗》在周秦汉初对于哲学思想的发生所起到的独特作用以及所提供的丰富资源未能得到充分的昭示。

本书依诸子书中诗句出现的标示归纳出"无标示引《诗》""统称式引《诗》""特指式引《诗》""转引《诗》句""'《诗》曰（云）'与'（孔）子曰'并引""《诗》与《书》《易》《春秋》等经典并引"等凡6例10条。又依诸子书中引《诗》的句式及用意总结出"引《诗》以佐证义理""引《诗》以结成义理""阐释《诗》义以明理""申足《诗》义以明理""概括《诗》义以明理""引《诗》以观察人、事或自况""引《诗》以发问""引《诗》以答问""以《诗》证《诗》，共明义理""引诸多诗章或其他经典共明一理"等凡10例19条。所谓"自然"，乃指并非刻意为之；而所谓"体例"，乃指有规律可循。

这些归纳或许只是"权宜之计"，难免有错漏之处。但它使得诸子引《诗》之形式与用意以较有条理的形式展现出来，由此可知《诗》于先秦诸子绝不只是外在的资源，而是其思想世界的重要组成部分。

在前人和时贤研究的基础上，本书初步总结了诸子引《诗》"范围甚广，以《雅》为多，不乏逸诗""同一诗篇，屡被称引，但取义不同""不忘咏叹之词""或略取诗篇、诗句大义，或精求个别字义""不泥全篇之意，甚至改易用字""随机引《诗》，从容寓意"等特征。

"一言以蔽之"的学术基础与哲学视角 基于对《诗》的价值有

充分认识，对《诗》的内容和相关的礼乐器物有充分理解，对于《诗》的篇章有经年累月的整理，以及对于《诗》的义理有敏锐独到的把握，孔子从哲学家的角度，在教育弟子的过程中对《诗》的意义阐幽发微，而不仅仅是删定《诗》三百。随着上博简《诗论》等战国思想佚籍的公布，这一现象更加引起了学界瞩目。本书认为孔子及其弟子重视《诗》之中的"思"，他对《诗》的总体把握和对于具体诗篇的评论，常采取"一言以蔽之"的手法，简练而精当。

孔子对于诗的理解、解释、评论使得"《诗》三百"的"经典"地位更加巩固。同时，论《诗》和教《诗》也是孔子及其弟子思想的重要源头。书中还结合相关文献，对孔子"兴于《诗》""思无邪""《诗》无隐志""《关雎》之改""《燕燕》以其独""《鸤鸠》吾信之"等论断作了具体的分析。

孔子将自身之文化理想、教育理念、哲学观点以及治学方法、处世原则等，均寓于编《诗》、教《诗》、述《诗》的过程当中，加上对于其他经典的研习和对于其他文化形式的熟稔，成为"善始善终""金声玉振"的"集大成者"。更重要的是，他虽以"发愤忘食，不知老之将至"自况，但不以"博学多能自居"，而以"一以贯之"为要。"一言以蔽之"即孔子"一以贯之"之法的生动体现。

事实上，如果我们从广义的"经学"（"古典学"）角度，会很容易发现每一时代，乃至同一时代不同思想倾向的学者，对于经典的解释都会有鲜明的个性特征。而所谓的"严守家法"，也只是对自己这一门派观点与方法的坚持。

"断章"的模式与"取义"的侧重 公认为孔子所删定的"《诗》三百"，和"唐诗三百首"或者"宋词三百首"虽然都可以称为经典，但是其意义显然很不相同。《诗经》之外的诗都没有取得过"经"的地位。"《诗》三百"何以成为"经学"的源头，而不仅仅是"文学"的源头，无疑是一个饶有兴趣的话题。除了那些作品本身年代久远，其中的大部分又是出自王室或者为王室所认可，以及历代注疏者们所推测的种种理由以外，孔子和他的弟子们对于"《诗》三百"的断章取义，是"《诗》三百"成为"经"的另一个重要原因。

本书认为，断章取义和章句训诂以及文本注疏一样是保留、解释、传播经典的重要途径。其中的区别在于：就语境而言，章句训诂以及文本注疏是以原来的文本为上下文，而断章取义则以引用者的话语为上下文；就语义而言，断章取义者是直接阐述他所理解的意义，这种意义常常和他当下所处的情景有直接关联，但是一般又不违背所引用诗句的字面含义。

孔子与他的弟子对于《诗》的"断章取义"，从原诗的上下文审视，或有偏颇之处，但从中引发的为学之道、修德之术、治国之方等义理方面的内容，却被推崇备至。本书尝试归纳孔子及其弟子断章取义有"断赞美之章，取法天亲民之义"，"断形容之章，取学问之道"，"断告诫警示之章，取修身履德之义"，"断歌颂之章，取批判之义"，"断期盼之章，取规谏之意"，"断怨愤之章，取疏通之义"等六例，其中包括与墨家引同一诗篇的异同，以及孔子同时代的人如何引《诗》以规谏孔子。而对于学界讨论甚多的孟子、荀子之如何"断章取义"，则存而不论。

由《诗》说考证子思学派之作品 多数学者同意，《缁衣》《中庸》《表记》《坊记》《五行》等五篇可视为子思学派作品。从文体来看，频繁引《诗》、解《诗》、论《诗》，是其共同特点。本书考证以为《毛诗故训传》于秦汉之际已经成书且经过润色，而其中已经称引《中庸》《缁衣》《表记》《坊记》等文献阐释《诗》义的内容。由此，这几篇文献均作于先秦有了比较直接而坚实的证据。从郑玄《诗谱》来看，子思学派是七十子之后儒家诗学的集中代表。

一方面，子思学派五篇作品引《诗》达75次之多，足以说明《诗》学是子思学派丰厚的思想资源。另一方面，五篇作品，任何两篇之间都引用了同一诗篇,这说明五篇作品之间有其内在的"关节点"。比如,《五行》篇所引之《曹风·鸤鸠》在《缁衣》中被两次引用;《邶风·燕燕》亦被《坊记》引用;《大雅·文王》又被《中庸》和《缁衣》(两次)引用;《大雅·大明》则又被《表记》引用。这一点不能不引起注意。

"人禽之辨"被视为儒家思想的一个基本出发点,孟子指斥杨墨"率兽食人",被颂扬为"存亡继绝"的莫大功勋。但是,孔子及子思学派引《诗》明理,不仅没有回避"鸟兽鱼虫",且由《关雎》《鹿鸣》《鸤鸠》《燕燕》《草虫》等诗篇描绘的动物本性,兴起圣贤君子的理想人格。由此可见子思学派之与孟子的同中之异。

本书亦考察了竹帛《五行》中"形于内"的思想在传世文献中的流传线索,并结合其中的"德之行""君子慎其独"等思想和"五行"的提法,分析了其思想的《诗》《书》渊源,以试图梳理儒家思想的丰富谱系。在这些问题的考察过程中也可以发现,对于《淮南子》《荀子》《说苑》等传世文献的相关内容需要重新审视,有一些有争议的解说,可望得到判断取舍的根据。

儒家政治哲学的基石 "为民父母"或"民之父母"被认为是儒家"人治"思想的重要体现。在"民主""法制"等价值观已经"深入人心"的背景下,再来讨论这一观念,似乎非常不合时宜。学者在论及孟子"民贵"或"民本"的思想时,似乎有意回避所引用的《孟子》原文之中有关"民之父母"的内容。

但"民之父母"这一思想所植根的社会结构所蕴含的丰富内容却并非我们想象得那么简单。"家国天下"的观念在孟子的时代已经非常流行,其源头可以追溯到《诗经》《尚书》《周易》等早期经典以及时间更早的历史传说。本书以为"家国一体"的理想状态,乃是《诗经》中的"民之父母",以及《尚书》等典籍中的"作民父母"者所能达到的水准。而孔子及其之后的儒家文献则频繁引用《诗》《书》来讨论

"民之父母"的种种条件和必要性,贡献了非常有启发性的修身哲学。

历代儒者引经据典,从"民之父母"的角度出发,对统治者提出了亲民、爱民、保民、富民等要求。本书集中讨论了孔子、曾子、子思、孟子、荀子等早期儒家学派关于"民之父母"的思想,归纳出其中至少包含了"民之父母"需要符合"必达于礼乐之原""使民富且寿""同于民之好恶""顺而教之""有父之尊,有母之亲"等原则。真正做到"民之父母"的领袖,"其仁为大",此种"治政之乐"远远超越于小圈子的辩难。而民众对于"父母"的回报,便是主动的、自愿的"亲"和"和",而不是勉强的,或者被迫的归顺和依附。这是儒家从正面劝勉统治者的理路。孟子则借用"民之父母"的理论痛斥当政者"以政杀人""率兽食人""使老稚转乎沟壑"。而荀子指出当天下的最高统治者堕落为"民之怨贼"的地步,统治阶级内部其他符合"民之父母"标准的领袖可以以"革命"的方式取而代之。在今人看来是"乌托邦"的这种构想,在儒家看来是应该而且能够实现的蓝图。儒家之外,《管子》提出,"法"才是"民之父母",在"法"的层面,即使是有所过错,也可以有办法弥补,不至于酿成大患。由此可见,儒家的思想谱系,往往是以同一诗篇,甚至同一诗句为基础,而不是建立在空泛的道统之上。而"儒法斗争"之外,尚有"儒法互补"。

"二重证据法"的意义　研究出土文献,学界多喜欢引用王国维先生的"二重证据法",但是,在实践中往往过分突出了出土文献的"前所未见",而忽视了其与传世文献之间的绵密联系。其实,"二重化"或"叩其两端"的方法,几乎无所不宜,如所谓儒家与非儒家、核心经典与一般经典之间的区别往往被视为泾渭分明,但如果从某一个"问题"或引用的同一篇诗作出发,则能发现其彼此之间的内在关联,进而更细致地把握其分歧所在。故而作者的议论比较自觉地基于"中立"的立场,尽量避免事先的厚此薄彼。

另外,轻率地"断章取义",即对于文献随意的"寻章摘句",是很多似是而非之论的根源。比如,《墨子》所言"诵《诗》三百,弦《诗》三百,歌《诗》三百,舞《诗》三百"并非要说明《诗》的"本来形态",而是批评儒家于《诗》诵之、弦之、歌之、舞之,花样繁复,且有三百篇之多,会造成君子无暇听治,庶人无暇从事的严重后果。故而,本书之引文,尽量照顾其上下文的完整。

"轴心时代"说的偏颇与"本根时代"说的理由 雅思贝尔斯(Karl Theodor Jaspers)"轴心时代"(Axial Period)的说法影响深远[①],然而,"轴心"的比喻过于机械——轴心是唯一的、固定的且不可置疑的。中国哲学中也有"辐辏"之说,但更多是指政治意义上的"紧密团结"。在思想领域,"祖述尧舜,宪章文武"或者托言于"黄老",其实都是一种创作的形式——托名于大家公认的权威人物虽然有被指责为作伪的风险,但更容易充分地表达个人的见解。对于经典文句的注释,看似"述而不作",实则"别开生面"。

以先秦而言,"处士横议"形象地说明了思想界的多元;人们津津乐道的"百家争鸣"有据可查。此后尽管不断有人强调思想上"大一统"的必要和追切,但即使在"独尊儒术"的时代,也有今古文之争。正如枝叶的生长离不开本根的滋养,同时枝叶也为本根输送营养,滋养其不断壮硕,在风吹日晒的环境中新陈代谢,在刀斫斧伐的厄运中花果飘零一样,同时代的遭遇和后世的机缘对于先秦的经典和思想而言,都是呈现出多元化的。

在《诗经》中,业已出现本枝之喻:"文王孙子,本支百世。"(《大雅·文王》)"颠沛之揭,枝叶未有害,本实先拨。殷鉴不远,在夏后之世。"(《大雅·荡》)《左传·文公七年》记载乐豫之言:"公族,

---

① "轴心时代"说本意是要打破"世界史的基督教的结构",说明有一个包括中国、印度和西方的"轴心时代","从轴心时代起,世界史获得了唯一的结构和持续的,或者说持续到今天的统一性"(雅斯贝尔斯:《论历史的起源与目标》,李雪涛译,华东师范大学出版社2018年版,第15页)。

公室之枝叶也，若去之，则无所庇荫矣。葛藟犹能庇其本根，故君子以为比，况国君乎？"葛藟，又名千岁藟，葡萄科植物，葛藤蔓延生长，形成枝叶庇护根系与主干之态。葛藟在《诗经》中亦多次出现，也都含有"庇护本根"的寓意。"本根"之喻虽然在诗篇中侧重于政治的意义，但也不妨借用到思想史领域。

当然，作为"本根"的先秦经典，其地位和意义具有时间上的"先得我心"和地位上的"空前绝后"，而《诗经》在先秦时期更是位居群经之首，值得我们不断地回溯和玩味，在体会先哲的苦心和智慧之时，也获得应对实况与未来的资粮。

同时，也一定要指出，"本根"自身就是一个哲学范畴，张岱年先生的《中国哲学大纲》第一部分为宇宙论（世界观），第一篇即为"本根论（本体论）"。而《庄子·知北游》中已言："惛然若亡而存，油然不形而神，万物畜而不知。此之谓本根，可以观于天矣。"《老子》更追问"天地之根"，推崇"归根""深根"。

第一章　子学时代的"说《诗》"问题

《诗》《书》等"六经"作为先秦诸子共同的学术资源[①]，近年来日益受到学界重视。其中，诸子于《诗》特别关注，学界亦多有讨论。但近世以来，论者更侧重于从"文学"（Literature）的层面讨论《诗》与诸子的关系，而治"哲学"（Philosophy）的人，多也是把《诗》看作是子学时代之前的文献一带而过[②]。然而，诸子之为思想家，他们的说《诗》——称说、论说、解说，皆是为立论、辩说或说教，绝非纯粹的"作文"。换言之，《诗》并非外在于他们的思想体系。寻绎诸子"解释""诠释"《诗》的方法和原则，如果忽略了诸子"如何说《诗》"的上下文语境，所得出的结论可能会流于浮泛和牵强。比如，论者最为关注的"以意逆志"，其实是"称说"经典的原则。先秦诸子之说《诗》，皆不是单纯为了解释，和诗人不同，也和经学先生有异。更有甚者，诸子说《诗》常有"突破性"的见解，所谓"因其节文，比义起象，理颇溢于经意，不必全与本同"（孔颖达《毛诗正义》卷十九）。

[①] 本书以"六经"以外的早期思想经典皆为"子书"，上迄《老子》，下至《淮南子》的时代，统称"子学时代"。以《淮南子》为结束，一是因为其书本身可视为子学余绪，二是因为书中保留了大量先秦文献。对于《韩诗外传》《礼记》《说苑》《新序》等编成时间较晚，而内容本身可视为先秦文献的，也有引用。"《诗》"泛指诸子称引的古诗或"诗古经"，传世古诗则以"《诗》三百"或"《诗经》"称之。

[②] 如萧萐父先生所著《中国哲学史史料源流举要》（文津出版社 2017 年版）之中并未专门列举《诗经》。牟复礼所著《中国思想之渊源》（王立刚译，北京大学出版社 2009 年版）一书，对《诗经》的作用也是语焉不详。

更不用说,《诗》本身具有哲理蕴涵。①

一、多能明之

《庄子·天下》从"判天地之美,析万物之理,察古人之全,称神明之容"的角度申述天人之学、古今之学、内圣外王之道从"一"到"多"的"分裂"过程;同时梳理出古人完备的"道术"有不同的体现者和承载者:

> 其明而在数度者——旧法、世传之史尚多有之;
> 其在于《诗》《书》《礼》《乐》者——邹鲁之士、搢绅先生多能明之;《诗》以道志,《书》以道事,《礼》以道行,《乐》以道和,《易》以道阴阳,《春秋》以道名分;
> 其数散于天下而设于中国者——百家之学时或称而道之。

套用今日的学术语言,制度(官吏)、经典(专家)、理论(思想家)乃是文明与学术的体现者和承载者。《天下》篇以"古之道术有在于是者"为基点评判诸子,一方面是本于"识古人之大体"的原则,另一方面也指明"百家之学"的思想渊源,表面看起来,"六艺"似乎是邹鲁之士、缙绅先生的专利,这一点从早期儒家经典之中可以得到印证。但"百家之学"实际都以六艺为思想资源,《汉书·艺文志·诸子略叙》云:

> 诸子十家,其可观者,九家而已,皆起于王道既微,诸侯力

---

① 余敦康先生特别拈出《诗经》中的"知我者,谓我心忧;不知我者,谓我何求"之句,认为它体现了一种忧患意识,"这是哲学的开始,中国哲学的起源和开始"(氏著《哲学导论讲记》,北京大学出版社 2018 年版,第 145—146 页)。

政,时君世主,好恶殊方,是以九家之说,蜂出并作,各引一端,崇其所善,以此驰说,取合诸侯。其言虽殊,辟犹水火,相灭亦相生也;仁之与义,敬之与和,相反而皆相成也。《易》曰:"天下同归而殊途,一致而百虑。"今异家者,各推所长,穷知究虑,以明其指;虽有蔽短,合其要归,亦六经之支与流裔。

其以诸子为六经之支流,多为学者所赞成。① 特别是儒墨两家,在开宗立派之际,便十分重视《诗》《书》。儒家自不待言,《墨子》一书频繁引《诗》《书》,早为学者注意。②

特别是《诗》,在先秦是六艺之首,孔子的文化理想便是"兴于《诗》,立于《礼》,成于《乐》"③。但在孔子之前,《诗》的经典地位由来已久,在《周礼》《仪礼》《左传》《国语》等早期经典中,《诗》被频繁引证。④ 确如陈来所言:"《诗经》是春秋文化中最为突出的要素。"⑤ 春秋以降,其与先秦诸子的关系也十分密切。⑥ 章学诚强调《诗

---

① 参见于大成:《诸子与经学》,连载于《孔孟月刊》十四卷十二期(1976年8月)及十五卷五期(1977年1月),并载于氏著《理选楼论学稿》,台北学生书局1979年版。
② 近世的专门研究,参见罗根泽:《由〈墨子〉引经推测儒墨两家与经书之关系》,载于《罗根泽说诸子》,上海古籍出版社2001年版,第77—98页。(原刊于《北平图书馆馆刊》第三号[1932年5、6月],题为《墨子引经考》)
③ 参见王葆玹:《今古文经学新论》,中国社会科学出版社1997年版,第41—46页。
④ 关于《左传》《国语》引《诗》之统计分析,可参见俞志慧:《春秋用诗之学表证》(氏著《君子儒与诗教——先秦儒家文学思想考论》,生活·读书·新知三联书店2005年版,第133—178页);关于《仪礼》《周礼》《礼记》之引《诗》一览,可参见王秀臣:《三礼用诗考论》,中国社会科学出版社2007年版,第334—347页;关于先秦主要经典中引《诗》的篇名举要,可参见黄人二:《从上海博物馆藏〈孔子诗论〉简之〈诗经〉篇名论其性质》(载于朱渊清、廖名春编:《上博馆藏战国楚竹书研究》,上海书店出版社2002年版,第74—92页)。其他专门的研究,可参见马银琴:《两周诗史》,社会科学文献出版社2006年版;李春青:《诗与意识形态——西周至两汉诗歌功能的演变及中国诗学观念的生成》,北京大学出版社2005年版;魏家川:《先秦两汉的诗学嬗变——从"〈诗〉曰""子云"到"子曰诗云"》,学苑出版社2007年版。
⑤ 陈来:《古代思想文化的世界——春秋时代的宗教、伦理与社会思想》,生活·读书·新知三联书店2002年版,第166页。
⑥ 参见董治安:《先秦文献与先秦文学》,齐鲁书社1994年版;顾易生、蒋凡:《先秦两汉文学批评史》,上海古籍出版社1990年版;袁长江:《先秦两汉诗经研究论稿》,学苑出版

经》和《诗》教是文体的来源而被人所忽视:"后世之文,其体皆备于战国,人不知;其源多出于《诗》教,人愈不知也。"① 胡适则更加认为:"从前第八世纪到前第七世纪,这两百年的思潮,除了一部《诗经》,别无可考。我们可叫他作诗人时代。"②

而明《诗》的"缙绅先生"又不一定是儒者,正如朱东润所言:

> 《诗》三百五篇为儒、墨两家所诵习,造次颠沛必于斯,有更可举证者。③
>
> 实则春秋战国之间,言《诗》者正不止这儒、墨两家。春秋朝享盟会,列国君臣必赋诗以明志,其有不能知或不能答赋者则引为大怪。
>
> 先秦诸子之书,虽作者不可尽考,然其来源之古,则无可疑。自《墨子》、《晏子春秋》以外,《管子》、《韩非子》、《吕氏春秋》亦往往引《诗》,乃至《庄子》虽不引诗,而其论及《诗》《书》者亦历历可指。要之,春秋之间,《诗》三百五篇之书,切于人伦日用,及至战国,诵习之士,所在多有,今必欲举汉儒相传之本,以为古《诗》在此,未可信也。④

(接上页)社 1999 年版;张海晏:《"诗云"时代:先秦时代》,载于姜广辉主编:《中国经学思想史》第一卷,中国社会科学出版社 2003 年版,第 448—478 页)。基本资料,可参见阮元辑:《诗书古训》,粤雅堂丛书本;何志华、陈雄根主编:《先秦两汉典籍引〈诗经〉资料汇编》,香港中文大学出版社 2003 年版。

① 其理由是战国为纵横之世,纵横者流推衍比兴讽诵之义,而九流之学欲用世,必兼纵横以文其质。章学诚:《文史通义》,叶瑛校注本,中华书局 1994 年版,第 60—77 页。

② 胡适:《中国哲学史大纲》,上海古籍出版社 1997 年版,第 29—30 页。

③ 朱东润所举之证为《论语·泰伯》记载曾子病重,引"战战兢兢,如临深渊,如履薄冰"之诗句;及崔杼以兵劫晏子,晏子赋"莫莫葛藟,施于条仗。恺悌君子,求福不回"之诗句。朱东润据柳宗元、宋濂等说,以晏子为墨家,并举《晏子春秋》好举《诗》证其论,大指与《墨子》类同为例。

④ 朱东润:《古诗说掫遗》,载于氏著《诗三百篇探故》,云南人民出版社 2007 年版,第 76—77 页。《庄子》之引《诗》,见下文。

道家以《诗》为思想资源，也并非牵强的论断。以《老子》为例，晚近训诂学家及海外汉学家如高本汉（Bernhard Karlgren）曾提出《老子》韵读多和《诗经》相近①，刘笑敢经集中而系统的论证认为，《老子》一书韵读和句式与《诗经》多有相似而和战国时成书的《楚辞》不同。② 竹简《老子》发表以后，也有学者注意到其和《诗经》的关联。③ 在思想的层面，唐兰曾指出《老子》中的格言，以及"德"和"道"等范畴多受《诗》《书》等典籍的影响。④ 而《老子》的其他思想，比如"无为"等，所受《诗》的影响也是值得注意的。⑤《吕氏春秋·行论》引《诗》曰："将欲毁之，必重累之；将欲踣之，必高举之"，此虽为逸诗，但与传世本《老子》三十六章"将欲翕之，必故张之；将欲弱之，必故强之；将欲废之，必固兴之；将欲夺之，必固与之"句式相同，可见《老子》受《诗》之影响不止一端。《韩诗外传》不乏以《诗》与《老子》相互发明的例子，也是其来有自。

胡适则举《伐檀》《硕鼠》《苕之华》《瞻卬》《大明》《皇矣》《正月》《板》《节南山》《桑柔》《云汉》《隰有苌楚》等诗篇，以为它们和老子思想相通或是老子思想的背景。⑥

在诸子著作中，《庄子》书中多以鸟兽草木鱼虫为喻，和《诗经》最为接近。如《诗经·大雅·卷阿》言："凤凰鸣矣，于彼高冈。梧桐生矣，于彼朝阳。"郑笺："凤皇之性，非梧桐不栖，非竹实不食。"

---

① Klas Bernhard Johannes Kadgren, *The Poetical Parts in Lao-tsi*, Coleborg: Elanders Boktryckeri Aktiebolag: hogskolas arsskrift, 1932. 亦可参见朱谦之：《老子校释》，中华书局1984年版。

② 刘笑敢：《〈老子〉早期说之新证》，《道家文化研究》第4辑。另见氏著《老子：年代新考及思想新诠》，台北东大图书公司1997年版；及《老子古今——五种对勘与析评引论》（上），中国社会科学出版社2006年版。

③ 参见张勇：《从诗人之情到哲人之思——〈诗经〉二雅与竹简〈老子〉的契合与演进》，《安徽师范大学学报（人文社会科学版）》2007年第1期。

④ 唐兰：《老子时代新考》之五，载于罗根泽编著：《古史辨》第六册，上海古籍出版社1982年版，第608—617页。

⑤ 参见王博：《老子思想的史官特色》，台北文津出版社1993年版，第63页。

⑥ 胡适：《中国哲学史大纲》，第36—47页。

《正义》指出:"'非梧桐不栖,非竹实不食',《庄子》文也。然《庄子》所说,乃言鹓雏,鹓雏亦凤皇之别。"《庄子》中对于"苍天"的反思,对于古公亶父事迹的称引,都和《诗经》有密切关联。《诗经·王风·黍离》及《唐风·鸨羽》皆言"悠悠苍天",《庄子·逍遥游》则言:"天之苍苍,其正色邪?""苍苍莽莽之天"究竟何所指,是中国古代哲学的重要论题之一。明人郭子章《庄子题辞》:"以余观于蒙庄氏,而后知所谓体天者,非是苍苍之象之谓天也。"①《诗经·大雅·绵》专颂周大王亶父之德,《庄子·让王》则称赞大王亶父让土地于狄人,"可谓能尊生矣"②。《庄子》中为读者所熟知的"逍遥",在《诗经》中即已出现,且不止一次,如《郑风·清人》:"二矛重乔,河上乎逍遥";《桧风·羔裘》:"羔裘逍遥,狐裘以朝。"《小雅·白驹》:"所谓伊人,于焉逍遥。"而《庄子》中被频繁引用的"委蛇",在《召南·羔羊》中反复出现,堪称"主题词"。《庄子·在宥》及《庄子·庚桑楚》中的"鞅掌",见于《小雅·北山》:"或栖迟偃仰,或王事鞅掌。"清人吴世尚以为"《庄》之妙,得于《诗》,而大指归于《老子》,则皆原本于《易》也"③。从以上例证可见,《庄子》与《诗经》的相通之处实不可忽视。

而《庄子》书中"六经并提"更为学者所注意。④除此之外,《庄子》书中还三次直接提到诗,两次与《诗经》关系密切:

> 子舆与子桑友,而霖雨十日。子舆曰:"子桑殆病矣!"裹饭而往食之。至子桑之门,则若歌若哭,鼓琴,曰:"父邪!母邪!

---

① 参见谢祥皓、李思乐辑校:《庄子序跋论评辑要》,湖北教育出版社2001年版,第42页。
② 钟泰以为,庄子"先六经而后百家"。参见钟泰:《庄子发微》,上海古籍出版社2002年版,第2页。
③ 吴世尚:《庄子解序三》,载于谢祥皓、李思乐辑校:《庄子序跋论评辑要》,第139页。
④ 参见廖名春:《论六经并称的时代兼及疑古说的方法论问题》,《孔子研究》2000年第1期。

天乎！人乎！"有不任其声而趋举其诗焉。子舆入，曰："子之歌诗，何故若是？"曰："吾思夫使我至此极者，而弗得也！父母岂欲吾贫哉？天无私覆，地无私载，天地岂私贫我哉？求其为之者而不得也。然而至此极者，命也夫！"（《庄子·大宗师》）

儒以《诗》《礼》发冢。大儒胪传曰："东方作矣，事之何若？"小儒曰："未解裙襦，口中有珠。《诗》固有之曰：'青青之麦，生于陵陂。生不布施，死何含珠为！'接其鬓，压其颇，而以金椎控其颐，徐别其颊，无伤口中珠！"（《庄子·外物》）

曾子居卫，缊袍无表，颜色肿哙，手足胼胝；三日不举火，十年不制衣；正冠而缨绝，捉衿而肘见，纳屦而踵决。曳縰而歌《商颂》，声满天地，若出金石。天子不得臣，诸侯不得友。故养志者忘形，养形者忘利，致道者忘心矣。（《庄子·让王》）

"子舆"所歌之诗，或为庄子自作。"小儒"（包括"大儒"的发问）所引，或为《诗》之佚篇，抑或为庄子虚拟[①]，但均可凸显道家对于《诗》的留意。居卫国之"曾子"更是面容浮肿，手足生茧，衣衫褴褛而不足蔽体，但其"歌《商颂》，声满天地，若出金石"，可见对《诗》念念不忘，情有独钟——"忘形""忘利""忘心"而不忘《诗》。

法家虽然总体上对《诗》持批评态度[②]，但《韩非子》书中亦多次引《诗》，足可以说明《诗》的广泛影响（详见下文）。

[①] 林希逸《庄子鬳斋口义》注曰："此段文字盖喻游说之士，借《诗》《书》圣贤之言，以文其奸者。……次诗只四句，或是古诗，或是庄子自撰，亦不可知。"（周启成校注本，中华书局1997年版，第420页）

[②] 胡义成《先秦法家对〈诗经〉的批判》（《江淮论坛》1982年第4期）一文从新兴地主阶级的立场解释法家批判《诗经》的原因，他认为秦始皇的焚书政策正是基于这一立场，"秦始皇所焚之书，第一部就是《诗经》"，由此可证《诗经》的选辑具有强烈的政治色彩，"当时新兴阶级对《诗经》的批判和禁绝，绝不是几个人的心血来潮或文人纠纷，而是一种历史实践的必然结果"。其所言与《诗经》有关的"强烈的政治色彩"与"历史实践"是值得留意的思路。

二、书于竹帛,传遗后世

《墨子》中多次强调是古代的圣王有意遗留经典于后人,更有以《诗》为例者:

> 何知先圣大王之亲行之也?子墨子曰:"吾非与之并世同时,亲闻其声、见其色也;以其所书于竹帛、镂于金石、琢于盘盂,传遗后世子孙者知之。"①(《墨子·兼爱下》)

> 古之圣王,欲传其道于后世,是故书之竹帛,镂之金石,传遗后世子孙,欲后世子孙法之也。今闻先王之遗而不为,是废先王之传也。(《墨子·贵义》)

> 爱人、利人,顺天之意、得天之赏者也。不止此而已,书于竹帛,镂之金石,琢之盘盂,传遗后世子孙。曰:"将何以为?"将以识夫爱人利人,顺天之意,得天之赏者也。《皇矣》道之曰:"帝谓文王,予怀明德,不大声以色,不长夏以革,不识不知,顺帝之则。"帝善其顺法则也,故举殷以赏之,使贵为天子,富有天下,名誉至今不息。(《墨子·天志中》)

> 今执无鬼者之言曰:"先王之书,慎无一尺之帛,一篇之书,语数鬼神之有,重有重之,亦何书之有哉?"子墨子曰:"《周书·大雅》有之。《大雅》曰:'文王在上,於昭于天,周虽旧邦,其命维新。有周不显,帝命不时。文王陟降,在帝左右。穆穆文王,令闻不已。'若鬼神无有,则文王既死,彼岂能在帝之左右哉?此吾所以知《周书》之鬼也。"(《墨子·明鬼下》)

"知先圣大王之亲行之"的根据,并非"亲见",亦非"并时",

---

① 下文更明确指出,这是指《泰誓》《禹誓》《汤说》《周诗》等典籍而言。

而是他们曾经把自己的经验利用各种手段记载下来，传承给后世。换言之，"竹帛金石"的使命就是"传其道于后世"。后人既然可以知道先王的言行，有什么理由不去效法呢？不仅如此，民众的诉求和利益，上帝对于"爱人""利人"而"顺天之意"者的奖赏，以及先王作为鬼神的存在，都有"竹帛金石"作为证据，不可怀疑。①墨子对于经典的崇信和儒家如出一辙，"书于竹帛、镂于金石"几乎是墨子立论的主要根据，而上述文献对于《诗》《书》的权威性和重要性的论述甚至超过《论语》中的相关内容。②

三、与化为人

上文已言道家与《诗经》的关系。结合老子其人为周守藏史，而庄子"其学无所不窥"的特征，则老庄二人对于《诗》的熟悉是毋庸置疑的。但是，大家熟悉的是《庄子》之中对于"六经"的轻视和怀疑。

> 孔子谓老聃曰："丘治《诗》、《书》、《礼》、《乐》、《易》、《春秋》六经，自以为久矣，孰知其故矣。以奸者七十二君，论先王之道而明周、召之迹，一君无所钩用。甚矣夫！人之难说也，道之难明邪！"老子曰："幸矣，子之不遇治世之君也！夫六经，

---

① 墨子"非命"的方法论是"言必立仪"之"三表法"。他认为主张有命的人士，并未观先王之事、先王之书（包括"宪""刑"等"誓"）。（见《墨子·非命上》）《墨子·非命中》更言："凡出言谈、由文学之为道也，则不可而不先立义法。若言而无义，譬犹立朝夕于员钩之上也，则虽有巧工，必不能得正焉。今天下之情伪，未可得而识也，故使言有三法。三法者何也？有本之者，有原之者，有用之者。于其本之也？考之天鬼之志，圣王之事；于其原之也？征以先王之书；用之奈何？发而为刑。此言之三法也。"所谓"天鬼之志""圣王之事"，也要求之于典册。所以，言语仪法的本原，还是在于书籍。

② 需要注意的是，《墨子》强调是"先圣王"将治国的经验和成就"书于竹帛，镂于金石"才有意义。关于《论语》引《诗》的内容，详见下文。墨家引《诗》、论《诗》与儒家的异同，参见郑杰文：《墨家的传〈诗〉版本与〈诗〉学观念》，《文史哲》2006年第1期；王长华：《墨子的〈诗经〉观》，《文艺理论研究》2000年第2期。

先王之陈迹也，岂其所以迹哉！今子之言，犹迹也。夫迹，履之所出，而迹岂履哉？夫白鶂之相视，眸子不运而化；虫，雄鸣于上风，雌应于下风而化；类自为雌雄，故风化。性不可易，命不可变，时不可止，道不可壅。苟得于道，无自而不可；失焉者，无自而可。"孔子不出三月，复见曰："丘得之矣。乌鹊孺，鱼傅沫，细要者化，有弟而兄啼。久矣夫！丘不与化为人！不与化为人，安能化人？"老子曰："可。丘得之矣！"(《庄子·天运》)

孔子认为自己研读六经已久，满怀"论先王之道而明周、召之迹"的热忱，试图犯颜教化人君，用心可谓良苦。① 但历经七十二个君主，无一人听用，不禁慨叹"人之难说，道之难明"。老子则指点说，孔子的遭遇虽然可悯，但是问题在于六经是"先王之迹"，并非"其所以迹"，孔子只注重"迹"，而不知"迹"是"履行"的结果，可谓本末倒置。这些看法是批评性的，多为读者留意。《淮南子·说山》所载的文献，则进一步提出"所言"与"所以言"、"循迹"与"生迹"的问题：

圣人终身言治，所用者非其言也，用所以言也。歌者有《诗》，然使人善之者，非其《诗》也。鹦鹉能言，而不可使长。是何则？得其所言，而不得其所以言。故循迹者，非能生迹者也。

但是，上述《庄子》所记老子之言的重点，或者建设性的看法，其实在后文。老子以鸟、虫、兽的三类"风化"为喻："眸子不运而化""雄雌应于风而化""自为雌雄而风化"，说明本性不可改，命运

---

① "奸"，音干。《三苍》云：犯也。(《经典释文》卷二十七)《庄子》此文，暗合孔子"知其不可而为之"的态度。

不可变，时间不可止，大道不可塞，关键在于"得于道"，凡自然而然之"风化"均是可能的，否则自然而然的"风化"是不可能的。孔子"三月不出"①，再次见到老子时，领悟到自然界乌鹊鱼虫的"风化"各有殊途，而人类社会小儿出生之后，父母的慈爱自然转移到幼小者身上，兄长虽泣啼而不可改。所以，孔子反省认为，治六经已久，实际是"不与化为人"已久。

此处老子与孔子的问答固然出于伪托的可能性比较大，但是却深刻反映出儒、道两家对于"风化"的理解迥然有异。林希逸《庄子鬳斋口义》注曰："凡物皆风气所生，风字从虫，便有生物之义，故曰'风化'。"②《诗》三百以"风"为始，其《序》曰："风之始也，所以风天下而正夫妇也。故用之乡人焉，用之邦国焉。风，风也，教也，风以动之，教以化之"；"上以风化下，下以风刺上，主文而谲谏，言之者无罪，闻之者足以戒，故曰风"。孔子明言"君子之德风，小人之德草，草上之风必偃"③。儒家坚信"榜样的力量是无穷的"，此司马谈《论六家要旨》所谓"以为人主天下之仪表也"，故而历代儒者皆推崇《诗》教。但从上文引述的《庄子·天运》的内容来看，道家反对一切人为的教化，故而以为六经不过是先王施政的足迹，不足以成为"化人"的最终根据。

然而，从儒家的根本立场来看，诵读《诗》《书》也不是绝对的必要。《说苑·反质》记载孔子弟子对于伦常日用和诵读诗篇的选择：

子贡问子石："子不学《诗》乎？"子石曰："吾暇乎哉？父

---

① 或化用孔子"三月不知肉味"之典故。
② 鬳斋并言"此一段，文之极奇者"。见林希逸：《庄子鬳斋口义》，周启成校注本，中华书局 1997 年版，第 244 页。
③ "季康子问政于孔子曰：'如杀无道，以就有道，何如？'孔子对曰：'子为政，焉用杀？子欲善，而民善矣。君子之德风，小人之德草，草上之风必偃。'"（《论语·颜渊》）与诛杀相比，教化当然是更文明而具有根本性的措施。

母求吾孝，兄弟求吾悌，朋友求吾信。吾暇乎哉？"子贡曰："请投吾《诗》，以学于子。"

虽然孔子也有"不学《诗》，无以言"的"庭训"，但依子石之言，孝悌忠信是比学《诗》更要紧的事。《论语·学而》载孔子之言："弟子入则孝，出则悌，谨而信，泛爱众而亲仁。行有余力，则以学文。"该篇又载子夏之言："贤贤易色，事父母，能竭其力；事君，能致其身；与朋友交，言而有信。虽曰未学，吾必谓之学矣。"孔子和子夏所强调的比"学文"更有普遍意义的人伦日用，正和子石之言相互发明，"可与言《诗》"的子贡也醒悟到自己在孝悌忠信方面要向子石学习，甚至不惜暂停学《诗》。

不过，"入则孝，出则悌"是对一般青年人（弟子）的要求，不达到这样的要求，不足以成为儒者，但要成为儒者，则"学文"是必经的阶段，而要希贤成圣，更要诉求于经典。在这一点上，儒、道两家各执一端。《庄子·天道》另有轮扁之言，亦可见道家对于经典的态度：

桓公读书于堂上。轮扁斫轮于堂下，释椎凿而上，问桓公曰："敢问，公之所读者何言邪？"公曰："圣人之言也。"曰："圣人在乎？"公曰："已死矣。"曰："然则君之所读者，古人之糟魄已夫！"桓公曰："寡人读书，轮人安得议乎？有说则可，无说则死。"轮扁曰："臣也以臣之事观之。斫轮，徐则甘而不固，疾则苦而不入。不徐不疾，得之于手而应于心，口不能言，有数存焉于其间。臣不能以喻臣之子，臣之子亦不能受之于臣，是以行年七十而老斫轮。古之人与其不可传也死矣，然则君之所读者，古人之糟魄已夫！"

表面看来，这是轻视圣人之言——传世经典的明证，但轻视之言竟然出自"轮人"之口，而非"缙绅先生"，在桓公看来，这的确是对"圣人"和"寡人"的冒犯，这种冒犯使得桓公意外而恼怒，甚至动了杀机。正是在桓公的威胁下，"轮扁之说"才得以展开。根据轮扁的经验，"得心应手"的智慧恰好是"口不能言"的，即使是他这样的父亲也不能使儿子通晓，他的儿子也无法从他那里继承，古人的过世意味着他们身上那些无法传承的智慧也消亡了。基于"诀窍"之不能传递，轮扁到七十岁的时候还在斫轮，似乎有些无奈。但他也指明，由此推论，桓公所读之书，实乃古人之糟粕。"轮扁之说"自然和他是"工匠"的身份有关，在庄子看来，这些工匠的身体和动作，和他们所掌握的知识和智慧互为表里，不可分离。①

《韩诗外传》卷五有类似记载，但文字风格明显不同：

> 楚成王读书于殿上，而轮扁在下，作而问曰："不审主君所读何书也？"成王曰："先圣之书。"轮扁曰："此真先圣王之糟粕耳，非美者也。"成王曰："子何以言之？"轮扁曰："以臣轮言之。夫以规为圆，矩为方，此其可付乎子孙者也。若夫合三木而为一，应乎心，动乎体，其不可得而传者也。以为所传真糟粕耳。故唐虞之法可得而改也，其喻人心，不可及矣。"《诗》曰："上天之载，无声无臭。"其孰能及之？

对于"轮扁之说"，最常见的反驳是，经典的意义恰好在于使得读者能够分享作者的经验，今人可以继承古人的意志或规矩。即使如此，"轮扁之说"也提醒我们，且不论圣人与圣人之言不可等同，圣人

---

① 和"庖丁解牛"有异曲同工之妙，参见拙文：《解的哲学（一）："无厚"与"有间"》，载于陈赟、赵璕主编：《当代学术状况与中国思想的未来》，华东师范大学出版社2011年版。

之言与圣人之书亦有区别，也不论读者与读者常有分歧，读者与作者更有隔阂，仅是阅读同一部经典的同一个读者，其心态与认知也是不断演变的。轮扁没有言明的问题是谁在读经典，如何读经典。或许轮扁，毋宁是庄子认为，一切的阅读都不过是领略古人之糟粕，并非必要，亦非神圣。故而，与其说庄子或道家轻视经典的地位，毋宁说庄子或道家更看重与知识和智慧融为一体的"人自身"①。在《韩诗外传》的记载中，虽然也承认"规矩"是"可付乎子孙"的，但更具体地说明唐虞之法可以被找到，而唐虞对于人心的了解，则是不可达到的。

《淮南子·道应》完整引用《庄子·天道》轮扁和桓公的对话，只是个别文字略有润色，但在文末以"故老子曰"的形式引用"道可道，非常道；名可名，非常名"之语为结论。而《淮南子·氾论》更是直接评价《诗》《书》和《春秋》均为衰世之作，连圣人之言也不是：

> 王道缺而《诗》作；周室废，礼义坏，而《春秋》作。《诗》《春秋》，学之美者也，皆衰世之造也，儒者循之，以教导于世，岂若三代之盛哉？以《诗》《春秋》为古之道而贵之，又有未作《诗》《春秋》之时。夫道其缺也，不若道其全也。诵先王之《诗》《书》，不若闻得其言，闻得其言，不若得其所以言，得其所以言者，言弗能言也。故"道可道者，非常道也"。

这是直接针对儒家，指出"诵先王之《诗》《书》，不若闻得其言，闻得其言，不若得其所以言"，并进一步说"得其所以言者，言弗能言也"。层层追问，结论还是老子的"道可道者，非常道也"。在这个层面，儒家似乎只能"招认"，比如《韩诗外传》引轮扁之言的同时，又

---

① 杜维明提出"体知"的问题，颇值得留意。参见杜维明：《论体知》，载于《杜维明文集》第五卷，武汉出版社 2002 年版，第 237—376 页。

引《大雅·文王》之诗,以证"不能及"。《中庸》则引"德輶如毛"之诗,随即说"毛犹有伦,'上天之载,无声无臭',至矣!"可见,在"极致"的层面,儒道是相通的。

《庄子·徐无鬼》记载女商对于魏武侯"横说之,则以《诗》《书》《礼》《乐》;从说之,则以《金板》《六弢》;奉事而大有功者,不可为数,而吾君未尝启齿"。就效果而言,却不如徐无鬼以"相狗马"为喻使得武侯开怀大笑。值得注意的是,徐无鬼所阐明的他之所以为武侯所喜的原因:

> 子不闻夫越之流人乎?去国数日,见其所知而喜;去国旬月,见所尝见于国中者喜;及期年也,见似人者而喜矣。不亦去人滋久,思人滋深乎?夫逃虚空者,藜藋柱乎鼪鼬之径,良位其空,闻人足音跫然而喜矣,又况乎昆弟、亲戚之謦欬其侧者乎?久矣夫,莫以真人之言謦欬吾君之侧乎!

王先谦于此段有一个很好的按语:"喻武侯有狗马之好,骤闻而喜,不异流人之见乡人,逃者之闻骨肉言笑也。"① 儒者屡以《诗》《书》劝谕人君而徒劳无功,原因在于人君的真正兴趣其实不是在狗马,只不过他们被其他嗜欲所控制,而耳边又经常是"真人之言",故而对于暌违已久的识狗相马之谈非常感兴趣。

其实,儒者每以伦常教化的立场释读《诗》《书》,其出发点也是"去人滋久,思人滋深",其释读的方式往往又是"不苟言笑",反而为受教者所厌弃。由此可知,儒家看重"引经据典"的权威性和说教方法的严肃性,而道家更注意生活内容的丰富性和受教者嗜好的隐蔽性。女商坚持自己的立场,结果事倍功半,徐无鬼嬉笑怒骂,反而揭

---

① 王先谦:《庄子集解》,沈啸寰点校本,中华书局1987年版,第210页。

示出武侯的真面目。① 但是，徐无鬼提醒女商"莫以真人之言謦欬吾君之侧"，等于也承认《诗》《书》之中有"真人之言"。

《庄子·天道》又叙述孔子想把自己手头的一些书籍藏在周王室那里，"往见老聃，而老聃不许。于是繙十二经以说。老聃中其说，曰：'大谩，愿闻其要'"。孔子欲藏的"十二经"究竟何所指其实不必深究，或许要害乃是"六经"的双倍，极言孔子谙熟经典之多。孔子引经据典反复陈词，老子觉得过于蔓延，要求孔子讲明要点。按照《庄子·天道》原文，孔子原来是想藏书于周室，而转道咨询于老子，是出于子路的主意（谋曰）："由闻周之征藏史有老聃者，免而归居。夫子欲藏书，则试往因焉。"② 如成玄英所疏，老子作为"征藏史"乃是"职典坟籍"。有理由相信，老子对于经典的熟稔，不在孔子之下。而被视为道家倾向明显的《淮南子》虽然也引《诗》证理，但其中的部分资料，则同样表明对于《诗》《书》的贬抑：

> 今夫穷鄙之社也，叩盆拊瓴，相和而歌，自以为乐矣。尝试为之击建鼓、撞巨钟，乃始仍仍然，知其盆瓴之足羞也。藏《诗》《书》，修文学，而不知至论之旨，则拊盆叩瓴之徒也。（《淮南子·精神》）

以"拊盆叩瓴之足羞"鉴定"藏《诗》《书》，修文学"，有尖刻之嫌，但其目的也是强调"至论之旨"并非收藏经典，研习"文学"就可以掌握的。

---

① 徐无鬼质问武侯："我则劳于君，君有何劳于我？君将盈耆欲，长好恶。则性命之情病矣；君将黜耆欲，掔好恶，则耳目病矣。我将劳君，君有何劳于我？"武侯怅然不对。（见《庄子·徐无鬼》）

② 其先，孔子被老子一口回绝，而后又被教诲，可见子路之"谋"乃出于"勇"。由此可知，《庄子》书中即便是虚拟的文字，也是惟妙惟肖。

四、农战，君臣，名誉与《诗》

法家于《诗》，敌对态度似乎由来已久。《韩非子·和氏》记载：

> 商君教秦孝公以连什伍，设告坐之过，燔《诗》《书》而明法令，塞私门之请而遂公家之劳，禁游宦之民而显耕战之士。

如此看来，商鞅乃是"燔《诗》《书》"的始作俑者。但据《史记·商君列传》记载，商鞅见到秦孝公时，先以"帝道"游说，孝公昏昏欲睡，后以"王道"游说，孝公还是兴味索然，并连连责怪推荐商鞅的景监，景监转而批评商鞅。但商鞅似乎胸有成竹，转而以"霸道"说孝公，使其"不自知膝之前于席也，语数日不厌"。商鞅的游说虽然最终大获成功，但他还是对景监解释说："吾说君以帝王之道比三代，而君曰：'久远，吾不能待。且贤君者，各及其身显名天下，安能邑邑待数十百年以成帝王乎？'故吾以强国之术说君，君大说之耳。然亦难以比德于殷周矣。"以称霸为理想的君王，他所看重的是自身的、眼下的强势，而对于以往的圣王，则认为时间久远而不能期待。

商鞅虽然明确认识到秦称霸可期而德行薄弱，依旧投合孝公的喜好，极力称说农战的好处而贬低《诗》《书》的作用。以《商君书》为例，商鞅也说到《诗》《书》是"学问"之具，并和"爵位""名誉""言谈""辩慧"等"士人"追求的目标有密切关系，但"学问"往往导致以下后果：

> 豪杰皆可变业，务学《诗》《书》，随从外权，上可以得显，下可以求官爵；要靡事商贾，为技艺，皆以避农战；

> 有《诗》《书》辩慧者一人焉，千人者皆怠于农战；
>
> 官无常，国乱而不壹，辩说之人而无法；
>
> 一人耕而百人食之，此其为螟螣蚼蠋亦大矣。虽有《诗》《书》，乡一束，家一员，犹无益于治也；①
>
> 民游而轻其君；②
>
> 农战之民日寡，而游食者愈众，则国乱而地削，兵弱而主卑。③

从《商君书》以上的批评来看，诵读《诗》《书》有多种社会功能，而商鞅认为概括起来都是于农战无益，并且会淆乱民众，削弱君主的统治，甚至导致国家的危亡。但从反面来看，《诗》《书》在当时社会上广为流布，并且在诸侯会盟、爵位升迁、教化民众、谈说辩论等方面有决定性作用，所以商鞅才极力反对。《商君书》之言，固然有功利的色彩，但时人谈说《诗》《书》而沽名钓誉抑或投机取巧，想必也是常见的。④ 如《韩非子·说林》所载：

> 温人之周，周不纳客。问之曰："客耶？"对曰："主人。"问其巷而不知也，吏因囚之。君使人问之曰："子非周人也，而自谓非客，何也？"对曰："臣少也诵《诗》，曰：'普天之下，莫非王

---

① 以上见《商君书·农战》篇。《去强》篇有类似内容；《靳令》篇则有"六虱"之说："曰礼、乐；曰《诗》《书》；曰修善，曰孝弟；曰诚信，曰贞廉；曰仁义；曰非兵，曰羞战。国有十二者，上无使农战，必贫至削。"

② "身有尧、舜之行，而功不及汤、武之略者，此执柄之罪也。臣请语其过：夫治国舍势而任说说，则身修而功寡。故事《诗》《书》谈说之士，则民游而轻其君；事处士，则民远而非其上；事勇士，则民竞而轻其禁；技艺之士用，则民剽而易徙；商贾之士佚且利，则民缘而议其上。故五民加于国用，则田荒而兵弱。"（《商君书·算地》）

③ "道民之门，在上所先。故民，可令农战，可令游宦，可令学问，在上所与。上以功劳与，则民战；上以《诗》《书》与，则民学问。民之于利也，若水于下也，四旁无择也。……故农战之民日寡，而游食者愈众，则国乱而地削，兵弱而主卑。此其所以然者，释法制而任名誉也。"（《商君书·君臣》）

④ 见上文所引《庄子·外物》"大儒""小儒"之引《诗》。

土；率土之滨，莫非王臣。'今君天子，则我天子之臣也。岂有为人之臣而又为之客哉？故曰'主人'也。"君使出之。

温乃小国①，但温人"少也诵《诗》"，并能引《诗》以"反客为主"，足见《诗》的普及程度之广及随机应用之灵活。当然，这种"灵活性"恰好为法家所厌弃。

温人引《诗》证明自己是周的主人，而非宾客，或许仅是趣闻。但商鞅已经看到，假如帝王喜好《诗》《书》，就一定会有很多臣子和民众专注于"学问"而懈怠农战。所以，商鞅力主农战，力推变法，深得孝公信任，也奠定了秦国强大的基础。但其变法之种种弊端，已为时人察觉，依《史记·商君列传》所载，赵良当时就批评说：

君又南面而称寡人，日绳秦之贵公子。《诗》曰："相鼠有体，人而无礼；人而无礼，何不遄死。"以《诗》观之，非所以为寿也。公子虔杜门不出已八年矣，君又杀祝懽而黥公孙贾。《诗》曰："得人者兴，失人者崩。"此数事者，非所以得人也。君之出也，后车十数，从车载甲，多力而骈胁者为骖乘，持矛而操闟戟者旁车而趋。此一物不具，君固不出。《书》曰："恃德者昌，恃力者亡。"君之危若朝露，尚将欲延年益寿乎？

论者以为秦国的儒者引用《诗》《书》反对商鞅变法，是商鞅反感《诗》《书》并下令焚烧之的重要原因②，与史实不符。《史记·商君列传》明确记载，商鞅对赵良一再表达请教的诚意："语有之矣：'貌言，华也；至言，实也；苦言，药也；甘言，疾也。'夫子果肯终日正

---

① 《汉书·地理志上》："温，故国，己姓，苏忿生所封也。"
② 参见胡义成：《先秦法家对〈诗经〉的批判》，《江淮论坛》1982年第4期。

言,鞅之药也。鞅将事子,子又何辞焉!"可见商鞅深知赵良对他会有批评,而他期待的正是赵良的"正言"。对于赵良"归十五都,灌园于鄙,劝秦王显岩穴之士,养老存孤,敬父兄,序有功,尊有德"的建议,商鞅也仅是"未从"而已,并未有所谓的打击报复。表面看来,当时商鞅已经觉察到危机四伏才向赵良求教,寄希望于赵良给予他苦口良药,但可以推论,平素赵良即对商鞅的治国方略有不同看法。而商鞅和赵良对话的五个月之后,孝公去世,商鞅立刻陷入危殆,以致被车裂。我们感兴趣的是,赵良引《诗》《书》从"有礼""得人""恃德"等角度分析商鞅变法的弊端,都是切中要害的。这说明《诗》《书》确实有政治批判的功能。①

韩非子称颂商鞅"燔《诗》《书》而明法令",《韩非子》一书也对"文学"之士痛加贬斥。但《韩非子》之中对于《诗》《书》亦屡有引用,如《韩非子·外储说左上》云:"明主之道,如有若之应宓子也。"有若对宓子贱说:"昔者舜鼓五弦、歌《南风》之诗而天下治",因为舜掌握了"御天下"之"术"。可见,韩非子并非一味排斥歌《诗》,而是要把一切文化的资源统御在法术势之下。②《韩非子》一书甚至通过对《诗》的批评,进而引申到批评孔子不知君臣上下之分:

> 《诗》曰:"不躬不亲,庶民不从。"傅说之以"无衣紫",缓之以郑简、宋襄,责之以尊。厚耕战,夫不明分,不责诚,而以躬亲莅下,且为"下走""睡卧";与夫"掩蔽""微服",孔丘不知,故称"犹盂";邹君不知,故先自僇。(《韩非子·外储说左

---

① 但不见得是"新兴阶级"与"没落阶级"的斗争。
② "宓子贱治单父。有若见之曰:'子何臞也?'宓子曰:'君不知贱不肖,使治单父,官事急,心忧之,故臞也。'有若曰:'昔者舜鼓五弦、歌《南风》之诗而天下治。今以单父之细也,治之而忧,治天下将奈何乎? 故有术而御之,身坐于庙堂之上,有处子之色,无害于治;无术而御之,身虽瘁臞,犹未有益。'"(《韩非子·外储说左上·说》)

上·经五》）①

"不躬不亲，庶民不从"，《小雅·节南山》作"弗躬弗亲，庶民弗信"。而在韩非子看来，"躬亲"的前提是名分分明，出自实诚，否则，如果推崇耕战，就要君主自己耕田打仗，那就是本末倒置，甚至带来危险。②"犹盂"，其《说》的部分有具体解释：

> 孔子曰："为人君者，犹盂也；民，犹水也。盂方水方，盂圜水圜。"

这的确与孔子的思想若合符节，也和"不躬不亲，庶民不从"相呼应。但韩非子举出正反两方面的例子，来说明对君主而言，"不躬不亲"反而是必要的。比如郑国虽小，但子产和郑简公各守其职而使郑国内外安宁；宋襄公躬亲仁义，导致宋师惨败；齐景公听说晏婴生病，非常着急，嫌赶车的人太慢，干脆自己徒步快跑；魏昭王想参与臣下的办事过程，依孟尝君之言读法条，结果没读十条便"睡卧"；孔子不知晓其中的利害，正如邹君不能下令国中臣民不服长缨，只好自己割断头上的长缨，犹如"自僇"。关于"掩蔽"，《韩非子·备内》曰：

> 上古之传言，《春秋》所记，犯法为逆以成大奸者，未尝不从尊贵之臣也。然而法令之所以备，刑罚之所以诛，常于卑贱，是以其民绝望，无所告愬。大臣比周，蔽上为一，阴相善而阳相恶，

---

① "齐王好衣紫，齐人皆好也。齐国五素不得一紫。齐王患紫贵。傅说王曰：'《诗》云："不躬不亲，庶民不信。"今王欲民无衣紫者，王以自解紫衣而朝。群臣有紫衣进者，曰："益远！寡人恶臭。"'是日也，郎中莫衣紫；是月也，国中莫衣紫；是岁也，境内莫衣紫。"（《韩非子·外储说左上·说》）"傅说之"，《说》又作"管仲说之"。

② 其《说》曰："夫必恃人主之自躬亲而后民听从，是则将令人主耕以为上、服战雁行也。民乃肯耕战，则人主不殆危乎？而人臣不泰安乎？"

以示无私，相为耳目，以候主隙，人主掩蔽，无道得闻，有主名而无实，臣专法而行之，周天子是也。

其举典籍所载，证明周天子被结党营私而口是心非的臣下所掩蔽，由此说明天子的权柄不可旁落于重臣，而天子之躬亲，虽然会有民众效法，却是自取其辱的做法。①

从《晏子春秋》可知，孔子同时代的晏婴，也好引《诗》为论。韩非子同样对晏婴有批评。《外储说右上·说》记载晏婴引"虽无德与女，式歌且舞"之诗，说明全齐之民纷纷归属田成氏，而田成氏将取代姜氏，执有"泱泱""堂堂"之齐国，景公不禁"泫然出涕"，而晏婴提出的策略是"近贤而远不肖，治其烦乱，缓其刑罚，振贫穷而恤孤寡，行恩惠而给不足"②。韩非子对此颇不以为然，他认为君主控制大臣，"势不足以化则除之"，晏子之说"是与禽兽逐走也，未知除患"。读者可以推论，韩非子对于晏子的引《诗》也持非议之态度。

不仅如此，韩非子也用"以子之矛，攻子之盾"的方式，通过引《诗》，全面质疑儒家对于尧舜汤武的推崇：

> 《记》曰："舜见瞽瞍，其容造焉。"孔子曰："当是时也，危哉，天下岌岌！有道者，父固不得而子，君固不得而臣也。"臣曰："孔子本未知孝悌忠顺之道也。然则有道者，进不为臣主，退不为父子耶？……所谓忠臣不危其君，孝子不非其亲。今舜以贤取君之国，而汤、武以义放弑其君，此皆以贤而危主者也，而天下贤之。古之烈士，进不臣君，退不为家，是进则非其君，退则非其亲者也。且夫进不臣君，退不为家，乱世绝嗣之道也。是故，

---

① "微服"当指《韩非子·外储说右下》所言齐桓公微服私访之事。
② 另见《晏子春秋》外篇。

贤尧舜汤武而是烈士，天下之乱术也。瞽瞍为舜父而舜放之，象为舜弟而杀之。放父杀弟，不可谓仁；妻帝二女而取天下，不可谓义。仁义无有，不可谓明。《诗》云：'普天之下，莫非王土；率土之滨，莫非王臣。'信若《诗》之言也，是舜出则臣其君，入则臣其父，妾其母，妻其主女也。"（《韩非子·忠孝》）

"贤尧舜汤武而是烈士"，的确是儒家的核心立场之一，但是在韩非子看来，这恰恰是"乱世绝嗣之道"，"天下之乱术"，非忠臣之所为。韩非子也主张"事君养亲"，但是却极力主张现实君权与父权的权威，必须凌驾于一切德行之上，也必须凌驾于历史和经典之上。韩非子已经洞察到引《诗》《书》对于现实的君权和父权有批判功能，但他把这种批判定性为"不忠""不孝"。[①] 从学理上批评《诗》《书》的误用本来是很有意义的，韩非子的分析确有一针见血之处，但"燔《诗》《书》"从一种主张变成一种政策，就会带来灾难性的后果。当然，文化和经典的"软力量"，又不是强权和烈火所能吞噬的，所以陆贾才理直气壮地屡称《诗》《书》于陶醉于"马上得天下"的刘邦之前。同时，也需要注意到，韩非子关心的种种议题，其实也是儒家要经常面对的问题。比如，对于"舜见瞽瞍，其容造焉"的典故，以及"普天之下，莫非王土；率土之滨，莫非王臣"的诗句如何理解的问题，在孟子和他的弟子那里就已经很认真地讨论过了，孟子以为依据《小雅·北山》，该诗句是抱怨王事过多（详见下文）。但《吕氏

[①] 《韩非子·忠孝》下文云："故烈士内不为家，乱世绝嗣；而外矫于君，朽骨烂肉，施于土地，流于川谷，不避蹈水火，使天下从而效之，是天下遍死而愿天也，此皆释世而不治是也。……孝子之事父也，非竞取父之家也；忠臣之事君也，非竞取君之国也。夫为人于而常誉他人之亲曰：'某子之亲，夜寝早起，强力生财，以养子孙臣妾'，是诽谤其亲者也。为人臣常誉先王之德厚而愿之，是诽谤其君者也。非其亲者知谓之不孝，而非其君者天下此贤之，此所以乱也。故人臣毋称尧、舜之贤，毋誉汤、武之伐，毋言烈士之高，尽力守法，专心于事主者为忠臣。"从中可以看出韩非子对于现世的政治伦理的绝对强调，以及对于血缘关系的高度警惕。

春秋·孝行览》以为该诗为舜自作，而且《吕览》要讨论的问题是舜的贤能不会因为尽有天下之臣民与土地而增加，也不会因为完全没有臣民与土地而减损，他从耕地打鱼到贵为天子，完全是时遇的原因。①此种讨论，和儒家的思想并无抵牾，而《吕览》引"普天之下，莫非王土；率土之滨，莫非王臣"的含义，恰和韩非子相同。故而，《小雅·北山》的上下文，并非确定该诗句的最可靠依据，这一点需要特别留意。

另外，即使"普天之下，莫非王土；率土之滨，莫非王臣"非舜自作，而是流传已久的俗语或为其他诗人所作，为《小雅·北山》之诗的作者所引用，也是有可能的。果如此，则乃韩非子是而孟子非了。《荀子·君子》谓："天子也者，势至重，形至佚，心至愈，志无所诎，形无所劳，尊无上矣。《诗》曰：'普天之下，莫非王土；率土之滨，莫非王臣。'此之谓也。"也是从"天子"的至高无上和无所不有的角度来引用此诗，更可见韩非子的"曲解"，并非没有理据。

另外，《淮南子·俶真》也记载了对于儒墨两家援引《诗》《书》以沽名钓誉的风气的批评：

> 周室衰而王道废，儒、墨乃始列道而议，分徒而讼，于是博学以疑圣，华诬以胁众，弦歌鼓舞，缘饰《诗》《书》，以买名誉于天下。

此种批评应该是正常的学术争论，今日之学界，不应再基于学派偏见而忽视。但是，需要强调的是，墨家和儒家对于如何诵读《诗》

---

① "舜之耕渔，其贤不肖与为天子同。其未遇时也。以其徒属掘地财，取水利，编蒲苇，结罘网，手足胼胝不居，然后免于冻馁之患。其遇时也。登为天子，贤士归之，万民誉之，丈夫女子，振振殷殷，无不戴说。舜自为诗曰：'普天之下，莫非王土；率土之滨，莫非王臣。'所以见尽有之也。尽有之，贤非加也；尽无之，贤非损也。时使然也。"（《吕氏春秋·孝行览》）

《书》，其实认识不同，以丧礼为例，墨家批评说：

> 子墨子谓公孟子曰："丧礼，君与父母、妻、后子死，三年丧服。伯父、叔父、兄弟期，族人五月；姑、姊、舅、甥皆有数月之丧。或以不丧之间诵《诗》三百，弦《诗》三百，歌《诗》三百，舞《诗》三百。若用子之言，则君子何日以听治？庶人何日以从事？"（《墨子·公孟》）

墨家以为儒家所主张的丧礼之期过长；即使没有丧事期间，儒家"诵《诗》、弦《诗》、歌《诗》、舞《诗》"的习气，也使得统治者无暇问政，而民众没有时间做事。此种看法，倒和法家很接近。由此可知，"诵《诗》、弦《诗》、歌《诗》、舞《诗》"，平素为儒家所独重。

五、圣贤与时世：说《诗》者的异同

儒墨两家与道家，特别是儒家与道家，对于经典的态度并非冰炭不能相容。两宋道学家强调"十六字心传"——既然是"心传"，那么记载心传的典籍，其真伪便不必深究。以道学家"出入诸子"的学术背景，他们对于道家思想和方法的吸收实不止一端。即使在先秦时代，《孟子》论《诗》，和《庄子》亦有相通之处。比如，《孟子》认为《诗》的留存，依赖于"王者之迹"：

> 孟子曰："王者之迹熄而《诗》亡，《诗》亡然后《春秋》作。晋之《乘》，楚之《梼杌》，鲁之《春秋》，一也。其事则齐桓、晋文，其文则史。孔子曰：'其义则丘窃取之矣。'"（《孟子·离娄下》）

"迹熄诗亡"历代解释颇多。① "《诗》亡"并非是古诗的消亡,而可以理解为"王者之迹"的消逝导致了没有新的诗产生或者被采陈,而诞生了记载各诸侯国兴衰的《春秋》(霸者之迹)。② 在孟子看来,《诗》不一定等同于"王者之迹",这里也没有提出"所以迹"的问题,但是,《孟子》提出了"以意逆志"的说诗之法:

> 说《诗》者不以文害辞,不以辞害志。以意逆志,是为得之。(《孟子·万章上》)

赵岐注:

> 文,诗之文章所引以兴事也。辞,诗人所歌咏之辞。志,诗人志所欲之事。意,学者之心意也。孟子言说诗者当本之,不可以文害其辞,文不显乃反显也。不可以辞害其志,辞曰"周余黎民,靡有孑遗",志在忧旱灾,民无孑然遗脱不遭旱灾者,非无民也。人情不远,以己之意逆诗人之志,是为得其实矣。王者有所不臣,不可谓皆为王臣,谓舜臣其父也。

以说诗者当下的语境,对于古《诗》的称引或解说,本身就是一

---

① 参见冯浩菲:《诗亡说》,载于氏著《历代诗经论说述评》,中华书局2003年版,第148—151页;洪湛侯:《诗经学史》上册,中华书局2002年版,第82—83页。
② 张海晏认为:"随着周礼的崩坏,诗以辅礼的功用也失去了。这时,没有人去采新诗,也无人献新诗,所谓'诗亡',即指此而言。"(见姜广辉主编:《中国经学思想史》第一卷,第467页)但"王者之迹"并不一定仅限于"礼",张海晏认为"《诗》亡"的另一个原因是与《诗》被形式化的滥用有关,即可能是"赋诗断章"所带来的恶果。这一点也有商之处,因为"《诗》被形式化的滥用",也可以说明"《诗》未亡。马银琴从考察"诗"的字义演化入手,认为"诗亡"是指讽谏劝正之辞不再被陈于王廷并因此走向消亡。见氏著《孟子"诗亡然后〈春秋〉作"重诂》,《上海师范大学学报(哲学社会科学版)》2002年第3期。这是对近人以"诗亡"为"风亡"说的补充。俞志慧考察了"王""迹"的具体所指,认为"诗亡"是指以往"赋诗"传统的消亡。见氏著《君子儒与诗教——先秦儒家文学思想考论》,第113—132页。

个"逆向"的过程,但是所要面对的中间环节是对于"文""辞"的理解。《孟子》已经认识到古《诗》之辞讲究文采,会引起读者的误解,而一辞又有多意的现象,使作者之志不被理解,所以提出"以己之意逆诗人之志"。如赵岐所注,其理论的依据乃是"人情不远"。"以意逆志"看起来是一种很主观的方法,但在孟子看来,这种方法反而更加可靠。①"以意逆志"之说也是强调"人"的重要性,一方面可以回答轮扁如何通过圣人之言领会圣人之意的问题,甚至和"得意忘言"有相通之处。②但另一方面,即使如轮扁一样,在"以意逆志"的过程中"得心应手",依旧面临其中的智慧如何"共享"或"传承"的问题,也就是后世儒家所反复讨论的"圣可学乎"的问题。在"言人人殊"之余,各人之"意"又纷繁芜杂,所以赵岐《孟子题辞》说:

> 孟子长于譬喻,辞不迫切而意以独至,其言曰:"说《诗》者不以文害辞,不以辞害志,以意逆志,为得之矣。"斯言殆欲使后人深求其意以解其文,不但施于说《诗》也。今诸解者往往摭取而说之,其说又多乖异不同。

或许我们可以说,像轮扁这样的"匠人",或像这样的孟子"士

---

① 孟子此言,是针对"诗言志"而来。方玉润《诗旨》以"诗言志"为"千古说诗之祖",参见方玉润:《诗经原始》(上),李先耕点校本,中华书局1986年版,第42页。《诗序》又云:"诗者,志之所之,在心为志,发言为诗",是作诗者"顺"的过程。关于"诗言志"的讨论,见朱自清:《诗言志辨》,广西师范大学出版社2004年版;闻一多:《歌与诗》,见氏著《神话与诗》,华东师范大学出版社1997年版;陈良运:《中国诗学体系论》,中国社会科学出版社1992年版,"言志篇"。关于"以意逆志"的讨论更多,除上述文献均有涉及以外,可参见吕艺:《孟子"以意逆志"、"知人论世"辨析》,《北京大学学报(哲学社会科学版)》1985年第2期;李凯:《儒家元典与中国诗学》,中国社会科学出版社2002年版,第291—297页;周光庆:《孟子"以意逆志"说考论》,《孔子研究》2004年第3期。其中吕艺认为,孟子把《诗经》视为道德修养教科书和为政参考书,而不是当成"文学作品",这一点往往为新近的研究所忽视。

② 参见康晓城:《先秦儒家诗教思想研究》,台北文史哲出版社1988年版,第214、216—225页。

人","以意逆志"才可以服人。方玉润就感慨地说:

> 孟子斯言,可谓善读《诗》矣。然而自古至今,能以己意逆诗人之志者,谁哉?①

进一步的问题是,他们的这种本领能不能"共享"或"传承",恐怕永远都会有两种针锋相对的答案。论者一般忽略的是,不论是相通的结论,还是相通的问题,都说明儒道两家在论《诗》方面可以互补。在"知人"的基础上,孟子又进一步提出"论世":

> 孟子谓万章曰:"一乡之善士斯友一乡之善士,一国之善士斯友一国之善士,天下之善士斯友天下之善士。以友天下之善士为未足,又尚论古之人。颂其诗,读其书,不知其人,可乎?是以论其世也,是尚友也。"(《孟子·万章下》)

"善士"之间彼此友好,但意犹未尽,又需要推重古人。古人已逝,"其诗""其书"都是"其人"之"迹",颂读之中要紧的问题在于"以人知人",否则会被认为仅仅是记诵之能,《韩非子·难言》即感慨"时称《诗》《书》,道法往古,则见以为诵"。而"知其人"的途径又在于"论其世"。为何论世?赵岐注《孟子》曰:

> 读其书者,犹恐未知古人高下,故论其世以别之也。在三皇之世为上,在五帝之世为次,在三王之世为下,是为好上友之人也。

但孟子提出"知人论世",并不一定是要分辨古人的高下,而恐

---

① 方玉润:《诗经原始》(上),李先耕点校本,第45页。

怕是要探究古人之"志"的社会根源或时代特征，方为"尚友"之道。① "以意逆志"的上下文就是很好的例证：

> 咸丘蒙问曰："语云：'盛德之士，君不得而臣，父不得而子。'舜南面而立，尧帅诸侯北面而朝之，瞽瞍亦北面而朝之。舜见瞽瞍，其容有蹙。孔子曰：'于斯时也，天下殆哉，岌岌乎！'不识此语诚然乎哉？"
>
> 孟子曰："否！此非君子之言，齐东野人之语也。尧老而舜摄也。《尧典》曰：'二十有八载，放勋乃徂落，百姓如丧考妣。三年，四海遏密八音。'孔子曰：'天无二日，民无二王。'舜既为天子矣，又帅天下诸侯以为尧三年丧，是二天子矣。"
>
> 咸丘蒙曰："舜之不臣尧，则吾既得闻命矣。《诗》云：'普天之下，莫非王土；率土之滨，莫非王臣。'而舜既为天子矣，敢问瞽瞍之非臣，如何？"
>
> 曰："是诗也，非是之谓也。劳于王事而不得养父母也。曰：'此莫非王事，我独贤劳也。'故说诗者不以文害辞，不以辞害志。以意逆志，是为得之，如以辞而已矣。《云汉》之诗曰：'周余黎民，靡有孑遗。'信斯言也，是周无遗民也。孝子之至，莫大乎尊亲。尊亲之至，莫大乎以天下养。为天子父，尊之至也。以天下养，养之至也。《诗》曰：'永言孝思，孝思惟则。'此之谓也。《书》曰：'祗载见瞽瞍，夔夔斋栗，瞽瞍亦允若。'是为父不得而子也。"（《孟子·万章章句上》）

---

① 朱熹《孟子集注》谓："论其世，论其当世行事之迹也。言既观其言，则不可以不知其为人之实，是以又考其行也。"以"考其行"解释"论其世"，同样有失偏颇。陈昭英认为《孟子》此段"友"字最为关键，并对相关注疏作了评判，颇值得参考。参见陈昭英：《孟子"知人论世"说与经典诠释问题》，载于氏著《儒家美学与经典诠释》，台湾大学出版中心 2005 年版，第 67—89 页。而文幸福引章潢、焦循、王国维等人之语认为"知人论世"是"以意逆志"的基础，见氏著《孔子诗学研究》，台北学生书局 2007 年修订版，第 198—200 页。

咸丘蒙问孟子，舜有没有以君父为臣，这是关于"君君臣臣，父父子子"的核心问题。这个问题后来在韩非子那里又被重新提出，可见这一问题对于儒家来说何等重要。孟子引用《尧典》，以为"舜之臣尧"不是历史事实，而"舜之臣父"，亦不能用"普（"普"作"溥"）天之下，莫非王土。率土之滨，莫非王臣"的诗句来落实，该《诗》出自《小雅·北山》，其序云："大夫刺幽王也。役使不均，己劳于从事，而不得养其父母焉。"其上文云："王事靡盬，忧我父母。"其下文云："王事靡盬，忧我父母。"孟子之"以意逆志"正是把诗句放在《小雅·北山》上下文的语境中，指明此是从王臣的角度抱怨王事繁杂，无暇侍奉父母。前文所引《韩非子·说林》记载的温人引此诗句，是要证明自己乃周王朝的主人。但是，韩非子剥离了这个语境，从君王的角度解释"普天之下，莫非王土。率土之滨，莫非王臣"，就会引申出"舜出则臣其君，入则臣其父，妾其母，妻其主女也"的极端结论，这一点又和《吕览》及《荀子》引该诗句迥异。不过，其中涉及的君臣关系在禅让或者革命的过程中往往发生混乱，而父子关系在儿子成为君主之后也和君臣关系相冲突等问题，一直是古代政治哲学所讨论的议题。在否定了咸丘蒙引《诗》以证"舜之臣父"的论点以后，孟子得出的结论是："孝子之至，莫大乎尊亲。尊亲之至，莫大乎以天下养。为天子父，尊之至也。以天下养，养之至也。"孟子还引用《大雅·下武》篇说明从尧舜到汤武，都是遵从孝道的，而这些圣王的孝道是达到了"以天下养"的极致。孟子又举《书》为例说明，即便是舜的父亲瞽叟，也是认可这一点的。①

而孟子所说的"以文害辞"之"文"，以咸丘蒙所引《小雅·北山》之诗为例，乃是"普……莫非……；率……莫非……"的文法。这是一种全称判断，极言王臣之多，王土之广，而全称判断往往会引

---

① 赵岐认为，孟子所引为《书》之逸篇，今见于《古文尚书·大禹谟》。

起悖论。同样,《云汉》之诗曰:"周余黎民,靡有孑遗。"其中的"靡有"也是用否定的形式形容旱情之重,死者之多,这是"文学式"的夸张手法,并非事实上没有一个人存活下来。故而,孟子提出"说《诗》者"一方面要理解作《诗》者的心志,另一方面也不要拘泥于文辞的表达形式。正如方玉润所言:

> 诗辞与文辞迥异:文辞多明白显易,故即辞可以得志。诗辞多隐约委婉,不肯明言,或寄托以寓意,或甚言而惊人,皆非其志所在。若徒泥辞以求,鲜有不害志者。①

需要强调的是,孟子回答"舜之臣尧"和"舜之臣父"的问题,其实都是属于"知人论世"的范围。结合下文所言"以意逆志",孟子所论引经据典以"知人论世"的原则大致有五:

其一,引用的文献可靠、权威(齐东野人之语不足为据,当以《尧典》为准);

其二,对《诗》的上下文有完整了解(《小雅·北山》之诗非王者自谓);

其三,对相关文献能融会贯通(《诗》《书》所言孝的真义);

其四,对主人公特性有充分了解(言必称尧舜);

其五,对历史背景有准确掌握(尧老而舜摄)。

后世多以"以意逆志"为读《诗》、读《书》,乃至进行"经典解释"的方式,固然有理有据,但孟子的原意却是在"知人论世"的过程中论及"说《诗》"的原则。"说"当为称说之意。换言之,《诗》《书》等经典在孟子和其他先秦诸子那里是立论的重要资源和依据,而

---

① 方玉润:《诗经原始》(上),李先耕点校本,第44—45页。

不是逐字逐句"解释"的对象。① 此是"思想家"与"学问家"的不同。故而，方玉润有言：

> 说《诗》当触处旁通，不可泥于句下；解《诗》必循文会意，乃可得其环中。此自两道，非可例言。②

但是，"知人论世"与"以意逆志"亦并非等同的关系③，"知人"还可以说是"知其人之志"，但"论世"则是考究其"心志"的社会根源和时代特征。朱自清认为，"知人论世""并不是说诗的方法，而是修身的方法，'颂诗'、'读书'与'知人论世'原来三件事平列，都是成人的道理，也就是'尚友'的道理"④。此言良是。

孟子所说"论世"之"世"，即指"时世"。⑤ 依文献可征，墨子也非常强调经典的历史背景。如《墨子》所载：

> 子墨子谓鲁阳文君曰："攻其邻国，杀其民人，取其牛马粟米货财，则书之于竹帛，镂之于金石，以为铭于钟鼎，传遗后世子孙曰：'莫若我多'。今贱人也，亦攻其邻家，杀其人民，取其狗豕食粮衣裘，亦书之竹帛，以为铭于席豆，以遗后世子孙曰：'莫若我多'。其可乎？"鲁阳文君曰："然吾以子之言观之，则天下之所谓可者，未必然也。"（《墨子·鲁问》）

同样是"莫若我多"，后世子孙如果仅凭先人典籍的记载而忽略具

---

① 参见杨海文：《试析孟子解〈诗〉读〈书〉方法论》，《孔子研究》1997年第1期。
② 方玉润：《诗经原始》（上），李先耕点校本，第62页。
③ 参见李畅然：《清人以"知人论世"解"以意逆志"说平议》，《理论月刊》2007年第3期。
④ 朱自清：《诗言志辨》，第19页。
⑤ 方玉润《诗经原始》卷首上有"诸国世次图"，并附有录自《传说汇纂》的"作诗时世图"。

体的历史背景,则君主和贱人没有区别,狗豕食粮衣裘和牛马粟米货财一样值得炫耀。但无论是孟子,抑或是墨子,他们"论世"的目的,并不在于澄清某种历史事实或考订某个历史人物,而是要讨论这些事、这些人背后的普遍意义和终极价值。

六、《诗》之失

由以上讨论可知,诸子说《诗》的不同,乃在于对于《诗》的意义所在有不同理解。而在文献研读中,又需要留意关于"《诗》之失"的总结。《淮南子·诠言》曰:"《诗》之失,僻;《乐》之失,刺;《礼》之失,责。"此种"三经并举"的文献①,其产生的年代应该比较早,如《论语·泰伯》记载孔子之言:"兴于《诗》,立于《礼》,成于《乐》。"《孔子闲居》今见于《礼记》,其中也只言《诗》《礼》《乐》三部经典②,而上海博物馆藏有战国竹简本,可证《孔子闲居》非后人伪作。由此推论,关于"《诗》之失"的议论也是较早就出现了。为何言"《诗》之失,僻"?高诱注:"《诗》者,衰世之风也,故邪而以之正。小人失其正,则入于僻。"僻即邪僻之义。

《淮南子·泰族》亦言"《诗》之失也,辟",但是"六经并提"且以《易》为首。后文又提出"《诗》之失,愚":

> 故《易》之失也,卦;《书》之失也,敷;《乐》之失也,淫;《诗》之失也,辟;《礼》之失也,责;《春秋》之失也,刺。③
>
> 五行异气而皆适调,六艺异科而皆同道。温惠柔良者,《诗》

---

① 礼、乐之称,既包括成文的经典,也包括具体的礼仪和乐章等。
② 参见下章所引孔颖达《礼记正义》相关解释。
③ 王念孙认为,此六句非《淮南》原文,乃后人取《诠言》篇文附入,而加以增改者也。(参见刘文典:《淮南鸿烈集解》引,殷光熹点校本,安徽大学、云南大学出版社1998年版,第691页)

之风也；淳庞敦厚者，《书》之教也；清明条达者，《易》之义也；恭俭尊让者，《礼》之为也；宽裕简易者，《乐》之化也；刺几辩义者，《春秋》之靡也。故《易》之失，鬼；《乐》之失，淫；《诗》之失，愚；《书》之失，拘；《礼》之失，忮；《春秋》之失，訾。六者，圣人兼用而财制之。失本则乱，得本则治。其美在调，其失在权。

两段文字，六经的次序不同，且对六经之失的评价各不相同，由此可见《淮南子》一书由"编辑"而成的特点。其中第二段文字，讨论"《诗》之风""《书》之教""《易》之义""《礼》之为""《乐》之化""《春秋》之靡"。关于"《诗》之失，愚"，高诱注："诗人怒，怒近愚。"何谓"怒近愚"？注释家多有疑惑，庄逵吉疑"怒"当作"怨"，顾广圻疑"怒怒"当作"怨思"。① 按：孔子有言"《诗》可以怨"，《淮南子》原文以为《诗》的风格乃是"温惠柔良"，"怒"则失于此风，故《管子·内业》云："止怒莫若《诗》"。不能止怒，则失于"温惠柔良"，无需再疑。

而读者更熟悉的则是《礼记·经解》的开篇文字：

孔子曰："入其国，其教可知也。其为人也温柔敦厚，《诗》教也；疏通知远，《书》教也；广博易良，《乐》教也；絜静精微，《易》教也；恭俭庄敬，《礼》教也；属辞比事，《春秋》教也。故《诗》之失，愚；《书》之失，诬；《乐》之失，奢；《易》之失，贼；《礼》之失，烦；《春秋》之失，乱。其为人也，温柔敦厚而不愚，则深于《诗》者也；疏通知远而不诬，则深于《书》者也；广博易良而不奢，则深于《乐》者也；絜静精微而不贼，则深于

---

① 参见何宁：《淮南子集释》，中华书局1998年版，第1393页。

《易》者也；恭俭庄敬而不烦，则深于《礼》者也；属辞比事而不乱，则深于《春秋》者也。"

相比之下，似乎《礼记·经解》的评价更为贴切中肯，但文中均以"教"观六经，不如《淮南子·泰族》所记文献丰富。其中虽然也讲"《诗》之失，愚"，但其前提是"其为人也，温柔敦厚，《诗》教也"，即"温柔敦厚"是《诗》教的结果，而《淮南子·泰族》所载文献则认为《诗》的风格本身就是"温惠柔良"。两段文字虽然有交叉重叠之处，但具体论述其实不同，这也说明"《诗》之失"的问题曾经被不同的学者关注。

《诗》教的"温柔敦厚"，津津乐道者数不胜数，而关于"《诗》之失"，关注者则少之又少。宋代黄震，倒是有一个很贴切的解释："然惟敦厚故近愚，'愚'之言可欺也。"① 这是读《诗》者之失，故而《诗》教以温柔敦厚为标的，但有可能造成"愚民"的过失，此种过失教《诗》者也有责任，从上文所引《淮南子》及《礼记·经解》之言可以看出，先哲对此已有警惕。

从以上文献来看，对"《诗》之失"的反思，是围绕对于整个经典系统的评价展开的，这种反思也有可能来自儒家内部。这个问题的要紧之处在于，既然《诗》和其他经典有疏失之处，那么它们的"经典"地位该如何看待，是否还有日日诵读的必要？后世儒家系统的文献中没有人专门提出这个问题，在解释《礼记·经解》"《诗》之失"的所指时，也是极力维护"经典"的权威性，而侧重于"读经者之失"。

倒是《列子·仲尼》借孔子之口，从"无所不乐，无所不知；无所不忧，无所不为"的角度说明为何持续吟诵《诗》《书》：

---

① 《黄氏日钞》卷二十四《读礼记》。

曩吾修《诗》《书》，正《礼》《乐》，将以治天下，遗来世；非但修一身，治鲁国而已。而鲁之君臣日失其序，仁义益衰，情性益薄。此道不行一国与当年，其如天下与来世矣？吾始知《诗》《书》《礼》《乐》无救于治乱，而未知所以革之之方。此乐天知命者之所忧。虽然，吾得之矣。夫乐而知者，非古人之所谓乐知也；无乐无知，是真乐真知。故无所不乐，无所不知，无所不忧，无所不为。《诗》《书》《礼》《乐》，何弃之有？革之何为？……颜回重往喻之，乃反丘门，弦歌诵书，终身不辍。

这是选自孔子回答颜回为何自己有忧色时的主要内容，文中描述孔子首先认识到"《诗》《书》《礼》《乐》无救于治乱"的烦忧，而又找不到变革它们的途径，这是所谓的"乐天知命者之所忧"。可以发挥为"肤浅的乐观主义，其实摆脱不了烦忧"，而孔子并未满足于"乐天知命"，而是追求到了"无所不乐，无所不忧"的心境。在这种心境之下，《诗》《书》《礼》《乐》既没有放弃的理由，也没有变更的必要。颜回也因此终身"弦歌诵《书》"。"弦歌"，即"咏《诗》"。此段文字当然也是托名的可能性比较大，但它所要揭示的问题是很重要的，那就是对于《诗》《书》的怀疑和批评，并不一定来自轻视者或指责者，而恰好是来自热爱者或推崇者。换言之，热爱或推崇《诗》《书》，把自己的理想寄托于其中，即使是"乐天知命"也难免烦忧。而超越烦忧的途径不是摒弃《诗》《书》，而是圆融忧乐，追求"真知"。讲到此处，已经和禅意有相通之处了。

回归主题。从先秦诸子所书于竹帛，遗留于后世的文献来看，和《诗》有直接关联的，以儒、墨、道、法四家的著作为代表。[①] 学界对

---

① 参见马银琴：《战国时代〈诗〉的传播与特点》，《文学遗产》2006年第3期；叶文举：《〈墨子〉〈庄子〉〈韩非子〉说诗、引诗之衡鉴——兼论战国时期非儒家诗学思想》，《安徽师范大学学报（人文社会科学版）》2004年第1期。

诸子为何引《诗》、论《诗》,以及所引所论何《诗》皆有集中讨论,近现代以来,更侧重于"文学"层面。但诸子是不折不扣的思想家,他们引《诗》、论《诗》,皆是为立论、辩说或施教,绝非纯粹地"作文",也不是超然客观地"证史"。所以需要特别注意孟子所言"说《诗》者",其所指比较宽泛。与"说《诗》"有关的哲学问题,留待下文讨论。就过去圣贤和历史的经典而言,墨家和儒家都抱着坚定的遵从态度,而道家是持怀疑的立场,法家则是持否定的立场。就"时世"而言,墨家和儒家都相信古今一道,他们所谓的"厚古薄今",实际是希望今日之时世如往昔之时世一般理想。而道家和法家都认为时世之间没有复制的可能和必要。由此可见,墨出于儒,法出于道,并非虚言。

本章一方面是探究了《诗》如何作为先秦诸子共同的学术背景,另一方面梳理了先秦诸子对于《诗》在总体上有何判断,而特别留意于其中的互通与互补。下文将于观照《诗》的特性的同时,试图分析诸子如何以"引经据典",特别是以"说"《诗》的方式来讨论哲学问题。

第二章 诸子引《诗》明理之体例

关于《诗经》的传笺注释，刘师培曾作《毛诗词例举要》，是现代《诗经》学的重要文献。[①]早期子书频繁引《诗》以证明义理，虽然也早为学者注意，但先儒通常只是笼统地用"引《诗》以证之"或"引《诗》以明之"来说明诸子引《诗》之用意，而现代学者也只是大体上区分为"引《诗》"或"赋《诗》"、"论《诗》"或"说《诗》"，而对不同文献引《诗》的相通体例未作具体分疏，以至于《诗》在周秦汉初对于哲学思想的发生所起到的独特作用以及所提供的丰富资源未能得到充分昭示。在近年的出土文献研究中，学者已开始集中讨论新出思想文献的引《诗》、论《诗》问题。[②]但扩大到先秦子书的范围，还需要进一步比较系统的讨论。前文已言，诸子"说《诗》"固然有解说之意，但更侧重"称"，而所谓"论《诗》"，亦非就《诗》论《诗》，而是出自申述哲学思想的需要[③]，也是以称引为前提，故而可以

[①]《毛诗词例举要》刊于《国故》1919年3月一卷二期，凡24例；编者校刻刘氏遗书时发现"详本"，凡31例，故前者被称为"略本"。向熹进一步归纳为16例，见氏著《〈诗经〉语文论集》，四川民族出版社2002年版，第251、269页。

[②] 如廖名春：《郭店楚简引〈诗〉论〈诗〉考》，载于姜广辉主编：《中国哲学（第二十二辑）——经学今诠初编》，辽宁教育出版社2000年版；亦载于廖名春：《新出楚简试论》，台湾古籍出版有限公司2001年版，第45—81页。

[③] 如明代章潢所言："孔子谓'天生烝民'之诗，而赞其为知道也。虽然，岂必一一言天、言帝、言俾尔弥尔性，而后为性天之妙哉？鸢飞鱼跃，自后世诗家观之，不过点缀景物之词尔。惟子思子一发明之，昭明有融，触处皆道。乃知于昭陟降，即鸢飞鱼跃之真机也。果能小心昭事，不愧屋漏，而夙夜之匪懈焉，则自求多福之道即于此乎在。"（章潢：《图书编·诗大旨》）

统称为"引《诗》"。

另外,《诗》中自有人情义理,故而诸子,特别是儒家各派争相称引。前引《礼记·经解》之言:"其为人也温柔敦厚而不愚,则深于《诗》者也。"孔颖达《正义》云:"欲使民虽敦厚,不至于愚,则是在上深达于《诗》之义理,能以《诗》教民也。"同时,孔颖达《正义》指明:"《诗》有好恶之情,礼有政治之体,乐有谐和性情,皆能与民至极,民同上情,故《孔子闲居》云:'志之所至,《诗》亦至焉。《诗》之所至,《礼》亦至焉。《礼》之所至,《乐》亦至焉'是也。其《书》《易》《春秋》,非是恩情相感、与民至极者,故《孔子闲居》无《书》《易》及《春秋》也。"由此可见,《诗》与《礼》《乐》有相通之处,而和其他三部经典不同。清人刘开有言:"夫古圣贤立言,未有不资取于是《诗》者也。道德之精微,天人之相与;彝伦之所以昭,性情之所以着;显而为政事,幽而为鬼神,于《诗》无不可证。故论学论治,皆莫能外焉。"[1] 今不揣浅陋,就诸子引《诗》之体例,于本章尝试论之。[2]

一、依诗句出现的标示

其一,无标示引《诗》。

(1) 直接引用。

> 未见君子,忧心不能惙惙;既见君子,心不能悦。"亦既见之,亦既觏之,我心则[悦]",此之谓[也]。[3](《五行》)

---

[1] 刘开:《读诗说》,《刘孟涂集》卷一,道光年间姚氏刻字。
[2] 因本书之归纳尚属尝试,故列有关文献于正文,以便读者检视。有个别文献不见得属于"诸子"范畴,但其引《诗》的格式别有特色,一并列出。为阅读方便,诗句出处及其他说明性文字列于脚注。
[3] 诗出《召南·草虫》,《小雅·出车》亦有类似诗句。

（2）概括性引用。

  子曰："暴虎冯河，死而无悔者，吾不与也。必也临事而惧，好谋而成者也。"（《论语·述而》）①

  南容三复"白圭"②，孔子以其兄之子妻之。（《论语·先进》）

其二，统称式引《诗》。

（3）叙述式引用，其标示词为"《诗》曰""《诗》云""《诗》有之"等。③

  子驷、子国、子耳欲从楚，子孔、子蟜、子展欲待晋。子驷曰："《周诗》有之曰：'俟河之清，人寿几何？兆云询多，职竞作罗。'④谋之多族，民之多违，事滋无成。"（《左传·襄公八年》）

  白公胜将弑楚惠王，王出亡，令尹司马皆死，拔剑而属之于屈庐曰："子与我，将舍之；子不与我，将杀子。"屈庐曰："《诗》有之曰：'莫莫葛藟，肆于条枝，恺悌君子，求福不回。'⑤今子杀子叔父而求福于庐也，可乎？且吾闻知命之士，见利不动，临危不恐。为人臣者，时生则生，时死则死，是谓人臣之礼。故上知天命，下知臣道，其有可劫乎？子胡不推之？"白公胜乃内其剑。（《新序·义勇》）

  叔向问晏子曰："齐国之德衰矣，今子何若？"晏子对曰：

---

① 《小雅·小旻》："不敢暴虎，不敢冯河。人知其一，莫知其他。战战兢兢，如临深渊，如履薄冰。"

② 《大雅·抑》："白圭之玷，尚可磨也；斯言之玷，不可为也。"

③ "《诗》曰""《诗》云"，形式最为常见，此处只以"《诗》有之曰"为例。

④ 逸诗。杜预《左传注》："言人寿促而河清迟，喻晋之不可待。"兆，卜。询，谋也。职，主也。言既卜且谋者多，则竞作罗网之难，无成功。"

⑤ 诗出《大雅·旱麓》。

"婴闻事明君者，竭心力以没其身，行不逮则退，不以诬持禄；事惰君者，优游其身以没其世，力不能则去，不以谀持危。且婴闻君子之事君也，进不失忠，退不失行。不苟合以隐忠，可谓不失忠；不持利以伤廉，可谓不失行。"叔向曰："善哉！《诗》有之曰：'进退维谷'①，其此之谓欤？"（《晏子春秋·内篇问下》）

（4）反问式引用，其标示词为"《诗》不云乎"。

宋玉事楚襄王而不见察，意气不得，形于颜色。或谓曰："先生何谈说之不扬，计画之疑也。"宋玉曰："不然。……夫处势不便，岂何以量功校能哉？《诗》不云乎：'驾彼四牡，四牡项领。'②夫久驾而长，不得行项领，不亦宜乎？《易》曰：'臀无肤，其行趑趄。'③此之谓也。"（《新序·杂事》）

孔子既没，弟子思慕，有若状似孔子，弟子相与共立为师，师之如夫子时也。他日，弟子进问曰："昔夫子当行，使弟子持雨具，已而果雨。弟子问曰：'夫子何以知之？'夫子曰：'《诗》不云乎："月离于毕，俾滂沱矣。"④昨暮月不宿毕乎？'他日，月宿毕，竟不雨……"（《史记·仲尼弟子列传》）

其三，特指式引《诗》。

（5）标出诗之篇名或类名，如"《大雅（夏）》曰""《小雅（夏）》曰""《国风》曰"或"《皇矣》道之曰""《周诗》有之曰"等。⑤

---

① 《大雅·桑柔》："人亦有言：进退维谷。"
② 诗出《小雅·节南山》。
③ 《周易·夬卦》九四爻辞。
④ 诗出《小雅·渐渐之石》。
⑤ 见下文及第五章"孔门后学之《诗》学与哲学"。

（6）只引《诗》之篇名。

> 子曰："好贤如《缁衣》，恶恶如《巷伯》，则爵不渎而民作愿，刑不试而民咸服。《大雅》曰：'仪刑文王，万国作孚。'"①（《礼记·缁衣》）

其四，转引《诗》句。

（7）转引《诗》句，多属于"子曰"或"子言之"②，"子墨子曰"等内容；另有"仲尼曰""孔子曰"等形式。

> 仲尼曰："叔孙昭子之不劳，不可能也。周任有言曰：'为政者不赏私劳，不罚私怨。'《诗》云：'有觉德行，四国顺之。'"③（《左传·昭公五年》）
>
> 晋人欲攻郑，令叔向聘焉，视其有人与无人。子产为之《诗》曰："子惠思我，褰裳涉洧，子不我思，岂无他士！"④叔向归曰："郑有人，子产在焉，不可攻也。秦、荆近，其诗有异心，不可攻也。"晋人乃辍攻郑。孔子曰："《诗》云：'无竞惟人。'⑤子产一称而郑国免。"（《吕氏春秋·求人》）

其五，"《诗》曰（云）"与"（孔）子曰"并引。

（8）"《诗》曰（云）"与"（孔）子曰"并列。

---

① 《缁衣》载于《郑风》，《巷伯》载于《小雅》。《大雅·文王》："仪刑文王，万邦作孚。"
② 以传世本《缁衣》《表记》《坊记》《孝经》等为甚。
③ 诗出《大雅·抑》。
④ 诗出《郑风·褰裳》。
⑤ 《大雅·抑》："无竞维人，四方其训之。有觉德行，四国顺之。"《周颂·烈文》："无竞维人，四方其训之。不显维德，百辟其刑之。"

《诗》云:"商之孙子,其丽不亿。上帝既命。侯于周服。侯服于周,天命靡常。殷士肤敏,祼将于京。"①孔子曰:"仁不可为众也。夫国君好仁,天下无敌。"今也欲无敌于天下而不以仁,是犹执热而不以濯也。《诗》云:"谁能执热,逝不以濯?"②(《孟子·离娄上》)

(9)"(孔)子曰"为评论"《诗》曰(云)"之语。

《诗》曰:"天生烝民,有物有则。民之秉彝,好是懿德。"③孔子曰:"为此诗者,其知道乎!故有物必有则,民之秉彝也,故好是懿德。"(《孟子·告子上》)

《诗》曰:"瞻彼日月,悠悠我思。道之云远,曷云能来!"④子曰:"伊稽首,不其有来乎?"(《荀子·宥坐》)

其六,《诗》与其他经典并引。

(10)《诗》与《书》《易》《春秋》等经典并引。

以德报德,则民有所劝;以怨报怨,则民有所惩。《诗》曰:"无言不雠,无德不报。"⑤《太甲》曰:"民非后无能胥以宁;后非民无以辟四方。"(《礼记·表记》)

《春秋》不称楚越之王丧,礼君不称天,大夫不称君,恐民之惑也。《诗》云:"相彼盍旦,尚犹患之。"⑥(《礼记·坊记》)

---

① 诗出《大雅·文王》。
② 诗出《大雅·桑柔》。
③ 诗出《大雅·烝民》。
④ 诗出《邶风·雄雉》。
⑤ 诗出《大雅·抑》。
⑥ 逸诗。

《易》曰:"东邻杀牛,不如西邻之禴祭,实受其福。"《诗》云:"既醉以酒,既饱以德。"以此示民,民犹争利而忘义。①(《礼记·坊记》)

二、依引《诗》的句式及用意

其一,引《诗》以佐证义理。

(1)"《诗》云(曰)……故、是故或是以……"

《诗》云:"潜虽伏矣,亦孔之昭!"故君子内省不疚,无恶于志。君子所不可及者,其唯人之所不见乎!(《礼记·中庸》)②

子云:"贫而好乐,富而好礼,众而以宁者,天下其几矣!《诗》云:'民之贪乱,宁为荼毒。'③故制国不过千乘,都城不过百雉,家富不过百乘,以此坊民,诸侯犹有畔者。"(《礼记·坊记》)

《诗》曰:"奏假无言,时靡有争。"是故君子不赏而民劝,不怒而民威于铁钺。④(《礼记·中庸》)

《诗》曰:"不显惟德!百辟其刑之。"⑤是故君子笃恭而天下平。(《礼记·中庸》)

《诗》云:"东有开明"⑥,于时鸡三号,以兴庶虞,庶虞动,蛰征作。畜民执功,百草咸淳,地倾水流之。是以天子盛服朝日于东

---

① 引《易》为《既济》九五爻辞。诗出《大雅·既醉》。
② 诗出《小雅·正月》,"昭"本作"照"。《正义》:"《诗》之本文以幽王无道,喻贤人君子虽隐其身,德亦甚明著,不能免祸害,犹如鱼伏于水,亦甚著见,被人采捕。记者断章取义,言贤人君子身虽藏隐,犹如鱼伏于水,其道德亦甚彰矣。"丰乾按:"潜伏"者,恐非"隐其身",乃"内省"的对象,即隐而未发的心理状态。依《正义》,《中庸》乃反用诗义以证其理。
③ 诗出《大雅·桑柔》。
④ 《商颂·烈祖》:"鬷假无言,时靡有争。"
⑤ 诗出《周颂·烈文》。
⑥ 《小雅·大东》:"东有启明,西有长庚。"

堂，以教敬示威于天下也。是以祭祀……是以父慈子孝兄爱弟敬。此皆先王之所先施于民也，君而后此则为国家失本矣。(《大戴礼记·四代》中以"子曰"答"公问'大节无废，小眇后乎'"之言)

（2）以"《诗》曰（云）"承上启下。

目不能两视而明，耳不能两听而聪。螣蛇无足而飞，梧鼠五技而穷。《诗》曰："鸤鸠在桑，其子七兮。淑人君子，其仪一兮。其仪一兮，心如结兮。"① 故君子结于一也。(《荀子·劝学》)

子曰："君子之教以孝也，非家至而日见之也。教以孝，所以敬天下之为人父者也。教以悌，所以敬天下之为人兄者也。教以臣，所以敬天下之为人君者也。《诗》云：'恺悌君子，民之父母。'② 非至德，其孰能顺民如此其大者乎！"(《孝经·广至德》)

其二，引《诗》以结成义理③。
（3）"《诗》云（曰）……此之谓（诰）也。"

非独国有染也，士亦有染。其友皆好仁义，淳谨畏令，则家日益，身日安，名日荣，处官得其理矣，则段干木、禽子、傅说之徒是也。其友皆好矜奋，创作比周，则家日损，身日危，名日辱，处官失其理矣，则子西、易牙、竖刁之徒是也。《诗》曰："必择所堪，必谨所堪"④者，此之谓也。(《墨子·所染》)

暴其民甚，则身弑国亡；不甚，则身危国削，名之曰"幽"

---

① 诗出《曹风·鸤鸠》。
② 诗出《大雅·泂酌》。
③ "结"为总结，"成"为成就，《礼记正义》屡用"引《诗》结成之"。
④ 逸诗。

"厉"，虽孝子慈孙，百世不能改也。《诗》云："殷鉴不远，在夏后之世"①，此之谓也。(《孟子·离娄上》)

非独子墨子以天之志为法也，于先王之书《大夏》之道之然："帝谓文王，予怀而明德，毋大声以色，毋长夏以革，不识不知，顺帝之则。"②此诰文王之以天志为法也，而顺帝之则也。(《墨子·天志下》)

谄谀者亲，谏争者疏，修正为笑，至忠为贼，虽欲无灭亡，得乎哉！《诗》曰："噏噏呰呰，亦孔之哀。谋之其臧，则具是违；谋之不臧，则具是依"③，此之谓也。(《荀子·修身》)

故人主无便嬖左右足信者谓之暗，无卿相辅佐足任使者谓之独，所使于四邻诸侯者非其人谓之孤，孤独而暗谓之危。国虽若存，古之人曰亡矣。《诗》曰："济济多士，文王以宁"④，此之谓也。(《荀子·君道》)

夫孝者，天下之大经也。夫孝置之而塞于天地，衡之而衡于四海，施诸后世而无朝夕，推而放诸东海而准，推而放诸西海而准，推而放诸南海而准，推而放诸北海而准。《诗》云："自西自东，自南自北，无思不服"⑤，此之谓也。(《大戴礼记·曾子大孝》)

(4) 以"《诗》云""《诗》曰"结尾或用"(是)故……《诗》曰"的句式。

子曰："中心安仁者，天下一人而已矣。《大雅》曰：'德輶如

---

① 诗出《大雅·荡》。
② 诗出《大雅·皇矣》。
③ 诗出《小雅·小旻》，"噏噏呰呰"作"潝潝訿訿"。《尔雅·释训》："翕翕、訿訿，莫供职也。"《荀子》普遍采用"诗曰……此之谓也"的句式。
④ 诗出《大雅·文王》。此处荀子用"反证"法。
⑤ 诗出《大雅·文王有声》。

毛，民鲜克举之；我仪图之，惟仲山甫举之，爱莫助之。'《小雅》曰：'高山仰止，景行行止。'①"（《礼记·表记》）

子曰："恭近礼，俭近仁，信近情，敬让以行此，虽有过，其不甚矣。夫恭寡过，情可信，俭易容也；以此失之者，不亦鲜乎？《诗》曰：'温温恭人，惟德之基。'②"（《礼记·表记》）

是故君子动而世为天下道，行而世为天下法，言而世为天下则。远之则有望，近之则不厌。《诗》曰："在彼无恶，在此无射；庶几夙夜，以永终誉！"③（《礼记·中庸》）

（5）"《诗》不云乎……"或"《诗》曰……其云……乎"。

孔子曰："夫荆之地广而都狭，民有离志焉，故曰在于附近而来远。哀公有臣三人，内比周公以惑其君，外障诸侯宾客以蔽其腑，故曰政在谕臣。齐景公奢于台榭，淫于苑囿，五官之乐不解，一旦而赐人百乘之家者三，故曰政在于节用，此三者政也。《诗》不云乎：'乱离斯瘼，爰其适归'④？此伤离散以为乱者也；'匪其止共，惟王之邛'⑤，此伤奸臣蔽主以为乱者也；'相乱蔑资，曾莫惠我师'⑥，此伤奢侈不节以为乱者也，察此三者之所欲，政其同乎哉？！"（《说苑·政理》孔子答子贡"政有异乎"之问）

曾子曰："无内人之疏而外人之亲，无身不善而怨人，无刑已至而呼天。内人之疏而外人之亲，不亦远乎！身不善而怨人，不亦反乎！刑已至而呼天，不亦晚乎！《诗》曰：'涓涓源水，不雍

---

① 《大雅·烝民》之篇及《小雅·车辖》。
② 诗出《大雅·抑》。
③ 《周颂·振鹭》："在彼无恶，在此无斁。庶几夙夜，以永终誉。"
④ 《小雅·四月》："乱离瘼矣，爰其适归。"
⑤ 诗出《小雅·巧言》。
⑥ 逸诗。此三处引《诗》，包括对诗句的阐释。

不塞。毂已破碎,乃大其辐。事已败矣,乃重太息。① 其云益乎!"(《荀子·法行》)

其三,概括《诗》义以明理。

(6)直接概括诗句之义,以"也"煞尾。

《诗》曰:"衣锦尚絅",恶其文之著也。② 故君子之道,暗然而日章;小人之道,的然而日亡。(《礼记·中庸》)

《皇矣》道之曰:"帝谓文王,予怀明德,不大声以色,不长夏以革,不识不知,顺帝之则。"③ 帝善其顺法则也。故举殷以赏之,使贵为天子,富有天下,名誉至今不息。(《墨子·天志中》)

《诗》云:"有渰凄凄,兴云祁祁。雨我公田,遂及我私。"④ 三王之佐,皆能以公及其私矣。俗主之佐,其欲名实也,与三王之佐同,而其名无不辱者,其实无不危者,无公故也。(《吕氏春秋·务本》)

(7)用"(盖)曰""则此语""即此言""此言""以言""谓"等词引出概括。

《诗》曰:"唯此文王,帝度其心。莫其德音,其德克明。克

---

① 逸诗。
② 《卫风·硕人》及《郑风·丰》均作"衣锦褧衣"。郑笺:"国君夫人翟衣而嫁,今衣锦者,在涂之所服也。尚之以禅衣,为其文之大著。"《礼记正义》:"此《诗·卫风·硕人》之篇,美庄姜之诗。言庄姜初嫁在涂,衣着锦衣,为其文之大著,尚着禅絅加于锦衣之上。絅,禅也,以单縠为衣,尚以覆锦衣也。案《诗》本文云'衣锦褧衣',此云'尚絅'者,断截《诗》文也。又俗本云'衣锦褧裳',又与定本不同者。记人欲明君子谦退,恶其文之彰著,故引《诗》以结之。"
③ 《皇矣》为《大雅》之篇。"予怀明德",据孙诒让《墨子闲诂》,吴钞本"怀"下有"而"字。上博藏竹简《孔子诗论》作"怀尔明德"。
④ 《小雅·大田》:"有渰萋萋,兴雨祈祈。雨我公田,遂及我私。"

明克类,克长克君。王此大国,克顺克比。比于文王,其德靡悔。既受帝祉,施于孙子。"①心能制义曰"度",德正应和曰"莫",照临四方曰"明",勤施无私曰"类",教诲不倦曰"长",赏庆刑威曰"君",慈和遍服曰"顺",择善而从之曰"比",经纬天地曰"文"。九德不愆,作事无悔,故袭天禄,子孙赖之。主之举也,近文德矣,所及其远哉!(《左传·昭公二十八年》)

《诗》曰:"告女忧恤,诲女予爵。孰能执热,鲜不用濯?"则此语古者国君诸侯之不可以不执善承嗣辅佐也。譬之犹执热之有濯也,将休其手焉。②(《墨子·尚贤中》)

故古者圣人之所以济事成功、垂名于后世者,无他故异物焉,曰唯能以尚同为政者也。是以先王之书《周颂》之道曰:"载来见彼王,曰求厥章。"③则此语古者国君诸侯之以春秋来朝聘天子之廷,受天子之严教。退而治国,政之所加,莫敢不宾。当此之时,本无有敢纷天子之教者。《诗》曰:"我马维骆,六辔沃若,载驰载驱,周爰咨度。"又曰:"我马维骐,六辔若丝,载驰载驱,周爰咨谋。"④即此语古者国君诸侯之闻见善与不善也,皆驰驱以告天子。⑤是以赏当贤,罚当暴,不杀不辜,不失有罪,则此尚同之功也。(《墨子·尚同中》)

先王之所书《大雅》之所道曰:"无言而不仇,无德而不报。

---

① 诗出《大雅·皇矣》。"莫"作"貊"。
② 《大雅·桑柔》:"告尔忧恤,诲尔序爵。谁能执热,逝不以濯?"郑笺:"恤,亦忧也。逝,犹去也。我语女以忧天下之忧,教女以次序贤能之爵,其为之当如手持热物之用濯,谓治国之道,当用贤者。"《左传·襄公三十一年》北宫文子以引此诗,并云:"礼之于政,如热之有濯也。濯以救热,何患之有?"两者取义不同,《毛诗正义》云:"以濯救热,喻以礼救乱也。必贤人乃能行礼,故笺云'治国之道当用贤',以申足传意也。"但《墨子》之义,以用贤为主。而《孟子·离娄上》引此诗句,则为明以仁无敌天下之理。
③ 一本引作"载来见彼王,聿求厥章"。《周颂·载见》:"载见辟王,曰求厥章。"
④ 诗出《小雅·皇皇者华》。
⑤ "语"下原有"也"字,当为衍文。参见孙诒让:《墨子闲诂》,孙启治点校本,中华书局2001年版,第89页。

投我以桃，报之以李。"即此言爱人者必见爱也，而恶人者必见恶也。(《墨子·兼爱下》)

《诗》云："惟天之命，於穆不已！"盖曰天之所以为天也；"於乎不显！文王之德之纯！"盖曰文王之所以为文也，纯亦不已。① (《礼记·中庸》)

《诗》云："既醉以酒，既饱以德。"② 言饱乎仁义也，所以不愿人之膏粱之味也。令闻广誉施于身，所以不愿人之文绣也。(《孟子·告子上》)

迷者不问路，溺者不问遂，亡人好独。《诗》曰："我言维服，勿用为笑。先民有言，询于刍荛。"③ 言博问也。(《荀子·大略》)

《诗》曰："淑人君子，其仪不忒。其仪不忒，正是四国。"④ 言正诸身也。(《吕氏春秋·先己》)

《诗》曰："恺悌君子，求福不回。"⑤ 言以信义为准绳也。(《淮南子·泰族》)

《诗》曰："左之左之，君子宜之；右之右之，君子有之。"⑥ 此言君子能以义屈信变应故也。(《荀子·不苟》)

《诗》曰："不敢暴虎，不敢冯河。人知其一，莫知其他。"⑦ 此言不知邻类也。(《吕氏春秋·安死》)

《大雅》曰："上帝临汝，无贰尔心。"⑧ 以言忠臣之行也。

---

① 诗出《周颂·维天之命》。"纯亦不已"四字，释文王之所以合于天命。
② 诗出《大雅·既醉》。《坊记》亦引此诗，并云："以此示民，民犹争利而忘义。"
③ 诗出《大雅·板》。
④ 诗出《曹风·鸤鸠》。
⑤ 诗出《大雅·旱麓》。郑笺："不回者，不违先祖之道。"
⑥ 诗出《小雅·裳裳者华》。毛传："左，阳道，朝祀之事。右，阴道。丧戎之事。"郑笺："君子，斥其先人也。多才多艺，有礼于朝，有功于国。"
⑦ 诗出《小雅·小旻》。
⑧ 诗出《大雅·大明》。竹简《五行》："几而知之，天也。《诗》曰：'上帝临汝，毋贰尔心。'此之谓也。"《鲁颂·閟宫》："无贰无虞，上帝临女。"

(《吕氏春秋·务本》)

人之于文学也,犹玉之于琢磨也。《诗》曰:"如切如磋,如琢如磨。"① 谓学问也。(《荀子·大略》)

(8)取所引部分诗句或诗句中个别语词而训释之,多用"……犹……""……者……也""……此之谓……"等句式。

《诗》曰:"天之方蹶,无然泄泄。"② 泄泄,犹沓沓也。事君无义,进退无礼,言则非先王之道者,犹沓沓也。故曰:责难于君谓之"恭",陈善闭邪谓之"敬",吾君不能谓之"贼"。(《孟子·离娄上》)

《诗》云:"瞻彼淇澳,菉竹猗猗。有斐君子,如切如磋,如琢如磨。瑟兮僩兮,赫兮喧兮。有斐君子,终不可喧兮!""如切如磋"者,道学也;"如琢如磨"者,自修也;"瑟兮僩兮"者,恂栗也;"赫兮喧兮"者,威仪也;"有斐君子,终不可喧兮"者,道盛德至善,民之不能忘也。③(《大学》)

景公问晏子曰:"人性有贤不肖,可学乎?"晏子对曰:"《诗》云:'高山仰之,景行行之。''之'者,其人也。故诸侯并立,善而不怠者为长;列士并学,终善者为师。"(《晏子春秋·内篇问下》)

《诗》云:"乐只君子,民之父母。"④ 民之所好好之,民之所恶

---

① 诗出《卫风·淇奥》。
② 诗出《大雅·板》。毛传引孟子之释。《尔雅·释训》:"宪宪、泄泄,制法则也。"《毛诗正义》:"宪宪犹欣欣,喜乐貌也,谓见王将为恶政而喜乐之。泄泄犹沓沓,竞进之意也,谓见王将为恶政竞随从而为之制法也。"朱熹《孟子集注》:"言天欲颠覆周室,群臣无得泄泄然,不急救正之。"
③ 诗出《卫风·淇奥》。以上数条,又见《尔雅·释训》,《礼记正义》认为乃"记者引《尔雅》而释之"。
④ 诗出《小雅·南山有台》。

恶之，此之谓"民之父母"。(《大学》)

其四，申足^①《诗》义以明理。

（9）以所引诗句为申述对象。

《诗》云："於戏！前王不忘。"^②君子贤其贤而亲其亲，小人乐其乐而利其利，此以没世不忘也。(《礼记·大学》)

子曰："道不远人。人之为道而远人，不可以为道。《诗》云：'伐柯伐柯，其则不远。'^③执柯以伐柯，睨而视之，犹以为远。故君子以人治人，改而止。忠恕违道不远，施诸己而不愿，亦勿施于人。"(《礼记·中庸》)

《诗》云："不愆不忘，率由旧章。"^④遵先王之法而过者，未之有也。(《孟子·离娄上》)

（10）以诗句中个别词句为申述对象。

《大雅》曰："文王在上，于昭于天。周虽旧邦，其命维新。有周不显，帝命不时。文王陟降，在帝左右。穆穆文王，令闻不已。"^⑤若鬼神无有，则文王既死，彼岂能在帝之左右哉？此吾所以知《周书》之鬼也。(《墨子·明鬼》)

---

① 《毛诗正义》屡言郑笺"申足"毛传，即引申、补足之义。
② 诗出《周颂·烈文》。
③ 诗出《豳风·伐柯》。郑注："则，法也。言持柯以伐木，将以为柯近，以柯为尺寸之法，此法不远人，人尚远之，明为道不可以远。"
④ 诗出《大雅·假乐》。
⑤ "穆穆文王"，《大雅·文王》作"亹亹文王"。"文王陟降，在帝左右"，毛传："言文王升接天，下接人也。"郑笺云："在，察也。文王能观知天意，顺其所为，从而行之。"与墨子所言文王已死不同。按："文"为谥号，《文王》一诗当为后人追思之作，《吕氏春秋·古乐》言周公旦作此诗，"以绳文王之德"。方玉润《诗经原始》以为此诗乃"周公追述文德配天，以肇造乎周也"。

《诗》云:"桃之夭夭,其叶蓁蓁。之子于归,宜其家人。"①宜其家人,而后可以教国人。《诗》云:"宜兄宜弟。"②宜兄宜弟,而后可以教国人。《诗》云:"其仪不忒,正是四国。"其为父子兄弟足法,而后民法之也。此谓治国在齐其家。(《大学》)

　　《诗》曰:"嗟尔君子,无恒安息。靖共尔位,好是正直。神之听之,介尔景福。"③"神",莫大于化道;"福",莫长于无祸。(《荀子·劝学》)

其五,(11)分析《诗》义以明理。

　　仲尼曰:"善哉!政宽则民慢,慢则纠之以猛。猛则民残,残则施之以宽。宽以济猛,猛以济宽,政是以和。《诗》曰:'民亦劳止,汔可小康。惠此中国,以绥四方。'施之以宽也;'毋从诡随,以谨无良。式遏寇虐,惨不畏明。'纠之以猛也;'柔远能迩,以定我王。'④平之以和也;又曰:'不竞不絿,不刚不柔。布政优优,百禄是遒。'⑤和之至也。"(《左传·昭公二十年》)

　　子言之:"仁有数,义有长短小大。中心僭怛,爱人之仁也;率法而强之,资仁者也。《诗》云:'丰水有芑,武王岂不仕!诒厥孙谋,以燕翼子,武王烝哉!'⑥数世之仁也。《国风》曰:'我

---

① 诗出《周南·桃夭》。
② 诗出《小雅·蓼萧》。《正义》:"美成王之诗。《诗》之本文,言成王有德,宜为人兄,宜为人弟。此《记》之意,'宜兄宜弟',谓自与兄弟相善相宜也。既与兄弟相宜,而可兄弟之意,而后可以教国人也。"
③ 诗出《小雅·小明》。
④ 此十句均出自《大雅·民劳》,"惨"作"憯"。
⑤ 诗出《商颂·长发》。
⑥ 诗出《大雅·文王有声》。郑玄《礼记注》:"言武王岂不念天下之事乎,如丰水之有芑矣,乃遗其后世之子孙以善谋,以安翼其子也。"

今不阅，皇恤我后。'① 终身之仁也。"(《礼记·表记》)

其六，引《诗》以观察人、事或自况。

（12）"《诗》云（曰）……某某（事）也（已矣）。"

仲尼曰："能补过者，君子也。《诗》曰：'君子是则是效。'② 孟僖子可则效已矣。"(《左传·昭公七年》)

子产归，未至，闻子皮卒，哭，且曰："吾已，无为为善矣，唯夫子知我。"仲尼谓："子产于是行也，足以为国基矣。《诗》曰：'乐只君子，邦家之基。'③ 子产，君子之求乐者也。"且曰："合诸侯，艺贡事，礼也。"(《左传·昭公十三年》)

貉稽曰："稽大不理于口。"孟子曰："无伤也。士憎兹多口。《诗》云：'忧心悄悄，愠于群小。'④ 孔子也。'肆不殄厥愠，亦不殒厥问。'文王也。"⑤(《孟子·尽心下》)

（13）"《诗》云（曰）……其某某（事）之谓也（乎）"或"此诗之所谓……"

陈灵公与孔宁、仪行父通于夏姬，皆衷其衵服以戏于朝。泄冶谏曰："公卿宣淫，民无效焉，且闻不令，君其纳之。"公曰：

---

① 诗出《邶风·谷风》。"我今"作"我躬"。郑玄《礼记注》："言我今尚恐不能自容，何暇忧我后之人乎。"
② 诗出《小雅·鹿鸣》。
③ 诗出《小雅·南山有台》。
④ 诗出《邶风·柏舟》。
⑤ 诗出《大雅·绵》。郑笺："文王见太王立冢土，有用大众之义，故不绝去其怨恶恶人之心，亦不废其聘问邻国之礼。"《正义》："以大王立社，有用众之义。故今文王不绝其怨恶恶人之心，欲征伐无道也。亦不坠其聘问之礼，欲亲人善邻也。言其威德兼行，不忝前业，不废其聘问之使。"

"吾能改矣。"公告二子，二子请杀之，公弗禁，遂杀泄冶。孔子曰："《诗》云：'民之多辟，无自立辟。'① 其泄冶之谓乎。"(《左传·宣公九年》)

荆庄王立三年，不听而好讔。成公贾入谏……明日朝，所进者五人，所退者十人。群臣大说，荆国之众相贺也。故《诗》曰："何其久也，必有以也。何其处也，必有与也。"② 其庄王之谓邪！(《吕氏春秋·重言》)

昔者秦缪公乘马而车为败，右服失而野人取之。缪公自往求之，见野人方将食之于岐山之阳。缪公叹曰："食骏马之肉而不还饮酒，余恐其伤女也！"于是遍饮而去。处一年，为韩原之战。……野人之尝食马肉于岐山之阳者三百有余人，毕力为缪公疾斗于车下，遂大克晋，反获惠公以归。此《诗》之所谓曰"君君子则正，以行其德；君贱人则宽，以尽其力"③者也。(《吕氏春秋·爱士》)

崔杼既弑庄公而立景公……有敢不盟者，戟钩其颈，剑承其心，令自盟曰："不与崔庆，而与公室者，受其不祥。"言不疾，指不至血者死，所杀七人。次及晏子，晏子奉杯血仰天叹曰："呜呼！崔子为无道，而弑其君，不与公室而与崔庆者，受此不祥。"俛而饮血。崔杼谓晏子曰："子变子言，则齐国吾与子共之；子不变子言，戟既在脰，剑既在心，维子图之也。"晏子曰："劫吾以刃而失其志，非勇也。回吾以利而倍其君，非义也。崔子，子独不为夫《诗》乎？《诗》云：'莫莫葛藟，施于条枚。恺悌君子，求福不回。'④ 今婴且可以回而求福乎？曲刃钩之，直兵推之，婴不

---

① 诗出《大雅·板》。郑笺："民之行多为邪辟者，乃女君臣之过，无自谓所建为法也。"杜预《左传》注："言邪辟之世，不可立法。国无道，危行言孙。"《孔子家语·颜回》记为孔子答子贡问泄冶是否同与比干之仁。
② 《邶风·旄丘》："何其处也，必有与也。何其久也，必有以也。"句序相反。
③ 逸诗。
④ 诗出《大雅·旱麓》。

革矣。"崔杼将杀之,或曰:"不可。子以子之君无道而杀之。今其臣,有道之士也,又从而杀之,不可以为教矣。"崔子遂舍之。晏子曰:"若大夫为大不仁,而为小仁,焉有中乎?"趋出,援绥而乘,其仆将驰,晏子抚其手,曰:"徐之,疾不必生,徐不必死,鹿生于野,命县于厨,婴命有系矣。"按之成节而后去。《诗》云:"彼己之子,舍命不渝。"① 晏子之谓也。(《晏子春秋·内篇杂上第五》)

(14)"《诗》不云乎……"

孔子之郯,遭程子于涂,倾盖而语终日。有间,顾子路曰:"取束帛一以赠先生。"子路不对。有间,又顾曰:"取束帛一以赠先生。"子路屑然对曰:"由闻之,士不中间而见,女无媒而嫁,君子不行也。"孔子曰:"由,《诗》不云乎:'野有蔓草,零露漙兮,有美一人,清扬婉兮,邂逅相遇,适我愿兮。'② 今程子天下之贤士也,于是不赠,终身不见。大德毋逾闲,小德出入可也。"(《说苑·尊贤》)

(15)"《诗》云(曰)……由此观之……"

《诗》云:"雨我公田,遂及我私。"③ 睢助为有公田。由此观

---

① 诗出《唐风·羔裘》。"己"作"其"。郑笺:"之子,是子也。是子处命不变,谓守死善道,见危授命之等。"《吕氏春秋·知分》、《韩诗外传》卷二所记均较为扼要,但《韩诗外传》在"彼己之子,舍命不渝"之前更引"羔裘如濡,恂直且侯"之句。

② 诗出《郑风·野有蔓草》。

③ 诗出《小雅·大田》。郑笺:"古者阴阳和,风雨时,其来祈祈然而不暴疾。其民之心。先公后私,令天主雨于公田,因及私田尔。此言民怙君德,蒙其余惠。"赵岐《孟子》注:"言太平时民悦其上,愿欲天之先雨公田,遂以次及我私田也,犹殷人助者,为有公田耳。此周《诗》也,而云'雨公田',知虽周家之时亦有助之之制也。"

之，虽周亦助也。(《孟子·滕文公上》)

夫圣人之于善也，无小而不举；其于过也，无微而不改。尧、舜、禹、汤、文、武皆坦然天下而南面焉。当此之时，磬鼓而食，奏《雍》而彻，已饭而祭灶，行不用巫祝，鬼神弗敢祟，山川弗敢祸，可谓至贵矣。然而战战栗栗，日慎一日。由此观之，则圣人之心小矣。《诗》云："惟此文王，小心翼翼，昭事上帝，聿怀多福。"① 其斯之谓欤！(《淮南子·主术》)

其七，(16) 引《诗》以发问。

子夏问曰："'巧笑倩兮，美目盼兮，素以为绚兮。'② 何谓也？"子曰："绘事后素。"曰："礼后乎？"子曰："起予者，商也，始可与言《诗》已矣！"(《论语·八佾》)

万章问曰："《诗》云：'娶妻如之何？必告父母。'③ 信斯言也，宜莫如舜。舜之不告而娶，何也？"(《孟子·万章上》)

公孙丑曰："《诗》曰：'不素餐兮。'④。君子之不耕而食，何也？"孟子曰："君子居是国也，其君用之，则安富尊荣；其子弟从之，则孝悌忠信。'不素餐兮'，孰大于是？"(《孟子·尽心上》)

其八，(17) 引《诗》以答问。

管仲曰："然公使我求宁戚，宁戚应我曰'浩浩'乎，吾不

---

① 《雍》在《周颂》，《诗序》："禘大祖也。"毛传："禘，大祭也。大于四时，而小于祫。大祖，谓文王。"后引《诗》句，出自《大雅·文王》。
② 诗出《卫风·硕人》。"素以为绚兮"逸。
③ 诗出《齐风·南山》。
④ 诗出《魏风·伐檀》。

识。"婢子曰:"《诗》有之:'浩浩者水,育育者鱼,未有室家,而安召我居。'① 宁子其欲室乎?"(《管子·小问》)

陈嚣问孙卿子曰:"先生议兵,常以仁义为本。仁者爱人,义者循理,然则又何以兵为?凡所为有兵者,为争夺也。"孙卿子曰:"……彼兵者,所以禁暴除害也,非争夺也。故仁人之兵,所存者神,所过者化,若时雨之降,莫不说喜。是以尧伐欢兜,舜伐有苗,禹伐共工,汤伐有夏,文王伐崇,武王伐纣,此四帝两王,皆以仁义之兵行于天下也。故近者亲其善,远方慕其德,兵不血刃,远迩来服,德盛于此,施及四极。《诗》曰:'淑人君子,其仪不忒。'② 此之谓也。"(《荀子·议兵》)

子贡问于孔子曰:"君子之所以贵玉而贱珉者,何也?为夫玉之少而珉之多邪?"孔子曰:"恶,赐,是何言也!夫君子岂多而贱之,少而贵之哉?夫玉者,君子比德焉。温润而泽,仁也;栗而理,知也;坚刚而不屈,义也;廉而不刿,行也;折而不挠,勇也;瑕适并见,情也;扣之,其声清扬而远闻,其辍然,辞也。故虽有珉之雕雕,不若玉之章章。《诗》曰:'言念君子,温其如玉。'③ 此之谓也。"(《荀子·法行》)

叔向问晏子曰:"人何以则可谓保其身?"晏子对曰:"《诗》曰:'既明且哲,以保其身,夙夜匪懈,以事一人。'④ 不庶几,不要幸,先其难乎而后幸,得之时其所也,失之非其罪也,可谓保其身矣。"(《晏子春秋·内篇问下》)

孔子摄鲁。相七日而诛少正卯。门人进问曰:"夫少正卯,鲁

---

① 逸诗。房玄龄注:"水浩浩然盛大,鱼育育然相与而游其中,喻时人皆得配偶以居其室家,宁戚有伉俪之思,故陈此诗以见意。"
② 诗出《曹风·鸤鸠》。
③ 诗出《秦风·小戎》。《礼记·聘义》以"仁""知""义""礼""乐""忠""信""天""地""德""道"说玉。
④ 诗出《大雅·烝民》。

之闻人也。夫子为政而先诛，得无失乎？"孔子曰："居，吾语汝其故。人有恶者五，而窃盗奸私不与焉：一曰心达而险，二曰行僻而坚，三曰言伪而辩，四曰强记而博，五曰顺非而泽。此五者，有一于人，则不免君子之诛，而少正卯兼有之。故居处足以聚徒成群，言谈足以饰邪荧众，强记足以反是独立。此小人雄桀也，不可不诛也。是以汤诛尹谐，文王诛潘正，太公诛华士，管仲诛付里乙，子产诛邓析、史付。此六子者，异世而同心，不可不诛也。《诗》曰：'忧心悄悄，愠于群小。'① 小人成群，斯足畏也。"（《尹文子·大道下》）②

其九，以《诗》证《诗》，共明义理。

（18）《诗》义相近。

《诗》云："神之听之，终和且平。"③ 夫鬼神视之无形，听之无声，然而郊天、望山川，祷祠而求福，雩兑而请雨，卜筮而决事。《诗》云："神之格思，不可度思，矧可射思。"④ 此之谓也。（《淮南子·泰族》）

《诗》曰："德輶如毛"⑤，毛犹有伦；"上天之载，无声无臭"⑥，至矣！（《礼记·中庸》）

（19）《诗》义相反。

---

① 诗出《邶风·柏舟》。
② 另见《荀子·宥坐》《史记·孔子世家》。
③ 诗出《小雅·伐木》。
④ 诗出《大雅·抑》。
⑤ 诗出《大雅·烝民》。
⑥ 诗出《大雅·文王》。

故儒术诚行，则天下大而富，使而功，撞钟击鼓而和。《诗》曰："钟鼓喤喤，管磬玱玱，降福穰穰，降福简简，威仪反反。既醉既饱，福禄来反。"① 此之谓也。故墨术诚行则天下尚俭而弥贫，非斗而日争，劳苦顿萃而愈无功，愀然忧戚非乐而日不和。《诗》曰："天方荐瘥，丧乱弘多。民言无嘉，憯莫惩嗟。"② 此之谓也。（《荀子·富国》）

周而成，泄而败，明君无之有也；宣而成，隐而败，暗君无之有也。故君人者周则谗言至矣，直言反矣，小人迩而君子远矣。《诗》云："墨以为明，狐狸而苍。"③ 此言上幽而下险也。君人者宣则直言至矣，而谗言反矣，君子迩而小人远矣。《诗》曰："明明在下，赫赫在上。"④ 此言上明而下化也。（《荀子·解蔽》）

其十，（20）引诸多诗章或其他经典共明一理。

《诗》云："邦畿千里，惟民所止。"⑤《诗》云："缗蛮黄鸟，止于丘隅。"⑥ 子曰："于止，知其所止，可以人而不如鸟乎？"《诗》云："穆穆文王，於缉熙敬止！"⑦ 为人君，止于仁；为人臣，止于敬；为人子，止于孝；为人父，止于慈；与国人交，止于信。（《礼记·大学》）

子贡问于孔子曰："赐倦于学矣，愿息事君。"孔子曰：

---

① 诗出《周颂·执竞》。
② 诗出《小雅·节南山》。
③ 逸诗。
④ 诗出《大雅·大明》。
⑤ 诗出《商颂·玄鸟》。
⑥ 诗出《小雅·绵蛮》，"缗"作"绵"。
⑦ 诗出《大雅·文王》。《礼记正义》："缉熙，谓光明也。止，辞也。《诗》之本意，云文王见此光明之人，则恭敬之。此《记》之意，'於缉熙'，言呜呼文王之德缉熙光明，又能敬其所止。自居处也。"

"《诗》云：'温恭朝夕，执事有恪。'①事君难，事君焉可息哉！""然则赐愿息事亲。"孔子曰："《诗》云：'孝子不匮，永锡尔类。'②事亲难，事亲焉可息哉！""然则赐愿息于妻子。"子曰："《诗》云：'刑于寡妻，至于兄弟，以御于家邦。'③妻子难，妻子焉可息哉！""然则赐愿息于朋友。"孔子曰："《诗》云：'朋友攸摄，摄以威仪。'④朋友难，朋友焉可息哉！""然则赐愿息耕。"孔子曰："《诗》云：'昼尔于茅，宵尔索绹，亟其乘屋，其始播百谷。'⑤耕难，耕焉可息哉！""然则赐无息者乎？"孔子曰："望其圹，皋如也，颠如也，鬲如也，此则知所息矣。"子贡曰："大哉！死乎！君子息焉，小人休焉。"（《荀子·大略》）⑥

晏子饮景公酒，日暮，公呼具火。晏子辞曰："《诗》云：'侧弁之俄'，言失德也；'屡舞傞傞'，言失容也；'既醉而出，并受其福'，宾主之礼也；'醉而不出，是谓伐德'，宾主之罪也。⑦臣已卜其日，未卜其夜。"公曰："善。"（《晏子春秋·内篇杂上第五》）

上述体例的总结，难免顾此失彼或交叉重叠，但是，诗句被"移植"到新的语境之中时，使得对话或行文的内容大为丰富，而诗句的涵义和作用随之发生变化，而这些变化又关涉引诗者的学养、德行和应变能力，进而影响特定事件的进程及其评价，不可轻忽。

---

① 诗出《商颂·那》。
② 诗出《大雅·既醉》。
③ 诗出《大雅·思齐》。
④ 诗出《大雅·既醉》。
⑤ 诗出《豳风·七月》。
⑥ 孔子连续引《诗》，力证事君、事亲、妻子、朋友、耕作之不可息，或"死而后已"之意。另见《韩诗外传》卷八，上下文及所引《诗》篇有异。
⑦ 诗出《小雅·宾之初筵》，《诗序》："卫武公刺时也。幽王荒废，媟近小人，饮酒无度，天下化之，君臣上下沉湎淫液。武公既入，而作是诗也。"晏子分句释义，以明饮酒不可过度之意。

三、诸子引《诗》的几个特点

从上文的初步梳理可以显见，诸子引《诗》手法多样且互有重叠之处，更说明《诗》与诸子学说关系密切。在此基础上，笔者试归纳诸子引《诗》的几个特点。

其一，引《诗》其广，以《雅》为多，不乏逸诗。此点前人与时贤多有申论，兹不赘述。但需要注意的是，从《左传》到《吕览》是一个时间跨度很长的过程，据虞万里的统计分析，引《风》的比重呈现逐步增加的特征。①

其二，同一诗篇，屡被称引，但取义不同。如，《邶风·柏舟》《豳风·伐柯》《曹风·鸤鸠》《卫风·淇奥》；《小雅》之中的《小旻》《南山有台》；《大雅》之中的《抑》《文王》《文王有声》《大明》《既醉》《烝民》《旱麓》《板》《桑柔》；以及《周颂·烈文》等都被诸子频繁引用，但取义各不相同（详见下章）。

其三，引《诗》明理之时，不忘咏叹之词，可谓情理交融。诸子引《诗》多为证明义理，但《诗》多咏叹之词，以上所举诸子引《诗》的例证之中，不乏"於""嗟"等叹词。章潢有言："《诗》，声教也。言之不足，故长言之。性情心术之微，悉寓于声歌咏叹之表。言若有限，意则无穷也。"②

其四，或略取诗篇、诗句大义，或精求个别字义。前者最为多见，无须多言，后者如《荀子·劝学》引《小雅·小明》，专取"神""福"二字，从"莫大于"的角度加以阐释，使之哲理化。

其五，不泥全篇之意，甚至改易用字。杨时有言："古人引《诗》，

---

① 参见虞万里：《从〈诗经〉授受、运用历史看〈缁衣〉引〈诗〉》，载于《传统中国研究集刊》第二辑，上海人民出版社 2006 年版。

② 章潢：《图书编·诗大旨》。

皆断章取义，不必泥全篇之意。如孔子以'战战兢兢，如临深渊'为诸侯之孝，亦犹是也。① '鬼神体物而不可遗'，盖其妙万物而无不在故也。② 关于个别字词的改易，早为学者注意，如《商颂·烈祖》："鬷假无言"，郑笺："至于设荐进俎，又縂升堂而齐一，皆服其职，劝其事，寂然无言语者，无争讼者。"《中庸》引作"奏假无言"，郑注："言奏大乐于宗庙之中，人皆肃敬。金声玉色，无有言者，以时太平，和合无所争也。"《礼记正义》："此云'奏假'者，与《诗》反异也。"③

其六，随机引《诗》，从容寓意。特别是问答之中，随机临场引《诗》，而不是刻意从某种道理出发局限诗义。朱熹有言："古人引《诗》，但借其言以寓己意，初不理会上下文义，偶一时引之。"④ 所谓"随机"，并非随意，而是以平时的诵习涵咏为基础。如章潢所言：

> 读《诗》者先自和夷其性情，于以仰窥其志，从容吟哦，优游讽咏，玩而味之，久当自得之也。盖其中间有言近而指远者，亦有言隐而指近者，总不可以迫狭心神索之，不可以道理格局拘之也。噫！赐、商可与言《诗》，其成法具在也。否则，"诵《诗》三百，虽多，亦奚以为？"⑤

方玉润评论说："读《诗》不可以迫狭心神索之，是诸儒之所知；读《诗》以道理格局拘之，非诸儒所能识。而宋儒则尤甚，动辄以道

---

① 参见《孝经·诸侯章》。"战战兢兢，如临深渊"出自《小雅·小旻》。
② "子曰：'鬼神之为德，其盛矣乎'！视之而弗见，听之而弗闻，体物而不可遗，使天下之人齐明盛服，以承祭祀。洋洋乎如在其上，如在其左右。《诗》：'神之格思，不可度思！矧可射思！'夫微之显，诚之不可掩如此夫。"（《中庸》）所引之诗为《大雅·抑》。杨文见《龟山集》卷二十一。
③ 但也有可能是古书传抄有异，不可一概而论。
④ 《朱子语类》卷八十。
⑤ 章潢：《图书编·诗大旨》。

理论《诗》旨,乌能有合诗人意旨乎?"①

以朱子为代表的宋儒其实是门户之见太深,故论《诗》多有狭迫。当今学者,扩大到荀子,而于其他诸子或弃之不顾,或一笔带过,实受宋儒浸淫过多所致。以"诸子"的格局,才可见得《诗》原非为某家某派垄断,对比之下,方能领会《诗》对于儒家的特殊意义。在这样的背景之下讨论儒家对于《诗》的独特贡献,始能体会早期儒家的些许苦心。

另外需要注意的是,《诗》本身其实也不乏引用"古已有之"的诗句:

> 尧治天下五十年,不知天下治欤,不治欤?不知亿兆之愿戴己欤,不愿戴己欤?顾问左右,左右不知;问外朝,外朝不知;问在野,在野不知。尧乃微服游于康衢,闻儿童谣曰:"立我烝民,莫匪尔极。不识不知,顺帝之则。"尧喜问曰:"谁教尔为此言?"童儿曰:"我闻之大夫。"问大夫,大夫曰:"古诗也。"尧还宫,召舜,因禅以天下。舜不辞而受之。(《列子·仲尼》)

> 舜之耕渔,其贤不肖与为天子同。其未遇时也,以其徒属掘地财,取水利,编蒲苇。结罘网,手足胼胝不居,然后免于冻馁之患。其遇时也,登为天子,贤士归之,万民誉之,丈夫女子,振振殷殷,无不戴说。舜自为诗曰:"普天之下,莫非王土;率土之滨,莫非王臣。"所以见尽有之也。尽有之,贤非加也;尽无之,贤非损也。时使然也。(《吕氏春秋·孝行览》)

"立我烝民,莫匪尔极。不识不知,顺帝之则",今见于《大

---

① 方玉润:《诗经原始》(上),李先耕点校本,第61—62页。朱熹有言:"程先生《诗传》取义太多。诗人平易,恐不如此。""横渠解《诗》,多不平易。"(《朱子语类》卷八十)

雅·皇矣》;"普天之下,莫非王土;率土之滨,莫非王臣",今见于《小雅·北山》。如果这两则还可以怀疑是出于传说的话,那么,《诗》当中的"先民有言"及屡次出现的"人亦有言",则清楚地表明其中引用了古语或者当时流行的俗语,这可以看作是"断章取义"的滥觞。

第三章 "一言以蔽之"与诗篇思想性的发掘

孔子以《诗》《书》《礼》《乐》教,早为读者熟知。但需要注意的是,孔子是从思想家的角度,在教育弟子的过程中对《诗》的意义阐幽发微,而不仅仅是删定"《诗》三百"。随着上海博物馆藏竹简《孔子诗论》等一批战国《诗》学佚籍的公布,这一现象更加为学界瞩目。从这些文献可以看出,孔子及其弟子重视《诗》之中的"思",而孔子对《诗》的总体把握和对于具体诗篇的评论,大多采取"一言以蔽之"的手法,简练而精当。孔子及其弟子的引用、发挥和评析,是"《诗》三百"被后世日益推重,其"经典"地位日益提升的重要原因。同时,"《诗》三百"也是孔子及其后学思想的重要源头。

一、兴于《诗》,以立言起思

《史记·孔子世家》:"孔子以《诗》《书》《礼》《乐》教,弟子盖三千焉,身通六艺者七十有二人。"《论语》中提到《书》的地方不多,《诗》和《礼》《乐》本来就是相通的,所以《诗》教可以看作是孔子教学的最重要内容,对自己的孩子也是一样:

> 陈亢问于伯鱼曰:"子亦有异闻乎?"对曰:"未也。尝独立,鲤趋而过庭。曰:'学《诗》乎?'对曰:'未也。''不学《诗》,

第三章 "一言以蔽之"与诗篇思想性的发掘

无以言。'鲤退而学《诗》。他日又独立，鲤趋而过庭。曰：'学《礼》乎？'对曰：'未也。''不学《礼》，无以立。'鲤退而学《礼》。"闻斯二者。陈亢退而喜曰："问一得三。闻《诗》，闻《礼》，又闻君子远其子。"(《论语·季氏》)

"不学《诗》，无以言"，朱熹注："事理通达，而心气和平，故能言。""无以言"，或无言以对，或言之无物、言之无据。换言之，欲"立言"，则必学《诗》。《论语·阳货》所载孔子之言对于"学《诗》"的功用有更具体论述：

> 子曰："小子何莫学夫《诗》？《诗》，可以兴，可以观，可以群，可以怨。迩之事父，远之事君，多识鸟兽草木之名。"

《诗》的功用如此广泛，可以启发思想，可以考见得失，可以成为维系某种"共同体"的纽带，也可以成为抒发怨愤的载体[①]，居家可以事父，出仕可以事君，最起码也可以了解很多鸟兽草木的名目。邢昺《论语正义》综合前人之说，对兴、观、群、怨等各有解说：

> "《诗》，可以兴"者，又为说其学《诗》有益之理也。若能学《诗》，《诗》可以令人能引譬连类以为比兴也。"可以观"者，《诗》有诸国之风俗，盛衰可以观览知之也。"可以群"者，《诗》有"如切如磋"，可以群居相切磋也。"可以怨"者，《诗》有"君政不善则风刺之"，"言之者无罪，闻之者足以戒"，故可以怨刺上政。"迩之事父，远之事君"者，迩，近也。《诗》有《凯风》

[①] 钱锺书 1980 年在日本发表过《诗可以怨》的著名演讲，文字稿载于《文学评论》1981 年第 1 期，收于氏著《七缀集》，生活·读书·新知三联书店 2002 年版。

《白华》，相戒以养，是有近之事父之道也。又有《雅》《颂》君臣之法，是有远之事君之道也。言事父与君，皆有其道也。"多识于鸟兽草木之名"者，言诗人多记鸟兽草木之名以为比兴，则因又多识于此鸟兽草木之名也。

有关"兴、观、群、怨"及"事父事君"之义，论之者亦众。① 要之，不仅仅是"心气和平"的问题。其中，"兴"的作用又被孔子强调：

> 兴于《诗》，立于《礼》，成于《乐》。(《论语·泰伯》)

"兴"，包咸注："兴，起也。言修身当先学《诗》。"② 朱熹《论语集注》则更进一步说明《诗》何以能兴：

> 《诗》本性情，有邪有正，其为言既易知，而吟咏之间，抑扬反复，其感人又易入。故学者之初，所以兴起其好善恶恶之心，而不能自已者，必于此而得之。

《毛诗序》以为诗有六义："一曰风，二曰赋，三曰比，四曰兴，五曰雅，六曰颂。"其具体含义是《诗》学史上激烈争论的问题。③ 但是"兴"对于《诗》的意义，和《论语》中所说的"兴于《诗》""《诗》可以兴"当中的"兴"，有明显的区别，前者是说"兴"

---

① 参见顾易生、蒋凡：《先秦两汉文学批评史》，第80—86页。王夫之对于《论语》此段亦有新的阐释，参见陈良运：《中国诗学批评史》，江西人民出版社2001年版，第512—519页。
② 何晏等《论语集解》引。
③ 清人林国赓撰有《毛诗兴体说》，参见夏传才、董治安主编：《诗经要籍提要》，学苑出版社2003年版，第440页。新近则有学者认为"兴"是人类精神活动的基础形式，参见彭锋：《诗可以兴——古代宗教、伦理、哲学与艺术的美学阐释》，安徽教育出版社2003年版，第26—36页。

可以作为诗歌的来源或作诗的手法，作《诗》者是"兴"的主动者，而后者却是《诗》所具有的"兴起"人们思想的功能，读《诗》者的感受、情绪、思想等精神活动被"兴起"。当然，正因为原诗之作起于兴，故而读者之思也会兴于《诗》。把"兴"解释为"起"，《说文》中已然。《中庸》中两处文字可以帮助我们了解"兴"的这种功能：

> 是故居上不骄，为下不倍。国有道，其言足以兴；国无道，其默足以容。《诗》曰："既明且哲，以保其身。"其此之谓与？
>
> 今夫山，一卷石之多，及其广大，草木生之，禽兽居之，宝藏兴焉。

《中庸》反复强调"致广大而尽精微"，君子的言论足以给人以启发，广泛传播，"其言足以兴"和"《诗》可以兴"的句式一样。山石的"广大"造就了宝藏的兴盛，也可以说宝藏"兴于大山"。《论语·泰伯》："君子笃于亲，则民兴于仁"，"兴于仁"和"兴于《诗》"的句式也是一样的——相互比照，就可以发现"兴"的丰富内涵和重要价值。"兴于仁"，朱熹同样以"起"来解释"兴"，并引用张载的话"民化而德厚"作为注释，那么"兴于仁"就可以望文生义地理解为民众在仁的方面兴盛起来——但是，这种解释可能走得远了一些，毋宁说民众会被"仁"所带动、所感动、所启发。正如"兴于《诗》"不能理解为在诗歌方面硕果累累，而是被诗歌所唤起、所带起、所发动。[①]这一点，宋代人李仲蒙概括为"触物以起情"：

> 叙物以言情，谓之赋，情物尽也；索物以托情，谓之比，情

[①] "气之动物，物之感人，故摇荡性情，形诸舞咏。照烛三才，晖丽万有，灵祇待之以致飨。幽微藉之以昭告。动天地，感鬼神，莫近于诗。"（钟嵘：《诗品·序》）

附物者也；触物以起情，谓之兴，与物动情者也。①

钱锺书以为李氏此论"颇具胜意"，但钱先生的重点是要申述"《诗》之兴体，起句绝无意味"的观点。在钱先生看来，诗篇当中发端之起兴，都是"有声无义"，如儿歌"一二一，一二一，香蕉苹果大鸭梨，我吃苹果你吃梨"之"一二一"一样"功同跳板"。②

然李仲蒙之言尚有下文：

> 故物有刚柔缓急，荣悴得失之不齐，则诗人之情性，亦各有所寓，非先辨乎物，则不足以考情性，情性可考，然后可以明礼义而观乎《诗》矣。③

李仲蒙之意，在于指出"兴"一方面是"触物以起情"，但另一方面是"与物动情"。所以，要了解诗人的性情，其先决条件是了解诗人所咏之物的性情，进而"明礼仪"。诗人多关注于性情而经生多关注于礼仪，固然有经学先生穿凿附会，但《诗》三百"兴"的手法，恐怕不是"有声无义"，读者也不可"过河拆板"。如《淮南子·泰族》所言：

> 《关雎》兴于鸟，而君子美之，为其雌雄之不乖居也；《鹿鸣》兴于兽，君子大之，取其见食而相呼也。

---

① 胡寅《致李叔易》（《斐然集》卷十八）、王应麟《困学纪闻》（卷三）、杨慎《丹铅余录》（卷十五，另见《升庵集》卷五十六）并引李仲蒙之言，苏轼《李仲蒙哀词》谓其"为人敦朴恺悌，学博而通，长于毛氏《诗》、司马氏《史》"（见《苏轼全集》卷六十三）。
② 钱锺书：《管锥编》（第一册），中华书局1986年版，第62—65页。
③ 胡寅《致李叔易》（《斐然集》卷十八）于引文后说明"旧见叔易要此说，故录以奉是"。

"兴于鸟兽"从形式来看,固然是《关雎》《鹿鸣》之诗以鸟兽为起头,但更重要的是,《关雎》《鹿鸣》的作者,其思路分别被雎鸠"雌雄之不乖居"和鹿"见食而相呼"的习性所唤起,故而"美之""大之"。①倘若置雎鸠和鹿的性情于不顾,恐怕也难以把握诗人之"志"。

钟嵘《诗品·序》对于"赋比兴"的解释,则侧重于"意"和"志":

> 文已尽而意有余,兴也;因物喻志,比也;直书其事,寓言写物,赋也。宏斯三义,酌而用之,干之以风力,润之以丹彩,使味之者无极,闻之者动心,是诗之至也。若专用比兴,患在意深,意深则词踬。若专用赋体,患在意浮,意浮则文散,嬉成流移,文无止泊,有芜漫之累矣。

依钟嵘之言,文辞有尽而意味无穷,才是"兴"的主要功能。钟嵘的独到见解是"专用比兴,患在意深",而"专用赋体,患在意浮",把"赋"和"比""兴"对待起来,此种看法,难免引起争议。但"诗言志",所谓"味之者无极,闻之者动心",就是读诗者"以意逆志"的缘由所在。诗人之意志与万物之性情都是哲学家思考的对象,化用李仲蒙之言,所谓"兴于《诗》",乃是"读《诗》以起思",这是对于诗人"触物以起情"和"与物动情"的反应、反响和反思。"兴于《诗》"虽然还要经过"立于礼"和"成于乐"的"实习"阶段,但是,"立"和"成"的前提乃是"兴"。由此可知,孔子强调"《诗》可以兴"或者"《兴》于诗",乃是启发学者由学而思,由思

---

① 《孔子家语·好生》以此为孔子之语:"小辩害义,小言破道。《关雎》兴于鸟,而君子美之,取其雌雄之有别;《鹿鸣》兴于兽,而君子大之,取其得食而相呼。若以鸟兽之名嫌之,固不可行也。"王念孙认为,"不乖居"应为"不乘居",乘为匹配之义。"不乘居"即《家语》所言"雌雄之有别",《毛传》亦言:"雎鸠挚而有别。"(参见王念孙:《读书杂志·淮南内篇第廿》)

而行。

学、思、行,合而言之,即"为",孔子对伯鱼有另外的告诫:

> 子谓伯鱼曰:"女为《周南》《召南》矣乎?人而不为《周南》《召南》,其犹正墙面而立也与!"(《论语·阳货》)

"为《周南》《召南》"并非仅仅局限于"学",否则"正墙面而立"就无从谈起。"正墙面而立",另外的表述是:"不得其门而入,不见宗庙之美、百官之富。得其门者或寡矣。"(《论语·子张》)在孔子看来,如果没有《周南》《召南》这样的门户,人们只好"正墙面而立",前进不得。"正墙面而立"其来有自,《尚书·周官》:"不学,墙面,莅事惟烦",其传云:"人而不学,其犹正墙面而立,临政事必烦。"疏云:"人而不学,如面向墙,无所睹见,以此临事,则惟烦乱,不能治理。"朱熹《论语集注》云:"正墙面而立,言即其至近之地,而一物无所见,一步不可行。"

用日常的生活经验比喻为学之理,是儒家惯用的手法。张载也非常重视孔子此语:"常深思此言,诚是。不从此行,甚隔着事,向前推不去。盖至亲至近,莫甚于此,故须从此始。"① 没有隔阂,由己推人,由近推远,也是儒家推崇的方法论。《中庸》所言愚夫愚妇,及引《伐柯》之诗以明"道不远人"之理,均是此意。

《周南》《召南》乃《风》之正经,除此之外,有何特殊意义?② 马融注:"《周南》《召南》,《国风》之始。乐得淑女以配君子,三纲之

---

① 《近思录》卷六。
② "《周南》《召南》,乐名也。'胥鼓《南》','以《雅》以《南》'是也。《关雎》《鹊巢》,二《南》之诗,而已有乐有舞焉。学者之事,其始也学《周南》《召南》,未至于舞《大夏》《大武》。所谓'为《周南》《召南》'者,不独诵其诗而已。"(沈括:《梦溪笔谈》卷三)

首，王教之端，故人而不为，如向墙而立。"① 朱熹认为它们都是讲"修身齐家"之事，故又言："修身齐家，自家最近底事，不待出门，便有这事。去这个上理会不得，便似那当墙立时，眼既无所见，要动也行不去。"② 朱子之言，理学意味浓厚。郑玄《诗谱》以为：

> 风之始，所以风化天下而正夫妇焉，故周公作乐，用之乡人焉，用之邦国焉。或谓之房中之乐者，后妃夫人侍御于其君子，女史歌之。以节义序故耳。

《诗》被政教化，就体现在"风化天下而正夫妇"，但郑玄所引用的"或谓之"之语，在夫妇之乐的基础上，提出"以节义序"的目标，或许更为一般读者所接受。③

孔子对于《诗》的价值有充分认识，乃是基于他对《诗》有透彻的掌握和了解，《史记·孔子世家》记载：

> 古者《诗》三千余篇，及至孔子，去其重，取可施于礼义，上采契后稷，中述殷周之盛，至幽厉之缺，始于衽席，故曰："《关雎》之乱，以为《风》始，《鹿鸣》为《小雅》始，《文王》为《大雅》始，《清庙》为《颂》始。"三百五篇，孔子皆弦歌之，以求合《韶》《武》《雅》《颂》之音。礼、乐自此可得而述，以备王道，成六艺。

可见，孔子"一言以蔽之"的概括，乃是基于经年累月的整理

---

① 何晏等《论语集解》引。
② 《朱子语类》卷四十七。
③ 《毛诗正义》解释郑玄用意："二《南》之风，言后妃乐得淑女，无嫉妒之心。夫人德如鸤鸠，可以承奉祭祀。能使夫妇有义，妻妾有序。女史歌之，风切后夫人，以节此义序。故用之耳。"

《诗》篇,融会礼乐。① 这一点在《论语》中也能得到印证:

> 子所雅言,《诗》、《书》、执《礼》,皆雅言也。(《论语·述而》)
> 子曰:"吾自卫反鲁,然后乐正,《雅》《颂》各得其所。"(《论语·子罕》)

其中或许亦有"三月不知肉味"的经历。

在司马迁看来,孔子对于从后稷、殷周,至幽厉之时的诗歌所做的整理、阐述和传播,其意义在于"礼、乐自此可得而述,以备王道,成六艺",而不仅仅是所谓的"文学"活动。我们固然要反对把《诗经》一味政治化、伦理化的"正统",但是,如果忽略了孔子在《诗》教的过程中所寄托的文化理想、社会理想和人格理想,所注重的"《诗》可以兴"的功能,所应用的启发式的教育方法,同样会发生偏执。

孔子另外强调,对于《诗》,要紧的不是背诵篇目的多少:

> 子曰:"诵《诗》三百,授之以政,不达;使于四方,不能专对;虽多,亦奚以为?"(《论语·子路》)

"诵《诗》三百,授之以政"并不等于"《诗》三百"只能用于政治领域,或者"使于四方",孔子不过是举了比较常见的例子而已,"达"是"通","专"朱熹《论语集注》释为"独",是非常贴切的,诵《诗》读《诗》,终归要有自己独到的体会,能够独立应付各种挑战。

孔子首先是伟大的教师。从对《诗》的态度来看,他能够充分占

---

① 孔子对于《诗》的整理是一个持续的过程,朱熹在《论语集注·序说》中概括说:"定公元年壬辰,孔子年四十三,而季氏强僭,其臣阳虎作乱专政。故孔子不仕,而退修《诗》《书》《礼》《乐》,弟子弥众。""哀公之十一年丁巳,而孔子年六十八矣。然鲁终不能用孔子,孔子亦不求仕,乃叙《书传》《礼记》,删《诗》,正《乐》,序《易》彖、系、象、说卦、文言。"

用材料，又能够筛选出其中的精华，进而阐发其深远的意义，注重其"兴"的功能。孔子具有强烈的文化使命感，"郁郁乎！吾从周"，又具有锲而不舍的精神，"学而不厌，诲人不倦"，"乐以忘忧，不知老之将至"，这些都是众所周知的了。但是，我们要强调孔子也是伟大的学者（学者本来就应该是善于学习的人），或者说他是有学问的教师，是研究型的教师，他的学问和研究不断在深入和扩大着，他在他所涉及的每一个领域都是集大成者，且能融会贯通，告往知来，"一以贯之"。而教师的意义无非是树立学习的榜样，提供学习的素材，训练学习的方法。对教师来说"学"是更要紧的事情。如陈少明所指出的："孔子是作为学而不是教的榜样而得到表彰的。这提示我们注意孔子本身的学对其教的意义。"① 至于"学习"本身的意义，则不是本章所要讨论的主题。

二、《诗》之思，思无邪

孔子有一个著名的论断："《诗》三百，一言以蔽之，曰'思无邪'。"然而，"思无邪"出自《诗经·鲁颂·駉》②，这个思一般被解释为"思虑"，或解释为发语词。诗中还有"思无疆""思无期""思无斁"，和"思无邪"句式一样。对于"无邪"的所指，有多种解释，但经过孔子的借用，"思"无疑指思虑，成了这首诗的"诗眼"，而且"思无邪"也成了《诗经》的整体特征。

"思无邪"既包括思考的内容是无邪的，也包括思考的方法是无

---

① 陈少明：《立言与行教：重读〈论语〉》，载于氏著《经典世界中的人、事、物》，上海三联书店2008年版，第74页。
② "駉駉牡马，在坰之野。薄言駉者，有驈有皇，有骊有黄，以车彭彭。思无疆，思马斯臧。駉駉牡马，在坰之野。薄言駉者，有骓有駓，有骍有骐，以车伾伾。思无期，思马斯才。駉駉牡马，在坰之野。薄言駉者，有驒有骆，有骝有雒，以车绎绎。思无斁，思马斯作。駉駉牡马，在坰之野。薄言駉者，有駰有騢，有驔有鱼，以车祛祛。思无邪，思马斯徂。"

邪的,"《关雎》乐而不淫,哀而不伤"的确是很好的阐发和概括,也可以视为"思无邪"的具体例证。竹简《孔子诗论》亦言:"《关雎》之改,其思益也。"(详见下文)上文提到的"未之思也,何远之有"也清楚地表明了孔子对于《诗》中之"思"的留心。显然,孔子是把《诗》当成了思想的载体,《诗》之所以能够成为"经",也是因为其中蕴含着价值理想和哲学观念以及思维方式,孔子的"述而不作",所"述"的重点,就是其中的"思"。即使是我们把"《诗》言志"的"志"理解为"记录"之意,进而把《诗经》理解为对于古代生活的记录,是历史的一种,也不能否认《诗经》中所记录的都是值得思考的事情,更何况,很多诗篇都是记录思想感情的。当然,《诗》中之"思"也包括"思念"(miss)、"思索"(ponder)、"思虑"(consider)等,能不能直接等同于哲学意义上的思想(thought),还需要结合上下文来判断。

竹简《孔子诗论》评价《颂》:"其思深而远。"《孔子诗论》还提出了"《绿衣》之思"是为什么的问题,后文则回答说:"《绿衣》之忧,思古人也。"《绿衣》今见于《邶风》①,从该诗的本文来看,是描写思念原来的伴侣,看着她所织的衣服,忧思无法排遣,无法控制,那个"故人"的确是占领了自己的心灵。《诗序》认为是"卫庄姜伤己也。妾上僭,夫人失位而作是诗也"。而郑笺则认为"绿"为"褖"之误,待考。如果把"古人"理解或者解释为"古代的人",《绿衣》所说的"我思古人,实获我心",则是孟子所言"先得我心"的先声。《毛传》即谓:"古之君子,实得我之心也。"而郑笺认为:"古之圣人制礼者。使夫妇有道,妻妾贵贱各有次序",恐有失偏颇。

孔子所说的"一言以蔽之"实际上也是为他心目中选定的"《诗》

---

① "绿兮衣兮,绿衣黄里。心之忧矣,曷维其已?绿兮衣兮,绿衣黄裳。心之忧矣,曷维其亡?絺兮绤兮,我思古人,俾无忧兮,凄其以风。我思古人,实获我心。"

三百"的宗旨做了一个非常精要的提炼，同时也是限定了一个范围（排斥"有邪"之诗）。那个"蔽"既是概括，也是遮蔽。后人见不到那些"思有邪"的古诗，孔子的确要承担一些"编辑"的责任。不仅如此，压根没有通读过《诗经》，而只知孔子之言的人，也可以说："《诗》三百，一言以蔽之，曰'思无邪'。"所以朱熹告诫说：

> 学者观书，先须读得正文，记得注解，成诵精熟。注中训释文意、事物、名义，发明经指，相穿纽处一一认得，如自做出来底一般，方能玩味反复，向上有透处。若不如此，只是虚设议论，如举业一般，非为己之学也。曾有人说《诗》，问他《关雎》篇，于其训诂名物全未晓，便说："乐而不淫，哀而不伤。"某因说与他道"公而今说《诗》，只消这八字，更添'思无邪'三字，共成十一字，便是一部毛《诗》了。其他三百篇，皆成渣滓矣！"因忆顷年见汪端明说，沈元用问和靖"《伊川易传》何处是切要？"尹云："'体用一源，显微无间'。此是切要处。"后举似李先生，先生曰："尹说固好。然须是看得六十四卦、三百八十四爻都有下落，方始说得此话。若学者未曾子细理会，便与他如此说，岂不误他！"某闻之悚然！始知前日空言无实，不济事，自此读书益加详细云。①

孔子"思无邪"的概括，当然不是"空言无实"，而是句句有着落的，是"自己做出来底"。他根据自己选定的材料，编订了"《诗》三百"，也为后人留下了"思无邪"的门径。过此门而不入者，何其多矣！

---

① 《朱子语类》卷十一。

三、民性固然，《诗》无隐志

上海博物馆藏战国竹简《孔子诗论》最受到关注的就是孔子所说的"《诗》亡隐志，乐亡隐情，文亡隐意"①。"诗言志"是被广泛认可的论断，《尚书·舜典》："诗言志，歌咏言，声依咏，律和声；八音克谐，无相夺伦，神人以和。"《毛诗序》："《诗》者，志之所之也，在心为志，发言为《诗》。情动于中而形于言，言之不足，故嗟叹之；嗟叹之不足，故咏歌之；咏歌之不足，不知手之舞之，足之蹈之也。"《文心雕龙·明诗》则以为"诗者，持也，持人情性"。受古史辨运动的影响，现代很多学者力辨"志"为"记"，以合"六经皆史"之说。如黄寿祺先生认为："《诗》之为《诗》，其初本为抒发情意之作，其后以其有关政教，故国史采之，《诗》之功用，遂同于史。"②任何诗歌都会带有那个时代的印记，成为历史的载体之一，但是，《诗》毕竟不同于史，思想家更看重的是其中能够超越历史的"志"或者"思"。

竹简《孔子诗论》中说："民性固然，其有隐志，必有以俞（喻）也。"③"隐志"在这里可以理解为隐藏之志，更可理解为"未发"之志。孔子认为民众的本性就是心中未发的情志一定要表达出来，实际上是提醒人们注意《诗》当中的"民性"。《孔子诗论》中不止一次出现"民性固然"：

> 孔子曰："吾以《葛覃》得敬初之诗。民性固然，见其美，必欲反其本……吾以《甘棠》得宗庙之敬。民性固然，甚贵其人，

---

① "隐"从裘锡圭、李学勤、庞朴、俞志慧等释。亦有学者释为"吝"，参见李零：《上博楚简三篇校读记》，中国人民大学出版社2007年版，第11—12页；饶宗颐：《竹书〈诗序〉小笺》，载于朱渊清、廖名春编：《上博馆藏战国楚竹书研究》，第228、231—232页。

② 黄寿祺：《群经要略》，华东师范大学出版社2000年版，第66页。

③ "俞"，整理者释为"逾"，不可从。当为"喻"，下同。参见周凤五：《〈孔子诗论〉新释文及注解》，载于朱渊清、廖名春编：《上博馆藏战国楚竹书研究》，第162页。

必敬其位；悦其人，必好其所为。恶其人者亦然。"①

值得注意的是，孔子另有"民性有恒"之说，正和"民性固然"同意，而其出处乃是《韩非子·说林》：

> 孔子谓弟子曰："孰能导子西之钓名也？"子贡曰："赐也能。"乃导之，不复疑也。孔子曰："宽哉，不被于利！洁哉，民性有恒！曲为曲，直为直。"孔子曰："子西不免。"白公之难，子西死焉。故曰："直于行者曲于欲。"

要了解民众的"固然之性"，竹简《孔子诗论》提出了"《诗》犹旁门"的比喻："曰：'《诗》，其犹旁门与？''残民而怨之，其用心也将何如？'曰：'《邦风》是也。''民之有戚患也，上下之不和者，其用心也将何如？''……是也。''有成功者何如？'曰：'《颂》是也'。"周凤五注：

> 旁门，四通之门。《尚书·尧典》："辟四门，明四目，达四聪"，《礼记·聘义》："孚尹旁达"，《正义》："旁者，四面之谓也"可证。简文谓读《诗经》可以周知四方之事，通达人情事理，犹四门洞开也。《论语·阳货》："《诗》可以兴，可以观，可以群，可以怨"，与简文相通，可以参看。②

曹建国注：

---

① 释文及标点从李学勤。见氏著《〈诗论〉分章释文》，载于姜广辉主编：《中国哲学（第二十四辑）——经学今诠三编》，第136页。
② 周凤五：《〈孔子诗论〉新释文及注解》，载于朱渊清、廖名春编：《上博馆藏战国楚竹书研究》，第157页。文中以"四门"对应于"兴、观、群、怨"，颇有启发性。

"旁门"见于《周礼·考工记·匠人》："匠人营国，方九里，旁三门。"郑玄注云："天子十二门，通十二子。"贾公彦疏："旁谓四方。"是以"旁门"即四方之门，对应十二子，以察时变。则《诗》犹旁门，是说《诗》乐与天地同节，非谓借《诗》以周知四方之事。①

　　周注和曹注实际上可以汇通，"《诗》犹旁门"不仅是说借助读诗可以周知四方上下，也可以了解往来古今，这是就统治者而言。从竹简《孔子诗论》来看，了解《诗》的人，也可以通过《邦风》(即《国风》)这个"旁门"来告诫统治者"残民"的危害，而统治的成功可以用《颂》之中的诗篇来加以称赞。当然，写诗或者吟诗的人本来就是把诗看作抒发自己心志的门户。

　　"《诗》犹旁门"之喻是为了突出《诗》的独特功用。"旁门"是常开之门，也是面向四方之门，更是上通下达之门。《毛诗序》说："故正得失，动天地，感鬼神，莫近于《诗》。先王以是经夫妇，成孝敬，厚人伦，美教化，移风俗。"在现代学者看来，这显然是拔高和扩大了《诗》的功用，反而窒息了《诗》的生命力，但古代儒家对此深信不疑。

　　竹简《孔子诗论》又说："《木瓜》有藏愿而未得达也。因木瓜之报，以俞（喻）其悁者也。"《木瓜》原诗：

> 投我以木瓜，报之以琼琚。匪报也，永以为好也。
> 投我以木桃，报之以琼瑶。匪报也，永以为好也。
> 投我以木李，报之以琼玖。匪报也，永以为好也。

---

① 曹建国：《论上博〈孔子诗论〉简的编连》，"简帛研究网"（www.jianbo.org）2003 年 4 月 11 日。

孔子认为《木瓜》所要读者明白的就是未能实现而又不便于明说的愿望。其字面之义不难理解，尽管对方送给自己的是木瓜、木桃、木李这样简单或者普通的礼物，自己的回报却都是琼琚、琼瑶、琼玖这样贵重美好的物品，而不是像通常那样"投桃报李"[1]。这样做并非是要"回报"对方，而是希望和对方永结同好。

《木瓜》今见于《卫风》，其《序》云："美齐桓公也。卫国有狄人之败，出处于漕，齐桓公救而封之，遗之车马器服焉。卫人思之，欲厚报之，而作是诗也。"关于"以喻其悁"，这是据李学勤的释文。[2] 庞朴以为，"悁"通"狷"，《木瓜》薄投厚报，狷介者之情也。[3] 马承源释为"以抒其捐"，并据《说文》等认为"捐"为"弃"之义，和"报"同义。[4] 而更多学者认为应释为"以喻其怨"，但对"怨"的对象和由来言之甚少。[5] 曹峰考究多种相关文献，认为《木瓜》之诗在竹简《孔子诗论》中被视为表达"以德报怨"之意。[6] 廖名春认为，当释为"以谕其娟"，"谕"为"告"之义，"娟"为"好"之义。[7] 笔者认为，《木瓜》原诗已言"匪以为报"，换言之，其心志乃在于形式上的回报之外。

但需要了解的是，《木瓜》原诗，乃是对于相见之礼的反思。[8]《毛

---

[1]《大雅·抑》："投我以桃，报之以李。"
[2] 李学勤：《〈诗论〉分章释文》，载于姜广辉主编：《中国哲学（第二十四辑）——经学今诠三编》，第136页。
[3] 庞朴：《上博藏简零笺》，载于朱渊清、廖名春编：《上博馆藏战国楚竹书研究》，第239页。
[4] 马承源主编：《上海博物馆藏战国楚竹书（一）》，上海古籍出版社2001年版，第148页。
[5] 参见周凤五：《〈孔子诗论〉新释文及注解》，载于朱渊清、廖名春编：《上博馆藏战国楚竹书研究》，第162页；裘锡圭：《关于〈孔子诗论〉》一文引述陈剑观点，载于姜广辉主编：《中国哲学（第二十四辑）——经学今诠三编》。李零则释为"以输其怨"，见氏著《上博楚简三篇校读记》，第13、15页。
[6] 曹峰：《试析上博楚简〈孔子诗论〉中有关"木瓜"的几支简》，"简帛研究网"2002年9月；亦载于谢维扬、朱渊清：《新出土文献与古代文明》，上海大学出版社2004年版，第56—62页。
[7] 廖名春：《上海博物馆藏诗论简校释札记》，载于朱渊清、廖名春编：《上博馆藏战国楚竹书研究》，第268页。
[8] 廖名春《上海博物馆藏诗论简校释札记》、曹峰《试析上博楚简〈孔子诗论〉中有关"木瓜"的几支简》等文对此已有申论。

传》引孔子之言:"于《木瓜》,见苞苴之礼行也",笺云:"以果实相遗者,必苞苴之。《尚书》曰:'厥苞橘柚'。"《毛传》所引孔子之言,今见于《孔丛子·记义》:

> 孔子读《诗》,及《小雅》,喟然而叹曰:"吾于《周南》《召南》,见周道之所以盛也;于《柏舟》,见匹夫执志之不可易也;于《淇奥》,见学之可以为君子也;于《考槃》,见遁世之士而不闷也;于《木瓜》,见苞苴之礼行也;于《缁衣》,见好贤之心至也①;于《鸡鸣》,见古之君子不忘其敬也;于《伐檀》,见贤者之先事后食也;于《蟋蟀》,见陶唐俭德之大也;于《下泉》,见乱世之思明君也;于《七月》,见豳公之所造周也;于《东山》,见周公之先公而后私也;于《狼跋》,见周公之远志所以为圣也;于《鹿鸣》,见君臣之有礼也;于《彤弓》,见有功之必报也;于《羔羊》,见善政之有应也;于《节南山》,见忠臣之忧世也;于《蓼莪》,见孝子之思养也;于《楚茨》,见孝子之思祭也;于《裳裳者华》,见古之贤者世保其禄也;于《采菽》,见古之明王所以敬诸侯也。"

《孔丛子·记义》的此段文献,和竹简《孔子诗论》颇为类似,说明《孔丛子》中的记载颇为可信。② 而从《毛传》所引孔子之语可证,《孔丛子》的成书应在战国晚期之前。《孔丛子·记义》和竹简《孔子诗论》相互对比可知,"一言以蔽之"是孔子论《诗》的重要方法,换言之,即"一以贯之"的具体表现。但另一方面,因为《诗》三百的

---

① 《毛诗正义》引作"好贤之至"。
② 参见杨朝明:《〈孔丛子〉孔子论诗与上博〈诗论〉》,载于氏著《儒家文献与早期儒家研究》,齐鲁书社2002年版,第306—318页;廖名春:《上海博物馆藏诗论简校释札记》,载于朱渊清、廖名春编:《上博馆藏战国楚竹书研究》,第266页。

内容丰富，仅从《孔丛子》所记可以看出孔子于其中提炼出道、志、学、礼、德、忧、孝、政、敬等诸多问题，与"思"直接有关的，包括思明君、思养、思祭，也是儒家所讨论的核心议题。

《木瓜》原诗"匪报也，永以为好也"，这可能是事先的一种期望，也可能是事后的一种自我解嘲，总之都有些担心对方不像自己一样重视彼此的情谊。而且，这种担心也包括比较急切地希望对方了解自己的心思。但这样的心思并没有向对方直接表白，而是通过诗篇来抒发自己"琼瑶之报"背后的寓意。一再强调"匪报也"，是忧虑对方不了解自己"永以为好"的苦心。《说文·心部》以"偈""念"互释，段玉裁注以为"念"与"愤"不同，"念"有急切之义。《陈风·泽陂》"寤寐无为，中心悁悁"，即言内心急躁忧虑，无法入眠。故竹简《孔子诗论》的释文，以"以喻其悁"为胜。

《孔丛子·记义》所记孔子之言"于《木瓜》，见苞苴之礼行也"，则是侧重于"以果实相遗者，必苞苴之"的礼仪。《礼记·曲礼上》："凡以弓剑、苞苴、箪笥问人者，操以受命，如使之容。""苞苴"一般是指包裹鱼肉。"问人"，《礼记正义》："问谓因问有物遗之也。问者或自有事问人，或谓闻彼有事而问之。问之悉有物表其意，故自'弓剑'以下皆是也。"可见，"苞苴"之礼，在礼物的交接过程中，有相互问询，以明晓对方之意的环节。《论语·乡党》："问人于他邦，再拜而送之。"邢昺《论语正义》："必再拜而送其使者，所以示敬也。"之所以相互询问，乃是担心对于对方送礼的寓意有误解之处，反之，自己送礼给对方，也担心被误解。故有"以喻其悁"之诗作。

但是，还需要进一步讨论的是，《新书·礼》有一段文字和竹简《孔子诗论》关系密切：

礼者，所以节义而没不逮。故飨饮之礼，先爵于卑贱而后贵者始羞，淆膳下浃而乐人始奏。觞不下遍，君不尝羞；淆不下浃，

> 上不举乐。故礼者，所以恤下也。由余曰："干肉不腐，则左右亲；苞苴时有，筐篚时至，则群臣附；官无蔚藏，腌陈时发，则载其上。"《诗》曰："投我以木瓜，报之以琼琚；匪报也，永以为好也。"上少投之，则下以躯偿矣，弗敢谓报，原长以为好。古之蓄其下者，其施报如此。

《新书·礼》中所言，是从以贵事贱，以上事下的飨饮之礼中，说明礼的功用在于"恤下"，其引《木瓜》之诗，则进一步说明"上少投之，则下以躯偿矣"的效果，尽管如此，在下者还是"弗敢谓报，原长以为好"。那么，孔子所说"苞苴之礼行"，乃是在上者体恤下民，礼让贤士，则民众与士人皆勤力相报，这是"君君臣臣"的最佳体现。《论语·乡党》所记，孔子所以"问人于他邦，再拜而送之"，乃是感受到了他邦"上层人士"的尊重——如《礼记·曲礼上》所言，"苞苴之礼"由专门的使者完成，且使者需要事先在尊者之前演练出使时的威仪，这就是所谓的"操以受命，如使之容"①。可见，"苞苴之礼"是很隆重、很严肃的，非一般男女来往馈赠之礼。②由此可知，《诗序》所言卫人欲厚报齐桓公之说反而可信。③竹简《孔子诗论》与《孔丛子》《礼记》《论语》等文献互相参考，可了解《木瓜》之诗的古义。而"尊者"即使行"苞苴之礼"，却未必能真正礼贤人士，故受礼之人难免急切忧虑，作《木瓜》之诗"以喻其惧"，诗中于"匪报也，永以为好也"一唱三叹，便是明证——"士庶人"

---

① "言使者操持此上诸物以进，受尊者之命，如目为君聘使，受君命，先习其威仪进退，令如其至所使之国时之仪容，故云'如使之容'也。"（《礼记正义》卷三）
② 参见于茀：《金石简帛诗经研究》，北京大学出版社2004年版，第211页。
③ 朱熹、姚际恒、闻一多等认为《木瓜》为男女，甚或朋友赠答之诗。参见程俊英、蒋见元：《诗经注析》（上），中华书局1991年版，第191页。方玉润认为《序》言"美齐桓公"应有所据，篇中并无男女之情，应为"讽卫人以报齐桓"之作。（氏著《诗经原始》[上]，李先耕点校本，第188页）

或小国期待与尊贵者或大国"永以为好",故更多急切与忐忑。此种忐忑与急切不便直言,但读者于《木瓜》之诗可以充分了解。这是"《诗》无隐志"的很好例证。

《荀子·儒效》以《诗》《书》《礼》《乐》归于圣人：

> 圣人也者,道之管也。天下之道管是矣。百王之道一是矣。故《诗》《书》《礼》《乐》之归是矣。《诗》言是,其志也;《书》言是,其事也;《礼》言是,其行也;《乐》言是,其和也;《春秋》言是,其微也。故《风》之所以为不逐者,取是以节之也;《小雅》之所以为《小雅》者,取是而文之也;《大雅》之所以为《大雅》者,取是而光之也;《颂》之所以为至者,取是而通之也：天下之道毕是矣。

关于"是",杨倞注以为是儒学,而"其志也",杨倞注以为乃儒者之志,那么《荀子》所言"《诗》《书》《礼》《乐》之归是矣"则是六经作为百家之学的共同资源转向儒者之业的一个标志。

《荀子·解蔽》则以"臧"解释"志"：

> 心未尝不臧也,然而有所谓虚;心未尝不两也,然而有所谓壹;心未尝不动也,然而有所谓静。人生而有知,知而有志,志也者,臧也;然而有所谓虚,不以所已臧害所将受,谓之虚。

"臧"通"藏",和虚相对,指心中占有一定位置的想法,有意思的是,其中以"藏"解释"志",那么"《诗》无隐志"就是"诗无隐藏","藏"是名词而不是动词。怎样"不以所已臧害所将受"?恐怕赋诗或者作诗是一个途径。

《文心雕龙·谐隐》："隐也。遁辞以隐意,谲譬以指事也。"朱光潜评论说:"突然看到事物中不同寻常的关系,而加以惊赞,是一切美感态度所共同的。苦心思索,一旦豁然贯通,也是创作与欣赏所常有的程序。诗和艺术都带有几分游戏性,隐语也是如此。"他还认为:"谜语不但是中国描写诗的始祖,也是诗中'比喻'格的基础。""隐语为描写诗的雏形,描写诗以赋规模为最大,赋即源于隐。后来咏物诗词也大半根据隐语原则。诗中的比喻,以及言在此而意在彼的寄托,也都含有隐语的味道。"①

谜语、隐语、诗歌之间的关系很有趣味。在写诗的人看来,自己的意志隐藏得越巧妙越好,作诗最忌讳直白。但是,就好像制作谜语的人精心构思的谜面,还是希望有比较聪颖的人猜得出来,换言之,有谜面,必有谜底。"藏"不是空无,而是实有,只不过不是一目了然罢了。孔子之所以强调"《诗》无隐志",是从"读者"或者"解释者"的角度来说的。孔子充分认识到了《诗》的含蓄性,使得很多人觉得不知所云,或者不得要领。但是他从"民性固然"的角度鼓励读者去体味作者的"言外之意",可谓煞费苦心。孔子强调他自己是"无隐"的:"二三子以我为隐乎?吾无隐乎尔。吾无行而不与二三子者,是丘也。"②的确,"隐藏"并非作者的本意,否则,作诗的目的就值得怀疑了。但是,读者常常因为各种因素的"遮蔽",被作者的"障眼法"所迷惑,和作品之间多有隔阂。③"理解"和"解释"因此而和"创作"一样不可或缺。

---

① 朱光潜:《诗论》,生活·读书·新知三联书店1998年版,第37、40、44页。

② 《论语·述而》。《论语·季氏》又记孔子之言"言未及之而言谓之躁,言及之而不言谓之隐,未见颜色而言谓之瞽"。《荀子·劝学》:"未可与言而言谓之傲,可与言而不言谓之隐,不观气色而言谓之瞽。故君子不傲,不隐,不瞽,谨顺其身。《诗》曰:'匪交匪舒,天子所予。'此之谓也。"(《小雅·采菽》:"彼交匪纾,天子所予。")此处荀子与上引孔子之言是从人物交接之道批评"隐"不可取,可从反面证明"《诗》无隐志"。参见庞朴:《上博藏简零笺》,俞志慧:《〈孔子诗论〉五题》,载于朱渊清、廖名春编:《上博馆藏战国楚竹书研究》,第241、309页。

③ 如朱光潜先生所言:"中国向来注诗者好谈'微言大义',从毛苌作《诗序》一直到张惠言批《词选》,往往把许多本无深文奥义的诗看作隐射诗,故不免穿凿附会。但是我们也不能否认,中国诗人好做隐语的习惯向来很深。"(朱光潜:《诗论》,第41页)

四、因《诗》知礼、乐

> 子夏问曰:"'巧笑倩兮,美目盼兮,素以为绚兮。'何谓也?"子曰:"绘事后素。"曰:"礼后乎?"子曰:"起予者商也,始可与言《诗》已矣!"(《论语·八佾》)

"巧笑倩兮,美目盼兮"出自《卫风·硕人》[①],但是子夏所引的"素以为绚兮"才是他和孔子对话的关键,在我们今天所看到的《诗经》中却没有这句,注疏者多以为是"逸诗"。而《说文》在解释"绚"时,明确引用:"《诗》云'素以为绚兮'"。说明许慎时《诗经》中还有这句话,当然也有可能是许慎转引自《论语》。不管怎么样,我们都可以推测:删《诗》者并非只有孔子一人。

"绘事后素"有两种解释,郑玄的理解为"绘,画文也。画绘先布众采,然后以素分其间,以成其文。喻美女虽有倩盼美质,亦须礼以成之也"[②],这样"素"就是"绘事",包括化装的后面一个步骤;朱熹认为"素"是绘画的质地,他在《论语集注》引用《考工记》"绘画之事后素功"的说法,认为"后素,后于素也。谓先以粉地为质,而后施五采,犹人有美质,然后可加文饰"。朱熹又引用杨时的观点:"'甘受和,白受采,忠信之人,可以学礼。苟无其质,礼不虚行'。此'绘事后素'之说也。""甘受和,白受采,忠信之人,可以学礼。苟无其质,礼不虚行"是《礼记·礼器》当中的话。凌廷堪批评朱熹歪曲了《考工记》中的说法,他认为:"《诗》之意即《考工记》之意

[①] "硕人其颀,衣锦褧衣。齐侯之子,卫侯之妻,东宫之妹,邢侯之姨,谭公维私。手如柔荑,肤如凝脂。领如蝤蛴,齿如瓠犀。螓首蛾眉,巧笑倩兮,美目盼兮。硕人敖敖,说于农郊。四牡有骄,朱幩镳镳。翟茀以朝,大夫夙退,无使君劳。河水洋洋,北流活活。施罛濊濊,鳣鲔发发。葭菼揭揭,庶姜孽孽,庶士有朅。"(《卫风·硕人》)

[②] 何晏等《论语集解》引。

也","礼居五性之一,犹素为白采。""五性必待礼而后有节,犹之五色必待素而后成文。"他认为朱熹"不但不知五性待礼而后节,并不知五色待素而后成文矣。若夫古画绘之事,从无以粉地为质者,诸儒辨之已甚,不具论焉"①。全祖望在《经史答问》中则认为《考工记》和《礼记·礼器》是两种说法,朱熹把它们混同起来,是错误的。②

仔细观之,两种解释都是有道理的。绘画之前,总是要有好的质地。"白纸一张好作画",在绘画的过程中,"空白"或者"白色"是颜色之间互相区别的基础。

还可以有第三种解释:"素功"不一定是最后的工序,而是说掌握好"素功"以后,才可以绘画。

除此之外,或许还可以有第四种解释,即"素"本身就是绚烂的,或者说真正绚烂的东西都是不需要雕琢的。《卫风·硕人》在描写完"硕人"的衣服和她的身份以后,就具体描写她本身的美丽:"手如柔荑,肤如凝脂。领如蝤蛴,齿如瓠犀。螓首蛾眉,巧笑倩兮,美目盼兮。""巧笑倩兮,美目盼兮"是未加雕饰,自然而然的风采。正如该诗开篇所言:"衣锦褧衣",穿着锦绣的衣服,都要在外面披上素朴的布衣。"衣锦褧衣"就是"绘事后素"的同义词。所以,孔子和子夏所心领神会的应该是美好的质地和朴素的表现相统一的境界。

但是,如果从"礼"的角度,则有第五种解释:

> 《硕人》以五彩喻庄姜之美貌、以素白分间之功喻庄姜有礼自束。由此来看,孔子、子夏论说《硕人》所强调的是以礼约束自身的美色。③

---

① 凌廷堪:《校礼堂文集·〈论语〉礼后说》。
② 程树德《论语集释》引。
③ 孟庆楠:《论早期儒家〈诗〉学中的情礼关系——以好色之情与礼为例》,《中国哲学史》2010 年第 4 期。

子夏和孔子这里都没有展开讨论"礼"的问题，但是《论语·八佾》当中的两段话可以帮助我们理解"素以为绚兮"和"绘事后素"：

> 子曰："人而不仁，如礼何？人而不仁，如乐何？"
> 林放问礼之本。子曰："大哉问！礼，与其奢也，宁俭；丧，与其易也，宁戚。"

仁者的表现常常是"刚毅木讷"，"巧言令色鲜矣仁"。礼的本质就是要恰如其分地表达内心的尊敬或者忧伤，而不要奢侈和繁杂。《中庸》则把这种思想上升为"君子之道"：

> 《诗》曰："衣锦尚絅"，恶其文之著也。故君子之道，暗然而日章；小人之道，的然而日亡。君子之道：淡而不厌，简而文，温而理，知远之近，知风之自，知微之显，可与入德矣。

"衣锦尚絅"，《卫风·硕人》《郑风·丰》皆作"衣锦褧衣"[①]。君子不是不要"文"，而是文要简约，不愿张扬，懂得美德虽然隐微，却可以日益发扬光大，而不需要表面化的虚饰。

以上所论，可视为"立于礼"的注脚。关于"成于乐"，孔子曾经回味："师挚之始，《关雎》之乱，洋洋乎盈耳哉！"（《论语·泰伯》）"乱"是指乐章的结尾，孔子对"《关雎》之乱"印象深刻。《诗》、

[①] "以前经论夫子之德难知，故此经因明君子、小人隐显不同之事。此《诗·卫风·硕人》之篇，美庄姜之诗。言庄姜初嫁在涂，衣着锦衣，为其文之大著，尚着禅絅加于锦衣之上。絅，禅也，以单縠为衣，尚以覆锦衣也。案《诗》本文云'衣锦褧衣'，此云'尚絅'者，断截《诗》文也。又俗本云'衣锦褧裳'，又与定本不同者，记人欲明君子谦退，恶其文之彰著，故引《诗》以结之。"（《礼记正义》）

礼、乐本为一体，是学术界的共识，论之者甚多，兹不赘述。①柏拉图也认为诗歌和音乐是相通的，他反对靡靡之音，如孔子所说的郑卫之声。但是，柏拉图也反对"挽歌"，主张"净化"文辞、曲调、节奏，进而净化城邦。他借苏格拉底之口说："复杂的音乐产生放纵；复杂的食品产生疾病。至于朴质的音乐文艺教育则能产生心灵方面的节制，朴质的体育锻炼产生身体的健康。"②此种思想，与同时代《老子》所言颇有相通之处："五色令人目盲；五音令人耳聋；五味令人口爽；驰骋畋猎，令人心发狂；难得之货，令人行妨。是以圣人为腹不为目，故去彼取此。"而孔子所主张的是"文质彬彬"。

五、《关雎》之改

竹简《孔子诗论》有"《关雎》之改"之文，"改"字之本字有很多不同的释文，李学勤、姜广辉、俞志慧等释为"改"。③《毛诗序》有言："后妃之德也，风之始也，所以风天下而正夫妇也。故用之乡人焉，用之邦国焉。风，风也，教也，风以动之，教以化之。""化"与"改"同义。竹简《孔子诗论》后文明确说："《关雎》以色喻于礼……两矣，其四章则喻矣。以琴瑟之悦拟好色之愿，以钟鼓之乐□□（之）好，反纳于礼，不亦能改乎？""好色之愿"是欲望，"琴瑟之悦"和"钟鼓之乐"则是礼仪，是艺术，欲望是可以被升华的，可以被改化的。《论语·八佾》记载孔子论此诗："《关雎》乐而不淫，哀而不伤。"乐和哀是人情，"不淫""不伤"则是改化，所谓的"喜怒哀乐"的未发和已发，不是不

---

① 但需要注意的是，《诗》与礼、乐的一体化，这是儒家所特别强调的。墨、道、法三家则颇不以为然，见第一章之讨论。
② 柏拉图：《理想国》，郭斌和、张竹明译，商务印书馆1986年版，第113页。
③ 参见"简帛研究网"（www.jianbo.org）2002—2003年；朱渊清、廖名春编：《上博馆藏战国楚竹书研究》；姜广辉主编：《中国哲学（第二十四辑）——经学今诠三编》。

要发，而是要"发而皆中节"。所以，"乐而不淫，哀而不伤"是典型的中庸模式。孔子从《关雎》中引申出了"乐而不淫，哀而不伤"的思想，这个"改"字是很要紧的，《毛诗序》后文就说："《关雎》《麟趾》之化。"① 由此可见，李学勤、姜广辉、愈志慧等释为"改"，是确当的。

《荀子·大略》中也有相关的材料："《国风》之好色也，传曰：'盈其欲而不愆其止。其诚可比于金石，其声可内于宗庙。'"王先谦《荀子集解》引杨倞注：

> 好色，谓《关雎》乐得淑女也。盈其欲，谓好仇也，寤寐思服也。止，礼也。欲虽盈满而不敢过礼求之。此言好色人所不免，美其不过礼也。故《诗序》云："《关雎》乐得淑女，以配君子，爱在进贤，不淫其色；哀窈窕，思贤才，而无伤善之心焉。是《关雎》之义也。"

根据杨倞的注释，可以清楚地看到"改"就是控制，改化自己的欲望，"不愆其止"即"不敢过礼求之"。但《荀子》原文引"传曰"之言"盈其欲而不愆其止"，是要在欲望满足（盈）的同时保证礼法不被逾越（不愆）。② 这正是竹简《孔子诗论》所言"以色喻于礼"，及"反纳于礼，不亦能改乎"。③

---

① 参见李学勤：《〈诗论〉说〈关雎〉等七篇释义》，《齐鲁学刊》2002年第2期。
② 曹峰据《荀子》之言及帛书《五行》等文献以为竹简《孔子诗论》所言乃《关雎》之"已"。"已"即"止"之意。参见曹峰《试析上博楚简〈孔子诗论〉中有关"关雎"的几条竹简》，"简帛研究网"2002年3月；及日本郭店楚简研究会编：《楚地出土资料と中国古代文化》，汲古书院2002年版，第291—310页。然商承祚先生《石刻篆文编》已指出"攺、改古为一字"，于茀引商承祚先生之说，并认为"改"恰好道出了《关雎》之义。而且，这会带来对《关雎》完全不同于四家诗说的新理解。参见于茀《金石简帛诗经研究》，第190页。
③ 林素英以为，竹简《诗论》并未特指《关雎》为颂扬后妃之德之作，而是以"改"为该诗的主旨，说明了"改"之前的"好色"以及之后"反纳于礼"的不同状况。参见林素英：《从〈孔子诗论〉到〈诗序〉的视角思想转化——以〈关雎〉组诗为讨论中心》，中山大学简帛研读班论文，2007年12月。

"《关雎》之改",实际上是爱的哲学。对自己喜爱或者爱慕的对象,不管如何"寤寐思服","求之不得",乃至"辗转反侧",都不能够采取轻薄或者强迫的手段。但也不必灰心,可以"琴瑟友之","钟鼓乐之"——看来古人早就认识到了爱欲和文明的关系。柏拉图也说:"正确的爱难道不是对于美的有秩序的事物的一种有节制的和谐的爱吗?""正确的爱能让任何近乎疯狂与近乎放纵的东西同它接近吗?"①

竹简《孔子诗论》中又说:"《关雎》之改,则其思益也",能够更改或者改化自己的欲望,那么思想就可以得到帮助,思维能力就可以得到提高。可见孔门论《诗》,的确重视"思"。

六、述而不作——《诗》的思想性和学术化

谢上蔡说:"子贡因论学而知《诗》,子夏因论《诗》而知学,故皆可与言《诗》。"②不管怎么样,优秀的儒家学者都可以把《诗》和学联系起来,并从中获得"知"——哲学被看作是爱智慧的学问,但是智慧从来不是孤立的。

欧阳修在《六一诗话》中评价韩愈说:"退之笔力,无施不可,而尝以诗为文章末事,故其诗曰:'多情怀酒伴,余事做诗人'也。然其资谈笑,助谐谑,叙人情,状物态,一寓于诗,而曲尽其妙。"孔子不是写诗的人,但是,他对《诗》的钻研和评论不仅促进了《诗》的传播,也在很大程度上决定了《诗》的命运,随着孔子地位的抬升,《诗》三百也逐渐成为官方认可的权威经典,而不仅仅是老师教学的教材。③孔子论《诗》,在专门研究哲学史的人看来,也有些"余事"意

---

① 柏拉图:《理想国》,郭斌和、张竹明译,第110页。
② 朱熹《论语集注》引。
③ 据《汉书·武帝纪》记载,武帝于建元五年(公元前136年)置"五经博士"。而汉高帝曾于十二年(公元前195年)以太牢祭孔子,司马迁则称孔子为"至圣"。

味。但是，考究起来，孔子论《诗》的目的远远超越了"资谈笑，助谐谑，叙人情，状物态"的层面，而是寄托了他的文化理想、教育理念、哲学观点以及治学方法、处世原则等多个方面。换言之，孔子在编《诗》、教《诗》、论《诗》的过程中，最关注的是《诗》之中普遍具有的"思无邪"的价值观念，以及礼、乐的完备与王道的理想。

孔子"信而好古"，把"述而不作"看成是自己的治学之法，并强调说："盖有不知而作之者，我无是也。"（《论语·述而》）陈来认为"孔子及诸子时代不是以'超越的突破'为趋向，而是以人文的转向为依归"①。如果以"神—人"关系的框架来看，这是有道理的。但是如果以"经典—阐述"、"诗人—哲学家"的框架来看，孔子所做的工作更多地体现为从思想的角度统合经典，所谓"一以贯之"和"集大成"，可称之为"温和地超越"。孟子曾说："王者之迹熄而《诗》亡，《诗》亡然后《春秋》作。晋之《乘》、楚之《梼杌》、鲁之《春秋》，一也。其事则齐桓、晋文，其文则史。孔子曰：'其义则丘窃取之矣。'"（《孟子·离娄下》）孔子不仅"窃取"《春秋》之义，也"窃取"《诗》三百之义，总之孔子对于已经形成的经典，都是注重如何阐述、讲述、论述其中的"义"，而不是计较于它们的"文"。所谓的"窃取"无非是说孔子对于经典编撰、解释和理解是个性化的，有突出特点的。在这个意义上，孔子成了"博学多能"的典范，成为哲人、诗人、音乐家、政治家、历史学家等各"学科"共同推崇的对象，故司马迁称之为"至圣"。但孔子本人一再强调"吾道一以贯之"，"多乎哉，不多也！"——他的最大意义其实还是在于思想或者哲学的层面。

就《诗》三百而言，孔子把它们作为教材，培养有教养的"君子"，进而阐发其教化天下的意义，这是诗的学术化和哲学化，而伦理

---

① 陈来：《古代思想文化的世界——春秋时代的宗教、伦理与社会思想》，第16页。

化、政治化等只不过是一个副产品。因为"学术"和"教化"往往是很个人化的事情，在政治动荡、伦理混乱的环境中个人依然可以甚至更有必要去研习经典，讲论思想，成为君子。柏拉图也极力主张："我们必须寻找一些艺人巨匠，用其大才美德，开辟一条道路，使我们的年轻人由此而进，如入健康之乡；眼睛所看到的，耳朵所听到的，艺术作品，随处都是；使他们如坐春风如沾化雨，潜移默化，不知不觉之间受到熏陶，从童年时，就和优美、理智融合为一。"①

《史记·乐书》对"能作"和"能述"作了明确区分："故知礼、乐之情者能作，故谓之圣也。识礼、乐之文者能述。作者之谓圣，述者之谓明。明圣者，述作之谓也。"裴骃《史记集解》引郑玄之言："述谓训其义。"也就是说，发明礼、乐的原理而能够创作礼、乐，这样的人是"圣"；能够辨别礼、乐的原理，解释其意义的人可称得上"明"。张守节《史记正义》认为"尧、舜、禹、汤之属"是"圣"，而"游、夏之属"是"明"，居然没有提到孔子，大概因为孔子在当时早已是无可争议的圣人，但是孔子本人又表白"述而不作"，"若圣与仁，则吾岂敢？"这样的尴尬是因为后人拔高了孔子的地位，而忽视了"述"的重要意义。思想的资源其实是从来不缺乏的，缺乏的是富有启发性的总结、提炼和阐述。所以如果没有像孔子这样在集大成的基础上做出突破性工作的哲学家，的确会发生"万古如长夜"的惨象。而孔子的特异之处在于不是一味标新立异，而是好学不止，诲人不倦，对于古代，特别是周代的文化，有高度的承继意识，甚至以代言人自命，同时又有哲学家的敏感，以及"知其不可而为之"的实践精神。

---

① 柏拉图：《理想国》，郭斌和、张竹明译，第107页。

第四章　断章取义与诗句的哲理化

皮锡瑞《经学通论》论说《诗经》，首篇谓："《诗》有正义，有旁义，有断章取义，以旁义为正义则误，以断章取义为本义尤误。是以义虽出于古，亦宜审择，难尽遵从。"他认为这是《诗》之所以比其他经典更难明的首要原因。当代研究《诗经》的学者一方面认为孔子是《诗》学研究的第一人，一方面也指出《论语》中断章取义的说诗方式"自不足取，应该说这是受了春秋时代'赋诗断章'风气的影响，它又转而影响到汉代乃至汉代以后的'诗经学'研究。这也是在肯定孔子论诗的同时，不能不指出的一点"①。但是，孔子及其弟子的断章取义也屡被肯定乃至推崇。故而，有必要具体讨论孔子如何"断章取义"，以及和他人有何异同。

一、断章取义的意义

"赋诗断章"的确是春秋时代的风气。《左传》所记载的人物对谈和外交场合，引《诗》、赋诗的情况屡见不鲜。②《诗经》当中的"战

---

① 洪湛侯：《诗经学史》上册，中华书局2002年版，第75页。
② 张林川、周春健认为《左传》277条言《诗》可以分为"赋诗""诵诗""歌诗""言语引诗""作诗""泛称诗"六类，不可一概而论。参见张林川、周春健：《〈左传〉引〈诗〉范围的界定》，《湖北大学学报（哲学社会科学版）》2004年第3期。

战兢兢，如临深渊，如履薄冰"(《节南山之什·小旻》)、"不识不知，顺帝之则"(《文王之什·皇矣》)、"孝子不匮，永锡尔类"(《生民之什·既醉》)、"自求多福"(《文王之什·文王》)等诗句都不止一次被引用。上文已言，值得注意的是，这些诗句大都出自《雅》，在诸子书中亦多引用。《左传·襄公二十八年》记载：

> 齐庆封好田而耆酒，与庆舍政，则以其内实迁于卢蒲嫳氏，易内而饮酒数日，国迁朝焉。使诸亡人得贼者。以告而反之，故反卢蒲癸。癸臣子之，有宠，妻之。庆舍之士谓卢蒲癸曰："男女辨姓，子不辟宗，何也？"曰："宗不余辟，余独焉辟之？赋诗断章，余取所求焉，恶识宗？"

皮锡瑞评论说："则《传》载当时君臣之赋诗，皆是断章取义，故杜注皆云'取某句'。"①"断章取义"不仅对说的人有利，对听的人也有利，"断章"的一方，"取义"的却是两方，甚至是好几方，"余取所求焉，恶识宗"并非卢蒲癸的个别看法，而是具有普遍意义。②卢蒲癸利用"断章取义"的共识而为自己同姓通婚的行为辩解，恰好说明"断章取义"的效果其实并不是那个"取义者"所能单方面确定的，"断章"是否合理，"取义"是否恰当，在对读者和听者都能构成一定影响的同时，往往也要经受读者或听众的检验。

对于经典的完整传承而言，"正义"或者"注疏"，辅之以"旁义"，无疑是基本的途径。但是，"经典"的被认可和被传播，却往往是因为"断章取义"。《左传》是如此，《论语》是如此，韩非子的《解

---

① 皮锡瑞：《经学通论·诗经二》，中华书局1954年版；周春健校注本，华夏出版社2011年版，第160页。
② "断章取义"往往和"歪曲""误解""成见"等贬义词连用，但从"解释学"的角度看，断章取义无疑值得肯定。参见李凯：《儒家元典与中国诗学》，第297—300页。

老》和《喻老》也是如此。即使不考虑"断章取义"的过程中所阐发的新的意义,其本身也具有保存经典片段的价值,所以"辑佚"就成为文献整理的基本方法之一。

《庄子·天下》中感叹"道术将为天下裂",然而庖丁解牛的秘诀却是"目无全牛"。我们嘲笑盲人摸象,而实际上我们对象的认识,都是从对象的分裂开始的,或者体积大,或者鼻子长,或者牙齿怪,等等。也许可以说,没有"分裂"可能和"分解"可能的,就不是道术;换言之,没有可能被"断章取义"的文献,就不能够成为经典。当然,只有那些得心应手,游刃有余的"分解"和"断裂"才能够赋予经典久远的生命力。明人季本已指明此点:

> "赋诗断章",卢蒲癸之言也。后儒于凡引他书以明义者,因有断章取义之说。况《诗》之为教,所主在兴讽咏之间,易于感发,故《论语》《大学》《中庸》《孟子》论道之言,皆引《诗》以咏叹之,然皆切于事理,无泛辞也。惟《礼记》《孝经》出于汉儒之附会者,则所引之诗每多泛而不切,其后引《诗》者,遂以为无不可通,全不知诗意之所在矣。①

《礼记》《孝经》引《诗》是否恰当暂且不论,但肯定受孔子影响,乃至托名于孔子则是显见的。公认为孔子所删定的"《诗》三百",和"唐诗三百首"或者"宋词三百首"虽然都可以称为经典,但是其意义在古代显然是很不相同的——"《诗》三百"之外的诗都没有取得过"经"的地位,尽管我们也经常引用"欲穷千里目,更上一层楼""山重水复疑无路,柳暗花明又一村""不识庐山真面目,只缘身在此山中"等名句来说明某种"哲理"。如果说,《左传》中的引《诗》和

---

① 季本:《诗说解颐》卷一。

赋诗多是属于"言语引《诗》",那么"《诗》三百"何以成为"经学"的源头,而不仅仅是"文学"的源头,无疑是一个饶有兴趣的话题。① 除了那些作品本身年代久远,其中的大部分又是出自王室或者为王室所认可,以及历代注疏者们所推测的其他种种理由以外,孔子的《诗》论和《诗》教无疑在其中扮演了无可替代的角色。也就说,孔子后来的地位影响到了"《诗》三百"的地位,孔子先前的解释扩大了"《诗》三百"的影响,孔子作为大教育家和大哲学家,他和他的弟子们对于"《诗》三百"的断章取义,是"《诗》三百"成为"经"的重要原因。同时,"《诗》三百"也成为孔子及其弟子的文化资源,是培育和启发他们思想的重要因素。故而明人张次仲《待轩诗记》卷首有言:

> 昔子贡因论学而知《诗》,子夏因论《诗》而知学,"鸢飞鱼跃",子思以明上下一理之察。《旱麓》章章果若是乎?"于缉熙敬止"②,朱子谓:"敬止,无不敬而安所止也"。他日之训解又何不若是乎?是知读《诗》之法,在随文以寻意;用《诗》之妙,又在断章而取义也。学者诚以是求诸三百篇,则《雅》无大、小,《风》无变、正,《颂》无商、周、鲁,苟意合于心,言契乎理,事适其机,或施之政事,或发于言语,或用之出使,与凡日用施为之间,无往而非《诗》之用矣!固不拘拘于义例训诂之末也。

可见,断章取义和章句训诂以及文本注疏一样是保留、解释、传播经典的重要途径;也可以说,任何章句训诂以及文本注疏都是在断

---

① 现当代研究的一大成果是把《诗经》从历代经师的解释中还原为"我国第一部诗歌总集",在不太长的时间里,很多人就以为除中国语言文学系的师生以外,其他"专业"的人士都可以不理会《诗经》了,殊为可叹。不过这一情形,最近几年正在被扭转。
② 诗出《大雅·文王》。《大学》《缁衣》引。

章取义。其中的区别在于：就语境而言，章句训诂以及文本注疏是以原来的文本为上下文，而断章取义则以引用者的话语为上下文；就语义而言，断章取义者是直接阐述他所理解的意义，这种意义常常和他所处的当下的情景有直接关联，而不是逐个字句解释其原来的义涵。二者最主要的区别还不仅仅是"六经注我"与"我注六经"的区别。郑樵以为：

> 善观《诗》者，当推诗外之意，如孔子、子思。善论《诗》者，当达诗中之理，如子贡、子夏。善学《诗》者，当取"一二言"为立身之本，如南容、子路。善引《诗》者，不必分别所作之人，所采之《诗》，如诸经所举之诗可也。①

方玉润评论郑氏之言说：

> 《诗》多言外意，有会心者即此悟彼，无不可贯通。然唯观《诗》、学《诗》、引《诗》乃可，若执此以释《诗》，则又误矣。盖观《诗》、学《诗》、引《诗》，皆断章以取义；而释《诗》，则务探诗人意旨也。岂可一概论哉？②

如郑樵和方玉润所言，"断章取义"有多种途径，不过均突出"我"的作用。但陆九渊强调"六经注我"的前提是"学苟知本"，而"知本"则是哲学家的使命。换言之，《诗》的"根本"乃需要从哲学的高度方能透彻理解。

一个有趣的现象是，大多数的人对于经典的了解和记忆都是只言

---

① 郑樵：《六经奥论卷三·读诗法》。
② 方玉润：《诗经原始》（上），李先耕点校本，第50—51页。

片语，或者可以说，经典从形式上来看是作为完整的文本流传的，但是大多数人所熟悉的是它的片段，这些片段成了大家熟悉的"口头禅"或者"成语"。很多人一旦通过专门的工具书或其他途径找到它们的源头，就会倍感亲切，加深对经典的认识，这也是文化被传承的重要方面。故而可以说，经典被全面注释和研究的前提，是它具有可以"断章取义"的价值。而无论是书面的"引经据典"，还是口头的"赋诗断章"，都是"经典"的权威得以形成或被质疑的过程，这种"经典化"的过程多为学者所注意。① 我们需要注意的是，在这样的过程中，为何孔子和他的弟子们起到了关键性的作用。

二、"用意"和"本义"

前文已言，引《诗》不仅是引用，还包括引申，或者说，之所以引用，是因为引申出了新的意义。当然，引用有的时候也是为了强调其本义。无论怎样，都可以归结为"用《诗》"。按照艾柯（Umberto Eco）的看法，应该充分重视"诠释本文"（interpreting a text）和"使用本文"（using a text）的区别②，但是站在"实用主义"和"反本质主义"立场上的罗蒂（Richard Rorty）却认为，"任何人对任何物所作的任何事都是一种'使用'。诠释某个事物、认识某个事物、深入某个事物的本质等，描述的都只不过是使用事物的不同方式"③。反观孔子，他编《诗》、教《诗》，不可能不诠释《诗》的"本文"，但是，在有关文献中，我们所看到的多是引《诗》。需要注意的是，周秦时代对《诗》

---

① 参见陈来:《古代思想文化的世界——春秋时代的宗教、伦理与社会思想》，第170—173页。
② 艾柯:《作者与文本》，载于柯立尼编:《诠释与过度诠释》，王宇根译，生活·读书·新知三联书店1997年版，第83页。
③ 罗蒂:《实用主义之进程》，载于柯立尼编:《诠释与过度诠释》，王宇根译，第115页。

的引用有一个前提,那就是引述者和听众或者读者都已经了解或者需要了解其本义,或者说起码要懂得该诗的"字面意思"。另外,"使用"和"诠释"的关系并不是固定化的,而是和语境分不开的,"过度诠释也好","过度使用"也好,那个"度"实际上也是变动不居的,从本义看来谬以千里的使用,在当时的语境里可能就是恰如其分(度)。

一直纠缠不清的问题是,"那么,'本义'究竟是什么"?就最基础的界定而言,"本义"就是某一个字或词区别于其他字和词的原始含义,即"字面意思"。任何文本如果没有什么确定性的"字面意思"的话,它们的被使用就是不可思议的事情。文本首先具有可通约的"字面意思",才有可能引起歧义。换言之,所谓的"分歧"都是基于某一共同点的,如伽德默尔所言:"事实上,每一种误解不都是以一种'深层的共同一致'为前提吗?"①经常发生的误解反而是把"本义"当成是"某一个"固定的意义,而不是把它看成是"某一类"意义的集合。我们不能忘记语言的概括性,语言的功能本来就是"以类万物之情"。因此,同一个字、同一个词在不同的语境里,一方面是意义的载体,另一方面,也是被选择、被搭配、被使用的对象,在和其他的语词发生关联的过程中,不可避免地衍生出新的意义来。任何"文本",一方面能使作者和读者皆有所以"本",另一方面,无论格式如何简单,其"文"都是经过修饰、加工或者渲染,能给作者和读者都留下未尽的含义。或许"言不尽意""诗无达诂"和"立言以尽意""诗无隐志"这样看起来的对立属性,以及这种对立本身都有可能成为语言和诗歌的魅力所在。但是,作为经典的"言"和"诗",往往具有"一字减不得,一字加不得"的价值。诗的遣词造句、章法安排以及其特定的内容,即是其本义之所在。

欧阳修认为诗人之意可以通过诗作本身去把握:

---

① 伽达默尔:《哲学解释学》,夏镇平、宋建平译,上海译文出版社1994年版,第7页。

> 吾之于《诗》，有幸有不幸也。不幸者，远出圣人之后，不得质吾疑也；幸者，《诗》之本义，在尔诗之作也，触事感物，文之以言，美者善之，恶者刺之，以发其揄扬怨愤于口，道其哀乐喜怒于心，此诗人之意也。①

在欧阳修看来，《诗》的内容是诗人所感触的事或物，《诗》的形式是诗人所用的文辞，而口头的揄扬怨愤，以及内心的哀乐喜怒这些诗人之意也是可以体会的。但，不幸的是，能够洞察诗人用意而把它升华为哲理的圣人，却不能当面向他请教，故又有专门的经师来探求诗人的用意和圣人的心志，这些经师"整齐残缺以为之义训，耻于不知而人人各自为说。至或迁就其事以曲成其己学，其于圣人有得有失"。除此之外，欧阳修还提出了古代负责采诗、陈诗的太师们，他们对于诗的分门别类和概括总结其实也对读者造成很大影响，但是因为太师之职年久失传，且他们本来有"积多尔无择"的弊病，所以也造成了解《诗》本义的障碍。故而，欧阳修指出，后世学《诗》的人，其实同时需要了解诗人之意、太师之职、圣人之志、经师之业四个方面，而四者之中又有本末之别：

> 作此诗，述此事，善则美，恶则刺，所谓诗人之意者，本也；正其名，别其类，或系于此，或系于彼，所谓太师之职者，末也。察其美刺，知其善恶，以为劝戒，所谓圣人之志者，本也；求诗人之意，达圣人之志者，经师之本也。讲太师之职，因其失传而妄自为之说者，经师之末也。②

---

① 欧阳修：《诗本义》卷十四。
② 欧阳修：《诗本义》卷十四。

何谓"圣人之志"？欧阳修解释说："孔子生于周末，方修礼乐之坏，于是正其雅、颂，删其繁重，列于六经，着其善恶，以为劝戒，此圣人之志也。"① 由欧阳修所说，我们可以察知孔子"述而不作"的用意。欧阳修尽管也承认历代经师对于圣人之志有得有失，但主张学《诗》者要直接把握诗人之意和圣人之志：

> 若《诗》之所载，事之善恶，言之美刺，所谓诗人之意，幸其具在也。然颇为众说汨之，使其义不明。今去其汨乱之说，则本义粲然而出矣。今夫学者知前事之善恶，知诗人之美刺，知圣人之劝戒，是谓知学之本而得其要，其学足矣。又何求焉其末之可疑者？阙其不知可也。盖诗人之作诗也，固不谋于太师矣。今夫学《诗》者，求诗人之意而已，太师之职有所不知，何害乎学《诗》也？若圣人之劝戒者，诗人之美刺是已，知诗人之意，则得圣人之志矣。②

显然，欧阳修认为，诗人之意与诗俱在。诗人之意和圣人之志没有隔阂，而诗人之意乃是圣人之志的基础，由此推论，《诗》三百不仅是孔子的思想资源，而且已经转化成了他思想世界的一部分，这大概是"述而不作"或"寓作于编"③的极致。

顾炎武认为："舜曰：'诗言志'，此诗之本也。"④ "诗言志"，一般

---

① 欧阳修：《诗本义》卷十四。欧阳修也认为孟子说《诗》及《诗序》亦可以为证。参见车行健：《诗人之意与圣人之志——欧阳修〈诗本义〉的本义观及其对〈诗经〉本义的诠释》，载于夏传才主编：《诗经研究丛刊》第五辑，学苑出版社2003年版。
② 欧阳修：《诗本义》卷十四。
③ 寓作于编，参见王博：《说"寓作于编"》，《中国哲学史》2006年第1期。
④ 顾炎武：《作诗之旨》，见《日知录》卷二十一。《尚书·舜典》言："诗言志"。因属梅赜所上《古文尚书》，屡受质疑。但前文已引相关文献言舜自作诗或舜问诗于大夫，则舜与诗或有特殊关系。

认为是言作者之志,而作者的创作意图非作品本身不能传达。但是,一个创造性的、有生命力的诗篇总是一个开放的作品。艾柯就说:"创造性本文中语言所起的独特性作用——这种语言比科学本文的语言更模糊,更不可译——正是出于这样一种需要:让结论四处漂泊,通过语言的模糊性和终极意义的不可触摸性去削弱作者的前在偏见。"①我们也可以引申一下艾柯的观点,认为作者并不一定是最能了解自己作品价值的人,正如父母并不一定知道子女"将来"要做什么,能做什么。而作品的生命力在进入"阅读"的范围之后,也是取决于读者的,而读者的"视域"又是不确定的,故而,无论如何强调诗篇的"本义",都不可能消除解释的歧义。艾柯还特意指出:"显然,有些哲学本文也可以归入'创造性'本文的范畴,而也有一些所谓的'创造性本文'其目的在于说教,在于给出一个结论——在这种本文中,语言无法实现其开放的状态。"②诸子立说,虽然目的也是"说教",但可以通过"断章取义"的方式一方面充分利用诗篇的开放性,另一方面给听众或读者以思考的启示。换言之,读者或听众可以通过对于所称引诗篇的分析,去认同或批驳诸子的用意是否符合《诗》的本义。此种以共同的经典资源为基础的互动,是古代哲学之所以生生不息的重要原因。

三、孔子等人断章取义的模式

孔子虽然被奉为"《诗》教"之祖,但从相关文献来看,孔子对于《诗》,从不采取教条的立场,换言之,即使是"说教",也是"循循善诱"。而孔子之"教"的有效性又有相当的部分来自对于《诗》三百的"断章取义"。《左传》《论语》《史记·孔子世家》以及《孟子》

---

① 艾柯:《应答》,载于柯立尼编:《诠释与过度诠释》,王宇根译,第172页。
② 艾柯:《应答》,载于柯立尼编:《诠释与过度诠释》,王宇根译,第172页。

《荀子》等文献中孔子引《诗》、论《诗》的内容早为学者留意。但是，对于其"断章取义"的模式却有必要条分缕析，而不是简单地归结为"依经立意"或"引经证言"。如此，才可以比较深入地了解儒家思想的发生机制。同时，将之与《墨子》及其他相关文献的引《诗》相比较，才可以理解儒、墨两家对于同样思想资源的不同阐释。

《诗》三百的主题是否可以归结为"美刺"，聚讼日久；《毛诗序》对诗旨的概括是否准确也代有新说。但诗篇的上下文本身还是有一些线索可以使读者判断作诗者之志，在此基础上，再了解引《诗》者的用意，或许更为可取。朱熹有言："某解《诗》，多不依他《序》。纵解得不好，也不过只是得罪于作《序》之人。只依《序》解，而不考本《诗》上下文意，则得罪于圣贤也。"[①]孔子及其弟子，包括同时代其他人物的"断章取义"无疑对于后世儒者有很强的示范作用，其"断章取义"的模式大略可以归结为以下数端。

其一，断赞美之章，取法天亲民之义。

孟子道性善，是对儒家莫大的贡献。《孟子·告子上》记载：

> 公都子曰："告子曰：'性无善无不善也。'或曰：'性可以为善，可以为不善。是故文、武兴则民好善，幽、厉兴则民好暴。'或曰：'有性善，有性不善。是故以尧为君而有象，以瞽瞍为父而有舜，以纣为兄之子且以为君而有微子启、王子比干。'今曰'性善'，然则彼皆非欤？"
>
> 孟子曰："乃若其情，则可以为善矣，乃所谓善也。若夫为不善，非才之罪也。恻隐之心，人皆有之；羞恶之心，人皆有之；恭敬之心，人皆有之；是非之心，人皆有之。恻隐之心，仁也；

[①] 《朱子语类》卷八十。

羞恶之心，义也；恭敬之心，礼也；是非之心，智也。仁义礼智，非由外铄我也，我固有之也，弗思耳矣。故曰：'求则得之，舍则失之。'或相倍蓰而无算者，不能尽其才者也。《诗》曰：'天生烝民，有物有则。民之秉夷，好是懿德。'孔子曰：'为此《诗》者，其知道乎！故有物必有则，民之秉夷也，故好是懿德。'"

公都子提出三种人性论，问孟子其性善论的合理之处在哪里，孟子回答，仁（恻隐）、义（羞恶）、礼（恭敬或辞让）、智（是非）之心"人皆有之""我固有之"。"人皆有之"是强调普遍性，而"我固有之"则是强调内在性和必然性，孟子以为所谓恶的出现，乃是对于本性之善的"弗思"或舍弃，不是本性的问题，而是能力（才）的问题。① 但孟子性善论的最终根据，是在"天"的层面，他引用《大雅·烝民》之篇作为根据，实际是一种创造性的解释或发挥。

但这种解释或发挥的肇始者却是孔子。《大雅·烝民》之篇"烝"，又作"蒸"，众多之意；"夷"又作"彝"，恒常之意；"则"为法则，"懿"为美好之意。众民为天之所生，与万物一样，必有法则。众民所禀之常则，乃是喜好美德。在孔子看来"有物必有则"就是立论的根据（故），而民众因为禀赋常则，所以喜好美德。孔子以为作此诗者对于"道"有透彻了解，因为诗篇当中已经蕴含着对于普遍性、必然性和内在性的哲理。孟子则进一步引申出性善天生的观念，对此后的思想和学术均产生了深远的影响，以汉代为例：

> 天之生众民，其性有物象，谓五行：仁、义、礼、智、信也。其情有所法，谓喜、怒、哀、乐、好、恶也。然而民所执持有常

---

① 其中"才"的问题，被理学家发挥为"气质之性"（朱熹：《孟子集注》），其实和孟子本意不合。

道，莫不好有美德之人。(《毛诗》郑笺)

子曰："不知命无以为君子。"言天之所生，皆有仁义礼智顺善之心。不知天之所以命生，则无仁义礼智顺善之心。无仁义礼智顺善之心，谓之小人。故曰："不知命无以为君子。"《小雅》曰："天保定尔，亦孔之固。"①言天之所以仁义礼智保定人之甚固也。《大雅》曰："天生烝民，有物有则。民之秉彝，好是懿德。"言民之秉德，以则天也。不知所以则天，又焉得为君子乎？(《韩诗外传》卷六)

《毛诗序》认为此诗的主旨是"尹吉甫美宣王也。任贤使能，周室中兴焉"。方玉润认为是"送仲山甫筑城于齐，怀柔东诸侯也"②。无论怎样，此诗的篇章以赞美仲山甫为主是显而易见的。"天生烝民，有物有则。民之秉彝，好是懿德"之章在《大雅·烝民》是背景或铺垫式的文字。但也可以证明作此《诗》者，的确是从天人之义入手赞美仲山甫的美德上禀于天，下应于民。方玉润称赞此章："不独理精，词亦粹然。虽宣圣亦不能不为之心折。此《三百篇》说理第一义也。"③方玉润所谓"宣圣亦不能不为之心折"，指《中庸》两次引用《大雅·烝民》：

故君子尊德性而道问学，致广大而尽精微，极高明而道中庸。温故而知新，敦厚以崇礼。是故居上不骄，为下不倍；国有道，其言足以兴；国无道，其默足以容。《诗》曰："既明且哲，以保其身"，其此之谓与！

《诗》曰："德𬨎如毛"，毛犹有伦。"上天之载，无声无臭"，至矣！

---

① 诗出《小雅·天保》。
② 方玉润：《诗经原始》(下)，李先耕点校本，第555—557页。
③ 方玉润：《诗经原始》(下)，李先耕点校本，第555页。

"既明且哲,以保其身"和"德輶如毛"在其他典籍中亦被频繁引用,如《荀子·尧问》引"既明且哲,以保其身"来说明"孙卿怀将圣之心,蒙佯狂之色,视天下以愚"。而《表记》则引此"德輶如毛"以说明"中心安仁"的可贵:

> 子曰:"中心安仁者,天下一人而已矣。《大雅》曰:'德輶如毛,民鲜克举之。我仪图之,惟仲山甫举之,爱莫助之。'"

可见,即使是引用同一诗篇,甚至同一诗句,在不同的语境中,其取义也各不相同。

但是,可以确定的是,儒家的"尊天",《诗》提供了重要的资源。另一方面,孔、孟又强调"自求多福":

> 孟子曰:"仁则荣,不仁则辱。今恶辱而居不仁,是犹恶湿而居下也。如恶之,莫如贵德而尊士,贤者在位,能者在职。国家闲暇,及是时,明其政刑。虽大国,必畏之矣。《诗》云:'迨天之未阴雨,彻彼桑土,绸缪牖户。今此下民,或敢侮予。'①孔子曰:'为此诗者,其知道乎!能治其国家,谁敢侮之?'今国家闲暇,及是时,般乐怠敖,是自求祸也。祸福无不自己求之者。《诗》云:'永言配命,自求多福。'②《太甲》曰:'天作孽,犹可违;自作孽,不可活。'此之谓也。"(《孟子·公孙丑上》)

此段文字与上文所引《孟子》之文类似,也是引孔子解《诗》之言立论,又另外引《诗》《书》以佐证"祸福无不自己求之"的哲理。

---

① 诗出《豳风·鸱鸮》。
② 诗出《大雅·文王》。《左传·昭公二十八年》记载孔子引此句评价魏子举、贾辛符合义、忠的原则,将惠及后人。

《大雅·皇矣》有"帝谓文王，予怀明德"，《墨子·天志下》引作"帝谓文王，予怀而明德"，并引申为"文王之以天志为法也，而顺帝之则也"。竹简《孔子诗论》则引作："帝谓文王，予怀尔明德。""怀而明德"即是"怀尔明德"，可证《墨子》与竹简《孔子诗论》是同一时期的作品。① 但孔子阐释该句为"有命自天，命此文王"，以明"文王受命"之理。这和《毛诗序》所言"美周也。天监代殷，莫若周。周世世修德，莫若文王"相一致。但《墨子》的侧重点在于"天志"（包括兼爱、非攻、尚贤、尚同等），而《中庸》引此诗，则是为了突出"不大声以色"。由此也可见断章相同而取义有别。

《墨子》引《诗》，尚有"明鬼"之义，而孔孟似乎不太留意鬼神，但《中庸》多引《诗》以阐述鬼神之义。冯友兰以为："孔子对于鬼神之存在，已持怀疑之态度，姑存而不论；墨子则太息痛恨于人之不信鬼神，以致天下大乱，故竭力于'明鬼'。"② 对于鬼神的态度，其实是孔孟与墨子的一个重要分歧，如胡适所言："墨子是一个宗教家。他最恨那些儒家一面不信鬼神，一面却讲究祭礼丧礼"③。不仅如此，在墨家看来，儒家对待"天""命""礼""乐"的态度也有问题，甚至"足以丧天下"：

> 子墨子谓程子曰："儒之道足以丧天下者，四政焉——儒以天为不明，以鬼为不神，天、鬼不说，此足以丧天下；又厚葬久丧，重为棺椁，多为衣衾，送死若徙，三年哭泣，扶后起，杖后行，耳无闻，目无见，此足以丧天下；又弦歌鼓舞，习为声乐，此足以丧天下；又以命为有，贫富寿夭、治乱安危有极矣，不可

---

① 参见李锐：《上海简"怀尔明德"探析》，《中国哲学史》2001 年第 3 期。
② 冯友兰：《中国哲学史》（上册），华东师大出版社 2000 年版，第 31 页。
③ 胡适：《中国哲学史大纲》，第 108 页。"公孟子曰：'无鬼神。'又曰：'君子必学祭祀。'子墨子曰：'执无鬼而学祭礼，是犹无客而学客礼也，是犹无鱼而为鱼罟也。'"（《墨子·公孟》）

损益也。为上者行之，必不听治矣；为下者行之，必不从事矣。此足以丧天下。"程子曰："甚矣，先生之毁儒也！"子墨子曰："儒固无此若四政者，而我言之，则是毁也。今儒固有此四政者，而我言之，则非毁也，告闻也。"(《墨子·公孟》)

另一方面，虽然《墨子》屡称《诗》《书》，和孔子颇为接近，但墨家以为孔子并未做到"尊天事鬼，爱人节用"：

公孟子谓子墨子曰："昔者圣王之列也，上圣立为天子，其次立为卿、大夫。今孔子博于《诗》《书》，察于礼、乐，详于万物，若使孔子当圣王，则岂不以孔子为天子哉？"子墨子曰："夫知者，必尊天事鬼，爱人节用，合焉为知矣。今子曰'孔子博于《诗》《书》，察于礼、乐，详于万物'，而曰可以为天子。是数人之齿而以为富。"(《墨子·公孟》)

或许是墨家这样的激烈批评，导致了子思等孔门后学重新阐述鬼神的意义，而他们借助的经典也是《诗》。

至于儒家引《诗》以明亲民之义，另有专章讨论，兹不赘述。

其二，断形容之章，取学问之道。

子贡曰："贫而无谄，富而无骄，何如？"
子曰："可也；未若贫而乐，富而好礼者也。"
子贡曰："《诗》云：'如切如磋，如琢如磨'，其斯之谓与？"
子曰："赐也，始可与言《诗》已矣！告诸往而知来者"。(《论语·学而》)

《卫风·淇奥》中"如切如磋，如琢如磨"，实际上被用作形容词，和后文的"如金如锡，如圭如璧"一样，既然讲到了"如"，就不是"有匪君子"在那里切磋骨器，或者琢磨玉器，而是说他的形象抑或学问像切磋好的骨器，琢磨好的玉器。

而在《论语》中子贡把他和孔子之间深入的讨论用"如切如磋，如琢如磨"来概括，"切磋"和"琢磨"成为具有普遍意义的方式或者手段，孔子很高兴，对子贡说："赐也，始可与言《诗》已矣，告诸往而知来者。"正如朱熹《论语集注》所言：

> 言治骨角者，既切之而复磋之；治玉石者，既琢之而复磨之；治之已精，而益求其精也。子贡自以无谄无骄为至矣，闻夫子之言，又知义理之无穷，虽有得焉，而未可遽自足也，故引是诗以明之。

我们不必像朱熹那样分辨出子贡和孔子的高低上下，在方法论上，子贡和孔子都是"精益求精"的典范，所以"如切如磋，如琢如磨"就成了治学的不二法门。《大学》则以"切磋"为问学，而以"琢磨"为自修。朱熹对此甚为推崇：

> "至善"一章，工夫都在"切磋琢磨"上。
> 既切而复磋之，既琢而复磨之，方止于至善。不然，虽善非至也。
> 《传》之三章，紧要只是"如切如磋，如琢如磨"。如切，可谓善矣，又须当磋之，方是至善；如琢，可谓善矣，又须当磨之，方是至善。一章主意，只是说所以"止于至善"工夫，为下"不可喧兮"之语拖带说。到"道盛德至善，民不能忘"，又因此语一向引去。大概是反复嗟咏，其味深长。他经引《诗》，或未甚切，

只《大学》引得极细密。①

"切磋琢磨"屡被称引于早期儒家经典。《礼记·学记》:"君子如欲化民成俗,其必由学乎!玉不琢,不成器;人不学,不知道。是故古之王者建国君民,教学为先。"《荀子·大略》:"人之于文学也,犹玉之于琢磨也。《诗》曰:'如切如磋,如琢如磨。'谓学问也。"《韩诗外传》中例证更多,其卷五中更有文献以为"切磋"经典与人伦,乃儒者之责任:

> 儒者,儒也。儒之为言无也,不易之术也。千举万变,其道不穷,六经是也。若夫君臣之义,父子之亲,夫妇之别,朋友之序,此儒者之所谨守,曰切磋而不舍也。虽居穷巷陋室之下,而内不足以充虚,外不足以盖形,无置锥之地,明察足以持天下。

现代汉语中的"切磋"和"琢磨",基本上是在使用它们的引申意。由此可见,子贡的引《诗》是一个创造性的活动,能够使"切磋"和"琢磨"脱离原诗,成为"告往知来"、举一反三的方法,具有更广泛的意义。

其三,断告诫警示之章,取修身履德之义。

《诗》中多告诫警示之章,很容易被引申为修身履德的原则。概而言之,以《论语》来看,孔子及其弟子引《诗》以明修身履德之意,落实于"能近取譬""战战兢兢""慎尔出话"三个方面。

"切磋琢磨"之外,"能近取譬"也是儒家为学修德最重要的方法

---

① 《朱子语类》卷十六。

论之一,也是受到《诗经》的影响,论者于此较少注意。《大雅·抑》中有一章说:

> 於乎小子!告尔旧止,听用我谋,庶无大悔,天方艰难,日丧厥国,取譬不远,昊天不忒,回遹其德,俾民大棘。

《论语》的相关内容如下:

> 子贡曰:"如有博施于民而能济众,何如?可谓仁乎?"子曰:"何事于仁,必也圣乎!尧、舜其犹病诸!夫仁者,己欲立而立人,己欲达而达人。能近取譬,可谓仁之方也已。"(《论语·雍也》)

"取譬不远"就是"近取譬",孔子强调"能",显然是因为很多人"不能"。由此我们可以看出孔子"述而不作"的重要性,对于经典的熟悉和领悟,是思想火花的重要源头,引之中之,始成条理。"取譬不远"的另外一种表达是"何远之有":

> "唐棣之华,偏其反而。岂不尔思?室是远而。"子曰:"未之思也,夫何远之有?"(《论语·子罕》)

"唐棣之华"等句是逸诗,孔子顺其言而反问:"何远之有",被看成是"极有涵蓄,意思深远"[①]。唐(棠)棣树的花到处翻飞,最后都飘落到大地,显然又是一个季节转换的时间,怎么会不想你呢?只是居住地离你远呀。《卫风·竹竿》有更为直接的表达:"籊籊竹竿,以钓于淇。岂不尔思,远莫致之。"孔子说,没有去"思"他(她),怎

---

① 朱熹《论语集注》引程子之言。

么会有"远"的感觉呢?我们可以说,想到某一个人或物离自己很远,实际上希望那个人或物离自己很近,进一步说,"思"那个人或物的时候,就已经是去接近那个人或物了。另外一个方面是,落叶或者落花都要"归根",没有归根的,便引起伤感,而看上去,花总是离根最遥远的。

前人如毛奇龄已经注意到孔子的"未之思也,何远之有",和《卫风·氓》当中的"不思其反"与"反是不思"有异曲同工之妙[①],也是孔子"以反作正"的方法[②]。"不思其反"固然也可以理解为"不思量违反了誓言",但更贴切的理解是"不思量返回到自己的誓言",因为那个"信誓旦旦"的人不是不知道自己违反了誓言,而是不愿意重新回到自己的誓言。孔子则进一步发挥说,既然"思其反",还有什么远的呢?正如《论语·述而》所载孔子之言:"仁远乎哉?我欲仁,斯仁至矣。"《中庸》中则进一步说:"道不远人。""我欲仁"即"我思仁",由以上相关文献可知"思"的关键作用。董仲舒就曾引用孔子"何远之有"之言,说明"精心达思"方能通晓辞外之旨:

> 《春秋》之于偏战也,犹其于诸夏也,引之鲁,则谓之外,引之夷狄,则谓之内。比之诈战,则谓之义;比之不战,则谓之不义。故盟不如不盟,然而有所谓善盟;战不如不战,然而有所谓善战。不义之中有义,义之中有不义。辞不能及,皆在于指,非精心达思者,其孰能知之!《诗》云:"棠棣之华,偏其反而。岂不尔思,室是远而。"孔子曰:"未之思也!夫何远之有?"由是观之,见其指者,不任其辞,不任其辞,然后可与适道矣。(《春秋繁露·竹林》)

---

① "及尔偕老,老使我怨。淇则有岸,隰则有泮。总角之宴,言笑晏晏。信誓旦旦,不思其反。反是不思,亦已焉哉!"(《卫风·氓》)
② 参见刘宝楠:《论语正义》(上),高流水点校本,中华书局1990年版,第361—362页。

虽然孔子强调的是"何远之有",但据董仲舒之意,"精心达思者"能够真正明白内与外、义与不义、盟与不盟、战与不战等方面的真正所指,而不是拘泥于言辞。"见其指者,不任其辞",正是孟子所说的"不以文害辞,不以辞害志。以意逆志,是为得之"。这也是说《诗》与说"事"在方法论上的共通。

而董仲舒所言"可与适道",乃是指《论语·子罕》之前文:"可与共学,未可与适道;可与适道,未可与立;可与立,未可与权。"从文体形式来看,此句亦属"子曰"的内容,当为独立的一段。① 但汉儒以此两段为同一章节,或许另有所本。同时,《论语》中相邻的章节往往可以互相发明,所以,即使把它们视为两段,也不妨碍其思想的内在关联。故而,在"何远之有"之外,我们可以推论,孔子此处说《诗》,正是"权"的很好例证,亦即"以意逆志"的绝好示范。

儒家修身理论中另外一个极其重要的原则"战战兢兢",抑或"戒慎恐惧",也是援引了《诗》作为资源。亦以《论语》为例:

> 曾子有疾,召门弟子曰:"启予足!启予手!《诗》云:'战战兢兢,如临深渊,如履薄冰。'而今而后,吾知免夫!小子!"(《论语·泰伯》)

> 子谓颜渊曰:"用之则行,舍之则藏,唯我与尔有是夫!"子路曰:"子行三军,则谁与?"子曰:"暴虎冯河,死而无悔者,吾不与也。必也临事而惧,好谋而成者也。"(《论语·述而》)

《小雅·小旻》:"不敢暴虎,不敢冯河。人知其一,莫知其他。战战兢兢,如临深渊,如履薄冰。"《小旻》被视为大夫刺周幽王或厉

---

① "汉儒有'反经'之说,只缘将《论语》下文'偏其反而'误作一章解,故其说相承蔓衍。且看集中诸儒之说,莫不连下文。独是范纯夫不如此说,苏氏亦不如此说,自以'唐棣之华'为下截。"(《朱子语类》卷三十七)

王之诗,诗中不乏劝诫之词①,具有普遍意义。《小雅·小宛》中亦用"惴惴小心,如临于谷;战战兢兢,如履薄冰"的诗句来描述"温温恭人"②。曾子所引用的"战战兢兢,如临深渊,如履薄冰"沿用至今,而孔子则是化用了"不敢暴虎,不敢冯河。人知其一,莫知其他"的诗句警示子路。

曾子引用该诗句的背景是"有疾",虽然不能像宋儒一样断定这是曾子临终说的话,但是曾子的疾病肯定是相当严重,而他自己肯定是很受教育,很有感触,语气急切而中肯。经典当中的话语在现实生活中常常被"应验",从而加深人们对经典的认识,觉得更有必要宣传经典,和别人"分享"自己的体会,曾子引《诗》正是很好的例子。

《论语·述而》中孔子对子路所言则是化用了《小旻》之诗,告诫子路即使是行军打仗,也要"临事而惧,好谋而成",显然是针对子路好勇的性格而言的。"化用"是引用的另外一种形式,因为不是很直接,所以需要特别注意。换言之,经典之中的语词和思想,已经转化为引用者的语言,一般的读者非依赖于注释,不能明白其来由。③

化用《诗》旨的例子在《论语》中不是孤立的:

> 南容三复白圭,孔子以其兄之子妻之。(《论语·先进》)

"白圭",《史记·仲尼弟子列传》作"白圭之玷"。《大雅·抑》:

---

① "旻天疾威,敷于下土。谋犹回遹,何日斯沮!谋臧不从,不臧覆用。我视谋犹,亦孔之邛。潝潝訿訿,亦孔之哀。谋之其臧,则具是违;谋之不臧,则具是依。我视谋犹,伊于胡底!我龟既厌,不我告犹。谋夫孔多,是用不集。发言盈庭,谁敢执其咎,如匪行迈谋,是用不得于道。……不敢暴虎,不敢冯河。人知其一,莫知其他。战战兢兢,如临深渊。如履薄冰。"(《小雅·小旻》)

② "宛彼鸣鸠,翰飞戾天。我心忧伤。念昔先人。明发不寐,有怀二人。……温温恭人,如集于木;惴惴小心,如临于谷;战战兢兢,如履薄冰。"(《小雅·小宛》)

③ 由此可知,《中庸》所说"戒慎恐惧",也是以《诗》为背景的。

"慎尔出话，敬尔威仪，无不柔嘉。白圭之玷，尚可磨也；斯言之玷，不可为也。"大意是说"白圭"这种玉器上面的污点抑或缺损之处还可以通过琢磨去掉。但是，假如说出去的话有什么不妥，就很难挽回了。南容反复吟诵此句，显然是非常认可"慎尔出话"这个原则。而孔子把兄长的女儿嫁给他，这个举动不同寻常，而且不是个案，也不是只有这个理由：

  子谓公冶长："可妻也。虽在缧绁之中，非其罪也。"以其子妻之。
  子谓南容："邦有道，不废；邦无道，免于刑戮。"以其兄之子妻之。(《论语·公冶长》)

  从"自由恋爱"的角度，可以有一连串的质问：孔子有什么权利决定他侄女的婚姻，难道欣赏一个人就要把侄女嫁给他吗，如果没有这个侄女怎么办，南容会不会接受孔子的侄女，等等。有人甚至分析了为什么孔子把自己的女儿嫁给公冶长而把兄长的女儿嫁给南容。[①] 但是，如果以南容所诵的"白圭之玷"为重点，就不难理解南容被孔子认为是谨言慎行的典范，或者说南容已经深刻领会到言语谨慎的必要性，故而是可以托付终身的人。南容在这首本来是告诫君主的诗当中看重对于士人的人格修养有借鉴作用的"白圭之玷"，能够"活学活用"，可能也是被孔子欣赏的原因。
  早期儒者，对于《抑》这首诗有特殊的兴趣。此诗之主旨，《毛诗序》以为："卫武公刺厉王，亦以自警也。"《毛诗正义》则以为："厉王之世，武公时为诸侯之庶子耳。未为国君。未有职事，善恶无豫于

---

① 或曰："公冶长之贤不及南容，故圣人以其子妻长，而以兄子妻容，盖厚于兄而薄于己也。"(朱熹《论语集注》引)

物,不应作诗刺王。必是后世乃作追刺之耳。""后世追刺"为盖棺论定之举,由此看来,《诗》又具有历史批判的功能。但从《抑》的上下文来看,"警示"和"劝诫"的意味甚浓。而这种警示或劝诫,一方面是作诗者的高度自觉,另一方面,又具有"划时代"的意义。《毛诗正义》对此有充分的认识:

> 诗之作者,欲以规谏前代之恶,其人已往,虽欲尽忠,无所裨益。后世追刺,欲何为哉?诗者,人之咏歌,情之发愤,见善欲论其功,睹恶思言其失,献之可以讽谏,咏之可以写情,本原申己之心,非是必施于谏。往者之失,诚不可追,将来之君,庶或能改。虽刺前世之恶,冀为未然之鉴,不必虐君见在,始得出辞,其人已逝,即当杜口。

据《左传·昭公五年》记载,孔子亦引用此诗阐明德行对于治国的重要意义:

> 仲尼曰:"叔孙昭子之不劳,不可能也。周任有言曰:'为政者不赏私劳,不罚私怨。'《诗》云:'有觉德行,四国顺之。'"

《左传·襄公十九年》另载,叔向亦引此诗句称赞祁奚之德。而孔子所称赞的叔孙昭子,也有赋诗以明政理的事例。[①]《孝经·孝治章》以"子曰"形式引"有觉德行,四国顺之"的诗句,但上下文是讨论"昔者明王以孝治天下"的哲理:

[①] "冬,筑郎囿。书,时也。季平子欲其速成也。叔孙昭子曰:'《诗》曰:"经始勿亟,庶民子来。"焉用速成?其以剿民也。无囿犹可,无民其可乎?'"(《左传·昭公九年》)叔孙昭子所引之诗,出自《大雅·灵台》。

子曰："昔者明王之以孝治天下也，不敢遗小国之臣，而况于公、侯、伯、子、男乎？故得万国之欢心，以事其先王。治国者，不敢侮于鳏寡，而况于士民乎？故得百姓之欢心，以事其先君。治家者，不敢失于臣妾，而况于妻子乎？故得人之欢心，以事其亲。夫然，故生则亲安之，祭则鬼享之。是以天下和平，灾害不生，祸乱不作。故明王之以孝治天下也如此。《诗》云：'有觉德行，四国顺之。'"

《大雅·抑》之中的"夙兴夜寐"、"不愧于屋漏"、"投我以桃，报之以李"、"匪面命之，言提其耳"等诗句也是被直接引用或者被略加转化地引用，成为中国人的"文化基因"。朱熹评论说"《抑》之一诗，义理精密。《诗》中如此者甚不易得"①。

其四，断歌颂之章，取批判之义。

三家者以《雍》彻。子曰："'相维辟公，天子穆穆'，奚取于三家之堂？"（《论语·八佾》）

鲁大夫孟孙、叔孙、季孙三家祭祀宗庙，演颂《雍》来表示仪式结束。《雍》是《周颂》中的篇章②，《毛诗序》："禘大祖也。"孔子直接引用其中的原话"相维辟公，天子穆穆"，是要突出天子祭祀宗庙，只有被分封的诸侯及王公才可以辅助他。换言之，诸侯只有"相"（辅助）的资格，何况是诸侯的家臣！孔子最不能容忍僭越，但是，假如

---

① 《朱子语类》卷十六。
② "有来雍雍，至止肃肃。相维辟公，天子穆穆。于荐广牡，相予肆祀。假哉皇考，绥予孝子。宣哲维人，文武维后。燕及皇天，克昌厥后。绥我眉寿，介以繁祉。既右烈考，亦右文母。"（《周颂·雍》）

他不是引用"三家"所演颂的《雍》当中的原话就达不到揭露"三家"明知故犯,僭越礼制的目的。《中庸》:"故君子以人治人,改而止。"朱熹注:"故君子之治人也,即以其人之道,还治其人之身。其人能改,即止不治。"孔子正是引用《雍》之中的原话"以其人之道,还治其人之身",孔子的这种引用是批判"三家"滥用《雍》的最好方式。

其五,断期盼之章,取规谏之义。

子曰:"衣敝缊袍,与衣狐貉者立,而不耻者,其由也与!'不忮不求,何用不臧?'"子路终身诵之。子曰:"是道也,何足以臧?"(《论语·子罕》)

孔子先是用"不忮不求,何用不臧"来赞扬子路①,子路也许是难得被孔子明确表扬,于是对于"不忮不求,何用不臧"终身诵之。孔子却随即加以纠正:"是道也,何足以臧。""何足以臧"是说"怎么足以成善",而不是说"不可以臧",但是也恰好和"何用不臧"形成反义,可谓"叩其两端"。这种警醒顺其势而反其意,事半功倍。孔子教人,就是这样随机而发,在肯定褒扬之余,根据学生的反应,适时"纠偏",以免惑于一端。

"不忮不求,何用不臧"出自《邶风·雄雉》②,表达了妻子认为丈夫德行良善而不应当长期出征在外的抱怨,以此衬托其期盼亲人回家

---

① "马融注:'忮,害也。不疾害,不贪求,何用而不善。'"(何晏等《论语集解》引)
② "雄雉于飞,泄泄其羽。我之怀矣,自诒伊阻。雄雉于飞,下上其音。展矣君子,实劳我心。瞻彼日月,悠悠我思。道之云远,曷云能来?百尔君子,不知德行。不忮不求,何用不臧?"(《邶风·雄雉》)

的殷殷之情。① 从文学家的角度来看,《雄雉》这样评论性的结尾不够含蓄。"索然无味,连前面的意境也一并破坏了",不如《王风·君子于役》一诗迂回曲折,尤其是"不忮不求,何用不臧"被当成是画蛇添足的说教,"非妇人语"。② 但是,孔子直接引用此诗句来评价子路不耻恶衣的品行,而子路又以为"不忮不求,何用不臧"可以诵之终身,孔子进而引申出此种品行不足以沾沾自喜的训诫,可见他对子路期许之高。孔子师徒对于"不忮不求,何用不臧"的引用和理解可谓一波三折,亦可视作"切磋琢磨"。

有趣的是,孔子同时代的智者,也引用诗句,以规劝孔子:

> 子击磬于卫。有荷蒉而过孔氏之门者,曰:"有心哉!击磬乎!"既而曰:"鄙哉!硁硁乎!莫己知也,斯已而已矣。深则厉,浅则揭。"子曰:"果哉!末之难矣。"(《论语·宪问》)

《论语》中多有民间智者以"荷蒉""荷蓧""耦而耕""歌而过"等类似于劳作或者发狂的行为和孔子师徒"偶然相遇",对他们多有规劝或者讥刺,显示了完全不同的思想旨趣。通常的理解是这位"荷蒉者"引用《邶风·匏有苦叶》中的诗句讽刺孔子没有自知之明,奉劝他随机应变,"深则厉,浅则揭"。《匏有苦叶》中"深则厉,浅则揭"被视作典型的"女求男"之诗句,主人公希望心上人尽快渡河过来,情不自禁地替他想好了过河的办法。③ "深则厉,浅则揭"实际是希望

---

① 郑笺:"我君子之行,不疾害,不求备于一人,其行何用为不善,而君独远使之在外,不得来归?"孔疏:"妇人念夫,心不能已,见大夫或有在朝者,而已君子从征,故问之云:汝为众之君子,我不知人何者谓为德行。若言我夫无德而从征也,则我之君子不疾害人,又不求备于一人,其行如是,何用为不善,而君独使之在外乎?"

② 程俊英、蒋见元:《诗经注析》(上),第84页。

③ "匏有苦叶,济有深涉。深则厉,浅则揭。有弥济盈,有鷕雉鸣。济盈不濡轨,雉鸣求其牡。雍雍鸣雁,旭日始旦。士如归妻,迨冰未泮。招招舟子,人涉卬否。不涉卬否,卬须我友。"(《邶风·匏有苦叶》)

他能不顾河水的深浅来和自己相会。此种心意在传统《诗》学中都是被批判的对象,《毛诗序》认为此诗是"刺卫宣公也。公与夫人并为淫乱"。《毛诗正义》则进一步解释说:"并为淫乱,亦应刺夫人,独言宣公者,以诗者主为规谏君,故举君言之,其实亦刺夫人也。故经首章、三章责公不依礼以娶,二章、卒章责夫人犯礼求公,是并刺之。"方玉润认为此诗谓之刺世或刺宣公均可,视为自警或警世亦均可。①

孔子在卫国演奏"磬",大概也是为表达某种追求,所以"荷蒉者"说他"有心"。但是"荷蒉者"对于孔子的"专确"不以为然,引《诗》规劝。我们不能十分肯定"荷蒉者"对于《诗》的熟悉程度是否可以和孔子相提并论,但是,他是一位善于思考和表达的人则是没有疑问的。

《论语》的注疏者,多以为"荷蒉者"用"深则厉,浅则揭"是取"随时为义"或"随世以行己"之义,并以此来规劝孔子。②《尔雅·释水》云:

> "济有深涉,深则厉,浅则揭。"揭者,揭衣也。以衣涉水为厉,腰膝以下为揭,腰膝以上为涉,腰带以上为厉。

这种解释多为后人所接受,张衡《应闲》一文中的"闲余者"也说:"深厉浅揭,随时为义,曾何贪于支离,而习其孤技邪?"③而朱熹《论语集注》亦云:"讥孔子人不知己而不止,不能适浅深之宜。"由此推论,孔子是采取了"不随时",即"知其不可而为之"的态度。此种

---

① 方玉润:《诗经原始》(上),李先耕点校本,第134页。
② 包咸注:"以衣涉水为厉,揭,揭衣也。言随世以行己,若过水必阻济,知其不可则当不为。"(《论语集解》引)邢昺疏:"荷蒉者引之,欲令孔子随世以行己,若过水。深则当厉不当揭,浅则当揭而不当厉,以喻可则,知其不可,则不当为也。"
③ 《后汉书·张衡列传》。

解释似乎顺理成章。

但"深厉浅揭"和"匏有苦（枯）叶"有什么关系呢？《国语·鲁语下》：

> 诸侯伐秦，及泾莫济。晋叔向见叔孙穆子曰："诸侯谓秦不恭而讨之，及泾而止，于秦何益？"穆子曰："豹之业，及《匏有苦叶》矣。不知其他。"叔向退，召舟虞与司马，曰："夫苦匏不材于人，共济而已。鲁叔孙赋《匏有苦叶》，必将涉矣。具舟除隧，不共有法。"是行也，鲁人以莒人先济，诸侯从之。

叔孙穆子用赋《匏有苦叶》的方式来表达自己一定要渡河伐秦的决心，韦昭注："佩匏可以渡水也。"① "佩匏"容易引起误解，以为"匏"是渡河的工具。"苦匏"当为"枯匏"，即干了的葫芦，干了的葫芦容易漂在水面，人们过河时把它系在腰里也许不是要真正依靠它，而是希望自己和葫芦一样不会沉下水。但是，这是一种情急之下的冒险，欧阳修评论说：

> 凡涉水者，浅则徒行，深则舟渡。而腰匏以涉者，水深而无舟，盖急遽而蹈险者也。故诗人引以为比。②

所以，"葫芦"可能只是一种符号或者象征。由此不难推论，"荷蒉者"引用"深则厉，浅则揭"之诗句，恰好是规劝孔子不要冒险济世，而

---

① 《左传·襄公十四年》所记大致相同。关于春秋人赋诗断章，各取其义，可参见朱东润：《古诗说摭遗》，载于氏著《诗三百篇探故》，第 85—88 页。

② 欧阳修：《诗本义》卷二。朱熹则认为："枯苦匏而涉深济，未有不溺者也。而况于无匏乎？有人焉曰，'深则吾厉，浅则吾揭。无不渡也'，则亦不畏不义，不忌非礼之人也。"（朱熹：《诗集传》卷二）

并非指导他"随世为义"。但人们平常也会把葫芦挂在腰间,作为装饰品或者吉祥物。孔子就不愿意做这样的葫芦,"能系而不食":

> 佛肸召,子欲往。子路曰:"昔者由也闻诸夫子曰:'亲于其身为不善者,君子不入也。'佛肸以中牟畔,子之往也,如之何?"子曰:"然,有是言也。不曰坚乎?磨而不磷;不曰白乎?涅而不缁。吾岂匏瓜也哉?焉能系而不食!"(《论语·阳货》)

《史记·孔子世家》中这段材料是和"深厉浅揭"的材料放在一起的,仔细看来,其中的思想的确是相通的。基于以上分析,孔子所言"果哉!末之难矣"是另外一种"夫子自道"。和叔孙穆子赋《匏有苦叶》一样,他也顺势表达了自己不顾深浅的"必济"之意。故而,从表面看来,是"荷蒉者"在"赋诗断章",事实上,孔子却在取其反义。

男女之情是诗的永恒主题,《诗》三百亦不例外,而相关的诗句,也可以被引申为人类共同情感的描述或者共同的心理现象的表达。

> 子张问崇德、辨惑。子曰:"主忠信,徙义,崇德也。爱之欲其生,恶之欲其死;既欲其生,又欲其死,是惑也。'诚不以富,亦祇以异。'"(《论语·颜渊》)

"诚不以富,亦祇以异"出自《小雅·我行其野》①,"诚"作"成"。《毛诗序》:"刺宣王也。"郑笺:"刺其不正嫁取之数而有荒政,多淫昏之俗。""亦祇以异",郑笺认为是异于人道。

---

① "我行其野,蔽芾其樗。昏姻之故,言就尔居。尔不我畜,复我邦家。我行其野,言采其蓫。昏姻之故,言就尔宿。尔不我畜,言归斯复。我行其野,言采其葍。不思旧姻,求尔新特。成不以富,亦祇以异。"(《小雅·我行其野》)

如果离开具体的历史背景，"诚不以富，亦祇以异"也可以理解为那个负心的人另有新欢，的确不是因为对方富有，也只是因为对方不一样罢了。这是站在理解那个负心人的立场上。如果是谴责的立场，就可以解释为只是因为贪图新奇而不是为了她的财富，你就抛弃了我，或如朱熹所言："言尔不思旧姻而求新匹也，虽实不以彼之富而厌我之贫，以祇以其新而异于故耳。此诗人责人忠厚之意。"① 她所表达的言外之意，乃是期盼那个负心人能回心转意。

孔子为什么引用"诚不以富，亦祇以异"的诗句来回答子张的问题，看起来有些费解，以至于有人认为这是错简。实际上，孔子在这里引《诗》，是直接回答"辨惑"。爱一个人希望他死而复生，讨厌一个人恨不得他死掉，更加使人困惑的是，对于同一个人，可能会既爱且恨，所谓"既欲其生，又欲其死，是惑也"。爱和恨本来都不能直接影响别人的生死，更何况爱恨交加或者忽爱忽恨，并不是因为对方的富有，而仅仅是因为对方和自己有不同之处——这样的不同可能招致恨，也可能招致爱。在孔子看来，爱和恨也是"过犹不及"，要摆脱疑惑，就要"主忠信"，从实际情况出发，向正义靠拢，自然不会被偏执的爱或恨所迷惑。樊迟也曾提出过类似的问题，孔子回答说："一朝之忿，忘其身，以及其亲，非惑与？"② 孔子也反对出于"一朝之忿"而喜新厌旧，但是他在引《诗》的时候，结合子张的问题，从"爱"和"恶"这两种人类的基本感情出发，解释"惑"的原因，自然超越了《诗》的本义。

---

① 朱熹：《诗集传》卷五。
② "樊迟从游于舞雩之下，曰：'敢问崇德，修慝，辨惑。'子曰：'善哉问！先事后得，非崇德与？攻其恶，无攻人之恶，非修慝与？一朝之忿，忘其身，以及其亲，非惑与？'"（《论语·颜渊》）

其六，断怨愤之章，取疏通之义。

> 孔子知弟子有愠心，乃召子路而问曰："《诗》云'匪兕匪虎，率彼旷野'。吾道非邪？吾何为于此？"子路曰："意者吾未仁邪？人之不我信也。意者吾未知邪？人之不我行也。"孔子曰："有是乎！由，譬使仁者而必信，安有伯夷、叔齐？使知者而必行，安有王子比干？"
>
> 子路出，子贡入见。孔子曰："赐，《诗》云'匪兕匪虎，率彼旷野'。吾道非邪？吾何为于此？"子贡曰："夫子之道至大也。故天下莫能容夫子。夫子盖少贬焉？"孔子曰："赐，良农能稼而不能为穑，良工能巧而不能为顺。君子能修其道，纲而纪之，统而理之，而不能为容。今尔不修尔道而求为容。赐，而志不远矣！"
>
> 子贡出，颜回入见。孔子曰："回，《诗》云'匪兕匪虎，率彼旷野'。吾道非邪？吾何为于此？"颜回曰："夫子之道至大，故天下莫能容。虽然，夫子推而行之，不容何病，不容然后见君子！夫道之不修也，是吾丑也。夫道既已大修而不用，是有国者之丑也。不容何病，不容然后见君子！"孔子欣然而笑曰："有是哉颜氏之子！使尔多财，吾为尔宰。"（《史记·孔子世家》）

孔子"厄于陈蔡"，粮食断绝，"从者莫能兴"，是孔子晚年最大的危机，以至于弟子们开始质疑为何"君子"也会遭此困窘。[①] 孔子知道弟子们心怀不满，所以引用《小雅·何草不黄》中的"匪兕匪虎，率彼旷野"来形容自己率领弟子到处奔波的状况[②]，此种状况比"累

---

① 先秦不同的文献当中，对于"孔子厄于陈蔡"的描绘和解读各不相同。参见陈少明：《"孔子厄于陈蔡"之后》，载于氏著《经典世界中的人、事、物》，第104—119页。

② "何草不黄？何日不行？何人不将？经营四方。何草不玄？何人不矜？哀我征夫，独为匪民。匪兕匪虎，率彼旷野。哀我征夫，朝夕不暇！有芃者狐，率彼幽草。有栈之车，行彼周道。"（《小雅·何草不黄》）

累若丧家之狗"的状况更加难堪。孔子主动提出的问题比子路此前所提出的"君子亦有穷乎"的问题更加切中要害,孔子当时回答子路说"君子固穷",但是显然还没有说服众弟子。孔子干脆自己设问,野兽般疲于奔命而遭遇困境,难道是自己的学说出了问题,要不为什么会这样?这样的问题显然说出了众弟子的心声,子路就认为是孔子在仁和智方面可能做得不够而不被信任,孔子反问子路"是这样吗",并举例说明。子贡则建议孔子"主动打一点折",孔子批评子贡没有远大志向。只有颜回说"不容何病,不容然后见君子",使孔子非常欣慰,甚至愿意为颜回做管家(假如颜回有钱的话——孔子是很幽默的)。

《小雅·何草不黄》之主旨被认为是批评"用兵不息,视民如野兽"的统治者①,孔子用来自况,置换了语境,而保留了"匪兕匪虎"的本义,又引申出自己和弟子们不顾个人安危和眼前得失而四处奔波的使命感。同时又找到了和弟子的共同语言,在诱导他们说出真实想法之后又加以"切磋",使得他们明白自己的立场,场景非常生动。以引《诗》为中介的师生互动在孔子的主导下,十分深入,三位杰出弟子的不同形象跃然纸上。②可见"兴、观、群、怨"不仅仅是诗的美学功能,而且是诗对于思想、对于教育、对于生活本身的功能。

焦竑认为:"韵之于经,所关若浅鲜。然古韵不明,至使诗不可读,诗不可读,而正得失、动天地、感鬼神之教,或几于废。"③音韵是章句训诂的核心内容之一,但是诗的"可读"在于可朗读,也可默读,对于思想家来说,重要的是要"解读",引用是以理解或者解释

---

① 《毛诗序》:"下国刺幽王也。四夷交侵,中国背叛,用兵不息,视民如禽兽。君子忧之,故作是诗也。"
② 文献当中子路、子贡、颜回屡屡同时回答孔子的某一个问题,是很有意味的现象,其中可能有后人伪托的成分,但他们讨论的问题都是很重要的,三种不同的答案使得问题的复杂性充分展现。参见陈少明:《孔门三杰的思想史形象——颜渊、子贡和子路》,载于陈少明:《经典世界中的人、事、物》,第80—103页。
③ 焦竑:《毛诗古音考序》,《澹园集》卷十四,中华书局1999年版,第128页。

为基础的。这样看来,学科的分野在孔子那里就埋下了伏笔。孔子的《诗》教虽然不能完全等同于《毛诗序》所说的"正得失、动天地、感鬼神",但是他和他的弟子们通过引《诗》来更好地表达自己的思想,同时也为所引之诗赋予了新的内涵,却是值得仔细考究的。

四、"上下文"与引《诗》者

《诗经》是《论语》引用最多的经典,《风》《雅》《颂》都有涉及,而以《风》和《小雅》中的诗篇居多。涉及学问、礼数、言行、仁爱、贫富、穷达、得失、生死、进退等孔子及其弟子经常讨论的问题。孔子所引用的诗句,有的被当作方法,有的被当作境界,有的被当作戒律,有的被当作劝导,有的被当作行为的准则,有的则被当作使学生吐露心声的"诱饵"。可谓信手拈来,左右逢源。或许是受此影响,司马迁也引《诗》来评价孔子:

> 太史公曰:《诗》有之:"高山仰止,景行行止。"虽不能至,然心乡往之。余读孔氏书,想见其为人。适鲁,观仲尼庙堂车服礼器,诸生以时习礼其家,余祇回留之不能去云。天下君王至于贤人众矣,当时则荣,没则已焉。孔子布衣,传十余世,学者宗之。自天子王侯,中国言六艺者折中于夫子,可谓至圣矣!(《史记·孔子世家》)

"高山仰止,景行行止"出自《小雅·车舝》,"止"或释为"之"[①]。原诗是描写赶赴婚礼的途中仰望高山,行走于大路的情形,后来被用来形容人的德行高尚,为后世所敬仰和效仿。可见,经典中的

---

① 于省吾:《泽螺居诗经新证》,中华书局 1982 年版,第 184 页。

某些语句被"断章取义"之后,或更加富有情趣,更加生动;或变得庄严和隆重。

不管是孔子、孔子弟子或者是"荷蒉者"引《诗》,都大致遵循这样的过程:剥离母体——语境置换——本义转向——语义引申——语义固定。"语境置换"实际上就是上下文的置换,也就是"断章",引用很少是全文,而更多是"断章"。具体包括主语的置换、指向的置换、词性的置换等。所谓的"本义转向"要么是释放了被原诗所拘泥的一词多义或者一词多性,要么是赋予了新的意义和词性,但是本义转向并不是抛弃本义,否则,引用就没有根据了。而被引申出来的意义又常常被固定下来,成为"成语",其影响要远远超出它的母体,甚至可以说"母以子贵",那些被引用的诗句促成了《诗》三百成为"经典"。任何经典所描述的人物、事件、制度等都是个别的、不可重复的,不能剥离其母体,就无法引申出其中的普遍意义,至少不能使引用者表达当时的心志。

当然,"断章"是否确当,"取义"是否精妙,是大有学问的。与其一味指责孔子及其弟子"误解"或者"滥用"了《诗经》,不如认真思考孔子和他的弟子以及当时的人们怎样理解《诗》三百,怎样引用《诗》三百,才可以较为贴近地知道他们是如何理解生活、理解世界的。所以说"能专对",不仅是在外交场合能做出有针对性的回答,而且是在日常思考和讨论中,能够专门引《诗》来作为对答。朱熹《论语集注》把"专"解释为"独",即引《诗》要有独特性和独立性,而独特性和独立性不仅仅是对引《诗》者而言,不能人云亦云,还意味着,所引用的诗句能够独立于母体,具有独特的价值。可见,"断章取义"并非易事。故而,引《诗》不当会遭到嘲笑,但是,诗句一旦被引用出来,引用者总可以迂回辩解,自圆其说,"原教旨主义者"最反对这一点,《汉书·艺文志》就表露了这样的无奈:

《书》曰:"诗言志,歌咏言。"故哀乐之心感,而歌咏之声发。诵其言谓之诗,咏其声谓之歌。故古有采诗之官,王者所以观风俗,知得失,自考正也。孔子纯取周诗,上采殷,下取鲁,凡三百五篇,遭秦而全者,以其讽诵,不独在竹帛故也。汉兴,鲁申公为《诗》训故,而齐辕固、燕韩生皆为之传。或取《春秋》,采杂说,咸非其本义。与不得已,鲁最为近之。三家皆列于学官。又有毛公之学,自谓子夏所传,而河间献王好之,未得立。

在班固看来,鲁、齐、韩三家说诗,"咸非其本义。与不得已,鲁最为近之"。班固也许没有注意到,那些"观风俗,知得失,自考正"的"王者"们,实际上是最大程度上改变了诗的本义——诗变成了塑造、歪曲和限制民众生活方式的一种手段。而后世的儒生以为孔子就是要为王者立言,而忽视了他作为教师、学者、思想家的引《诗》并不是总和政治结合在一些。

另一方面,经典的接受,往往就是在"不得已"的情况下发生的,因为所有的解释终归都只是"接近",而非取代经典。换言之,解释的多样性恰好说明了经典的不可替代性,不可穷尽性。读者可以在所有的解释之外,开辟出自己的理解,但每一种理解都要遵从最基本的"字面意义"。不管引《诗》的人怎样强调"效用"或者"实用"原则,经典本身和文字本身总是一种限度。意义当然存在于效果当中,甚至可以说,意义就等于全部效果,只要引《诗》达到了一定的效果,这样的活动就是有意义的。但是,"言""意"总是不能分割的,问题只在于言能否尽意,"得意"可以忘言,但是无言则不可以得意。[①] 故而,"断章取义"在"字面意义"之外,总是要受到"上下文"的制约,不可随意为之。朱熹虽然认为"古人引《诗》,但借其言以寓己意,初不

[①] "拈花微笑"或者类似表达心领神会的肢体语言,也是以反复思考、阅读、讨论为基础。

理会上下文义，偶一时引之耳"①。但同时告诫他的学生"经旨要子细看上下文义"②，其解《大学》《论语》《周易》等经典，屡屡以"上下文"疏通文义。尤其是《诗集传》，朱熹对于《毛诗序》颇不以为然，而批评的根据也在于诗篇的上下文："某解《诗》，多不依他《序》。纵解得不好，也不过只是得罪于作《序》之人。只依《序》解，而不考本《诗》上下文意，则得罪于圣贤也。"③可见，所谓的"断章取义"，既要顾及原有文本的"上下文"，更重要的是，在新语境中，所称引的诗句也需要和"上下文"相贯洽。

五、"五至""三无"：《民之父母》"得气"说

《上海博物馆藏战国楚竹书（二）·民之父母》第7简"而得既塞于四海矣"句，传世本《礼记·孔子闲居》作"志气塞乎天地"，《孔子家语·论礼》作"志气塞于天地，行之充于四海"。学者们对此句的解释也不尽相同。陈剑先生认为应该释为"而德既（已）塞于四海矣"，颇有理据。④但是，根据竹简本身的上下文，我们也许还可以有另外的解释。竹简中说：

> 孔子曰："五至乎？物之所至，志亦至焉。志之[所]至者，礼亦至焉。礼之所至者，乐亦至焉。乐之所至者，哀亦至焉。哀乐相生，君子以正。此之谓五至。"子夏曰："五至既闻之矣，敢问何谓三无？"孔子曰："三无乎？无声之乐，无体之礼，无服之

---

① 《朱子语类》卷八十。
② 《朱子语类》卷十一。
③ 《朱子语类》卷八十。
④ 陈剑：《上博简〈民之父母〉"而得既塞于四海矣"句解释》，http://www.bamboosilk.org/Wssf/2003/chenjian03.htm。

丧，君子以此横于天下。倾耳而听之，不可得而闻也；明目而视之，不可得而见也，而得既塞于四海矣。此之谓三无。"

陈剑先生已经指出，与此相对应的传世本的文字是有错简的。但是，不论是在竹简本中，还是在传世本中，在说到"三无"的问题时，都说到了两种"不可得"的情况，"倾耳而听之，不可得而闻也；明目而视之，不可得而见也"。君子"横于天下"，却是竖起了耳朵也听不见，擦亮了眼睛也看不到，认真地看和努力地听都"不可得"。然而，君子"得"了什么呢？这应该是下文顺理成章要回答的问题。由此可见，"而"字在文中是一个表示转折的连词，"得"字无论是在字形上还是在字义上，都和上文的两个"得"是一样的，不必释为"德"。

而下文的"既"就成了"得"的对象，不能再释为"已"，而有理由被看作是省去了底下的"火"，可以释为"气"。也就是说，《民之父母》第7简该句可以被释为"而得气塞于四海矣"。

《民之父母》第10—13简中，孔子在解释"五起"的时候，多次谈到了"无声之乐"和"气志"之间的密切关系，可以直接支持这一判断，如第10简"无声之乐，气志不违"，第12—13简"无声之乐，气志既得"，"无声之乐，气志既从"，传世本《礼记·孔子闲居》还有"无声之乐，气志既起"一句。

其中的"无声之乐，气志既得"正好和第7简"倾耳而听之，不可得而闻也；明目而视之，不可得而见也，而得气塞于四海矣"相呼应。

第11简还有"无声之乐，塞于四方"，此句在传世本《礼记·孔子闲居》中为"无声之乐，日闻于四方"，传世本的语义较为直白。但是可以看出，在竹简本中，前文的"气塞于四方"和后文的"无声之乐，塞于四方"是相呼应的，中间的桥梁就是"无声之乐"和"气志"之间密不可分的关系，"无声之乐"和"气（志）"互为载体，互相顺从，没有遗漏，所以"塞于四海"。

第12简的"无体之礼，塞于四海"，以及第13—14简的"无服之丧"，都是"横于天下"的意思，"塞于四海"实际上也就是"通于四海"或"着于四海"。①

"无声之乐，无体之礼，无服之丧"实际上都是"气"的不同表现，他们的共同特征是"横于天下"，概括起来就是"倾耳而听之，不可得而闻也；明目而视之，不可得而见也，而得气塞于四海矣"。《孟子·离娄下》："得志行乎中国"，朱熹注："得行其道于天下。""得气塞于四海"和"得志行乎中国"句式是一样的。

庞朴先生认为《民之父母》"所孕含的志气说，正是孟子浩然之气说的先声"②，我想是有道理的。文中的"气志"和"志气"是否等同还需要进一步研究，但是，如果没有"气志"一词，那么"诗、礼、乐、丧"等都将缺少一个统帅和归宿。"诗、礼、乐、丧"等各种具体的形式要表现人的心志，而"塞于四海"的"气象"就是"无声之乐，无体之礼，无服之丧"，甚至是"无言之诗"。

但是，这样的气象也不是随随便就可以"养成"的，伊川先生说：

> 学莫大于致知，养心莫大于礼仪。古人所养处多，若声音以养其耳，舞蹈以养其血脉。今人都无，只有个义理之养。人又不知求。(《二程遗书》卷第十七)

从《民之父母》以及其他的竹简文献来看，早期儒家并不是空洞

---

① "王曰：'然则其为人上何如？'孙卿对曰：'其为人也广大矣。志意定乎内，礼节修乎朝，法则度量正乎官，忠信爱利形乎下，行一不义，杀一无罪而得天下，不为也。若义信乎人矣，通于四海，则天下之外，应之而怀之，是何也？则贵名白而天下治也。故近者歌讴而乐之，远者竭走而超之，四海之内若一家，通达之属，莫不从服，夫之谓人师。《诗》曰："自西自东，自南自北，无思不服。"此之谓也。夫其为人下也，如彼为人上也，如此何为其无益人之国乎？'昭王曰：'善。'"(《新序·杂事》)"将军既寝帝室之胄，信义著于四海，总揽英雄，思贤如渴。"(《华阳国志》卷六)

② 庞朴：《话说"五至三无"》，《文史哲》2004年第1期。

地鼓吹道德修养，而是极端重视诗书礼乐，特别是丧礼的作用，可谓"所养处多"。孟子"善养浩然之气"的理论，影响巨大，但是，"养气"的前提却是"得气"，《民之父母》的"得气"说，也可以使我们对早期儒家思想的丰富性有更进一步的了解。

第五章　孔门后学之《诗》学与哲学

随着出土文献的增多和研究的深入，多数学者认为《缁衣》《中庸》《表记》《坊记》《五行》这几篇文献，应该是《子思子》一书最起码具备的内容。换言之，把它们视为子思学派的作品，应该是可以接受的。但即使是同一学派的作品，也要兼顾古书单篇流传的惯例及编者的作用。① 所以，首先需要考虑它们在文体或论说方式上的异同。

传世本《缁衣》《表记》《坊记》皆以"子言之"或"子曰"的形式行文，是语录体的文献②；《中庸》与《五行》则是论说体的文献，但《中庸》也有"子曰"的内容，而《五行》没有。如此看来，有没有"子曰"的形式，五篇文献不尽相同。但是，五篇文献的共同特点是引《诗》明理。《五行》虽然没有出现"《诗》曰"或"《诗》云"的字眼，属无标识引《诗》的体例，但是其引《诗》之频繁也是和其他几篇文献相一致的。如此看来，"可与言《诗》者"，在子贡、子夏之后，当属子思。关于思孟学派是否成立，以及在何种意义上成立，学界尚有争议。③ 但子思学有渊源，而后有来者④，《韩非子·显学》所言"子

---

① 参见王博：《说"寓作于编"》，《中国哲学史》2006年第1期。
② 参见王葆玹：《晚出的"子曰"及其与孔氏家学的关系》，载于《纪念孔子诞辰2550周年国际学术讨论会论文集》下册，国际文化出版公司2001年版。
③ 参见陈静：《思孟学派的历史建构》，载于杜维明主编：《思想·文献·历史——思孟学派新探》，北京大学出版社2008年版，第159、180页。
④ 参见张丰乾辑：《先秦两汉文献所见子思资料》，载于杜维明主编：《思想·文献·历史——思孟学派新探》，第209—230页。

思之儒"乃孔子之后儒家八派之一,则"子思学派"之成立殆无疑义。而子思学派之《诗》学,尤其值得注意。

一、孔门《诗》教与子思学派

事实上,前人对于子思学派自觉发扬孔门《诗》教之志向已有申说。王应麟《困学纪闻》卷七有言:

> 孔庭之教曰《诗》《礼》。子思曰:"夫子之教,必始于《诗》《书》,而终于《礼》《乐》,杂说不与焉。"《荀子·劝学》亦曰:"其数则始乎诵经,终乎读《礼》,其义则始乎为士,终乎为圣人。"(《经》谓《诗》《书》)

《困学纪闻》卷五又引朱子、子思之言,解释《礼记·学记》"大学正业"之说:

> "大学之教也,时教必有正业。"朱子曰:"古者唯习《诗》《书》《礼》《乐》。如《易》则掌于太卜,《春秋》则掌于史官,学者兼通之,不是正业。"子思曰:"夫子之教,必始于《诗》《书》,而终于《礼》《乐》,杂说不与焉。"

清人黄以周辑成《子思子》,以揭示孟子的思想由来:

> 举子思所述"夫子之教,必始于《诗》《书》,而终于《礼》《乐》",及所明"仁义为利"之说,谓其传授之大恉。是深信博文约礼之经学,为行义之正轨,而求孟子学孔圣之师承,以子思为枢轴。暮年多疾,因曰:"加我数年,《子思子辑解》成,斯无

憾！"(《清史稿》卷四百八十二）

子思之言，今见于《孔丛子·杂训》：

> 子上杂所习，请于子思。子思曰："先人有训焉，学必由圣，所以致其材也，厉必由砥，所以致其刃也。故夫子之教，必始于《诗》《书》，而终于《礼》《乐》，杂说不与焉。又何请？"

由此可见，"《诗》《书》传家"，乃是孔门家风。不仅如此，"《诗》教为先"，乃是早期教育制度的通例，故《礼记·经解》《庄子·天下》皆以《诗》为六艺之首。前文已证，诸子于《诗》皆非常熟稔。只不过，孔子及其后学对于《诗》《书》之教更加自觉，更加着力。这一点，从前文的讨论也可以比较清楚地了解到。

二、《毛诗故训传》引子思学派之《诗》说

子思学派之"《诗》教"内容十分丰富，学界固有忽视。然而，"《诗》教"能否成为"《诗》学"，这是有待论证的问题。三国以来，流行两种早期的《诗》学传承系统：

> 子夏授高行子，高行子授薛仓子，薛仓子授帛妙子，帛妙子授河间人大毛公，毛公为《诗故训传》于家，以授赵人小毛公，小毛公为河间献王博士。①
>
> 子夏传曾申，申传魏人李克，克传鲁人孟仲子，孟仲子传根

---

① 徐整之说，《经典释文·序录》引。

牟子，根牟子传赵人孙卿子，孙卿子传鲁人大毛公。①

两个谱系之中共同的人物为子夏、大毛公。换言之，大毛公之《诗故训传》成书于战国后期，最晚是秦汉之际，是比较可信的。②

陆玑《毛诗草木鸟兽鱼虫疏》卷下则交代了从先秦乃至两汉以来的《诗经》学传授系统：

> 孔子删《诗》授卜商，商为之序，以授鲁人鲁身③，授魏人李克，克授鲁人孟仲子，仲子授根牟子，根牟子授赵人荀卿，荀卿授鲁国毛亨，亨作《故训传》以授赵国毛苌。时人谓亨为"大毛公"，苌为"小毛公"，以其所传，故名其《诗》曰"毛《诗》"。苌为河间献王博士，授同国贯长卿，长卿授阿武令解延年，延年授徐敖，敖授九江陈侠，为新莽讲学大夫。由是言，毛《诗》者，本之徐敖，时九江谢曼卿亦善毛《诗》，乃为其训。东海卫宏从曼卿受学，因作《毛诗序》，得《风》《雅》之旨，世祖以为议郎。济南徐孟师事宏，亦以儒显。其后郑众、贾逵传毛《诗》，马融作《毛诗传》，郑作《毛诗笺》，然鲁、齐、韩诗三氏，皆立博士，惟毛《诗》不立博士耳。

可见，《经典释文·序录》所引"一曰"，即为陆玑之说。王应麟《困学纪闻》卷三批评陆玑把"曾申"误为"申公"，《四库提要》亦据以为是陆玑之失。但仔细阅读文献，竟发现是王应麟和四库馆臣读书不细，冤枉了陆玑。因为陆玑是在讲述"鲁诗"的传授谱系时，提到了"申公"：

---

① 《经典释文·序录》引为"一曰"。
② 孔颖达等《毛诗正义序》引郑玄《六艺论》云："河间献王好学。其博士毛公善说《诗》，献王号之曰'毛《诗》'。"孔颖达等认为是献王始加"毛"也。
③ 四库本如此。"鲁身"，或可依《经典释文·序录》为"曾申"。

> 申公培,鲁人。少事齐人浮丘伯受《诗》,为楚王太子戊傅,及戊立为王,胥靡申公。申公愧之,归鲁,以《诗经》为训,以教无传颖,是为鲁《诗》。于是兰陵王臧代赵绾,皆从申公受学。

陆玑此说,实本《史记》及《汉书》所记申公之事迹,而非杜撰。[①] 齐《诗》、韩《诗》、鲁《诗》皆兴盛一时,而毛《诗》后来居上,如《毛诗正义》所言,主要是由于《诗故训传》。

一个值得注意的现象是,大毛公《诗故训传》已因《中庸》引《诗》而反过来引用《中庸》注《诗》。《中庸》言君子之道,引《诗》云:"鸢飞戾天,鱼跃于渊",其下文曰:"言其上下察也。君子之道,造端乎夫妇;及其至也,察乎天地。"

"鸢飞戾天,鱼跃于渊"出自《大雅·旱麓》,《毛传》曰:"言上下察也。"《毛诗正义》指出:"《中庸》引此二句,乃云'言上下察',故《传》依用之,言能化及飞潜,令上下得所,使之明察也。"由此可见,《中庸》一书,迟至战国末期,已有相当影响,受到当时经学家的重视。同样值得注意的是,子思学派的其他作品亦被《毛传》所称引。

《小雅·四牡》:"岂不怀归,是用作歌,将母来谂!"《毛传》曰:"谂,念也。父兼尊亲之道。母至亲而尊不至。"《表记》曰:"母亲而不尊。"《毛诗正义》解释了《毛传》称引《表记》的理由:

> 称此者,解再言"将母"。意以父虽至亲,犹兼至尊,则恩不至,故《表记》曰:"父尊而不亲。"母以尊少则恩意偏多,故再言之。

[①] "申公者,鲁人也。高祖过鲁,申公以弟子从师入见高祖于鲁南宫。吕太后时,申公游学长安,与刘郢同师。已而郢为楚王,令申公傅其太子戊。戊不好学,疾申公。及王郢卒,戊立为楚王,胥靡申公。申公耻之,归鲁,退居家教,终身不出门,复谢绝宾客,独王命召之乃往。弟子自远方至受业者百余人。申公独以《诗经》为训以教。无传,疑者则阙不传。"(《史记·儒林列传》。《汉书·儒林传》所记略同)

既然《尔雅》《孝经》《表记》已经是大毛公《诗故训传》直接引用的资源，则此三书成于先秦可多一些旁证。就《表记》而言，还有其他思想可能为《诗故训传》所吸取。

《小雅·雨无正》："哿矣能言，巧言如流，俾躬处休。"《毛传》曰："哿，可也。可矣，世所谓能言也。巧言从俗，如水转流。"《毛诗正义》进一步解释：

> 人虽正直，性有巧拙。《表记》云："辞欲巧。"是正言亦欲巧。但人有不能耳，知非佞巧者。

而在《坊记》当中，我们还是可以找到直接为《毛传》所引用的语句。《坊记》云："家无二主。"《周颂·载芟》："侯主侯伯"，《毛传》："主，家长也。"《坊记》云："制国不过千乘。"《鲁颂·閟宫》："公车千乘"，《毛传》："大国之赋千乘。"

以上是关于《毛诗故训传》受子思学派直接影响的论证。[①] 而子思学派自身的《诗》学，也并非无迹可寻。如《中庸》引《诗》并释之：

> 《诗》云："维天之命，於穆不已！"盖曰天之所以为天也。"於乎不显！文王之德之纯！"盖曰文王之所以为文也，纯亦不已。

此处两个"盖曰"，清楚地表明，子思学派并非仅仅援引《诗》句，而是对特定诗句有集中解读。"维天之命，於穆不已"出自《周颂·维天之命》，《毛传》引孟仲子之言曰："大哉！天命之无极，而美周之礼也。"孟仲子在前文所引的《诗》学谱系中已有一席之地。更值得注意

---

① 从思想角度的讨论，可参见刘宁：《论毛诗诗教观与思孟学派的思想联系》，载于杜维明主编：《思想·文献·历史——思孟学派新探》，第280—296页。

的是《毛诗正义》引赵岐及郑玄之说，均以为孟仲子是子思弟子：

> 《孟子》云，齐王以孟子辞病，使人问。医来，孟仲子对。赵岐云："孟仲子，孟子从昆弟，学于孟子者也。"
>
> 《谱》云："孟仲子者，子思弟子，盖与孟轲共事子思，后学于孟轲，著书论《诗》，毛氏取以为说。"
>
> 《谱》云："子思论《诗》，'於穆不已'，仲子曰'於穆不似'。"此传虽引仲子之言，而文无"不似"之义，盖取其所说，而不从其读，故王肃述毛，亦为"不已"，与郑同也。

根据郑玄的《诗谱》，孟仲子从子思、孟子为学，有专门的《诗》学著作。① 《鲁颂·閟宫》中《毛传》又引孟仲子曰："是禖宫也。""是禖宫也"，显然也是专门解释"閟宫"之词。由此可见，孟仲子之《诗》学有章可循，子思学派之《诗》学可见一斑。

钱穆先生曾力辩，孔子之门，"无六经之学"。其《孔门传经辨》认为传世的先秦时期传《易》、传《书》的谱系交接不可靠，《诗》学的传承也是一样：

> 考河间献王立于景帝二年，子夏少孔子四十四岁，则生于鲁定公二年，相距三百五十八年。而子夏至小毛公仅五传，其不可信，尤远甚于商瞿之与田何矣。或说"子夏传曾申，申传魏人李克，克传鲁人孟仲子，孟仲子传根牟子，根牟子传孙卿子，孙卿子传鲁人大毛公。"二说名字年代绝不同，虽后说世隔差似，而子夏与李克同世。曾申虽同时，辈行不先于克。云子夏传曾申，申

---

① 孟仲子是否为孟子"从昆弟"，还有争议。或以为孟仲子为孟子之子，从《孟子·公孙丑》所记载孟仲子迫使孟子见齐王的掌故来看，他们不是父子关系。

传李克,亦已谬。至孟仲子,或谓乃孟子从昆弟,学于孟子,(赵岐)或云乃子思之弟子(《孟氏谱》),又无可据信。(《日知录》卷七"《诗维天之命》传,《閟宫》传,皆引'孟仲子曰'。《正义》引赵岐云:孟仲子,孟子从昆弟,习于孟子者也。《谱》云:孟仲子者,子思弟子,盖与孟轲共事子思,后学于孟轲,著书论《诗》,毛氏取以为说。则又有孟仲子之书。"今按:孟子尚不及师子思,遑论其昆弟?李克、子思同时。亦不得为仲子师。)今考《史记》无《毛诗》。班氏《艺文志》、《儒林传》但言毛公,无名。郑康成《诗谱》有大小毛公。(见《毛诗·周南正义》)陆玑《毛诗草木鸟兽虫鱼疏》有毛亨、毛长,其后又为毛苌。递相增益,已增疑难。必远溯《毛传》迄于子夏,实为渺茫。

盖《周易》本不与《诗》、《书》同类,故秦人焚书不之及。而汉初之传授独广,故乃最先有孔门传统之说。及汉武立五经博士,而《毛诗》犹晚出,故亦详其传受,以自引重。①

钱先生所言"《毛诗》犹晚出",应该是指《毛诗》晚立于学官。至于《毛诗》成型的时间,又会早于《毛传》成型的时期,至少是在战国后期。另外,即使传《诗》学的谱系不够周延,也不能否认其中的人物和《诗》学有关系。更何况,郭店楚简之中六经并称并不鲜见,钱先生的判断可能需要重新检讨。②但是,钱穆先生的质疑还是值得注意,后世所排列的传承系统难以排除"递相增益",或"层累"的因素。同时,也有可能造成信息遗漏的情况,使得《诗》学的传统简单化。即使从现有的资料,从子思学派引《诗》、论《诗》的专门性来看,孔门《诗》教及《诗》学,七十子之后,以子思学派为盛。王博

---

① 钱穆:《先秦诸子系年考辨》卷一之三十,载于氏著《先秦诸子系年》(上),香港大学出版社 1956 年版,第 85—86 页。括号内文字为作者自注。

② 参见廖名春:《论六经并称的时代兼及疑古说的方法论问题》,《孔子研究》2000 年第 1 期。

认为《中庸》和《五行》只引《诗经》，且《五行》对所引《诗》句亦有说解，而不仅仅是引以为据，说明它们是《诗》学系统的文献。① 这是有启发性的。

此处还有一个疑问需要澄清。即《毛传》有没有可能出自小毛公之手。换言之，《毛传》之成书是不是汉初以后。根据《史记》和《汉书》两书《儒林传》的明确记载，《诗故训传》均是大毛公作于家，而传于小毛公，小毛公时其家学被河间献王命名为"毛《诗》"。同时，郑玄的《诗谱》也给我们提供了比较坚实的证据：

又问曰："《小雅》之臣何以独无刺厉王？"曰："有焉。《十月之交》《雨无正》《小旻》《小宛》之诗是也。汉兴之初，师移其第耳。"

关于"汉兴之初，师移其第"，《毛诗正义》有详细解说：

《诗》皆臣下所作，故云《小雅》之臣也。知汉兴始移者，若孔子所移，当显而示义，不应改厉为幽。此既厉王之诗，录而序焉，而处不依次，明为序之后乃移之，故云"汉兴之初"也。《十月之交》笺云："《故训传》时移其篇第，目改之耳。"则所云师者，即毛公也。自孔子以至汉兴，传《诗》者众矣。独言毛公移之者，以其毛公之前，未有篇句故训，无缘辄得移改也。毛既作《故训》，刊定先后，事必由之，故独云毛公也。

---

① 参见王博：《〈中庸〉与荀学、〈诗〉学》，《国学研究》第三卷，北京大学出版社 1994 年版；《荆门郭店竹简与先秦儒家经学》，载于王博：《简帛思想文献论集》，台湾古籍出版公司 2001 年版，第 35—48 页。但《五行》篇与《尚书》的关联，亦不可忽略。

"汉兴之初",是毛公"移其篇第"的时间,则《诗故训传》成书于更早甚明。故而,《诗故训传》所称引之书,均可视为出于先秦。这一点,对于澄清人们关于《礼记》各篇成书年代的误解,有关键性的意义;对于我们认识子思学派的《诗》学,也有莫大帮助。

从子思学派之引《诗》,可以看出其学风来源及不同作品之间的内在一致性。结合其他文献,则可以发现子思学派有独立的《诗》学,并影响到了《毛诗故训传》。至于上海博物馆藏楚简《孔子诗论》和子思学派之间的关系,则是需要进一步讨论的问题。[①]下文先具体分析子思学派如何引《诗》的问题。

三、子思学派所引《诗》篇及原诗主题[②]

《中庸》所引《诗》(15篇)。

《风》(3篇):

> 《豳风·伐柯》,美周公也。周大夫刺朝廷之不知也。
> 《卫风·硕人》,闵庄姜也。庄公惑于嬖妾,使骄上僭。庄姜贤而不答,终以无子,国人闵而忧之。
> 《郑风·丰》,刺乱也。婚姻之道缺,阳倡而阴不和,男行而女不随。

《雅》(8篇):

---

① 刘信芳等学者认为:"与《诗论》行文风格最接近的,莫过于《中庸》与简帛《五行》。"参见刘信芳:《孔子诗论述学》,安徽大学出版社2003年版,第5页。

② "原诗主题"指《毛诗小序》所概括之主题,括号内为郑笺。另可参见方玉润:《诗经原始》,李先耕点校本。

《小雅·常棣》，燕兄弟也。闵管、蔡之失道，故作《常棣》焉。①

《小雅·正月》，大夫刺幽王也。

《大雅·旱麓》，受祖也。周之先祖，世修后稷、公刘之业。大王、王季，申以百福干禄焉。

《大雅·抑》，卫武公刺厉王，亦以自警也。

《大雅·假乐》，嘉成王也。

《大雅·烝民》，尹吉甫美宣王也。任贤使能，周室中兴焉。

《大雅·文王》，文王受命作周也。

《大雅·皇矣》，美周也。天监代殷，莫若周。周世世修德，莫若文王。

《颂》（4篇）：

《周颂·维天之命》，大平告文王也。

《周颂·振鹭》，二王之后来助祭也。

《周颂·烈文》，成王即政，诸侯助祭也。

《商颂·烈祖》，祀中宗也。

《缁衣》所引《诗》（17篇，23篇次）。

《风》（4篇）：

《郑风·缁衣》，美武公也。父子并为周司徒，善于其职，国人宜之，故美其德，以明有国善善之功焉。

《曹风·鸤鸠》（2次），刺不壹也。在位无君子，用心之不

---

① 传世本《诗经》虽以《关雎》为开始，但《小雅·常棣》《邶风·谷风》《郑风·扬之水》等诗篇中均言及兄弟。从自然的伦理关系而言，"兄弟"先于"夫妇"，而良好的夫妇关系，则如兄弟一般。参见周春健：《"宴尔新昏，如兄如弟"与儒家伦理》，《孔子研究》2013年第1期。

壹也。

《周南·关雎》，后妃之德也，风之始也，所以风天下而正夫妇也，故用之乡人焉，用之邦国焉……是以《关雎》乐得淑女以配君子，忧在进贤，不淫其色。哀窈窕，思贤才，而无伤善之心焉，是《关雎》之义也。

《周南·葛覃》，后妃之本也。后妃在父母家，则志在于女功之事，躬俭节用，服澣濯之衣，尊敬师傅，则可以归安父母，化天下以妇道也。

《雅》（13篇）：

《小雅·巷伯》，刺幽王也。

《小雅·节南山》（2次），家父刺幽王也。

《小雅·都人士》，周人刺衣服无常也。

《小雅·鹿鸣》，燕群臣嘉宾也。既饮食之，又实币帛筐篚，以将其厚意，然后忠臣嘉宾得尽其心矣。

《小雅·小旻》，大夫刺幽王也。（所刺列于《十月之交》《雨无正》为小，故曰小旻。亦当为刺厉王。）

《小雅·小明》，大夫悔仕于乱世也。（名篇曰《小明》者，言幽王日小其明，损其政事，以至于乱。）

《小雅·巧言》，刺幽王也。大夫伤于谗，故作是诗也。

《小雅·正月》，大夫刺幽王也。

《大雅·板》，凡伯刺厉王也。

《大雅·抑》（4次），卫武公刺厉王，亦以自警也。

《大雅·文王》（2次），文王受命作周也。

《大雅·既醉》，大平也。醉酒饱德，人有士君子之行焉。（成王祭宗庙，旅酬下徧群臣，至于无筭爵，故云醉焉。乃见十伦之义，志意充满，是谓之饱德。）

《大雅·下武》，继文也。

《表记》所引《诗》（16篇，17篇次）。

《风》（4篇）：

《曹风·候人》，刺近小人也。共公远君子而好近小人焉。

《曹风·蜉蝣》，刺奢也。昭公国小而迫，无法以自守，好奢而任小人，将无所依焉。

《鄘风·鹑之奔奔》，刺卫宣姜也。卫人以为，宣姜，鹑鹊之不若也。

《邶风·谷风》，刺幽王也。天下俗薄，朋友道绝焉。

《雅》（12篇）：

《小雅·车舝》，大夫刺幽王也。褒姒嫉妒，无道并进，谗巧败国，德泽不加于民。周人思得贤女以配君子，故作是诗也。

《小雅·何人斯》，苏公刺暴公也。暴公为卿士而谮苏公焉，故苏公作是诗以绝之。

《小雅·小明》，大夫悔仕于乱世也。（名篇曰《小明》者，言幽王曰小其明，损其政事，以至于乱。）

《小雅·隰桑》，刺幽王也。小人在位，君子在野，思见君子，尽心以事之。

《小雅·巧言》，刺幽王也。大夫伤于谗，故作是诗也。

《大雅·抑》（2次），卫武公刺厉王，亦以自警也。

《大雅·文王有声》，继伐也。武王能广文王之声，卒其伐功也。

《大雅·烝民》，尹吉甫美宣王也。任贤使能，周室中兴焉。

《大雅·旱麓》，受祖也。周之先祖，世修后稷、公刘之业。大王、王季，申以百福干禄焉。

《大雅·生民》，尊祖也。后稷生于姜嫄，文、武之功起于后稷，故推以配天焉。

《大雅·大明》，文王有明德，故天复命武王也。

《大雅·泂酌》，召康公戒成王也。言皇天亲有德、飨有道也。

《坊记》所引《诗》（13篇，15篇次）。

《风》（5篇）：

《邶风·燕燕》，卫庄姜送归妾也。（庄姜无子，陈女戴妫生子名完，庄姜以为己子。庄公薨，完立，而州吁杀之。戴妫于是大归，庄姜远送之于野，作诗见己志。）

《谷风》，刺幽王也。天下俗薄，朋友道绝焉。

《豳风·伐柯》，美周公也。周大夫刺朝廷之不知也。

《齐风·南山》，刺襄公也。鸟兽之行，淫乎其妹，大夫遏是恶，作诗而去之。

《卫风·氓》，刺时也。宣公之时，礼义消亡，淫风大行，男女无别，遂相奔诱。华落色衰，复相弃背。或乃困而自悔，丧其妃耦，故序其事以风焉。美反正，刺淫泆也。

《雅》（7篇）：

《小雅·角弓》（2次），父兄刺幽王也。不亲九族，而好谗佞，骨肉相怨，故作是诗也。

《小雅·楚茨》，刺幽王也。政烦赋重，田莱多荒，饥馑降丧，民卒流亡，祭祀不飨，故君子思古焉。

《小雅·大田》，刺幽王也。言矜寡不能自存焉。

《大雅·桑柔》，芮伯刺厉王也。

《大雅·板》，凡伯刺厉王也。

《大雅·文王有声》，继伐也。武王能广文王之声，卒其伐功也。

《大雅·既醉》（2次），大平也。醉酒饱德，人有士君子之行焉。（成王祭宗庙，旅酬下徧群臣，至于无算爵，故云醉焉。乃见十伦之义，志意充满，是谓之饱德。）

逸《诗》（1篇）。
《五行》所引《诗》（6篇）。
《风》（3篇）：

《召南·草虫》，大夫妻能以礼自防也。（或《小雅·出车》，劳还率也。）

《曹风·鸤鸠》，刺不壹也。在位无君子，用心之不壹也。

《邶风·燕燕》，卫庄姜送归妾也。（庄姜无子，陈女戴妫生子名完，庄姜以为己子。庄公薨，完立。而州吁杀之。戴妫于是大归，庄姜远送之于野，作诗见己志。）

《雅》（2篇）：

《大雅·文王》，文王受命作周也。

《大雅·大明》，文王有明德，故天复命武王也。

《颂》（1篇）：

《商颂·长发》，大禘也。

从以上列举的分析来看,子思学派五篇作品引《诗》达75次之多,足以说明《诗》学是子思学派丰厚的思想资源。五篇作品引《诗》的范围集中于《风》和《雅》之中,而以《雅》居多,另有《颂》的部分和逸诗。所引之诗的主题,有美、刺、闵、告(祭)等,又以美(文王、武王)、刺(幽王、厉王)居多,原诗主题和子思学派的上下文语境有何关系,留待下文讨论。另外,比对其他先秦文献引《诗》的范围与特色,或可以为相关文献的断代提供参考。①

就引《诗》的频率而言,《五行》之外,其余各篇都在10次以上。但《五行》篇所引之《曹风·鸤鸠》在《缁衣》中被两次引用,《五行》篇所引之《邶风·燕燕》亦被《坊记》引用;《五行》篇所引之《大雅·文王》,又被《中庸》和《缁衣》(2次)引用;《五行》篇所引之《大雅·大明》则又被《表记》引用。

同一诗篇被不同篇章所引用的情况还包括《坊记》和《缁衣》均引用《大雅·既醉》;《表记》和《坊记》均引用《大雅·文王有声》及《邶风·谷风》;《缁衣》和《坊记》均引用《大雅·板》;《中庸》《坊记》均引用《豳风·伐柯》;《缁衣》和《表记》均引用《小雅·小明》及《巧言》;《中庸》和《缁衣》均引用《大雅·旱麓》及《小雅·正月》;《中庸》《表记》均引用《大雅·烝民》;特别是《中庸》《表记》《缁衣》均引用《大雅·抑》,《表记》《缁衣》的引用还不止一次。

由此得出的初步结论是我们所讨论的子思学派的五篇作品,任何两篇之间都引用了同一诗篇,这说明五篇作品之间有其内在的"关节点"。进一步考察其引用诗句的内容和方法,则可以发现各篇思想之间的内在关联,或异或同,均可以找到讨论的基础,而不至于简单比附。

---

① 参见虞万里:《从〈诗经〉授受、运用历史看〈缁衣〉引〈诗〉》,载于《传统中国研究集刊》第二辑。

四、"君子慎其独"与《诗》

竹简《五行》引《诗》论慎独的文字颇为简约,学者多视为"经文":

"淑人君子,其仪一也。"① 能为一,然后能为君子。君子慎其独也。

"瞻望弗及,泣涕如雨。"能差池其羽然后能至哀,君子慎其独也。②

根据古书"经、传、论、说"的次序,帛书《五行》常被称为"说文"的部分,笔者更愿意称之为"传文",其中对于经文的上述内容有所解释:

"尸鸠在桑",直也。③ "其子七也"。尸鸠二子耳,曰"七",兴言也。

"能为一,然后能为君子。"能为一者,言能以多为一;以多为一也者,言能以夫五为一也。

"君子慎其独。"慎其独也者,言舍夫五而慎其心之谓独。能独然后一,一也者,夫五为一心也,然后德之。一也,乃德已。德犹天也,天乃德已。

"婴婴于飞,差池其羽。"④ 婴婴,兴也,言其相送海也。方其

---

① 《曹风·鸤鸠》"也"作"兮"。
② 释文据荆门市博物馆编:《郭店楚墓竹简》,文物出版社1998年版。文字用通行字,为阅读方便,补文、衍文、错别字等符号一律省去,所引帛书《五行》同此例。
③ "尸鸠",《曹风》作"鸤鸠"。
④ "婴婴",《邶风》作"燕燕"。

化，不在其羽矣。

"'之子于归，远送于野。瞻望弗及，泣涕如雨。'能差池其羽，然后能至哀。"言至也。差池者，言不在衰绖；不在衰绖也，然后能至哀。夫丧，正经修领而哀杀矣，言至内者之不在外也。独也者，舍体也。①

《五行》引《鸤鸠》说慎独，核心是以多为一。德行的复杂并非简单的"善"与"恶"的对垒，而往往是各种美好的德目相互之间的冲突，这才是人格修养的艰难之处。《论语》中出现"仁"与"礼"、"仁"与"知"、"仁"与"圣"等德目并提的地方，都是孔子既试图说明他们之间的区别，又努力说明他们之间的内在联系，孔子自己的主张则是"吾道一以贯之"。而《鸤鸠》一诗的主题，据《毛诗序》正是："刺不壹也——在位无君子，用心之不壹也。"而方玉润则认为"诗中纯美无刺意"，"此诗专重内德"，其主旨当为"追美曹之先君德足正人也"②。《毛诗正义》曰：

经云"正是四国""正是国人"，皆谓诸侯之身能为人长。则知此云"在位无君子者"正谓在人君之位，无君子之人也。在位之人，既用心不壹，故经四章皆美用心均壹之人，举善以驳时恶。首章"其子七兮"，言生子之教，下章云"在梅""在棘"，言其所在之树，见鸤鸠均壹养之，得长大而处他木也。鸤鸠常言"在桑"，其子每章异木，言子自飞去母常不移也。

《毛诗正义》此说对我们理解《五行》为何引《鸤鸠》说慎独有莫

---

① 释文据国家文物局古文献研究室编：《马王堆汉墓帛书（一）》，文物出版社1980年版。
② 方玉润：《诗经原始》（上），李先耕点校本，第300—301页。

大的帮助。正如"子自飞去母常不移",君子就是要非常重视"心"之独一、均一和专一,做到"德之行五和",而不要使"五行"互相冲突或有所偏颇。

《鸤鸠》一诗的宗旨,在"刺"之外,更多的是对"淑人君子"由"慎其身"而"正四国"的称赞,抑或期待。《缁衣》有云:

> 为上可望而知也,为下可述而志也,则君不疑于其臣,而臣不惑于其君矣。《尹吉》曰:"惟尹躬及汤,咸有一德。"《诗》云:"淑人君子,其仪不忒。"

这和《五行》篇相互呼应,特别是《五行》篇亦云:"一也,乃德已。德犹天也,天乃德已。"根据《缁衣》,我们可以发现其引《五行》篇与《尚书》的关联。"一德"在《尚书》中具有特殊的地位:

> 惟尹躬暨汤,咸有一德。
> 非天私我有商,惟天佑于一德;非商求于下民,惟民归于一德。
> 德惟一,动罔不吉;德二三,动罔不凶。惟吉凶不僭在人,惟天降灾祥在德。
> 终始惟一,时乃日新。
> 其难其慎,惟和惟一。德无常师,主善为师。善无常主,协于克一。俾万姓咸曰:"大哉!王言。"又曰:"一哉!王心"。(《商书·咸有一德》)
> 乃一德一心,立定厥功,惟克永世。(《周书·泰誓》)

这里必须回答《咸有一德》篇的真伪问题。如果《缁衣》的真伪无法断定,那么它所引用《尹吉》当然也不能为据。幸运的是,战国楚墓中有《缁衣》一篇。传世本《缁衣》所言"尹吉",郭店竹简本和上博藏竹简本均作"尹诰"。郑玄注《礼记》,已言"吉"当为"告","告"乃"诰"之误,竹简本《缁衣》可证郑康成之见。① 虽然竹简本是先引《诗》,后引《书》,和传世本不同,但是所引用的内容都是《尹诰》和《鸤鸠》,以突出"一德"和"不忒"的问题,这和《五行》篇的主旨共通。② 也可以从侧面证明《五行》与《缁衣》乃是同一学派的作品,且以《诗》《书》当中的共同篇章作为思想资源。

"一德",孔传云"纯一之德",但是根据《五行》,此种"纯一",决非"单一"。"慎其独"的思想渊源,除了《诗》之中的"慎其身"之外,《尚书》中的"一德一心"的思想也是它的渊源(特别是"其难其慎,惟和惟一。德无常师,主善为师。善无常主,协于克一"等语)。

而《五行》引《燕燕》说慎独,核心则是"至内者之不在外"。《燕燕》和《鸤鸠》的主旨,其共同点正是"慎其身"。③《五行》篇则进一步强调"自身"之中,"心"是主宰。

《说苑·反质》有一处文字和《五行》篇(乃至子思学派)关系密切:

> 《诗》云:"鸤鸠在桑,其子七兮。淑人君子,其仪一兮。"传曰:"鸤鸠之所以养七子者,一心也。君子之所以理万物者,一仪

---

① 《史记·殷本纪》记载:"伊尹《咸有一德》",或许《咸有一德》之篇名,本作《尹诰》。即使《咸有一德》中的部分内容是"连缀"其他相关资料而来,以古本《尚书》中的《尹诰》作为《五行》篇的思想资源,是可以接受的,而今传本《咸有一德》也和《五行》篇有密切关系。换言之,子思学派承继了孔子的学术传统,充分重视《诗》《书》。但是,这并不意味着笔者认为"伪《古文尚书》"可"翻案",而是主张逐篇逐句细致地比对和研究。此处要特别感谢陈伟武教授的提醒。

② 如虞万里所言,汉以前文献引《鸤鸠》之诗者颇多,而《五行》和《缁衣》两篇分别从"慎独"和"一德"的理论对于此诗的阐发最为透彻。见氏著《从〈诗经〉授受、运用历史看〈缁衣〉引〈诗〉》,载于《传统中国研究集刊》第二辑。

③ 值得注意的是,《列女传·母仪》称卫姑定姜进公子妇归,赋《燕燕》之诗,卫引《鸤鸠》之"其仪不忒,正是四国"歌颂定姜。以为两诗之间有共同主题,看来并非个别。

也。以一仪理物，天心也。五者不离，合而为一，谓之天心。在我能因自深结其意于一。故一心可以事百君，百心不可以事一君。是故诚不远也。"夫诚者，一也。一者，质也。君子虽有外文，必不离内质矣。

其中那些"传曰"的内容，判定起来颇有难度。但是，至少"五者不离，合而为一，谓之天心"，和竹帛《五行》及帛书《德行》有直接关系却是不可否认的。那么，"传"究竟是什么样的著作呢？是和竹帛《五行》及帛书《德行》类似的"论文"，还是引用五行之说专门解释《诗》的"传文"？这是值得考究的问题。无论怎样，讨论"子思五行"的著作，绝不仅仅止于竹帛《五行》及帛书《德行》，这是可以肯定的。魏启鹏以为刘向此处所引"传曰"，"明显地保留着《五行》和子思子遗说的痕迹"。他还认为竹简《孔子诗论》开启了曾子和子思的"慎独说"，其说良是。①

《五行》篇引《诗》的其他内容，分别见于《召南·草虫》《大雅·文王》《商颂·长发》《大雅·大明》等。其中，"不强不棣，不刚不柔"虽然是直接出自《商颂·长发》，但是《尚书·周书·毕命》之中也有"不刚不柔"之语。前文已言，表面看来，《五行》和《中庸》只引《诗经》，且《五行》对所引《诗》句亦有说解，而不仅仅是引以为据，说明它们是《诗》学系统的文献。②但如《孔丛子·杂训》所引子思之言："夫子之教，必始于《诗》《书》，而终于《礼》《乐》。"我们也不能忽视竹帛《五行》篇的《尚书》渊源。而如何看待《诗》《书》当中共同的思想议题也是一个值得注意的问题。

另外，也需要具体入微地讨论竹帛《五行》篇和孔子思想之间

---

① 魏启鹏：《简帛五行直承孔子诗学——读〈楚竹书·孔子诗论〉札记》，《中华文化论坛》2002年第2期。亦载于氏著《简帛文献〈五行〉笺证》，中华书局2005年版，第173—179页。

② 参见王博：《〈中庸〉与荀学、〈诗〉学》，《国学研究》第三卷，北京大学出版社1994年版。

的联系，比如《五行》先后以"仁……知"和"仁""圣"并提论述"思"的前提，均引《草虫》"见君子"之诗。后文又论及"见贤人"（知）、"闻君子之道"（圣）之事。这些思想的基础，应当是《论语》之中和"仁"与"知"、"仁"与"圣"、"见贤思齐"、"闻道"等相关的内容。①

竹简《孔子诗论》解释"《燕燕》之情"说"以其独也"。《邶风·燕燕》表达了"泣涕如雨"的分别之情②，简帛《五行》当中皆以此来申说"慎独"之义。《燕燕》当中的"淑慎其身"，在《曹风·鸤鸠》中具体表述为"淑人君子，其仪一兮；其带伊丝；其仪不忒；正是国人"。③竹简《孔子诗论》中说："《鸤鸠》曰：'其仪一兮，心如结也。'吾信之。"

简帛《五行》云："能差池其羽，然后能至哀。君子慎其独也。"所谓的"至哀"就是"极端的悲伤""纯粹的悲伤""绝对的悲伤""独一无二的悲伤"，总之，是出于至诚、自然而然的悲伤，故有"瞻望弗及，伫立以泣"之状。《燕燕》之诗被称为千古送别诗之祖，"瞻望弗及，伫立以泣"则被称为"泣鬼神"之句④，非"至哀"不能如此。

但《燕燕》其诗的主题和《鸤鸠》一样，是"淑慎其身"。以此为线索，可以发现不同文献的内在关联。郭店竹简《成之闻之》有

---

① 参见宋启发：《从〈论语〉到〈五行〉——孔子与子思的几点思想比较》，《安徽大学学报》1999年第5期；李锐：《仁义礼智圣五行的思想渊源》，《齐鲁学刊》2005年第6期。

② "燕燕于飞，差池其羽。之子于归，远送于野，瞻望弗及，泣涕如雨。燕燕于飞，颉之颃之。之子于归，远于将之，瞻望弗及，伫立以泣。燕燕于飞，下上其音。之子于归，远送于南。瞻望弗及，实劳我心。仲氏任只，其心塞渊。终温且惠，淑慎其身。先君之思，以勖寡人。"（《邶风·燕燕》）

③ "鸤鸠在桑，其子七兮。淑人君子，其仪一兮；其仪一兮，心如结兮。鸤鸠在桑，其子在梅。淑人君子，其带伊丝；其带伊丝，其弁伊骐。鸤鸠在桑，其子在棘。淑人君子，其仪不忒。其仪不忒，正是四国。鸤鸠在桑，其子在榛。淑人君子，正是国人。正是国人，胡不万年。"（《曹风·鸤鸠》）

④ 参见钱锺书：《管锥编》（第一册），第78、80页；扬之水：《诗经别裁》，中华书局2007年版，第25—28页。

"慎求之于己"之语,《吕氏春秋·先己》更引以"正诸身"阐释《曹风·鸤鸠》之义:

> 昔者先圣王,成其身而天下成,治其身而天下治。故善响者不于响于声,善影者不于影于形,为天下者不于天下于身。《诗》曰:"淑人君子,其仪不忒。其仪不忒,正是四国。"言正诸身也。

《吕氏春秋·先己》所引用之诗又是《曹风·鸤鸠》中的后半节,恰好和竹简及帛书《五行》所引用的首句相呼应。所以我们可以明白无误地说:"慎其身""正诸身"就是"慎其独"的本意,"身"非身体之身,而是自身之身,也就是"慎求之于己",只不过一个"独"字,强调无对、无待,更有哲学意味而已。①

"独"不仅仅局限于"闲居之所为","《燕燕》之情"是在看不见亲人之后,独自"泣涕如雨",而不是哭给别人看的,所以是发自本真自我的真情实感,值得珍视。"心如结"正是其独立性的比喻,"一"与其看成专一,不如看成独一。因为鸤鸠即使是寄生于别的鸟巢也没有改变它的独立性,何况君子乎!君子的可信就是来自于他的独立与不改。

随着简帛《五行》的出土,大多数的学者都认为"慎独"之说和子思学派息息相关,而竹简《孔子诗论》之中对《燕燕》和《鸤鸠》的解读,又使得我们了解到孔子已经关注过这个问题,而"慎其身"的说法则多见于《诗》《书》,且广泛流传于后世的思想界。可见"慎独"之思想源头久远而衍变复杂,其中子思学派通过引《诗》明理,做出了最为特出的贡献。

---

① 参见拙文:《慎独新说》,载于方克立主编:《中国传统哲学的现代诠释》,商务印书馆2003年版;《慎其独、慎其心、慎其身》,载于陈少明编:《体知与人文学》,华夏出版社2008年版。

另外,"人禽之辨"被视为儒家思想的一个基本出发点①,孟子指斥杨墨"率兽食人",被颂扬为"存亡继绝"的莫大功勋。但是,孔子及其后学,多引《诗》明理,不仅没有回避"鸟兽鱼虫",且附会于圣贤君子的理想人格,除前文所论及的《关雎》和《鹿鸣》等诗篇以外,简帛《五行》引《鸤鸠》及《燕燕》论说"君子慎其独",以及引用《草虫》论说"见君子"的文字也是很好的例证。由此可见子思学派之与孟子的同中之异。

五、"型(形)于内"与"德之行"

研究者都注意到了,竹帛《五行》开篇以"德之行"与"行"区别"型(刑,形)于内"和"不型于内",这个区别奠定了《五行》的思想基础。②但是,"型(刑,形)于内"的思想史脉络,论者似未深究。③现不揣浅陋,结合传世文献略作申论。竹简《五行》云:

> 五行。仁,形于内谓之德之行,不形于内谓之行。义,形于内谓之德之行,不形于内谓之行。礼,形于内谓之德之行,不形于内谓之行。智,形于内谓之德之行,不形于内谓之行。圣,形于内谓之德之行,不形于内谓之德之行。④

此章所言"形于内谓之德之行"是从"德之行"的角度界定"形

---

① 可参见刘述先等编:《天人之际与人禽之辨——比较与多元的观点》,香港中文大学新亚书院 2001 年版。遗憾的是,该文集所收的论文,多以"天人之际"为题。
② "形于内"的重要意义,可参见黄俊杰:《马王堆帛书〈五行〉篇"形于内"的意涵——孟子后学身心观中的一个关键问题》,载于氏著《孟学思想史论》卷一,台北东大图书公司 1991 年版。
③ 关于"型"的讨论,可参见刘信芳:《释〈五行〉与〈系辞〉之型》,《周易研究》2000 年第 4 期。
④ 文末的"德之",依整理者言,当为衍文。见荆门市博物馆编:《郭店楚墓竹简》,第 151 页。

于内"。仁、义、礼、智、圣的"形于内",下文概括为"德之行五"。① 传世文献则有"德形于内"的说法。② 《淮南子·要略》明言"德形于内,治之大本",认为《泰族》篇可以提供"怀天气,抱天心,执中含和,德形于内"的思想资源,以妥善处理从天地阴阳到万物群生的问题,可以达到"四海之内,一心同归"的效果,甚至各种祥瑞都会出现。而且指出了相反的做法及其后果:"德不内形,而行其法藉,专用制度,神祇弗应,福祥不归,四海不宾,兆民弗化。"③

如果说《五行》提出了"形于内"和"不形于内"相区别的基本原理,那么从《淮南子·要略》来看,《泰族》篇就是对这一原理的运用。但是,《淮南子·要略》和《五行》一样,都是把"德"作为一个"共名"看待。这说明至少在武帝时代,"德形于内"和"德不内形"是学者熟悉的论题,甚至汉武帝本人对此也不陌生:

> 齐相卜式上书曰:"臣闻主忧臣辱。南越反,臣愿父子与齐习船者往死之。"天子下诏曰:"卜式虽躬耕牧,不以为利,有余辄助县官之用。今天下不幸有急,而式奋愿父子死之,虽未战,可谓义形于内。赐爵关内侯,金六十斤,田十顷。"布告天下,天下

---

① 参见杨儒宾:《德之行与德之气》,载于氏著《儒家身体观》,台北"中研院"中国文哲研究所2004年版,第253—292页。
② 郑玄解释《表记》篇名时说:"以其记君子之德,见于仪表者也。"《礼记·表记》并云:"耻有其德而无其行。"《礼记正义》云:"德在于内,行接于外。内既有德,当须以德行之于外,以接于人民。若有德无行,是君子所耻。"魏启鹏认为《礼记·表记》与《淮南子·要略》可以互相发明。参见魏启鹏:《简帛文献〈五行〉笺证》,第64页。
③ "《泰族》者,横八极,致高乘,上明三光,下和水土,经古今之道,治伦理之序,总万方之指,而归之一本。以经纬治道,纪纲王事,乃原心术,理性情。以馆清平之灵,澄彻神明之精。以与天和相婴薄,所以览五帝三王,怀天气,抱天心,执中含和,德形于内,以莙凝天地,发起阴阳,序四时,正流方,绥之斯宁,推之斯行,乃以陶冶万物,游化群生,唱而和,动而随,四海之内,一心同归。故景星见,祥风至,黄龙下,凤巢列树,麟止郊野。德不内形,而行其法藉,专用制度,神祇弗应,福祥不归。四海不宾,兆民弗化。故德形于内,治之大本。此《鸿烈》之《泰族》也。"(《淮南子·要略》)

莫应。列侯以百数，皆莫求从军击羌、越。至酎，少府省金，而列侯坐酎金失侯者百余人。乃拜式为御史大夫。(《史记·平准书》)

武帝之诏书是褒奖具体的"义形于内"，即"奋愿父子死之"。汉武帝的明断在于肯定式的"义形于内"，"虽未战"也给予赏赐。从"天下莫应"的反响来看，卜式的"义形于内"当然是难能可贵的。所以，"义"是"奋愿"，或者说是一种高度的道义自觉，而绝非仅仅指"外在的规范"。由此可知"义形于内"的重要性。

但是，周秦两汉的典籍中，"形于内"的不是"五行"，而且常常和"动于外"对举。例如：

> 君之在国都也，若心之在身体也，道德定于上，则百姓化于下矣。戒心形于内，则容貌动于外矣。正也者，所以明其德。知得诸己，知得诸民，从其理也。知失诸民，退而修诸己，反其本也。(《管子·君臣下》)

> 身君子之言，信也（高诱注："身君子之言，体行君子之言也"）；中君子之意，忠也。忠信形于内，感动应于外，故禹执干戚舞于两阶之间而三苗服。鹰翔川，鱼鳖沈，飞鸟扬，必远害（实）也。①子之死父也，臣之死君也，世有行之者矣，非出死以要名也，恩心之藏于中，而不能违其难也。(《淮南子·缪称》)

> 利施者福报，怨往者祸来。形于内者应于外，不可不慎也，此《书》之所谓"德无小"者也。(《说苑·复恩》)

《管子·君臣下》是讲国君"戒心形于内，则容貌动于外矣"，

---

① 刘文典据王念孙《读书杂志》及《太平御览》，认为"远害"，应为"远实"。并说"若无其实而能动物者，则未之有也"。(刘文典：《淮南鸿烈集解》，中华书局1997年版，第324页)

"则"表示从内心到外貌的递进关系。《淮南子·缪称》的"忠信形于内"的"内"也是内心,而"感动应于外"的"外"则是指外界,后文更是分析"子之死父也,臣之死君"这样的行为,原因不是要以死求名,而是"恩心之藏于中",别无选择。"藏于中"是"形于内"的同义词。而《说苑·复恩》则更加概括地说,"利施"和"怨往"都可以"形于内而应于外",所以"不可不慎"。故而,我们可以说"形于内者应于外,不可不慎也"也是一个德行修养的基本原理。①

从上述文献我们可以看出,"形于内"是根本的、关键的方面。而"动于外"即可以指行为主体的外貌举止,也可以指外界的反响。换言之,"内"和"外"有相应的关系。而其中"内"又是根源和主导,所以"形于内"的问题特别重要。郭店竹简《成之闻之》有"形于中,发于色"之语,"中"即"内","色"即"外"。相对而言,"礼"更容易被理解为"外在的规范",这其实恰好是孔子以来的儒家强调要极力避免的。《礼记·礼器》正是从"内其心"的角度,说明"礼以少为贵"的原因:

> 礼之以多为贵者,以其外心者也;德发扬,诩万物,大理物博,如此,则得不以多为贵乎?故君子乐其发也。礼之以少为贵者,以其内心者也。德产之致也精微,观天下之物无可以称其德者,如此,则得不以少为贵乎?是故君子慎其独也。

《礼记·祭统》也提出礼之中最终的"祭",其要害也是"自中出

---

① 其实,关于"形于内"的问题在传世文献中并非没有。明代邓潜谷有言:"心之著于物也,神为之也。心之神,上炎而外明,犹火然,得膏而明,得薰而香,得臭腐而膻,故火无体,著物以为体,心无形,著物以为形,而其端莫大于好恶。物感于外,好恶形于内,不能内反,则其好恶也作而平康之体微,故圣门之学止于存诚,精于研几。"(《报万思默》,见《明儒学案》卷二十四)

生于心":

> 凡治人之道,莫急于礼。礼有五经,莫重于祭。夫祭者,非物自外至者也,自中出生于心也;心怵而奉之以礼。是故,唯贤者能尽祭之义。

《五行》开篇即言"形于内"和"不形于内"的问题,强调"德之行"比"行"更重要是一目了然的。而且"不形于内"并不等于"形于外"。在这一点上取得共识并不困难,主要是《五行》中又出现"四行":

> 德之行五和谓之德;四行和谓之善。善,人道也;德,天道也。

如何看待"四行",学界有比较大的分歧。庞朴先生把"四行"注释为"即上列的不形于内的仁义礼智四者",并认为此处的行(xíng),不是五行(héng)的行(héng)。① 但是,根据马王堆帛书《德圣》对"四行"和"五行"的论述,"四行"不可以理解为"不形于内的仁、义、礼、智四者"。②

> 四行成,善心起。四行刑,圣气作。五行刑,德心起。和谓之德,其爱谓之一,其要谓之天,有之者谓之君子,五者一也。

无论如何,我们都要承认帛书《德圣》篇是和《五行》篇在讨论同样的问题,而且基本思路是一致的。弥足珍贵的是,帛书《德圣》篇非常清楚地指出了"四行成"是"善心起"的基础,"五行刑

---

① 庞朴:《竹帛五行篇校注及研究》,台北万卷楼图书股份有限公司2000年版,第30页。
② 整理小组曾有按语以为此篇是《五行》之后叙,魏启鹏则命名为"四行"。参见魏启鹏:《简帛文献〈五行〉笺证》,第123页。

（形）"是"（德）心起"的前提。特别是点出了从"四行"到"五行"的具体环节——"圣气作"。换言之，"四行"和"五行"的区别就在于"圣"，但是，"四行刑（形）"之中已经有"圣气"发作，如此，"四行"才可以过渡到"五行"，人道才可以上贯到天道。帛书《德圣》中的"刑"，即竹简《五行》中的"型"，殆无疑义。由此可见，不论是"四行"和"五行"，都有"形于内"和"不形于内"的问题，而且关键在于"形于内"，"型"即"成型"，"成型"是形成固定形态，不可更改的意思，《五行》下文的"慎独"即有"不改"之义。有些学者认为简帛《五行》是讨论"仁内义外"的问题，乃儒家的"双重道德律"[①]，似还可有商榷的余地。

值得注意的是，《淮南子·要略》所言"原人情而不言大圣之德，则不知五行之差"，其中的"五行"，可能就是指思孟五行。《淮南子·坠形》中的"五行"则是金木水火土，而《淮南子·兵略》中又有柔、刚、仁、信、勇的"五行"说。[②] 可见"五行"的具体内容是很丰富的。而"形于内"和"诚于中"的关系，则是需要进一步讨论的问题。《荀子·不苟》把"诚""独""形"紧密联系在一起：

> 君子养心莫善于诚，致诚则无它事矣。唯仁之为守，唯义之为行。诚心守仁则形，形则神，神则能化矣。诚心行义则理，理则明，明则能变矣。变化代兴，谓之天德。天不言而人推其高焉，地不言而人推其厚焉，四时不言而百姓期焉。夫此有常，以至其诚者也。

[①] 参见梁涛：《简帛〈五行〉新探——兼论〈五行〉在思想史中的地位》，《孔子研究》2002年第5期；郭梨华：《"德之行"与"行"的哲学意义》，载于氏著《出土文献与先秦儒道哲学》，台北万卷楼图书股份有限公司2008年版，第241—257页。

[②] "将者必有三隧、四义、五行、十守。所谓三隧者，上知天道，下习地形，中察人情。所谓四义者，便国不负兵，为主不顾身，见难不畏死，决疑不辟罪。所谓五行者，柔而不可卷也，刚而不可折也，仁而不可犯也，信而不可欺也，勇而不可凌也。"（《淮南子·兵略》）

> 君子至德，嘿然而喻，未施而亲，不怒而威。夫此顺命，以慎其独者也。善之为道者，不诚则不独，不独则不形，不形则虽作于心，见于色，出于言，民犹若未从也。虽从必疑。

其中的"形"，杨倞和俞樾都解为"形见于外"。但郝懿行认为"'不独则不形'者，形非形于外也，（杨注误）形即形此独也。又曰'不形则虽作于心，见于色，出于言'，三句皆由独中推出，此方是见于外之事。"①《五行》篇的理路，可以旁证郝懿行之说的合理。《荀子·不苟》所言"诚心守仁"是"形"的前提，可以理解为"诚心守仁"是"仁""形于内"的前提，而后文的"不独则不形"也是讲"形于内"的问题。因为前文的"神"和后文的"作于心"都应该是讲"内"的问题，而都是以"形"为前提，而其次的"化"和"见于色，出于言"才是"外"的问题。《荀子·不苟》和《五行》的区别在于它把"诚"作为最根本的出发点，我们不能因为《荀子·非十二子》激烈批评思孟五行说而忽视《荀子·不苟》和《五行》的内在联系。

《周礼·地官·师氏职》："以三德教国子：一曰至德，以为道本；二曰敏德，以为行本；三曰孝德，以知逆恶。教三行：一曰孝行，以亲父母；二曰友行，以尊贤良；三曰顺行，以事师长。"郑玄注：

> 德行，内外之称，在心为德，施之为行。至德，中和之德，覆焘持载含容者也。孔子曰："中庸之为德，其至矣乎。"敏德，仁义顺时者也。《说命》曰："敬孙务时敏，厥修乃来。"孝德，尊祖爱亲，守其所以生者也。孔子曰："武王、周公，其达孝矣乎。夫孝者，善继人之志，善述人之事者也。"孝在三德之下、三行之

---

① 王先谦：《荀子集解》，沈啸寰、王星贤点校本，中华书局1998年版，"不苟篇"。

上,德有广于孝,而行莫尊焉。

初看起来,《周礼·地官·师氏职》之言及郑玄之注分别论述"德"与"行",与《五行》篇很类似。然而,"德之行"毕竟不等于"德"。在《五行》篇中,仁、义、礼、智、圣都属于"行"的范畴,而和《周礼·地官·师氏职》所言"三行"不同。换言之,《五行》篇是把"德之行"和"德行"分别看待的。丁四新引用《春秋繁露·为人者天》"人之德行,化天理而义"的说法,认为"德之行"是"化为人之心性的五行",这是有启发性的。① 但笔者认为,董仲舒所言的主语乃是"人之德行",而后面的"化天理而义",才是"德之行"。故而,对于"德之行",有进一步讨论的必要。

前文已言,竹帛《五行》开篇以"型(刑,形)于内"和"不型于内"区别"德之行"与"行",这个区别奠定了《五行》的思想基础。"德之行"见于众多文献:

> 知忱恂于九德之行。(《尚书·周书·立政》)
> 乃及王季,维德之行。(《诗经·大雅·大明》)
> 温温恭人,维德之基。其维哲人,告之话言,顺德之行。(《诗经·大雅·抑》)
> 庸德之行,庸言之谨,有所不足,不敢不勉,有余不敢尽,言顾行,行顾言。(《中庸》)

以上所引之"德之行",一般都理解为"德之推(施、流)行",即"道德之行,由内及外,自近者始"(《汉书·匡衡传》)。但是,竹帛《五行》篇却以"德之行"说明"型(刑,形)于内",对于其中的

---

① 丁四新:《略论郭店楚简〈五行〉思想》,《孔子研究》2000年第3期。

"谓之",需要特别留意戴震在《孟子字义疏证》(卷中)之中的申述:

> 古人言辞,"之谓""谓之"有异:凡曰"之谓",以上所称解下,如《中庸》"天命之谓性,率性之谓道,修道之谓教",此为性、道、教言之,若曰"性也者,天命之谓也","道也者,率性之谓也","教也者,修道之谓也";《易》:"一阴一阳之谓道",则为天道言之,若曰"道也者,一阴一阳之谓也"。凡曰"谓之"者,以下所称之名辨上之实,如《中庸》:"自诚明谓之性,自明诚谓之教",此非为"性""教"言之,以"性""教"区别"自诚明""自明诚"二者耳。《易》:"形而上者谓之道,形而下者谓之器",本非为"道""器"言之,以"道""器"区别其形而上形而下耳。

据此,《五行》篇所言"形于内谓之德之行,不形于内谓之行",其讨论的要点在于"形于内"和"不形于内"的问题,虽然其结论也是"五行皆形于内而时行之,谓之君子",但是它对于"德之行"的理解却是向内的,而不是向外的,或者说"德之行"的表现首先在于"形于内",这是"时行之"的根基,而"不形于内"则是说仁、义、礼、智、圣只是没有在内心成形的"行"。《礼记·聘义》从"有行"的角度解释"盛德"[1],和《五行》篇侧重点不同[2]。但是,如果我们追问,"有行"以何为依据,那么《五行》篇的答案就非常有针对性。

---

[1] "故强有力者,将以行礼也。酒清,人渴而不敢饮也;肉干,人饥而不敢食也;日莫人倦,齐庄正齐,而不敢解惰。以成礼节,以正君臣,以亲父子,以和长幼。此众人之所难,而君子行之,故谓之有行。有行之谓有义,有义之谓勇敢。故所贵于勇敢者,贵其能以立义也;所贵于立义者,贵其有行也;所贵于有行者,贵其行礼也。故所贵于勇敢者,贵其敢行礼义也。故勇敢强有力者,天下无事,则用之于礼义;天下有事,则用之于战胜。用之于战胜则无敌;用之于礼义则顺治,外无敌,内顺治,此之谓盛德。"(《礼记·聘义》)

[2] 陶磊认为,此五行说就是荀子所批评的五行,"与儒家关于德行的主流观点即以行观德根本不同"。但他又说这不是子思的五行说,似有前后抵牾之嫌。参见陶磊:《思孟五行考辨》(上、下),"简帛研究网"。

《易·乾·文言》云:"君子以成德为行,日可见之行也。潜之为言也,隐而未见,行而未成,是以君子弗用也。"君子之行就是"成德",而"成德",用《五行》篇所言,就是"德之行"。《周礼·地官·师氏职》言"敏德,以为行本",而《五行》篇的独特之处,在于它指出德也有"行"的问题。

第六章 "言《诗》以论学"与"即物以见道"："鸢飞鱼跃"的多重意义

"不学《诗》，无以言"，子贡、子夏、子路等弟子和孔子的讨论中所涉及的问题当然不只是"切磋琢磨"，互相启发的学习方法；而是体现了《诗经》在孔门论学中的特殊地位。"七十二子"之后，《诗经》在学术界的地位不是削弱了，而是在不断提升。学《诗》的意义也绝不是仅仅限于"多识鸟兽鱼虫之名"，而是在"人禽之辨"的基础上发展出了一套独特的哲学理论。

一、"人禽之辨"的语境转换

人与禽兽的根本差别被视为儒家思想的一个基本出发点①，肇端于《诗经》而被孟子所特意突出：

> 相鼠有皮，人而无仪！人而无仪，不死何为？
> 相鼠有齿，人而无止！人而无止，不死何俟？
> 相鼠有体，人而无礼！人而无礼，胡不遄死？（《诗经·鄘

---

① 专门的讨论可参见刘述先等编：《天人之际与人禽之辨——比较与多元的观点》。遗憾的是，该书所收集的论文，多以"天人之际"为题。

风·相鼠》)

> 人之有道也，饱食、暖衣、逸居而无教，则近于禽兽。圣人有忧之，使契为司徒，教以人伦：父子有亲，君臣有义，夫妇有别，长幼有叙，朋友有信。(《孟子·滕文公上》)

> 孟子曰："人之所以异于禽兽者几希，庶民去之，君之存之。舜明于庶物，察于人伦，由仁义行，非行仁义也。"(《孟子·离娄下》)

对于人鼠之别，基于"仪""止""礼""道"的分辨可以互相补充。而人天生具有"辨"和"别"的能力，这是"义"的体现，也是人与禽兽麋鹿的区别所在，是社会秩序的基础：

> 天生民，令有辨。有辨，人之义也；所以异于禽兽麋鹿也，君臣上下所以立也。(《说苑·权谋》)①

此种分辨也不仅仅是学者们的高头讲章，而是渗透到民间，成为紧要关头的行为依据。② 而且，其观念渊源，也被追溯到《诗经》。③

---

① 晋太史屠余，见晋国之乱，见晋平公之骄而无德义也，以其图法归周。周威公见而问焉，曰："天下之国，其孰先亡。"对曰："晋先亡。"威公问其说。对曰："臣不敢直言，示晋公以天妖、日月星辰之行多不当。曰：'是何能然？'示以人事多不义，百姓多怨。曰：'是何伤？'示以邻国不服，贤良不与。曰：'是何害？'是不知所以存、所以亡。故臣曰：'晋先亡。'"居三年，晋果亡。威公又见屠余而问焉，曰："孰次之。"对曰："中山次之。"威公问其故。对曰："天生民，令有辨。有辨，人之义也；所以异于禽兽麋鹿也，君臣上下所以立也。中山之俗，以昼为夜，以夜继日，男女切踦，固无休息。淫昏康乐，歌讴好悲。其主弗知恶。此亡国之风也。臣故曰：'中山次之。'"(《说苑·权谋》)

② "郑义宗妻卢氏，幽州范阳人，卢彦衡之女也。略涉书史，事舅姑甚得妇道。尝夜有强盗数十人，持杖鼓噪，逾垣而入，家人悉奔窜，唯有姑独在室。卢冒白刃往至姑侧，为贼摇击之，几至于死。贼去后，家人问曰：'群凶扰横，人尽奔逃，何独不惧？'答曰：'人所以异于禽兽者，以其仁义也。昔宋伯姬守义赴火，流称至今。吾虽不敏，安敢忘义。且邻里有急，尚相赴救，况在于姑，而可委弃！若万一危祸，岂宜独生！'其姑每叹云：'古人称岁寒然后知松柏之后凋也，吾今乃知卢新妇之心矣！'贞观中卒。"(《旧唐书·列女传》)

③ "妇人之行，不出于闺门，故《诗》载《关雎》《葛覃》《桃夭》《苤苢》，皆处常履顺，贞

但需要注意的是，《相鼠》一诗是指责"人不如鼠"，《诗序》云："刺无礼也。卫文公能正其群臣，而刺在位承先君之化无礼仪也。"这是从外在的礼仪举止而言。孟子则是结合外在行为和内在德性两个方面加以申论。"人禽之辨"的具体含义视语境而定。

孟子指斥杨墨"率兽食人"，是中国哲学史上的大事件，而《诗经》是他重要的思想资源：

> 圣王不作，诸侯放恣，处士横议……杨墨之道不息，孔子之道不著，是邪说诬民，充塞仁义也。仁义充塞，则率兽食人，人将相食。吾为此惧，闲先圣之道，距杨墨，放淫辞，邪说者不得作。作于其心，害于其事；作于其事，害于其政。圣人复起，不易吾言矣。昔者禹抑洪水而天下平，周公兼夷狄，驱猛兽而百姓宁，孔子成《春秋》而乱臣贼子惧。《诗》云："戎狄是膺，荆舒是惩，则莫我敢承。"无父无君，是周公所膺也。我亦欲正人心，息邪说，距诐行，放淫辞，以承三圣者，岂好辩哉？予不得已也。能言距杨墨者，圣人之徒也。（《孟子·滕文公下》）

"戎狄是膺，荆舒是惩，则莫我敢承"出自《诗经·鲁颂·閟宫》，《诗序》解释其主旨："颂僖公能复周公之宇也"。鲁僖公被认为是平庸的君主，苏辙援引《春秋》，认为该诗只是鲁人的祝愿之辞，不同意《诗序》的说法。① 但孟子引此诗，意在说明周公对于戎狄荆舒等的讨

（接上页）静和平，而内行之修，王化之行，具可考见。其变者，《行露》《柏舟》，一二见而已。刘向传列女，取行事可为鉴戒，不存一操。范氏宗之，亦采才行高秀者，非独贵节烈也。魏、隋而降，史家乃多取患难颠沛、杀身殉义之事。盖挽近之情，忽庸行而尚奇激，国制所褒，志乘所录，与夫里巷所道，流俗所艳骇，胥以至奇至苦为难能。而文人墨客往往借倜傥非常之行，以发其伟丽激越跌宕可喜之思，故其传尤远，而其事尤著。然至性所存，伦常所系，正气之不至于沦澌，而斯人之所以异于禽兽，载笔者宜莫之敢忽也。"（《明史·列女传》）

① 参见刘茜：《苏辙〈诗集传〉以史为据的阐释特征》，《浙江学刊》2016年第1期。

伐基于其"无父无君"的"野蛮"状态,而杨墨的理论也被孟子归结为"无父无君"。孟子所论,以维护"孔子之道"和弘扬"仁义"为基点,"圣人复起,不易吾言"实际上也是以圣人自许,显示出极强的理论自信。

扬雄、韩愈相继颂扬了孟子存续和彰显"圣人之道"的莫大功勋。① 虽然孟子声言要继承大禹、周公、孔子三圣,但结合所引之诗来看,孟子所要引申的是在思想上要不遗余力地讨伐"异端",而以"戎狄荆舒"这样侮辱性的称呼来代指与自己立场相左的思想流派,也是孟子的一大发明。

二、对"鸢飞鱼跃"的"断章取义"

但是,"鸟兽"毕竟具有知识的意义。孔子诚勉他的学生:"小子何莫学夫《诗》?《诗》,可以兴,可以观,可以群,可以怨。迩之事父,远之事君。多识于鸟兽草木之名。"(《论语·阳货》)② 更为重要的是,早期的孔门后学,多引《诗》明志说理,不仅没有回避"鸟兽鱼虫",且比拟于圣贤君子的理想人格,简帛《五行》引用《诗经》中的《鸤鸠》及《燕燕》之诗论说"慎独",便是很好的例证。③ 而"鸢飞鱼跃"在后世的解说中则呈现了"断章取义"的多重取向。《中庸》有云:

君子之道费而隐。夫妇之愚,可以与知焉,及其至也,虽圣

---

① 孟子云:"今天下不之杨,则之墨。"杨墨交乱,而圣贤之道不明。则三纲沦而九法斁,礼乐崩而夷狄横,几何其不为禽兽也!故曰:"能言距杨墨者,皆圣人之徒也。"扬子云云:"古者杨墨塞路,孟子辞而辟之,廓如也。"(韩愈:《与孟尚书书》,《韩愈集》卷十八)
② 孔子也曾感慨:"鸟兽不可与同群。吾非斯人之徒与而谁与? 天下有道,丘不与易也。"(《论语·微子》)但孔子之意是无意避世隐居,与鸟兽群居。
③ 参见拙文:《"慎其独"、"慎其心"与"慎其身"》,载于庞朴主编:《儒林》第三辑,山东大学出版社 2006 年版。

人亦有所不知焉;夫妇之不肖,可以能行焉,及其至也,虽圣人亦有所不能焉。天地之大也,人犹有所憾。故君子语大,天下莫能载焉;语小,天下莫能破焉。《诗》云:"鸢飞戾天,鱼跃于渊。"言其上下察也。君子之道,造端乎夫妇;及其至也,察乎天地。

其中所引之诗出自《诗经·大雅·旱麓》:

瞻彼旱麓,榛楛济济。岂弟君子,干禄岂弟。
瑟彼玉瓒,黄流在中。岂弟君子,福禄攸降。
鸢飞戾天,鱼跃于渊。岂弟君子,遐不作人?
清酒既载,骍牡既备。以享以祀,以介景福。
瑟彼柞棫,民所燎矣。岂弟君子,神所劳矣。
莫莫葛藟,施于条枚。岂弟君子,求福不回。

依据《诗序》,《旱麓》之诗是表达禀受周之先祖的德行与功业的意愿,当然也有称颂以及通过祭祀而获得福佑的意味。其中的"鸢飞戾天,鱼跃于渊。岂弟君子,遐不作人",毛传:"言上下察也。"郑笺:"鸢,鸱之类,鸟之贪恶者也。飞而至天,喻恶人远去,不为民害也。鱼跳跃于渊中,喻民喜得所。"孔疏:"毛以为,大王、王季德教明察,著于上下。其上则鸢鸟得飞至于天以游翔,其下则鱼皆跳跃于渊中而喜乐。是道被飞潜,万物得所,化之明察故也。能化及上下,故叹美之。言乐易之君子大王、王季,其变化恶俗,远此不新作人,言其近新作人也。"(《礼记正义》卷五十二)吕祖谦也认为:"作人之盛,至于如鸢飞鱼跃,非积累薰陶久且熟者则不能。然其来盖有自矣,此序所谓受祖也。"(《吕氏家塾读诗记》卷二十五)

关于"遐不作人",在不同的语境中还有另外的理解:

晋栾书侵蔡，遂侵楚，获申骊。楚师之还也，晋侵沈，获沈子揖初，从知、范、韩也。君子曰："从善如流，宜哉！《诗》曰：'恺悌君子，遐不作人。'求善也夫！作人，斯有功绩矣。"是行也，郑伯将会晋师，门于许东门，大获焉。（《左传·成公八年》）

杜预注："言文王能远作善人。'不'，语助。"这是强调文王善于作育英才，德及远方。而孔颖达在《礼记正义》中的"远此不新作人"之解，显然没有把"不"当作语助词，同时也应该是受到《中庸》"道不远人"思想的影响。

对于"鸢飞戾天、鱼跃于渊"的理解，郑笺与《毛传》明显不同。《毛传》认为是"上下察也"，孔颖达指出："《中庸》引此二句，乃云'言上下察'，故《传》依用之。"亦即《毛传》引用《中庸》解《诗》之意。这一引用亦可证《中庸》成书之早与影响之深。

但郑笺把"鸢"和"鱼"对立起来，认为前者是鸱一类的贪婪可恶之鸟，"飞而至天"就比喻"恶人远去，不为民害"①；而鱼在深水中跳跃，则比喻民众各得其所，喜不自胜。对于这种变化（"易"），孔颖达解释说：

《苍颉解诂》以为，鸢即鸱也。名既不同，其当小别，故云"鸱之类"也。《说文》云："鸢，鸷鸟。"击小鸟，故为贪残。以贪残高飞，故以喻恶人远去。渊者，鱼之所处；跳跃，是得性之事，故以喻民喜乐得其所。易传者，言鸟之得所，当如鸳鸯在梁，以不惊为义，不应以高飞为义。且下云"遐不作人"是人变恶为善，于喻民为宜。《礼记》引《诗》断章，不必如本，故易之。

---

① 《淮南子·缪称》："忠信形于内，感动应于外，故禹执干戚舞于两阶之间而三苗服。鹰翔川，鱼鳖沈，飞鸟扬，必远害也。子之死父也，臣之死君也，世有行之者矣，非出死以要名也，恩心之藏于中，而不能违其难也。"

孔颖达明确意识到郑笺与《毛传》的不同，但他认为《礼记》引《诗》有断章取义的特点，《中庸》也不例外。换言之，"不必如本"是"断章取义"的重要特点。但"高飞"究竟是不是"贪残远去"，还是有歧解：

> 鸢飞鱼跃者，高深之适性。（林岊《毛诗讲义》卷七）①

林岊是把"鸢飞"与"鱼跃"均视为满足各自特性的行为，"高"与"深"自然是各得其所。后世亦有"各遂其性"的解说：

> "维周之桢，济济多士，文王以宁。"②言文王之德广及于天下之士，如鸢飞鱼跃，各遂其性。（《毛诗李黄集解》卷三十）③

而且，在不同的上下文（语境）中，"鸢飞鱼跃"是否依赖于外在的"德政"，答案是各不相同的。谢良佐（显道）认为诗句蕴含着"天地"之所在，而朱熹认为那是描述了"道体"的呈现，也认为《中庸》引《诗》之意，与《诗》的本意不同：

---

① 林岊（jié），字仲山，古田（今福建古田东北）人。《福建通志》卷四三有传。清四库馆臣据《永乐大典》辑有《毛诗讲义》十二卷，《四库总目提要》云："宋林岊撰。岊字仲山，古田人。绍熙元年特奏名。嘉定间尝守全州。《宋史》不为立传。而《福建通志》称其'在郡九年，颇多惠政。重建清湘书院，与诸生讲学，勉敦实行，郡人祀之柳宗元庙'。则亦循吏也。是编皆其讲论《毛诗》之语。观其体例，盖在郡时所讲授，而门人录之成帙者。大都简括《笺》、《疏》，依文训释，取裁毛、郑而折衷其异同。虽范围不出古人，然融会贯通，要无枝言曲说之病。当光宁之际，废《序》之说方盛。岊独力阐古义，以诏后生，亦可谓笃信谨守者矣。《宋史·艺文志》、马端临《经籍考》及《文渊阁书目》中，此书皆作五卷。自明初以来，久无传本。故朱彝尊《经义考》以为已佚。今从《永乐大典》各韵所载，次第汇辑，用存其概。《永乐大典》所原轶者，则亦阙焉。因篇帙稍繁，谨厘为一十二卷，不复如其旧目云。"（《四库全书总目提要卷十五·经部十五》）
② 《诗经·大雅·文王》。
③ 《四库全书总目提要卷十五·经部·诗类》："《毛诗集解》四十二卷（内府藏本），不著编录人名氏，集宋李樗、黄櫄两家诗解合为一编，附以李泳所订吕氏释音。樗，字若林，闽县人，尝领乡贡著《毛诗详解》三十六卷。櫄，字实夫，龙溪人。"

《中庸》:"《诗》云'鸢飞戾天,鱼跃于渊',言其上下察也。"问:"'鸢飞戾天',上面更有天在;鱼跃于渊,下面更有地在,如何?"曰:"此是谢显道语,熹亦自理会不得,他意思只是道不可执着说,道上面更有天在,下面更有地在,不止于此也。"

或问鸢飞鱼跃之说。曰:"此盖是分明见得道体发见。察者,著也,非察察之察也。诗中之意本不为此,《中庸》只是借此两句形容道体。"(《诗传遗说》卷五)①

谢良佐之言,对照卫湜②《礼记集说》,实际是禀受自程颐:

> 伊川又曰:"'鸢飞鱼跃,言其上下察也'。此一段子思吃紧为人处。与'必有事焉,而勿正'之意同。"又曰:"鸢飞戾天,向上,更有天在;'鱼跃于渊',向下,更有地在。"(《礼记集说》卷一百二十七)

"必有事焉,而勿正"出自《孟子·公孙丑上》孟子对告子之言:"必有事焉而勿正,心勿忘,勿助长也。"③"子思吃紧为人处"及与孟子所说的"必有事焉"之间的关系,也正是注释者们所特别关注的地方。朱熹认为子思引该诗很好地说明了"费"和"隐"的问题:

---

① 《诗传遗说》为朱熹之孙辈朱鉴所编。
② 卫湜(生卒年不详),字正叔,吴郡(今江苏苏州)人。宋宁宗开禧、嘉定年间(1205—1224),集《礼记》诸家传注为《礼记集说》一百六十卷奏上。一生酷爱收藏钻研典籍,建藏书室名为"栎斋",学者称其为"栎斋先生"。
③ "'必有事焉而勿正',赵氏、程子以七字为句。近世或并下文'心'字读之者,亦通。'必有事焉',有所事也,如'有事于颛臾'之有事。正,预期也。《春秋传》曰'战不正胜',是也。如作'正心',义亦同。此与《大学》之所谓'正心'者,语意自不同也。此言'养气'者,必以集义为事,而勿预期其效。其或未充,则但当勿忘其所有事,而不可作为以助其长,乃集义养气之节度也。"(朱熹:《孟子集注》卷三)

子思引此诗以明化育流行，上下昭著，莫非此理之用，所谓费也。然其所以然者，则非见闻所及，所谓隐也。故程子曰："此一节，子思吃紧为人处，活泼泼地，读者其致思焉。"(《中庸章句》)

黄以方也问王阳明"鸢飞鱼跃"与孟子所说的"必有事焉"是否一样体现了"活泼泼"的状态？王阳明则说那也是"吾良知的流行不息"：

问："先儒谓'鸢飞鱼跃'，与'必有事焉'同一活泼泼地？"①先生曰："亦是。天地间活泼泼地，无非此理，便是吾良知的流行不息。致良知便是'必有事'的工夫。此理非惟不可离，实亦不得而离也：无往而非道，无往而非工夫。"(《王阳明集卷三·语录》)

而黄勉之以"乐"的角度阐释"鸢飞鱼跃"，也被王阳明认同：

来书云："阴阳之气，欣合和畅而生万物。物之有生，皆得此和畅之气。故人之生理，本自和畅，本无不乐。观之鸢飞鱼跃，鸟鸣兽舞，草木欣欣向荣，皆同此乐。但为客气物欲搅此和畅之气，始有间断不乐。孔子曰'学而时习之'，便立个无间断功夫，悦则乐之萌矣。……所谓'不怨''不尤'，与夫'乐在其中''不改其乐'，皆是乐无间断否"云云。

乐是心之本体。仁人之心，以天地万物为一体，欣合和畅，原无间隔。来书谓"人之生理，本自和畅，本无不乐，但为客气物欲搅此和畅之气，始有间断不乐"是也。(《王阳明集卷五·文录二》)

---

① 《孟子·公孙丑上》："必有事焉而勿正，心勿忘，勿助长也。"朱熹注："必有事焉，有所事也，如'有事于颛臾'之'有事'。'正'，预期也。《春秋传》曰'战不正胜'，是也。"(《孟子集注》卷三)

第六章 "言《诗》以论学"与"即物以见道":"鸢飞鱼跃"的多重意义

姚舜牧出于忧患意识[①],又将"鸢飞鱼跃"与民众的"奋飞潜逃"相对照,意在劝勉上层统治者去除损害政事的贪残之人,并表达自己对于"任用匪人"的痛惜之情:

> 王者任尽瘁之臣,去残贼之害政,行如春而登斯世于熙熙皞皞之域,其民将鸢飞鱼跃,不知天渊之上下也。任用匪人,酷如暑,凄如风,烈如冬,至使民欲奋飞潜逃而不可得,斯世何世哉!斯政何政哉!斯君何君哉!读其诗想其时,可为掩卷而流涕。(《诗经疑问》卷六)

还有一种"奋飞潜逃"是受到了惊吓,哪怕是在人世间被艳羡不已的美女,对于鱼、鸟和麋鹿而言,都意味着带来恐惧的"陌生者":

> 毛嫱、丽姬,人之所美也;鱼见之深入,鸟见之高飞,麋鹿见之决骤,四者孰知天下之正色哉?(《庄子·齐物论》)

"鸢飞鱼跃"是动感十足而对比鲜明的画面,很容易引起"观察",从而被阐发出多重意涵。其缘由何在?依《诗经·大雅·旱麓》上下文,是用"兴"的方法,引出"岂弟君子,遐不作人",其中的"作"与"飞"和"跃"相呼应,意味着所培育人才的活泼和自由,而"飞戾天"和"跃于渊"既包含着"近",也包含着"远",毋宁说是"由近及远"。而《中庸》以"上下察也"来概括,则更加开拓了解释者的视野。

---

① 姚舜牧(1543—1622?),字虞佐,乌程(今浙江吴兴)人。明万历癸酉(1573)举人,历官新兴、广昌二县知县。著有《四书五经疑问》《承庵文集》等。

三、"君子之道"与"子思吃紧道与人处"

卫湜《礼记集说》所引用的诸家阐释,对于"鸢飞鱼跃"和"上下察也"的关系也很关注,能使读者更好地理解"子思吃紧道与人处"(或引作"子思为人吃紧处"),尤其是对"君子之道"有更深切的体会:

> 横渠张氏曰:"君子之道达诸天,故圣人有所不能;夫妇之知淆诸物,故圣人有所不与。"又曰:"戾天,则极高;跃渊,则极深。君子之道,天地不能覆载。"又曰:"此言物各得其所。上者安于上,下者安于下。是上下察尽也。"(《礼记集说》卷一百二十七)

张载对于"君子之道"的推崇无以复加,他结合"鸢飞戾天"的"极高"与"鱼跃于渊"的"极深"来阐明"君子之道"超越了圣人的能力,乃至于天地都不能涵盖。而对于"上下察也"的阐释,张载结合前文,引申为"上下察尽";但谢良佐认为"非是极其上下而言",而"正是子思吃紧道与人处":

> 上蔡谢氏曰:"'鸢飞戾天,鱼跃于渊',非是极其上下而言,盖真个见得如此。此正是子思吃紧道与人处,若从此解悟,便可入尧舜气象。"又曰:"'鸢飞戾天,鱼跃于渊',无些私意。'上下察',以明道体无所不在,非指鸢鱼而言也。若指鸢鱼言,则上面更有天,下面更有地在。知勿忘、勿助长,则知此。知此则知夫子与点之意。"又曰:"《诗》云:'鸢飞戾天,鱼跃于渊',犹韩愈所谓'鱼川泳而鸟云飞',上下自然各得其所也。诗人之意,言如此气象,周王作人似之。子思之意,言上下察也。犹孟子所

谓'必有事焉,而勿正',察见天理不用私意也。故结上文云'君子语大,天下莫能载;语小,天下莫能破',今人学《诗》,章句横在肚里,怎生得脱洒去。"(《礼记集说》卷一百二十七)

谢良佐的重点落在阐述"上下察"是说明"道体"的无所不在,并非指鸢鱼而言,因为鸢鱼之飞跃毕竟还是受天地的限制,而诗句之意是说明周代培育人才是使其高低上下"各得其所"。他也认为诗句之意与孟子所谓"必有事焉,而勿正"可以相互发明,并进而突出"察见天理不用私意"的思想。而他从君子所言的大小均达到极致来界定"君子之道"的意义也和杨时有呼应之处:

延平杨氏曰:"大而无外,天下其孰能载之;小而无伦,天下其孰能破之。道至乎是,则天地之大,万物之多,皆其分内耳。故曰:'鸢飞戾天,鱼跃于渊,言其上下察也'。'鸢飞鱼跃',非夫体物而不遗者,其孰能察之?"(《礼记集说》卷一百二十七)

杨时也强调"道"的极致是大到无所不包,小到无与伦比,天地万物都是它的分内,无法剥离。若非体会万物特性而没有遗漏的人,谁能够明察"鸢飞鱼跃"的奥妙呢?这是从"极高明"的角度,将《中庸》和《诗经》综合起来加以解释。

概言之,"子思吃紧道与人处"或"子思为人吃紧处",因为引用了"鸢飞鱼跃"的诗句,并以"上下察也"作为点化,恰好说明了"人"和天、地以及道的关系。换言之,"君子之道"并不仅仅局限于人。许谦[①]强调《中庸》"偶借诗两语",其用意不仅仅是在鸢鱼:

[①] 许谦(1269?—1337)字益之,号白云山人,浙江金华人,元仁宗延佑年间(1314—1320)以讲学闻名,世称白云先生,见《元史·儒学传》。著有《许白云集》。

> "鸢飞鱼跃",大概言上天下地,道无不在,偶借诗两语以明之。其义不专在于鸢鱼也,观此则囿于两间者。飞潜动植何所往而非道之著?且苍然在上,块焉在下者,又庸非道之著乎?则人于日用之间,虽欲离道,有不可得者,其可造次颠沛之顷,不用功于此哉?(《读中庸丛说》卷二)

《中庸》引两句诗文,当然不是"偶借",但其意义,结合上下文,确实可以追溯至"道"的层面。

四、"言《诗》以论学"与"即物以见道"

在诗学的角度,对于孔门的"断章取义",张次仲①表示充分肯定:

> 昔子贡因论学而知《诗》;子夏因论《诗》而知学②;"鸢飞鱼跃",子思以明上下一理之察。《旱麓》章章果若是乎?"于缉熙敬止"③,朱子谓"敬止,无不敬而安所止也"。他日之训解又何不若是乎?是知读《诗》之法,在随文以寻意;用《诗》之妙,又在断章而取义也。学者诚以是求诸三百篇,则《雅》无大、小,《风》无变、正,《颂》无商、周、鲁,苟意合于心,言契乎理,事适其机,或施之政事,或发于言语,或用之出使,与凡日用施为之间,无往而非《诗》之用矣!固不拘拘于义例训诂之末也。(《待轩诗记》卷首)

---

① 张次仲(1589—1676),字符岵,号待轩居士,浙江海宁人,明天启辛酉(1621)举人。著有《周易玩辞困学记》《待轩诗记》等。
② 谢良佐之语。朱熹:《论语集注》卷二引。
③ 出自《诗经·大雅·文王》,《大学》《缁衣》等文献屡引。

第六章 "言《诗》以论学"与"即物以见道":"鸢飞鱼跃"的多重意义

所谓的"随文寻义"就是根据上下文的语境来演绎诗句的具体含义,注意《诗》自身的内容和含义,也注意引《诗》者的用意和方法。之所以说"用《诗》之妙,又在断章而取义也",原因在于"断"得巧妙而"取"得新颖。孔子与子贡、子夏等人的对话可谓典范:

> 子贡曰:"贫而无谄,富而无骄,何如?"
> 子曰:"可也;未若贫而乐,富而好礼者也。"
> 子贡曰:"《诗》云:'如切如磋,如琢如磨',其斯之谓与?"
> 子曰:"赐也,始可与言《诗》已矣,告诸往而知来者。"
> (《论语·学而》)

"如切如磋,如琢如磨"在《诗经》中用于形容卫武公的良好形象:

> 瞻彼淇奥,绿竹猗猗。
> 有匪君子,如切如磋,如琢如磨。
> 瑟兮僩兮,赫兮咺兮。有匪君子,终不可谖兮。(《卫风·淇奥》)

但子贡引用其来概括孔子和他关于如何看待贫富问题的对话,引起孔子的赞叹,"切磋琢磨"由此成为治学论理的必要方法。孔子之所以说由此可以和子贡讨论《诗经》,乃是子贡具有"告诸往而知来者"的能力。《大学》更做申论,把"切磋"和"琢磨"分而言之:

> 《诗》云:"瞻彼淇澳,菉竹猗猗。有斐君子,如切如磋,如琢如磨。瑟兮僩兮,赫兮喧兮。有斐君子,终不可喧兮!""如切如磋"者,道学也;"如琢如磨"者,自修也;"瑟兮僩兮"者,

> 恂栗也;"赫兮喧兮"者①,威仪也;"有斐君子,终不可喧兮"者,道盛德至善,民之不能忘也。《诗》云:"於戏!前王不忘。"君子贤其贤而亲其亲,小人乐其乐而利其利,此以没世不忘也。②

文中先后引《诗经·卫风·淇奥》与《诗经·周颂·烈文》之篇,除了讲习讨论的"道学"之外,还引申出"自修";又由"民之不能忘",对接于"前王不忘";进而阐发"没世不忘"的原因所在。所以"断章取义"其实也是文本的重构。

以"文学"见长的子夏,也获得过孔子"可与言《诗》"的首肯,更有"起予者,商也"的嘉许:

> 子夏问曰:"'巧笑倩兮,美目盼兮,素以为绚兮。'何谓也?"子曰:"绘事后素。"曰:"礼后乎?"子曰:"起予者商也,始可与言《诗》已矣!"(《论语·八佾》)

这就是所谓的"子夏因论《诗》而知学",子夏与孔子所论之《诗》也是名篇:

> 硕人其颀,衣锦褧衣。
> 齐侯之子,卫侯之妻,东宫之妹。
> 邢侯之姨,谭公维私。
> 手如柔荑,肤如凝脂。

---

① "喧"为《齐诗》用字,《毛诗》作"咺",《韩诗》作"宣",又作"愃"。参见程俊英、蒋见元:《诗经注析》(上),第157页。

② 朱熹的解说甚为精彩:"切以刀锯,琢以椎凿,皆裁物使成形质也。磋以鑢锡,磨以沙石,皆治物使其滑泽也。治骨角者,既切而复磋之。治玉石者,既琢而复磨之。皆言其治之有绪,而益致其精也。"(《大学章句》)

领如蝤蛴，齿如瓠犀。

螓首蛾眉，巧笑倩兮，美目盼兮。(《卫风·硕人》)

子夏所引"素以为绚烂兮"一句不见于传世本《诗经》，而关于"绘事后素"，多有争论。但子夏因"论《诗》而知学"，其所知之学为"礼学"——《诗经》中诗篇被用于多种礼仪，而关于诗篇和诗句的具体讨论，又有助于对于"礼"的深入理解。

无论是子贡，还是子夏，他们对于《诗经》中文句的引用皆有"断章取义"之妙，他们和孔子的讨论因而生动地体现了"教学相长"，其关键在于"断"和"取"都有触类旁通的哲理，而又基于一词多义，在新的语境中赋予原诗以新的语义。所以，无论是"读《诗》""用《诗》"，还是"《言》诗"，"触而通之"的解释都是很有意义的，不同经典之间亦复如是。"触点"就在于经典文句的内在关联中，南宋章鉴《丁易东撰〈周易象义〉序》①中把"鸢飞鱼跃"与《易》道和庄子思想结合起来加以解释：

《易》之为道，大而天地风雷，细而鳖蟹蠃蚌之属，无不寓八卦之理，亦犹庄子言"道在瓦砾稊稗"，亦犹子思言"鸢飞鱼跃，上下察也"。圣人有以见天下之赜，而拟诸形容，象其物宜，故谓之象。然不特为鼎、为颐、为飞鸟、为虚舟之而已，触而通之。

张次仲也以"鸢飞鱼跃"与《易》道之"蒙养"和《大学》之"戒慎恐惧"相贯通：

---

① 章鉴，南宋右丞相，号杭山寓叟。生平见于《宋史卷四百十八·列传第一百七十七》。丁易东，南宋人，字汉臣，武陵人，仕至朝奉大夫、太府寺簿兼枢密院编修官，入元不仕，教授乡里以终。著有《梅花诗》百余律，《周易象义》十六卷，《大衍索引》三卷。

《象》曰:"利用刑人,以正法也。"此初筮告也,时初位下象百草之始茁,故曰"蒙蒙""困蒙""童蒙"。就学者说包蒙、击蒙,就教者说,蒙养之初,以师为第一义,当用言坊行表之人,日夕周旋,闻正言、见正事,向来气拘物蔽,种种桎梏以渐脱落,所谓"鸢飞鱼跃"之趣,即在戒慎恐惧中也,故曰"利用刑人"。(《周易玩辞·蒙卦》卷二)

胡煦则以"鸢飞鱼跃"等现象为基础,阐述《周易》"各从其类"的思想①:

九五曰:"飞龙在天,利见大人,何谓也?"子曰:"同声相应,同气相求,水流湿,火就燥,云从龙,风从虎,圣人作而万物睹,本乎天者亲上,本乎地者亲下,则各从其类也。"②卵生之羽二翼而上飞,本天,亲上也;胎牛之兽四足而地行,本地,亲下也。日星明丽于天,山川流峙于地,鸢飞鱼跃皆是也。(《周易函书约注》卷一)

可见,经典之间自有其割不断的脉络——这种脉络除了对于相关文句的引用之外,也包括对于相近议题的不同探讨。从解释的思路而言,则"道"的高度与"学"的进路被屡屡提及。王充耘就从"所以飞""所以道"的角度来阐释"即物以见道"③:

---

① 胡煦(1653—1736),字晓沧,河南光山人。康熙壬辰(1712)进士,《明史》总裁之一,官至礼部侍郎。著有《周易函书》《释经文》《约图》《孔朱辨异》《易学须知》等。
② 《周易·乾·文言传》。
③ 王充耘(1304—?),字耕野,又作与耕,江西吉水人。元元统元年(1334)以《尚书》登二甲进士,授承务郎,同知永新州事,不久弃官养母。潜研《尚书》数十年。著有《尚书定论》《读书管见》《书义矜式》《书义主意》《四书经疑贯通》等。

"鸢飞鱼跃"，则即物以见道，其飞、其跃者在物，而所以飞、所以跃者，道也。道本无形，随寓而见，本非可以言语形容者也。然或以"不息"言其体，或以"无过不及"名其体，或以"高坚前后不可为象"状其体，夫岂有形质之可言哉？亦各随所见而形容之耳。（《四书经疑贯通》卷四）

而对于"道"的最好体现，无疑是思想家本人有"洒然独得"的学问和"鸢飞鱼跃"的气象，有明一代，陈白沙被奉为典范：

从吴聘君学于古圣贤之书，无所不讲，然未知入处。比归，白沙专求用力之方，亦卒未有得。于是，舍繁求约，静坐久之，然后见吾心之体隐然呈露，日用应酬，随吾所欲，如马之卸勒也。其学洒然独得，论者谓有"鸢飞鱼跃"之乐，而兰溪姜麟至以为活孟子云。（《明史·儒林列传·陈献章》）

所谓的"活孟子"，亦即人们从白沙身上领略到的"鸢飞鱼跃"，可以投射到孟子。需要注意的是，陈白沙的气象来自于他的静坐功夫，与只是讲论古书不同。

然而，任何一种受推许和提倡的气象都有可能流于本末倒置，乃至自欺欺人：

今世学者病于不能学颜子之学，而先欲学曾皙之狂。自其入门下手处便差，不解克己复礼，便欲天下归仁；不解事亲从兄，便欲手舞足蹈；不解造端夫妇，便欲说鸢飞鱼跃；不解衣锦尚絅，便欲无声无臭；不解下学上达，便自谓知我者其天；认一番轻率放逸为天机，取其宴安盘乐者为真趣，岂不舛哉！

故余尝谓学者惟在日用平实伦纪处根求，不在虚夸大门户处寻讨；惟在动心忍性苦楚中着力，不在摆脱矜肆洒落处铺张。静坐者，或流于禅定；操存者，或误于调息；主敬者，或妄以为惺惺；格物穷理者，或自溺于圆觉；存心养性者，或陷于即心见性。（《明儒学案卷八·河东学案下·举人杨天游先生应诏》）

的确，"造端夫妇"与"鸢飞鱼跃"本来可以相互成就，而非对立冲突。

从"言《诗》以论学"与"即物以见道"，我们也可以领略到中国哲学的特色与魅力。

第七章　儒家引《诗》明理之机制
——以"民之父母"为例

在古今中外的政治哲学当中，统治者（君）和被统治者（民）之间的关系是一个核心论题。近现代"先进"的政治理论是契约论，而儒家的一大"罪状"，就是极力维护统治阶级的既得利益，或者麻痹人民群众的斗争意识，故而"孔学与新时代不相立"的观点被广泛认同，至今还是颇有市场。① 同时，另有相当多的学者认为在传统儒家的政治哲学当中，最有价值的是其"民本""民贵"等思想。但是，流传更广，影响更大的是"民之父母"的说法，只不过，即使是从同情儒家学说的角度，对这样一个长期支撑中国古代社会的观念体系，也鲜见系统地梳理。②

但新近公布的战国楚竹书，有一篇被命名为"民之父母"的文献③，和《礼记·孔子闲居》非常接近，相关内容也见于《孔子家

---

① 参见蔡尚思:《中国传统思想总批判》上卷，上海古籍出版社2006年版。
② 萧公权在其著名的《中国政治思想史》当中提到孟子"民贵"的思想。似乎有意回避所引用的《孟子》原文之中有关"民之父母"的内容。而在类似的研究以及所谓"民本"思想的研究中，论者也多是对"民之父母"的思想资料置之不理。即使注意到儒家民本思想与《诗》《书》的关联，亦未见对于"民之父母"的讨论，如杨海文所撰《〈诗〉〈书〉传统与孟子民本思想的文化阐释》(《河北学刊》1998年第6期)。倒是在现实政治中，不乏这样的探索，可参见刘述先:《儒学的理想与实际——近时东亚发展之成就与限制之反省》，载于氏著《儒家思想开拓的尝试》，中国社会科学出版社2001年版，第15—40页。
③ 参见马承源主编:《上海博物馆藏战国楚竹书（二）》，上海古籍出版社2002年版。

语・论礼》等传世文献。由此可见,"民之父母"并非零散的思想火花,而是有深厚的社会基础,并以长期积累的经典作为思想资源。[①]这一观念的明确表达,始见于《诗》《书》,而先秦儒家通过引《诗》明理,建立了一套内容丰富、寓意深远的政治哲学。换言之,"为民父母"是儒家政治哲学的理论基础,它和"家国天下"的社会结构息息相关。儒家所主张的"家""国"一体的理想状态,乃是《诗经》中的"民之父母",以及《尚书》等典籍中的"作民父母"者所能达到的水准。

历代儒者引经据典,从"民之父母"的角度出发,对统治者提出了亲民、爱民、保民、富民等要求。依早期儒家学派的文献来看,成为"民之父母"需要符合"必达于礼乐之原""使民富且寿""同于民之好恶""顺而教之""有父之尊,有母之亲"等原则。真正做到"民之父母"的领袖,"其仁为大",此种"治政之乐"远远超越于小圈子的辩难。而民众对于"父母"的回报,便是主动的、自愿的"亲"和"和",而不是勉强的,或者被迫的归顺和依附。这是儒家从正面劝勉统治者的理路。孟子则借用"民之父母"的理论痛斥当政者"以政杀人""率兽食人""使老稚转乎沟壑"。而荀子指出当天下的最高统治者堕落为"民之怨贼",统治阶级内部其他符合"民之父母"标准的领袖可以以"革命"方式取而代之。在今人看来是"乌托邦"的这种构想,在儒家看来是应该而且能够实现的蓝图。儒家之外,《管子》提出,"法"才是"民之父母",在"法"的层面,即使是有所过错,也可以有办法弥补,不至于酿成大患,可以看成是儒家思想的重要补充。

"民之父母"这一思想的衍生和扩展,肇始于《诗》《书》,而贯穿于孔子、曾子、子夏、子思、孟子、荀子等早期儒家的代表人物。换言之,以《诗》《书》之中"民之父母"或"为民父母"的思想为线

[①] 新近比较集中的研究,参见郭梨华:《从"民之父母"论先秦儒家与〈管子〉的为政观》,载于氏著《出土文献与先秦儒道哲学》,第303—317页。

索，我们可以清晰地看到《孔子闲居》《大学》《缁衣》《表记》《坊记》《孟子》《荀子》等经典的内在关联。由此可对儒家思想的历史脉络有更切实地把握。

一、家国（邦）天下与修身

《孟子·梁惠王上》开篇关于"何必曰利"的分析广为人知：

> 孟子见梁惠王，王曰："叟！不远千里而来，亦将有以利吾国乎？"
>
> 孟子对曰："王何必曰'利'？亦有'仁义'而已矣。王曰'何以利吾国？'大夫曰'何以利吾家？'士庶人曰'何以利吾身？'上下交征利，而国危矣。万乘之国，弑其君者，必千乘之家；千乘之国，弑其君者，必百乘之家。万取千焉，千取百焉，不为不多矣。苟为后义而先利，不夺不餍。未有'仁'而遗其亲者也，未有'义'而后弑其君者也。王亦曰'仁义'而已矣，何必曰'利'？"

但是，经常被忽略的是，"王"与"国"、"大夫"与"家"、"士庶人"与"身"之间的对应关系。对于"王"而言，"国""家""身"是三位一体的，对于"大夫"而言，其家族上有"国"，下有"士庶人"，而对于一般士庶人而言，在某国之中，首先是隶属于"某家"，只有像孟子这样的"处士"，才"不远千里"，游走于诸侯国之间。在这里，孟子特别指出如果背弃了"仁义"，"上下交征利"，那么"国"的危险，必定来自于"家"，这种情况在春秋战国时期，确如孟子所言"不为不多矣"。和上述文献的讨论相类似，《周易·坤·文言》指出：

> 积善之家，必有余庆；积不善之家，必有余殃。臣弑其君，子弑其父，非一朝一夕之故，其所由来者渐矣，由辩之不早辩也。《易》曰："履霜，坚冰至。"盖言顺也。

"家"是最基本、最长久、最稳定的社会单元，善与不善，都是最有可能由家积累而来。显然，《坤·文言》也是认为"家"（父子）的安宁直接关系到"国"（君臣）的秩序。因为"臣弑其君，子弑其父"的情形实在非常普遍，《坤·文言》的作者才借解说"履霜，坚冰至"这一爻辞的机会，申述"其所由来者渐矣"的道理，亦可见"家"的枢纽地位。而更加常见的现象是僭越，《礼记·郊特牲》记载：

> 诸侯不敢祖天子，大夫不敢祖诸侯。而公庙之设于私家，非礼也，由三桓始也。

而孟子指出，不管处于哪个层次，受辱、败坏、被攻击，原因都在内部或者自身：

> 夫人必自侮，然后人侮之；家必自毁，而后人毁之；国必自伐，而后人伐之。《太甲》曰："天作孽，犹可违；自作孽，不可活"，此之谓也。（《孟子·离娄上》）

这是申说"自"的问题，但是，其序列也是"人"（身）、"家"、"国"。① 所以孟子又说：

---

① 《礼记·礼运》："故坏国、丧家、亡人，必先去其礼。"《尚书·伊训》："惟兹三风十愆，卿士有一于身，家必丧；邦君有一于身，国必亡。"

人有恒言，皆曰"天下国家"，天下之本在国，国之本在家，家之本在身。(《孟子·离娄上》)

如陈荣捷所言，孟子此言，"简直是从《大学》而来"①。而《礼记·乐记》又记载子夏之言"修身及家，平均天下"，可以说明"修齐治平"是孔子后学的共识。我们通过孟子，可以了解到"家国天下"这种社会结构的丰富性和普遍性。"自天子以至庶人"，人人所有的乃是其"身"，所以《大学》又说"壹是皆以修身为本"。孟子"言必称尧舜"，如刘殿爵所言：

> 古史并不只是孟子经常引用的依据，尚古有双重意义。其一，古人是道德素质的具体体现……其二，此等理想化的先贤常常被放到实际处境加以认真讨论。②

在五经当中，"家、国（邦）"并提的语句十分常见，这和夏代开启的"家天下"有关。据《尚书·大禹谟》记载，舜帝称赞大禹说："克勤于邦，克俭于家"，而《尚书·汤诰》中商汤王描述自己的责任说："俾予一人，辑宁尔邦家"。《周易·师》上六爻辞："大君有命，开国承家，小人勿用。""家、国（邦）"之上是天下，"家、国（邦）"之下则是百姓和庶民。这种社会结构是三代的共同特征。正如张光直依据考古资料所指出的：

> 再从社会组织结构的特性和发达程度来看，夏商周似乎都具

---

① 陈荣捷：《初期儒家》，载于氏著《中国哲学论集》，台北"中研院"中国文哲研究所1994年版，第104页。
② 刘殿爵：《孟子所理解的古代社会》，吴瑞卿译，载于《采掇英华——刘殿爵教授论著中译集》，香港中文大学出版社2004年版，第175页。

有一个基本的共同特点,即城邑式的宗族统治机构。①

《大学》《中庸》《礼运》等《礼记》篇章屡见"天下国家",而"天下国家"在孟子的时代,就已经是一种常言俗语。但是,儒家把修身作为根本的出发点,推衍至"家""国""天下",是想为"家国一体"的社会政治结构提供德行理论的支撑,而并非漫无目的地构建空中楼阁。从这一点来说,儒家可以称为德行决定论者,他们坚信良好的德行是良好的家庭关系的基础,而良好的家庭关系则是良好的社会秩序的前提。即使如《孟子》书中所言的最普通的"七口之家",在古代中国社会,长期都是集经济、教育、宗教等多种功能于一身;而大夫及其以上的"世家",则具有天然的政治功能。②《左传·桓公二年》师服有言:

> 吾闻国家之立也,本大而末小,是以能固。故天子建国,诸侯立家,卿置侧室,大夫有贰宗,士有隶子弟,庶人、工、商,各有分亲,皆有等衰。是以民服事其上,而下无觊觎。

师服清楚地说明了国、家、室等系列等级是如何被层层建立的,即"家国一体"的社会结构是由层层分封而"建起来""立起来"的。

---

① 张光直:《中国青铜时代》,生活·读书·新知三联书店1999年版,第73页。另可参见许倬云:《西周史》,生活·读书·新知三联书店1994年版。
② 此种特点应该是贯穿中国传统社会的始终的。王阳明为乡党宗谱所作的多条序文近年被发现,从中可以看出,"宗谱的功能不仅仅在于家族成员之间恩爱流凑,亦构成乡村自治中的一个重要环节,它集伦常(上下有序,大小相维)、教育(愚而无能也,才者教之)乃至社会救济(少者贫而无归也,富者收之)于一身"。参见陈立胜:《王阳明"万物一体"论——从"身一体"的立场看》,台湾大学出版中心2005年版,第69页。

二、一体化与分离化

儒家从孔子开始就对这种"家国一体"的秩序是认可和维护的,但是,孔子及其后学的贡献在于他们提出"以德定位"的理论,以及表现出的"以德抗位"的精神——他们主张的"德"并非没有根基的空洞律令,而是植根于人类最自然、最普遍、最基础的人际关系、血缘关系之中,他们深信能够调整好血缘关系的德行,乃是最有普适性的价值观,于是才有"民之父母"的思想。金观涛、刘青峰曾提出自秦始皇以来的"中国封建社会"是政治结构和意识形态结构的一体化:

> 一体化意味着把意识形态结构的组织能力和政治结构中的组织力量耦合起来,互相沟通,让意识形态为政治结构提供权威等组织要素,从而形成一种超级组织力量。由于中国封建社会主要是通过儒生来组成官僚机构的,这便使政治和文化两种组织能力结合起来,实现了一体化结构。[1]
>
> 在中国,国家和个人之间还存在着一个强大而稳固的中间层次:宗法的家族、家庭。欧洲则不然。……这不能不说是中国封建社会的一个令人惊异的特点。但从社会组织原理上看,这有点悖于常理。众所周知,宗法血缘关系是把人组织在一起的天然纽带,但它又具有强烈的自闭性。[2]

且不论儒家文献当中对于夏商周三代的稳定与长久的向往以及"儒生"(一般的读书人)和"儒家"(著书立说的儒者)的区别,就

---

[1] 金观涛、刘青峰:《兴盛与危机——论中国社会超稳定结构》,香港中文大学出版社 1992 年增订本,第 28 页。

[2] 金观涛、刘青峰:《兴盛与危机——论中国社会超稳定结构》,第 44—45 页。

孔子以降的先秦儒家而言，他们往往游走于邦国和家室之间，似乎没有固定的居所，但是，他们对于身、家、国一体的社会结构却不遗余力地给予肯定，并殚精竭虑地论证为什么治国平天下的根本在于"修身"。如果说从夏代"家天下"以来，中国古代社会有什么"超级组织"，那的确非家族和宗法莫属，一个成功的家族必定会把权力、信仰、知识、金钱、土地等资源集于一体，同时也会把家族的利益和邦国的利益处理得恰当。窃以为，没有个人、家室和邦国的一体化，所谓政治组织和意识形态的一体化便失去了其现实基础。儒家花了很大力气论说这种一体化的必要和可能，以此为前提，他们对统治者和未来的统治者提出种种期许。自古以来，"民之父母"是被各个社会阶层普遍接受的观念，儒家的理论正是建立在这种现实的社会结构和普遍的社会观念之上，而并非一厢情愿地杜撰，也不是别有用心（比如"为了麻痹人民的斗志"）地编造。①

但是，春秋以降，"家"与"国"出现了严重的分离倾向，家族势力的膨胀威胁到邦国的稳定，而国君的昏聩不仅使得普通的民众家破人亡，也损害了本国大家族的利益。同时，天子的权威和号召力也日渐式微，甚至沦为强国争霸的工具。童书业分析了公元前7世纪以后封土建国社会动摇及世族制度没落的原因，他在讲到宗族观念的中衰时说：

> 春秋中年以后，封建组织渐渐向统一国家转移，因之宗族观念的一部分便被国家观念所取代；到了战国，"治国平天下"的学说大张，于是氏族制度便不由得不完全崩溃了。②

---

① 在历代皇帝的诏书、大臣的奏章、文士的辞赋、民众的歌谣当中，相关的文献不胜枚举。
② 童书业：《春秋史》，上海古籍出版社2003年版，第247页。

窃以为儒家在"家""国"之间奉行的是中庸路线,一方面坚决反对权贵家族的僭越言行;另一方面又强调"齐家"是"治国"的基础。而儒家最大的贡献在于进一步指出,无论是"齐家",还是"治国",乃至于平定"天下",最终都是取决于具体的个人——无论是君子、贤哲还是圣人,都必定是具有高尚德行和卓越能力的人。

需要特别指出的是,儒家对于宗法和家族的"自闭性"有非常深刻地认识,所以才宣扬"大人之学",从修身齐家开始推广到治国平天下。事实上,孔子非常反对封闭的团体,如"君子不党""君子周而不比""君子和而不同"等等。而打破封闭性,其基础还是在于"修身",其法则乃是"推及"。陈立胜在论及王阳明为陈氏宗谱所作的序时说,假如阳明所论的"推及"可以落实的话,那么家族、乡社、国家、天下、人类的界限必定可以超越:

> 最终,天地成了大父母,在天地这个大父母的怀抱之中,众生皆成了一体的"同胞",成了天地这个大父母心头的"肉"了。只有成全这个一体之仁,只有赞天地之化育,人才能无愧于天地这个大祖宗。①

万物一体的关键其实还在于身—家—国的有机融合。但是,此类模式也被广为质疑,林毓生就曾经批评说:

> 这种不从外在的制度上加以规范,而要求政治人物从内在的心灵上自我改造以至使政治终究要变成道德的办法,是一极为不易——几乎不可能——实现的,一厢情愿的空想。但,深受儒

---

① 陈立胜:《王阳明"万物一体"论——从"身—体"的立场看》,第70—71页。

家思想范畴影响的人，却无法认清它底乌托邦的性质。①

事实上，古代中国有复杂的制度来培养和选拔政治人物，即使对于皇权，也有种种制衡，除了天意、圣人、道德、舆论之外，还以相权来限制和纠正皇权。黄宗羲在《明夷待访录》中就指出明代对于相权的剥夺和宦官的专权，是天下动乱的根源。另外，儒家对于真正实现"家国一体"所需要的复杂条件，有清醒的认识，《礼记·礼运》有言：

> 故圣人乃以天下为一家，以中国为一人者，非意之也，必知其情，辟于其义，明于其利，达于其患，然后能为之。

圣人使得天下为一家，不是靠主观臆断，而是一定要具体了解天下的实情（包括民众的好恶和喜怒哀乐），准确把握天下的公义，清楚判断天下的利害，彻底解决天下的祸患，"然后能为之"。所谓现代政治所要处理的也无非是公民的"情""义""利""患"，能在四个方面都有卓越建树的我们誉之为"伟人"或者"英雄"，古人称之为"圣人"或"贤哲"，何以古人对于"圣人"的推崇，对于成圣成贤的追求屡被诟病呢？

同时，儒家所主张和颂扬的"民之父母"的德行，也并非遥不可及的镜花水月，而是在历史上已经存在这样的典范。② 如《诗经·大雅·思齐》有言："刑于寡妻，至于兄弟，以御于家邦。"按照《毛诗序》，这是歌颂周文王"所以圣"的原因，郑笺进一步指出："言非但天性，德

---

① 林毓生：《两种关于如何构成政治秩序的观念——兼论容忍与自由》，载于氏著《中国传统的创造性转化》，生活·读书·新知三联书店1988年版，第111页。

② 关于儒家历史观的特点和意义，可参见杜维明：《道·学·政——论儒家知识分子》，钱文忠、盛勤译，上海人民出版社2000年版，第7—10页。

有所由成。"文王秉承良好的天赋和家族传统,其德行由嫡妻、兄弟推广到家族和领邦乃至天下,足以为后人效法。《左传》及早期儒家经典当中频繁引用此诗,就是高度认可这样的历史典范。① 而这些思想,就经典资源的角度来看,也并非儒家的凭空发明,而是其来有自。

三、从《诗》《书》看"民之父母"

"天下国家"的社会秩序应该由什么样的人,以什么样的方式来承担和维护才比较理想?《吕氏春秋·季冬纪·序意》有文信侯之言曰:

> 尝得学黄帝之所以诲颛顼矣。爰有大圜在上,大矩在下,汝能法之,为民父母。盖闻古之清世,是法天地。

根据这一说法,效法天(大圜)地(大矩)而为民父母的思想起源甚早,当然,按照"层累历史"的观点,可以视之为事后的追溯。但是,吕不韦接受这样的观点可以从侧面说明秦国的强大并非只依靠军事的力量;《史记·平津侯主父列传》也记载李斯劝谏秦始皇不要追杀匈奴:"胜必杀之,非民父母也。"可见,"民之父母"的观念也并非儒家所独重。

但更有影响力的,还是《诗经》《尚书》《周易》等经典之中的相关思想。《诗经》当中,屡次颂扬"民之父母",在《小雅·南山有台》是"乐只君子":

> 南山有台,北山有莱。乐只君子,邦家之基,乐只君子,万

---

① "宋人围曹,讨不服也。子鱼言于宋公曰:'文王闻崇德乱而伐之,军三旬而不降。退修教而复伐之,因垒而降。《诗》曰:"刑于寡妻,至于兄弟,以御于家邦。"今君德无乃犹有所阙,而以伐人,若之何?盍姑内省德乎?无阙而后动。'"(《左传·僖公十九年》)

寿无期。

　　南山有桑，北山有杨。乐只君子，邦家之光；乐只君子，万寿无疆。

　　南山有杞，北山有李。乐只君子，民之父母。乐只君子，德音不已。

　　……

在《大雅·泂酌》中，则是"岂弟（恺悌）君子"：

　　泂酌彼行潦，挹彼注兹，可以餴饎。岂弟君子，民之父母。
　　泂酌彼行潦，挹彼注兹，可以濯罍。岂弟君子，民之攸归。
　　泂酌彼行潦，挹彼注兹，可以濯溉。岂弟君子，民之攸塈。

《南山有台》一诗由南北山上多样的出产，兴起"乐只君子"的多种作用和美好结局，其作为"邦家之基""邦家之光"，有"无期""无疆"之寿命，其作为"民之父母"的美好言辞不会消弭，而且会愈加兴盛（"德音是茂"）。此诗的结尾还提到"乐只君子，保艾尔后"，"尔"一般解释为"乐只君子"本人，即他的后人也安定长久地被养护。《毛诗序》解释此诗的主旨说："乐得贤也。得贤则能为邦家立太平之基矣。"郑笺："人君得贤，则其德广大坚固，如南山之有基趾。"按照序和笺，此诗是"人君"对于贤者——"乐只君子"的赏识和赞扬，抑或是期许和祝愿，如果能落实于行动，那的确是邦家之富。即使我们不理会这样的背景，此种"乐只君子"也是难能可贵的，孔子有言："知之者不如好之者，好之者不如乐之者。"（《论语·雍也》）此诗当中的"君子"在"乐只"的状态下承担"邦家之基"和"为民父母"的重任，但是他个人的寿命、声望、后裔也都得到成全。此种理想人格的理想人生，和以"自苦为极"的墨家完全不同。

《南山有台》一诗的意义还在于它所勾画的"乐只君子"以"民之父母"的形式成为"邦家之基""邦家之光"。换言之,"家国一体"在形式上的落实是比较容易的,但是,"家"往往成为"国"的祸害,因为"国"和"家"又有"公"和"私"的区别,而"家"往往是和"私"画等号。如《礼记·礼运》所言:

> 冕弁兵革藏于私家,非礼也,是谓胁君。大夫具官,祭器不假,声乐皆具,非礼也,是谓乱国。故仕于公曰臣,仕于家曰仆。

亦如前文所引,春秋战国时期以私害公,以至于犯上作乱的情形屡见不鲜。概而言之,家之害国,乃是以私害公。只有"民之父母"才可以把对于一家之私的爱护升华和扩展为对于邦国民众的关切,以至于天下。即"家"和"国"要真正融为良性的一体,使各个阶层的人士各得其所、各安其位,必须依赖于具有"为民父母"的情怀和能力的"乐只君子"。

而《泂酌》一诗则描绘了"恺悌君子"的形象。"恺悌君子"是平易近人的贤者,但《泂酌》的意涵则更加丰富。《毛诗序》认为此诗是"召康公戒成王也。言皇天亲有德,飨有道也"。此种概括看起来有些空洞。王先谦有另外的解读:

> 三家以诗为公刘作。盖以戎狄浊乱之区,而公刘居之,譬如行潦可谓浊矣,公刘挹而注之,则浊者不浊,清者自清。由公刘居豳之后,别田而养,立学以教,法度简易,人民相安,故亲之如父母。及太王居豳,而从如归市,亦公刘之遗泽有以致之也。①

---

① 王先谦:《诗三家义集疏》(下),吴格点校本,中华书局1987年版,第903页。

且不论此诗描述的主人公是否是公刘，但其中的"民之父母"是后世的追认和推崇，而后来才成为模范和榜样，按照《毛诗序》，此诗是召公和康公给成王的教材，实际上也是对周王室统治经验的总结。诗中的"恺悌君子"被颂扬为"民之父母"，他使得民众有所依托、自愿归往、休养生息。更重要的是，他能"挹彼注兹"，借用远方的、看起来微不足道的、被人所鄙夷的、如路边积水那样的资源，不仅解决了煮饭和蒸酒的问题，还用以清洗各种酒杯——酒杯是礼器，宴饮宾客、祭祀神灵均不可或缺。凡此种种，皆说明诗中的"君子"不仅有"爱民如子"的胸怀，而且具有以远济近、化浑浊为清明的智慧，他不仅注重解决最基本的民生问题，还十分在意礼仪的建设，而他本人又是"恺悌"的形象。此种"君子"，在任何地区、任何时期都会被民众爱戴。

上述两诗对后世影响很大，被屡次征引。这里需要指出的是，一般认为，《小雅》和《大雅》的诗篇均出自王室，这意味着"民之父母"固然是百姓自发地对于"恺悌君子"或者"乐只君子"表示爱戴的称呼，但是把它写入正式的诗篇来教育贵族后裔乃至继位的天子，则意味着最高统治者自觉而清楚地认识到国（邦）与家兴盛的根基在于给予民众最大程度的关爱——只有上升到"父母"的层面，才能说明这种关爱多么自然、多么深切、多么宽广、多么持久——更主要的是，这种关爱对于"君子"而言是愉快和悦的，并且能够落实于家庭伦理和国计民生，而不是浮泛的口号。

"民之父母"的自觉，似乎是周王室的一大传统。如《尚书·泰誓》："惟天地，万物父母；惟人，万物之灵。亶聪明，作元后，元后作民父母。今商王受，弗敬上天，降灾下民。"蔡沈《书经集传》谓：

> 天之为民如此，则任元后之责者，可不知所以作民父母之义乎？商纣失君民之道，故武王发此，是虽一时誓师之言，而实万

世人君之所当体念也。

《尚书·洪范》也说："天子作民父母,以为天下王。"从中我们可以看出天地被认为是万物的父母,而"天子"的首要责任是"作民父母",凭借这一点才可以成为天下之王,这是上天赋予的使命,如有违背,则应予以惩治。当然,父母不仅意味着慈爱,也意味着威严。《周易·家人·彖》曰:

> 家人,女正位乎内,男正位乎外,男女正,天地之大义也。家人有严君焉,父母之谓也。父父、子子、兄兄、弟弟、夫夫、妇妇,而家道正;正家而天下定矣。

父母在家中有"严君"的地位,这是天然形成的,也是一个家庭正常运转所必要的。儒家的思路正是提倡把家庭的、天然的情感升华为社会的、普遍的道义,以此为基础的秩序才是合理的、可行的。儒家对于父母和子女之间的感情有一种宗教式的、无条件的信赖和维护,这是其系列学说的核心所在,否则,其所谓"心性"之学,实与佛、道无异。综上所述,"民之父母"的思想起源甚早,其初始的社会意义在于统治阶级,特别是周王室自觉意识到和民众最贴近,民众最接受,以及使得社会秩序最合理的德行,乃是"为民父母",这是对民众呼声最真切的回应,也是对自身责任最明晰的认识。此种德行在具体的社会生活中含义十分丰富,比如,祭祀之时,要求"必敬",否则就不可能"为民父母",如《礼记·祭统》有言:

> 其德薄者,其志轻,疑于其义,而求祭,使之必敬也,弗可得已。祭而不敬,何以为民父母矣?

可见如何"为民父母",是一个非常关键的议题。在这个问题上,后世儒者往往依据五经之言,明确提出对统治者的要求,如前引蔡沈《书经集传》之言便是如此。

四、"自我"的位置与大同理想

儒家把家、国、天下视为一体而以修身为根本,无疑是中国古代国家学说的主流。由此引发出种种议论,"五四"以来则成为中西文化比较的重要内容。大多数学者对于儒家的此种学说持批评态度,进而以为这是中国晚近以来落后于西方的重要原因。熊十力有更激进的看法:

> 《公羊春秋》已不许大家庭组织存在,一家至多只许五口人,人多者,其长成必令独立成家,不许父母兄弟聚成大家。倘此制实行中国,决不会为秦以来二三千年之丑局。①

钱穆则持不同的意见,他认为农业社会是最好的社会,完整的家庭生活是最美好的生活,他认为儒家所强调的是人与人、家与家、国与国之间的共通性。由此才造就了"直接的人生",而不是"间接的""工具的"或"功利的"人生:

> 中国古代社会,已为一群体集团,亦即一道义集团,皆在直接人生目的、人生路程上向前。②

---

① 熊十力:《与梁漱溟(1951年5月)》,见《中国文化散论——〈十力书简〉选载》,载于深圳大学国学研究所编:《中国文化与中国哲学》1987年卷,生活·读书·新知三联书店1988年版,第7页。
② 钱穆:《中国文化特质》,载于深圳大学国学研究所编:《中国文化与中国哲学》1987年卷,第41页。

在钱穆看来，儒家把君与民的关系、国与家的关系融合起来，正是其优长所在。如前文所述，此种融合在理论上被落实为以"民之父母"为目标的修身哲学。梁漱溟在《中国文化要义》一书中专门讨论过中国人的家族生活与西方人的"集团生活"之间的区别，他引用日本学者稻叶君山的话说：

保护中国民族的唯一障壁，是其家族制度。这制度支持力之坚固，恐怕万里长城也比不上。①

梁先生自己则从"西人所长，吾人所短"的角度论述认为：

西方人集团生活偏胜，中国人家族生活偏胜，正是分向两方走去，由此开出两种相反的文化。②

所谓"相反的文化"，按照梁漱溟的思路就是只可能并行而不可能相交。他和其他众多学者还认为西方人的"集团生活"发达，乃是由于基督教对于家族生活的压抑。窃以为儒家对于家族生活的侧重，其所带来的负面影响，并不见得比其他反家族或者非家族的思想所带来的负面影响更为严重，在大多数情况下，它成为"百事不如人"的文化自卑感的泄愤对象，其实是很不公平的。但是，这并不意味着"家国天下"和"民之父母"的观念不需要反思，而是需要探索更多的可能。比如，费孝通在其《乡土中国》一书中在大量调查的基础上已有

---

① 梁漱溟此处是从刘鉴泉《外书》转引而来，由此可见近现代的"文化保守主义者"们也对传统的家族制度对于中国社会、个人及国家的影响十分关注。稻叶君山还指出了基督教徒的家族化和佛教对于家族制度的臣服。梁漱溟同时引用的雷海宗的说法则特别指出，佛家本是反家族的或非家族的，到了中国，却变成了维持家族的一种助力。参见梁漱溟：《梁漱溟学术论著自选集》，北京师范学院出版社1992年版，第227页。

② 梁漱溟：《梁漱溟学术论著自选集》，第251—259页。

非常精辟的论述，概括起来，大约有以下两点：

其一，家庭生活是人类社会生活的最基本形态，它和"集团生活"并非水火不容。但是在农业社会，一个家庭被动或主动地承担了过多的社会功能。

其二，中国的家庭自古至今，其成员蔓延过多，造成了家庭结构的庞杂，从而引发了很多家庭内部的人际纠纷。①

笔者想补充的一点是，论者多以为"家"和"私"密不可分，故而对于"家族"观念大加鞭挞。但是从另外一个角度，"家"对于"己"而言，又具有"公"的性质；而且"家"是个人的成就所在。如杜维明所言：

> 虽然家庭在儒家的社会观中居于中心地位，但它没有被看成目的本身。儒家将家庭看作是人类的自然居处；它是个人成长所必需的和最适合的场所。……生活的最终目的既不是调节家庭，也不是协调父子关系，而是自我实现。②

尤其在社会动乱、邦国无序、战争频仍的状态下，家庭是社会成员最后的归宿，"家破人亡"是人生最大的不幸，"株连九族"则是最残忍的刑罚。正是如此，"民之父母"的要求实际上是希望社会、邦国乃至天下都能珍惜和爱护家庭，这对于各级统治者来说是必要和可能的，对于民众而言，则是亲切而有指望的。所以，成为"民之父母"其实是最大程度的自我实现——这种自我实现或许由个人家庭生活的不幸开始，比如舜的例子就经常被提起，很多杰出人物都成长于残缺

---

① 特别是《差序格局》《家族》等篇，参见费孝通：《乡土中国·生育制度》，北京大学出版社1998年版。

② 杜维明：《儒家思想新论——创造性转化的自我》，曹幼华、单丁泽，江苏人民出版社1996年版，第128页。

或者贫贱的家庭。从这个意义上来说，个人对于家庭，绝不是依附或者被压抑。① 协调家庭反而是个人自我实现的最佳途径，在家、国、天下的序列中，个人才能发现自己具有"根本"的地位。返回来说，"私家"也应该成为"公家"重视和保护的对象，否则，何以称得上"民之父母"？个人也应该得到家庭的呵护和抚育，否则，何以"为人父母"？凡此种种，都是"家国天下""民之父母"的应有之义。

值得注意的是，"家国天下""民之父母"并非儒家最高的理想，根据《礼记·礼运》，那只不过是"小康"社会的特征：

> 今大道既隐，天下为家，各亲其亲，各子其子，货力为己。大人世及以为礼，城郭沟池以为固，礼义以为纪，以正君臣，以笃父子，以睦兄弟，以和夫妇，以设制度，以立田里，以贤勇知，以功为己。故谋用是作，而兵由此起。禹、汤、文、武、成王、周公，由此其选也。此六君子者，未有不谨于礼者也。……是谓小康。

尽管比较含蓄，但是我们仍然可以明确读到"谋用是作，而兵由此起"的严肃批评，这和道家思想非常接近。而对于"家国天下""民之父母"的怀疑和批判，也是内容宏富的思想史，须另文专论。在这里还想补充的是，从"大同社会"方才看出儒家的雄心壮志，而"民之父母"的执政正是从"天下为家，各亲其亲，各子其子"过渡到"天下为公，老吾老以及人之老，幼吾幼以及人之幼"的必要条件。

就以上所论可见，如何"为民父母"，在古代中国社会是一个非常关键的议题。就儒家而言，"为民父母"的确是典型的"人治"思想。

---

① 关于中美学术界对于个人和家族关系的不同判断，可参见魏斐德《现代中国文化的民族性探寻》(载于深圳大学国学研究所编：《中国文化与中国哲学》1987年卷，第453—468页) 一文，文中也介绍了杜维明的观点以及学术界的反响。

这一思想有其现实的社会基础和悠久的思想渊源。"为民父母"和"民之父母"出自《尚书》《诗经》等古代经典，后世儒者对统治者提出的亲民、爱民、保民、富民等要求，都是"民之父母"的应有之义，换言之，理想的君民关系乃是如父母与子女的关系一样亲密、可靠。

余英时亦言："我们分析中国传统的社会理论必须着眼于两个基本元素：一是有价值自觉能力的个人，一是基于自然关系而组成的'家'。"[①] 当下的学界对于前者津津乐道，而对于后者则兴味索然。依笔者浅见，具体到儒家而言，二者实在不可离析。下文要讨论的是孔子及其之后的早期儒家文献中如何频繁引用《诗》《书》而申论"民之父母"的学说。从相关的文献当中，我们可以看到孔子、子夏、曾子、子思、孟子、荀子之间具体的思想如何通过引《诗》，形成一个思想谱系，即对于"民之父母"的高度期待和多角度的阐释。

五、"民之父母"的哲学基础与价值取向

必达于礼乐之原　传世文献所见孔子与弟子专门讨论"恺悌君子，民之父母"的，有《礼记·孔子闲居》等篇章[②]，上海博物馆藏战国竹书有类似的篇章，整理者和多数研究者称之为"民之父母"。为讨论方便，此处暂不涉及传世文献与出土文献的差异，而以传世本《礼记·孔子闲居》为主，也暂时不涉及《孔子家语》等相关文献。但是，战国竹书的出现，为我们提供了讨论这一问题的可靠背景，这是毋庸置疑的。据记载，子夏曾经专门向孔子请教怎么样才算得上是"民之父母"：

孔子闲居，子夏侍。子夏曰："敢问《诗》云'恺悌君子，民

---

① 余英时：《中国思想传统的现代诠释》，江苏人民出版社1995年版，第28页。
② 马一浮认为，"《孔子闲居》一篇，尤《诗》之大义所在"。氏著《诗教绪论序说》，载于滕复编：《默然不说声如雷——马一浮新儒学论著辑要》，中国广播电视出版社1995年版，第256页。

之父母',何如斯可谓民之父母矣?"孔子曰:"夫民之父母乎,必达于礼乐之原,以致五至,而行三无,以横于天下,四方有败,必先知之。此之谓民之父母矣。"

子夏曰:"民之父母,既得而闻之矣;敢问何谓'五至'?"孔子曰:"志之所至,诗亦至焉;诗之所至,礼亦至焉;礼之所至,乐亦至焉;乐之所至,哀亦至焉,哀乐相生。是故,正明目而视之,不可得而见也;倾耳而听之,不可得而闻也;志气塞乎天地,此之谓五至。"

子夏曰:"五至既得而闻之矣,敢问何谓三无?"孔子曰:"无声之乐,无体之礼,无服之丧,此之谓三无。"(《礼记·孔子闲居》)

在孔子弟子当中,子夏以"文学"见长(《论语·先进》),是被孔子誉为能给他启发、"可与言诗"的弟子之一(《论语·八佾》),他和孔子的这段对话也处处引诗作为对照。按照孔子的回答,"民之父母"一定是通达礼乐的本原,而不仅仅是熟悉礼乐,进而使志、诗、礼、乐、哀五者并至,这五者当中,"志"是人的意愿,"诗"与"礼"是文化的成果(诗在外交、朝聘以及祭祀等场合,也是礼的一部分),而"乐"与"哀"则是人的情感。孔子所言的"五至",可以概括为"三至":意愿、文化、情感三者同步实现,此种状态超越了耳目所能认识的范围,合而为冲塞天地的"志气"。而"三无"也是说"乐""礼""丧"三者的本原是超越于具体的声音、形式和服装的。

比照我们熟悉的语言,孔子是说"民之父母"要有哲学的头脑,并具有完备的实践能力(致五至,而行三无)。他还另外使用一个"必"补充说,能够称为"民之父母"的,一定是可以预先知道四方衰败迹象的人。孔子对于"民之父母"的解读,超越了具体的个人意愿、礼乐文化和个人情感,而在"本原"的层次上讨论问题,使我们感受到"民之父母"这一名号所蕴含的厚重的文化力量、高远的理想诉求和精确的判断能力,而不仅仅是浮泛的关爱或者僵化的尊严。

《礼记·乐记》记载的子夏对魏文侯之言——"修身及家,平均天下"——和《大学》及《孟子》相通,他的名言"四海之内,皆兄弟也。君子何患乎无兄弟也?"(《论语·颜渊》)为我们熟悉,《礼记》当中更有其他多篇记载他和孔子、曾子等人讨论丧礼的内容。孔子称赞子夏"可与言诗"则是因为子夏和孔子引诗以讨论礼的时候,提出了"礼后乎"的观点。凡此种种,都说明子夏提出"民之父母何如斯"的问题并不突兀。

其仁为大　孔子关于"民之父母"的思想,在传世文献中,《大戴礼记》另有两处直接的记载,一处是:

> 业功不伐,贵位不善,不侮可侮,不佚可佚,不敖无告,是颛孙之行也。孔子言之曰:"其不伐则犹可能也,其不弊百姓者则仁也。《诗》云:'恺悌君子,民之父母。'"夫子以其仁为大也。(《卫将军文子》)

此处孔子引用"恺悌君子,民之父母"的诗句称赞颛孙,在孔子看来,"业功不伐"还有做到的可能①,而"不弊百姓"则是难能可贵的,符合"仁"的标准——《论语》当中,孔子很少以"仁"许人,而记录孔子此言的后人则解释说,"夫子以其仁为大也"——颛孙之所以有"大仁",乃是因为他合乎"民之父母"的要求。从"孔子言之"的记录格式以及"夫子以为"的解释格式来看,此处文字应该是可靠的。换言之,在孔子那里,"仁"的内涵之一,乃是"作民父母"。"仁"之于父子,"义"之于君臣,是先秦文献(包括出土文献)常见

---

① 子曰:"天下国家可均也,爵禄可辞也,白刃可蹈也,中庸不可能也。"(《中庸》)

的提法，而"作民父母"乃是就君民关系而言。从"父子有亲"的角度来看，"作民父母"是要和民众建立亲密的关系，最自然、最亲密的关系莫过于父子；而"君臣有义"则是侧重于君主和臣下之间的义务和秩序，其侧重点明显不同。

治政之乐　《大戴礼记》之中另一则孔子之言则认为民众"归之如流水，亲之如父母"，是带给推行善政者的最大快乐，远远超过小圈子内"不下席"的辩论快乐：

> 子曰："辨言之乐，不若治政之乐；辨言之乐不下席；治政之乐皇于四海。夫政善则民说，民说则归之如流水，亲之如父母；诸侯初入而后臣之，安用辨言？"（《小辨》）

使民富且寿　而《说苑·政理》的另一处记载则是孔子提出了"使民富且寿"的具体行政目标：

> 鲁哀公问政于孔子，对曰："政有使民富且寿。"哀公曰："何谓也？"孔子曰："薄赋敛则民富，无事则远罪，远罪则民寿。"公曰："若是则寡人贫矣。"孔子曰："《诗》云：'凯悌君子，民之父母'，未见其子富而父母贫者也。"

孔子所言，无疑是"善政"的最好体现，但现实的政治措施往往是君富而民贫，换言之，常见的现象是"父母富而其子贫"。所以，孔子从"未见其子富而父母贫者也"的角度来打消鲁哀公的疑虑。而根据《韩诗外传》的记载，在孔子的时代，就有政治家比较接近于"民之父母"：

> 子贱治单父，其民附。孔子曰："告丘之所以治之者。"对曰：

"不齐时发仓廪,振困穷,补不足。"孔子曰:"是小人附耳,未也。"①对曰:"赏有能,招贤才,退不肖。"孔子曰:"是士附耳,未也。"对曰:"所父事者三人,所兄事者五人,所友者十有二人,所师者一人。"孔子曰:"所父事者三人,[足以教孝矣;]所兄事者五人,足以教弟矣;所友者十有二人,足以祛壅蔽矣;所师者一人,足以虑无失策,举无败功矣。……"②《诗》曰:"恺悌君子,民之父母。"子贱其似之矣。(《韩诗外传》卷八)

我们或可以质疑这些观点都是托名于孔子,但即使如此,也不可否认它们是儒家入世精神的生动写照,是其心性之学与政治哲学的理想结合点——修身推延至家、国、天下,这是其心性之学的落实,而齐家治国平天下以修身为本,则是其政治哲学的德行依据。这样的理想模式,不仅可在历史上找到典范,也可以在现实中发现样本:

邹穆公曰:"……夫君者,民之父母也。取仓之粟,移之与民,此非吾粟乎?鸟苟食邹之秕,不害邹之粟而已。粟之在仓,与其在民,于吾何择?"邹民闻之,皆知其私积之与公家为一体也。(《白虎通义·春秋》)

此种"私积之与公家为一体","假私济公"的事例在古代中国并非罕见。

六、如保赤子

同于民之好恶 在传世文献当中,另外一个频繁出现的孔子学生

---

① 《说苑·政理》《孔子家语·辩政》作:"小民附矣,犹未足也。"
② 补文据许维遹:《韩诗外传集释》,中华书局1980年版,第282—283页。

是曾子。①《大学》引"乐只君子，民之父母"的诗句，并解释说"民之所好好之，民之所恶恶之，此之谓民之父母"。"民之所好好之，民之所恶恶之"的观念屡被现代学者称引，被定性为儒家思想中的合理因素，乃至和现代民主政治观念相通；而"此之谓民之父母"则被视为其"历史局限性"。以选票为形式的现代民主其核心的价值观也是顺从于民众的好恶，因为民众的好恶常常是一个社会的共识，能否及时掌握这种共识，并做出恰当的回应，对于当政者来说是德行的考验，也是能力的考验。有人或许会问，民众的好恶常常纷繁复杂，变化莫测，如何把握？《大学》在论及为何治国在齐家时说：

《康诰》曰："如保赤子"，心诚求之，虽不中，不远矣。未有学养子而后嫁者也。

"赤子"的任何意见、任何要求都是出自天性，出自本然，它"一无所有"，所以也只能和父母要求一切，而父母的对于赤子的一切要求"责无旁贷"，在第一时间给予满足，否则便是不称职的父母。而日常经验当中，父母对于"赤子"的爱护都是乐此不疲、无微不至的，这种关爱和抚育还从来没有听说在未有配偶之前就学习好的——父母对于赤子的关爱和抚育是挚诚的、无条件的、油然而发的，而具体的养育手段在孩子出生以后自然会熟悉。这种情感的确是人类生生不息，家庭为人所眷恋的根源所在。

在政治和社会的层面，"民之父母"与"如保赤子"当然都是一种比喻性的说法。但是，假如当政者从价值观念上认识到民众在无比强大的国家机器面前，其实和一无所有的赤子相去不远，那么就不会和

---

① 陈荣捷指出，孔子弟子当中，聚徒教学的，"子夏、曾子影响最大"。（陈荣捷：《初期儒家》，载于氏著《中国哲学论集》，第79页）

民众斤斤计较，"举枉措诸直"，甚至以种种暴虐的手段对付手无寸铁的民众。所以"民之父母"的言行可以使得统治者和最基层的民众产生稳定的亲切感，他对民众是亲切，而不仅仅是驱使，而百姓对他则是亲近，而不仅仅是顺从。所以《大学》所言的"亲民"，具体而言，就是其后文所引的诗句："乐只君子，民之父母"——君主和民众之间并非契约的关系，但君主要承担更多的责任，而此种责任的承担乃是出于对民众的无条件的亲近——父母之亲才是最深厚、最可靠的。故而，宋儒以"亲民"为"新民"，实为蛇足之笔。

从反面的例子来讲，正如婴儿的哭声是最柔弱的，但又是最有力的，与权势和财富都没有缘分的民众，到了"呼天抢地"的时候，其力量也是势不可挡的。从这个角度来看，"民之所好好之，民之所恶恶之"，如果没有"民之父母"的意识作为底蕴和根据，只会流于投机和讨巧，以至于"强奸民意"。现代民主制度之下伪装"民之所好好之，民之所恶恶之"的政客实在数不胜数，不见得比古代的"奸臣"高明多少，而民众对他们的监督和制裁，终究还是要落实于德行的品鉴。

而孟子则把这一原则进一步推广到国君"用人"与"去人"的方面：

> 孟子见齐宣王，曰："所谓故国者，非谓有乔木之谓也，有世臣之谓也。王无亲臣矣，昔者所进，今日不知其亡也。"王曰："吾何以识其不才而舍之？"曰："国君进贤，如不得已，将使卑逾尊，疏逾戚，可不慎与？左右皆曰贤，未可也；诸大夫皆曰贤，未可也；国人皆曰贤，然后察之。见贤焉，然后用之。左右皆曰不可，勿听；诸大夫皆曰不可，勿听；国人皆曰不可，然后察之。见不可焉，然后去之。左右皆曰可杀，勿听；诸大夫皆曰可杀，勿听；国人皆曰可杀，然后察之。见可杀焉，然后杀之。故曰国人杀之也。如此，然后可以为民父母。"（《孟子·梁惠王下》）

在孟子看来，国君的"左右""诸大夫""国人"都可以达成一致的意见，"皆曰贤""皆曰不可""皆曰可杀"，而只有"国人"的意见才应该是最后的行动根据。孟子已经指出，国君提拔一个贤人，要打破原有的统治秩序，使本来卑下的跃居于原来尊贵的，使本来疏远的跃居于本来亲密的，这是迫不得已而必须谨慎行事的。罢黜一个人乃至处死一个人，同样也要摆脱周围亲信和权臣的遮蔽，直接倾听"国人"的看法。但是，无论何种情况，孟子也不忘强调国君本人"察"的能力，以及国君考察对象的实际表现是否和"国人"的看法相一致。所以"为民父母"不仅要关切民众的物质生活，也要留意他们的舆论倾向，同时还需要自主的判断，方能使一个诸侯国成为有历史积累和政权延续的"故国"。

顺而教之　如果我们承认四书之间确有内在思想的高度一致性，那么子思学于曾子，而孟子学于子思之门人的记载就是可信的。换言之，广义的"思孟学派"应该包括曾子在内，或者说"子思之儒"乃是上承曾子，而下启孟子的。① 除《大学》以外，归于曾子名下的典籍，还有《孝经》，其中也论及"民之父母"是"至德"的表现，可以"顺民如此"：

> 子曰："君子之教以孝也，非家至而日见之也。教以孝，所以敬天下之为人父者也。教以悌，所以敬天下之为人兄者也。教以臣，所以敬天下之为人君者也。《诗》云：'恺悌君子，民之父母。'非至德，其孰能顺民如此，其大者乎！"（《孝经·广至德》）

此处的主题似乎是"教"，但是儒家主张的教乃是顺乎民心的教。

---

① 如陈荣捷所言，《韩非子·显学》所说"儒分为八"，其中孔子的直传弟子占少数，"子思"即是孔子的孙子，而并非字"子思"的原宪。（陈荣捷：《初期儒家》，载于氏著《中国哲学论集》，第127页）

"孝"乃是一种自然的道德行为，引申出去，天下的父兄人君，均需要待之以"敬"，而尊敬之心的培养和推广，则是"君子之教"的内容。"顺民如此"一方面是顺应民众普遍认可的"孝"的价值，教之以敬；另一方面又是"顺而教之"，而非"顺而纵之"，亦非"逆而教之"。所以"顺而教之"是"大顺"，非至德不能顺民如此。此与《中庸》所言"率性之谓道，修道之谓教"实可互相发明，"率性"为"顺性"多一旁证。

有父之尊，有母之亲　从"教"的角度入手阐述"民之父母"的责任，在《礼记·表记》当中亦比较突出：

> 君子之所谓仁者，其难乎！《诗》云："凯弟君子，民之父母。""凯"，以强教之；"弟"，以说安之。乐而毋荒，有礼而亲，威庄而安，孝慈而敬。使民有父之尊，有母之亲。如此而后可以为民父母矣。非至德其孰能如此乎？今父之亲子也，亲贤而下无能；母之亲子也，贤则亲之，无能则怜之。母，亲而不尊；父，尊而不亲。水之于民也，亲而不尊；火，尊而不亲。土之于民也，亲而不尊；天，尊而不亲。命之于民也，亲而不尊；鬼，尊而不亲。

《表记》用"以强教之"解释"凯"（恺），用"以说安之"来解释"弟"（悌）[①]，这是"民之父母"的思想进一步细化的例证。《吕氏春秋·不屈》记载惠子对白圭之言采取了类似的引用模式：

> 《诗》曰："恺悌君子，民之父母。"恺者，大；悌者，长也。君子之德，长且大者，则为民父母。

---

① "凯，乐也。言君子初以仁政化下，使人乐仰，自强不息，是'凯以强教之'。弟，谓逊弟。言以逊弟之道下化于民，民皆说豫而康安，是'弟以说安之'也。"（《礼记正义》卷五十四）

但是,《表记》接着指出了在血缘的意义上,"母,亲而不尊;父,尊而不亲",而在政治的意义上,君子却能够"使民有父之尊,有母之亲",这是"为民父母"的先决条件。这一点《荀子·礼论》也有涉及:

> 《诗》曰:"恺悌君子,民之父母。"彼君子者,固有为民父母之说焉。父能生之,不能养之;母能食之,不能教诲之;君者,已能食之矣,又善教诲之者也。

但根据《表记》的论说,"为民父母"的"君子"实际上是把水火、天地(土)、命鬼之间不同乃至相反的属性和功能集于一身,这的确是非同小可的,它直接点明了能够把感情(亲)和秩序(尊)融为一体,方可称得上"民之父母"。① 而《荀子·礼论》所言"已能食之矣,又善教诲之"则更像是一种递进的关系,而不是对立的关系。

以上文献,皆可以说明"为民父母"的具体德行,在《韩诗外传》卷六中引《诗》曰:"恺悌君子,民之父母。"进而提出了和子夏相同的问题:"君子为民父母何如?"随后的回答颇有以儒为主,兼融墨、道、法诸家思想为一炉的意味:

> "君子"者,貌恭而行肆,身俭而施博,故不肖者不能逮也。
> 殖尽于己,而区略于人,故可尽身而事也。
> 笃爱而不夺,厚施而不伐。
> 见人有善,欣然乐之;见人不善,惕然掩之,有其过而兼包之。
> 授衣以最,授食以多。
> 法下易由,事寡易为。是以中立而为人父母也。

---

① 《表记》还论及夏商周三代在"亲"与"尊"之间的偏颇。参见梁涛:《〈缁衣〉、〈表记〉、〈坊记〉思想试探——兼论"子曰"与儒学的内在诠释问题》,载于杜维明主编:《思想·文献·历史——思孟学派新探》,第79—108页。

> 筑城而居之，别田而养之，立学以教之，使人知亲尊，亲尊故为父服斩缞三年，为君亦服斩缞三年，为民父母之谓也。①

此段文字所论述的"为民父母"的标准涵盖很多方面，无论是先秦人的创作，还是秦汉人的发明，都说明"民之父母"的议题为古代的思想家们所广泛注意而有丰富的内涵。

七、劝勉、批判与革命

以上所讨论的都是"君子为民父母何如"，然而，为何君子要"为民父母"？这个问题的答案在《荀子》当中：

> 天地者，生之始也；礼义者，治之始也；君子者，礼义之始也；为之，贯之，积重之，致好之者，君子之始也。故天地生君子，君子理天地；君子者，天地之参也，万物之摠也，民之父母也。……君臣、父子、兄弟、夫妇，始则终，终则始，与天地同理，与万世同久，夫是之谓大本。(《王制》)

君子为天地所生而能"理天地""参天地""摠万物"，是礼义的创始者，而"君臣、父子、兄弟、夫妇"在"理"的层面和天地相同，在时间的层面历万世不改，"夫是之谓大本"。② 我们立刻会想到《中庸》把"中"（喜怒哀乐之未发）作为"大本"，这涉及思孟学派和荀

---

① 为阅读的方便，分段引用。
② 《庄子·人间世》记载"仲尼"之言："天下有大戒二：其一，命也；其一，义也。子之爱亲，命也，不可解于心；臣之事君，义也。无适而非君也，无所逃于天地之间。是之谓大戒。是以夫事其亲者，不择地而安之，孝之至也；夫事其君者，不择事而安之，忠之盛也；自事其心者，哀乐不易施乎前。知其不可奈何而安之若命，德之至也。为人臣子者，固有所不得已。行事之情而忘其身，何暇至于悦生而恶死！夫子其行可矣！"

子之学的区别。但是，就"民之父母"的角度，则可见二者的一致性。

以上所论，多是着眼于"民之父母"的义务和责任而言，似乎是一种单方面的要求，其实不然：

> 故君民者，子以爱之，则民亲之；长民者章志、贞教、尊仁，以子爱百姓；民致行己以说其上矣。（《缁衣》）
>
> 《诗》曰："恺悌君子，民之父母。"言圣王之德也。《易》曰："鸣鹤在阴，其子和之。"言士民之报也。《书》曰："大道亶亶，其去身不远，人皆有之，舜独以之。"夫射而不中者，不求之鹄，而反修之于己。君国子民者，反求之己，而君道备矣。（《白虎通义·君道》）

从这两段典型的文字可以看出，民众对于"父母"的回报，便是主动的、自愿的"亲"和"和"，而不是勉强的，或者被迫的归顺和依附。这是儒家从正面劝勉统治者的理路。

然而，儒家的理论是建立在君子"反求之（诸）己"的自觉意识上。脑满肠肥的统治阶级往往把"作民父母"的义务抛之脑后，而只记得作威作福，置民众的饥寒交迫于不顾，遑论"礼乐之原"。对此，孟子借用"民之父母"的理论予以严厉批判，痛斥当政者"以政杀人""率兽食人""使老稚转乎沟壑"的恶行：

> 梁惠王曰："寡人愿安承教。"孟子对曰："杀人以梃与刃，有以异乎？"曰："无以异也。""以刃与政，有以异乎？"曰："无以异也。"曰："庖有肥肉，厩有肥马，民有饥色，野有饿莩，此率兽而食人也。兽相食，且人恶之；为民父母，行政，不免于率兽而食人，恶在其为民父母也？仲尼曰：'始作俑者，其无后乎！'为其象人而用之也。如之何其使斯民饥而死也？"（《孟

子·梁惠王上》)

> 滕文公问为国。孟子曰:"民事不可缓也。《诗》云:'昼尔于茅,宵尔索绹;亟其乘屋,其始播百谷。'民之为道也,有恒产者有恒心,无恒产者无恒心。苟无恒心,放辟邪侈,无不为已。及陷乎罪。然后从而刑之,是罔民也。焉有仁人在位罔民而可为也?是故贤君必恭俭礼下,取于民有制。……为民父母,使民盼盼然,将终岁勤动,不得以养其父母,又称贷而益之,使老稚转乎沟壑,恶在其为民父母也?"(《孟子·滕文公上》)

或曰孟子的思想无非是知识分子的一厢情愿,统治者照样可以充耳不闻,还反过来嘲笑孟子迂阔。孟子和其他思想家对此当然了然于胸,他们之所以依旧理直气壮而喋喋不休者,乃是因为历史兴亡的教训,特别是用汤武和桀纣这两个极端的典型来论证自己的观点。在《荀子》当中,荀子把这种论说方式和"民之父母"的思想结合起来,并说明了汤武革命的正当性,严词反驳把汤武当做弑君者的说法:

> 天下归之之谓王,天下去之之谓亡。故桀纣无天下,汤武不弑君,由此效之也。汤武者,民之父母也;桀纣者,民之怨贼也。今世俗之为说者,以桀纣为君,而以汤武为弑,然则是诛民之父母,而师民之怨贼也,不祥莫大焉。(《荀子·正论》)

《荀子·正论》的这种说法,差不多是儒家的"杀手锏"。当天下的最高统治者堕落为"民之怨贼",统治阶级内部其他符合"民之父母"标准的领袖可以取而代之,甚至不惜诉诸武力,因为他们有天命的眷顾和民众的支持。在这个问题上假如还认为是汤武"弑君",那将是最大的不幸。可见"民之父母"的思想也是儒家"革命"理论的组成部分，孟子和荀子在这一点上是完全一致的。①当然，儒家并不主张民众完全自主的"阶级革命"，所谓"水能覆舟"，那是说天下已经混乱到不可收拾的地步，和备受称颂的"汤武革命"不可同日而语。

八、"民之父母"的落实之处

"民之父母"是否可以落实，端赖执政者的高度自觉，而"汤武革命"又被后世儒家描绘成不可复制的历史绝响。那么，从正面而言，儒者对"民之父母"难以企及，皓首穷经也不知所归；从负面而言，对"民之怨贼"束手无策，冒死劝谏也无济于事。在这种情形下，的确需要一种信念做支撑，这种信念对于真正的儒家学者来说根本不是问题。事实上，任何理论均有失效之时，倘若没有信念的支撑，该理论必定沦于沉寂。

儒家主流的信念在于人性本善，德行可推。在这一点上，孟子的贡献尤其突出。如清儒孙奇逢所言，孟子引《公刘》"乃积乃仓"一句并非要证明公刘有好货之事，引《绵》"爰及姜子女"一句亦非要证明太王有好色之事，而是"借《诗》《书》经传为引王之资"，"推好货好色之心于此，真天地父母之仁，所谓王道本乎人情者，此也"。②用孟子本人的话说，就是要把四端之心"扩而充之"，"苟能充之，足以保四海，苟不充之不足以事父母"（《孟子·公孙丑上》），而不能扩充的障碍就在于自身。如前文所论，我们可以说古代中国的外在制约制度或许不如现代西方的制度那么成熟有效，但是却不能说没有制度。儒家正是看到了所谓"制度"的有限性，才极力论证道德修养的根本性

---

① 齐宣王问曰："汤放桀，武王伐纣，有诸？"孟子对曰："于传有之。"曰："臣弑其君，可乎？"曰："贼仁者谓之'贼'，贼义者谓之'残'。残贼之人，谓之'一夫'。闻诛一夫纣矣，未闻弑君也。"（《孟子·梁惠王下》）

② 孙奇逢：《四书近指》卷十四。亦可参见本书附录二。

和必要性，二者之间本来不是对立的关系。在我们看来是"乌托邦"的构想，在儒家看来是应该而且能够实现的蓝图，非如此，就不算是儒家。儒家对于现实政治的丑恶和复杂亦有充分认识，所以，"民之父母"的思想当中已包含劝勉、批判乃至革命的立场。而我们对于儒家的了解，要尽可能少些"前识"才是。

关于东西文化在社会理想方面的互补，李存山论曰：

> 儒家有"天下为公"（《礼记·礼运》），"四海之内皆兄弟也"（《论语·颜渊》），"民吾同胞，物吾与也"（《正蒙·乾称》）的思想，这就是对人类的所有的人的关爱，这与《世界人权宣言》以及1966年通过的《联合国人权公约》等文件一致申说的"人类一家"思想是相一致的。……《世界人权宣言》中不仅写入了"人类一家"的思想，并且规定"家庭为社会之当然基本团体单位，并应受社会及国家之保护"，这应是东西方文化交融互补的一种体现。①

此种交融互补不是难事，而经常被提及的挑战在于，儒家所苦心设计的"民之父母"的理论是否和"社会契约论"一样，具有"现代性"。但是，即使在古代，也有不同的理论取向：

> 惠者多赦者也，先易而后难，久而不胜其祸；法者先难而后易，久而不胜其福。故惠者，民之仇雠也；法者，民之父母也。太上，以制制度；其次，失而能追之，虽有过，亦不甚矣。（《管子·法法》）

按照《管子·法法》的思想，"法"才是"民之父母"，而动辄赦

---

① 李存山：《儒家的民本与人权》，《孔子研究》2001年第6期。

免犯法的人,只是一种小恩小惠,是"民之仇雠"。在"法"的层面,即使是有过错,也可以有办法弥补,不至于酿成大患。[①] 这种说法,和现代的法治精神颇为吻合,但是,这并不意味着从这个角度可以抹杀儒家把"民之父母"寄托于"君子"修身之上的思想,因为"法"的制定、执行都离不开一个个具体的"人",而儒家对于人和人之间的德行是可以互通的深信不疑,并对于君子能够"推己于人"有高度期待。由此看来,所谓"隔阂"和"对立"其实是学界人为制造的问题。

[①] 参见郭梨华:《从"民之父母"论先秦儒家与〈管子〉的为政观》,载于氏著《出土文献与先秦儒道哲学》,第303—317页。

第八章 "如切如磋，如琢如磨"
——孔子如何成为哲学家

如果孔子不是哲学家，那么中国哲学的成立将大打折扣。

如果孔子是哲学家，那么他的哲思和被现代学科分类归入"文学"的《诗经》有什么关系呢？他的教学方式是灌输式的，还是启发式的？弟子和他的关系是依附式的，还是平等式的？

本章的重点不是讨论孔子有什么思想，而是讨论孔子的思想是怎么来的，以及这些思想是不是"哲学"的问题。笔者选取了《论语》和《孔子闲居》中的"思""闲居""不器""从吾所好""敏求""忧惧""如切如磋，如琢如磨""游于艺""答""问""学""习""博约""择善""本原"等语词，试图分析哲学思想诞生所需要的条件、途径、态度等问题。实际上是要探究孔子如何成为哲学家，以及孔子成为哲学家的意义所在等问题。

子贡曰："夫子之文章，可得而闻也；夫子之言性与天道，不可得而闻也。"子路有闻，未之能行。唯恐有闻。(《论语·公冶长》)

子曰："回也，其心三月不违仁，其余则日月至焉而已矣。"(《论语·雍也》)

《论语》中记载了很多的生活场景，显然，这些场景是不应该删去的。在那些场景中，孔子的学生在不断地发问，何以很少听到孔子讨论"性"与"天道"这样纯粹的哲学问题，还有人"唯恐有闻"？被认为德行仅次于孔子的颜回，居然只有三个月可以做到"不违仁"？

也许我们可以假设孔子是把生活方式变成了哲学，而后才把哲学变成了生活方式。我们甚至可以说，哲学家的任务就是把生活方式变成哲学，而把哲学变成生活方式则是活动家的本事。很多人嘲笑不会行动的哲学家，而忘记了他们善于思考的优点。孔子说："不在其位，不谋其政"，曾子说："君子思不出其位。"（《论语·宪问》）哲学家的"位"，就在于思，而不在于"谋"，即使是有所以"谋"的话，也是"谋道不谋食"，"道不同，不相为谋"。当然，不能否认哲学家也有可能同时又是活动家。但是，我们更感兴趣的是哲学如何从生活中被"思""出来"。因为《论语》等"语录体"经典的存在，使我们的这种"谋划"不至于落空。

一、"思"

孔子说："《诗》三百，一言以蔽之，曰：'思无邪。'"（《论语·为政》），"思无邪"出自《诗经·鲁颂·駉》，指驾车时应有的态度，孔子却以"思"来概括《诗经》（那种认为这个"思"是发语词的看法是不可取的，因为《诗经·鲁颂·駉》中的原话是"思无邪思"，后面那个作为语气词的"思"，孔子已经省略掉了）。我们可以说诗歌有赋、比、兴的手法，但"诗言志"，诗歌终究是表达思考的另外一种方式，"无邪"则是思考的目标，或者思考的尺度。

孔子和他的弟子在谈到"思"的时候，多采用"见什么思什么"的句式：

子曰:"见贤思齐焉;见不贤而内自省也。"(《论语·里仁》)

孔子曰:"君子有九思:视思明,听思聪,色思温,貌思恭,言思忠,事思敬,疑思问,忿思难,见得思义。"(《论语·季氏》)

见利思义,见危授命,久要不忘平生之言,亦可以为成人矣!(《论语·宪问》)

子张曰:"士见危致命,见得思义,祭思敬,丧思哀,其可已矣。"(《论语·子张》)

一般的人大概都是"司空见惯","见而不思",而孔子与其弟子都认为对于所见所闻要进行思考,而且要思考根本性的问题,如"明"对于"视","聪"对于"听",等等,换言之,没有"明",就无所谓"视",没有"聪",就无所谓"听",依此类推。

孔子和他的弟子都强调"近思"或"思近":

"唐棣之华,偏其反而;岂不尔思?室是远而。"子曰:"未之思也,夫何远之有?"(《论语·子罕》)

子夏曰:"博学而笃志,切问而近思,仁在其中矣。"(《论语·子张》)

又是一个季节转换的时间,唐棣树的花到处翻飞,最后都飘落到大地,怎么会不想你呢?只是居住地离你远呀。孔子说,没有去"思"他(她),怎么会有"远"的感觉呢(孔子的语义是连贯的,不能解释为孔子指责那个人"未之思",然后又质问"何远之有",因为人家明明是"思"了的)?我们可以说,想到某一个人或物离自己很远,实际上希望那个人或物离自己很近,进一步说,"思"那个人或物的时候,就已经是去接近那个人或物了。另外一个方面是,落叶或者落花都要"归根",没有归根的,便引起伤感,而看上去,花总是离根最遥远。孔子说:"仁远乎哉?我欲仁,斯仁至矣。"(《论语·述而》)《中庸》中则进一步说:"道不远人"。

可见,"思"是一个意义重大,且饶有趣味的事情,哲学可以说是思的极致,那么"思"又如何发生呢?

二、"闲居""不器""从吾所好"

《上海博物馆藏战国楚竹书(二)》中有一篇和《礼记·孔子闲居》大致相同,整理者把它命名为《民之父母》,理由是竹简中并没有"孔子闲居"的字样,然而,也有学者(如李学勤)把竹简本的文字也叫作《孔子闲居》。原始儒家的很多重要思想,都是在孔子闲居,弟子侍坐的境地下,通过答问和辩难的方式提出的。"闲居"形象而准确地说明了孔子的生活如何哲学化的背景。闲暇是哲学发生的必要条件之一,有闲暇才有思考,在孔子那里也不例外。

孔子说:"行有余力,则以学文",更进一步是"君子食无求饱,居无求安,敏于事而慎于言,就有道而正焉,可谓好学也已"(《论语·学而》)。君子不是不愿意吃饱,而是不吃饱也可以接受,不会把"饱"作为吃的追求,对于居住也是一样。闲暇不是饱食终日,无所事事,而是把心思从吃饱吃不饱的忙碌中解放出来,闲暇实际上是一种自主和自由,首先是摆脱(free from)吃住的纠缠。①孔子说:"学而不思则罔,思而不学则殆。"(《论语·为政》)学的基础也就是思的基础,思考最起码的基础同样是"有余力"。

孔子在"有余力"这个问题上是很积极的,甚至积极得有些着急,他说:"饱食终日,无所用心,难矣哉!不有博弈者乎?为之犹贤乎

---

① 对于"忙"和"闲"的专门讨论,参见贡华南:《汉语思想中的忙与闲》,生活·读书·新知三联书店 2015 年版。

已！"(《论语·阳货》)在日常生活中，除了吃饭以外，不费心思，不动脑筋是很困难的，实在没有事做，去博弈，也还算是不错呀！因为博弈，毕竟也需要思考。

《论语·述而》记载："子之燕居，申申如也，夭夭如也。"哲学家的气象，在工作的时候大概和其他人在工作的时候没有什么区别，但是在闲暇的时候能够从容不迫，悠然自得，显然是精神有所寄托，所谓心安理得的样子。

中国古代哲学到处强调"静"或者"定"的意义，是"闲居"的另外一种表达，实际上就是要为思考开拓足够的空间，为思想培养深厚的根基。朱熹说："读书闲暇，且静坐，教他心平气定，见得道理渐次分晓。"(《朱子语类卷十一·读书法下》)

"闲"还是一种思想上的沉默，心也要"闲"，废寝忘食的思考不一定会有结果。孔子自己就说："吾尝终日不食，终夜不寝，以思；无益，不如学也。"(《论语·卫灵公》)朱熹说："大凡读书，且要读，不可只管思。口中读，则心中闲，而义理自出。某之始学，亦如是尔，更无别法。"(《朱子语类卷十一·读书法下》)这是对孔子"思而不学则殆"的很好说明。

这种闲也是哲学对话的必要前提，孔子如果没有"闲居"的时候，他的学生便没有发问的机会。《礼记·仲尼燕居》："仲尼燕居。子张、子贡、言游侍，纵言至于礼。"子张等人的"纵言"，正是以孔子的闲居为背景。在这个过程中，子贡每每"越席而对"，孔子的思想也被激发出来。在哲学的对谈中，谈话者是互为助产婆的。思想的诞生也是在努力和放松之间找到一个通道。

"慎于言"也是保持闲暇的一种方式。因为忙着表白，忙着宣传，忙着辩解，忙着争论，就有可能失去思考的空间。

孔子强调"君子不器"。①他斥责要跟他学种庄稼和种蔬菜的樊迟是小人,倒不见得孔子不会种庄稼和蔬菜(要不然樊迟不会提出那样的要求),而是说他自己不如老农和老圃,孔子考虑的是"上面的人"应该做什么事情。"南宫适问于孔子曰:'羿善射,奡荡舟,俱不得其死然。禹稷躬稼而有天下。'夫子不答。南宫适出,子曰:'君子哉若人!尚德哉若人!'"(《论语·宪问》)禹和稷虽然也亲自兴修水利,耕种谷物,但是更主要的是他们都有爱民之德,而只依靠某一种技术或者气力的人"俱不得其死然"。注疏者认为"夫子不答",是因为南宫适把孔子暗喻成禹和稷,由此也证明孔子的确会种庄稼。

柏拉图说:"哲学家在无论神还是人的事情上总是追求完整和完全的,没有什么比器量窄小和哲学家的这种心灵品质更其相反的了。"②

但是,孔子却认为君子要器重别人:"工欲善其事,必先利其器。居是邦也,事其大夫之贤者,友其士之仁者。"(《论语·卫灵公》)"君子易事而难说也:说之不以道,不说也;及其使人也,器之。"(《论语·子路》)他评价子贡为瑚琏之器,具有华美而贵重的素质(《论语·为政》),而认为管仲的器量比较小(《论语·八佾》)。"不器"者虽然要突破各种"器"的限制,思考根本性的问题,但是却没有理由轻视各种"器"的作用。③

当然,器重别人,并不是贬低自己,或者说,为了获得器重而贬低自己,也是不可取的,甚至是可耻的。孔子对子贡说"沽之哉!沽

---

① 阎步克先生在《士大夫政治演生史稿》一书中似乎对这一思想情有独钟,作了多处阐发。他还不止一处引用了马克斯·韦伯的话:"'君子不器'这个根本的理念,意指人的自身就是目的,而不只是作为某一特殊有用之目的的手段"(阎步克:《士大夫政治演生史稿》,北京大学出版社1996年版,第109、110、188、189、506页等处)。

② 柏拉图:《理想国》,郭斌和、张竹明译,第231页。

③ 如陈少明所论:"后世论人多用器字,如器宇、器局、器量、器度、器能、器识、器重等等,与孔子的强调不无关系。"(陈少明:《说器》,《哲学研究》2005年第7期)

之哉！我待贾者也！"(《论语·子罕》)这个回答是针对子贡所说的有一块美玉，是藏起来，还是"求善贾而沽诸"？在这样一个选择中，孔子倾向于后者，甚至是比较强烈地要"卖出去"，而不是要藏起来。子贡说的是"求"，孔子说的却是"待"，愿者上钩的意思，也是一种"闲"的状态，如果去"求"，那就很被动，会失去思考者的独立。《论语》好几处记载他的学生没有及时劝谏上司的事情，所谓"吃人家的手软"，孔子强调在这个问题上要有羞耻感：

  宪问"耻"。子曰："邦有道，谷；邦无道，谷，耻也。"(《宪问》)

而且，也不是一味地反对"藏"，反倒是不太赞成一味的"直"：

  子曰："直哉史鱼！邦有道，如矢；邦无道，如矢。君子哉蘧伯玉！邦有道，则仕；邦无道，则可卷而怀之。"(《卫灵公》)
  子谓颜渊曰："用之则行，舍之则藏，惟我与尔有是夫。"(《述而》)

如果说"行"或"沽"，体现孔子的现实关怀，那么，"藏"则体现了孔子作为思想家的独立意识。《述而》中又记载：

  子曰："富而可求也，虽执鞭之士，吾亦为之。如不可求，从吾所好。"

虽然我们不能断定孔子在这里"特以明其决不可求"（见朱熹《论语集注》），但孔子强调"从吾所好"是显而易见的。

三、"敏求""忧惧"

孔子说:"君子欲讷于言,而敏于行。"(《论语·里仁》)孔子的话可以解释成自己要少说话,多做事;也可以解释成对于别人的言论,可以迟钝一些(慎重往往表现为迟钝),而对别人的行动却要敏锐;不仅是对自己的要求,也是对别人的言行进行观察和判断的准则,"有的人说了也不做,有的人做了也不说","子路有闻,未之能行,唯恐有闻"。哲学家的任务就是要揭示言行"背后",或者言行"之上"的东西。

所以说,"敏求"是生活哲学化的另外一个方面,也就是好奇、敏感,然后探求。《说文》:"敏,疾也"。不仅要对自己所做的事,也要对自己所接触到的事(现在的事和过去的事)保持敏感,才能有"思想火花"的产生。哲学家都是敏感的(敏感到发疯),"夫子至于是邦也,必闻其政"(《论语·学而》)。把凡事都看成和自己无关的,那叫作麻木不仁,"仁"的第一条,应该是敏感。"医书言手足痿痹为不仁,此言最善名状。仁者以天地万物为一体,莫非己也。认得为己,何所不至?若不有诸己,自不与己相干。如手足不仁,气已不贯,皆不属己。"(《二程遗书》卷第二上)

《论语》中多处提到了"敏","敏"还常常被解释为勤勉的意思,如"敏而好学,不耻下问"(《论语·公冶长》),"我非生而知之者,好古,敏以求之者也"(《论语·述而》)。实际上,有"敏而好学"的,也有"敏而不学"的,勤勉和敏感是不可分割的,哲学家总是有想不完的事情。《论语》中两处提到"敏则有功",哲学家也是一样,迟钝和懒惰是思想的天敌。

"敏"的一个重要方面就是忧患意识,比"慎"更进了一步:

子曰:"人无远虑,必有近忧"……君子忧道不忧贫。(《论

语·卫灵公》）

　　子曰："德之不修，学之不讲，闻义不能徙，不善不能改，是吾忧也。"（《论语·述而》）

　　子曰："父母之年，不可不知也：一则以喜，一则以惧。"（《论语·里仁》）

　　子路曰："子行三军，则谁与？"子曰："暴虎冯河，死而不悔者，吾不与也。必也临事而惧，好谋而成者也。"（《论语·述而》）

忧惧是一种操心，或者说如注疏者所言，是"敬其事"，忧惧是为了不忧不惧：

　　子曰："知者不惑；仁者不忧；勇者不惧。"（《论语·子罕》）
　　司马牛问"君子"。子曰："君子不忧不惧。"曰："不忧不惧，斯谓之君子已乎？"子曰："内省不疚，夫何忧何惧？"（《论语·颜渊》）
　　子曰："君子道者三，我无能焉：仁者不忧；知者不惑；勇者不惧。"子贡曰："夫子自道也！"（《论语·宪问》）

孔子在很多地方说到"我无能"，也许并不仅仅是自谦，而可以看作一种自我反省的忧惧意识。

"敏求"以至于忧患，或者是因为出于忧患而敏求，无疑都是一种积极的探索，但是，要想获得一定的成果，还需要合适的态度和方法。《论语·学而》记载，子禽问于子贡曰："夫子至于是邦也，必闻其政，求之与？抑与之与？"子贡曰："夫子温、良、恭、俭、让以得之。夫子之求之也，其诸异乎人之求之与？"孔子到达一个诸侯国，一定要打听那里的政事，颇似一个好事之徒，引得子禽发问我们的老师是要探求什么呢，还是要掺和什么呢？子贡的回答应该是比较贴切的，孔子"得"的方法和别人不同，"温、良、恭、俭、让"。如果对所求的对象抱着冷漠、邪恶、倨傲、烦琐、蛮横的态度，那又能得到什么呢？

四、"好古"

孔子为什么"好古"？盖是因为古代的事情具有典型意义，有相对确定的记载，人们对于古代更可以有客观的态度。哲学家总是反思已经发生的事情，所谓夜晚才起飞的猫头鹰，历史在哲学家的视野里是不可或缺的。孔子所说的"成事不说，遂事不谏，既往不咎"（《论语·八佾》），是强调对于已经完成的事件不游说，不劝谏，对于已经过去的事情不谴责，不是不去关心这些事情，而是要承认既定的事实，不游说、不劝谏、不谴责，才能使自己有比较超脱的心态。

古代的游戏规则或者制度，也包含了"道"的意义，孔子说："射不主皮，为力不同科，古之道也。"（《论语·八佾》）投射游戏的意义并不仅仅在于射中兽皮（实际上，那个皮，已经是一种象征了），人的能力各有强弱，这种差别是游戏可以进行的前提。而且，按照马融的解释，在投射的过程中要保持一定的仪容，符合音乐的节拍，配以相应的舞蹈，那才是真正有趣的事情。（《论语正义》引）也有的解释认为只有天子才可以用兽皮，不同等级的人用不同的替代品，而"为力不同科"则是指征用苦力也按照不同的规程。不管怎么样，孔子都是鼓吹"古之道"的。

古人之言，特别是古代的名言，往往经历了时间空间转换的考验，被赋予了权威性。《论语·微子》记载周公对鲁公说过的话："君子不施其亲，不使大臣怨乎不以。故旧无大故，则不弃也。无求备于一人。"这大概是儒家宽厚思想的来源之一。"小人难事而易说也；说之虽不以道，说也；及其使人也，求备焉。"（《论语·子路》）

更重要的是，理想虽然指向未来，但是历史可以成就理想，或者说，历史可以成为理想的载体。时间的积累可以使被认为好的东西越来越好（比如尧舜、周公，在孔子的梦想中），而被认为坏的东西越来越坏（比如桀纣，子贡评论说："纣之不善，不如是之甚也。是以君子恶居下流，天下之恶皆归焉。"[《论语·子张》]）。被人们记住的极好或者极坏，就成了批判现实的标准。在孔子看来，即使是古代民众的不足之处，也是当时的人无法比拟的："古者民有三疾，今也或是之亡也。古之狂也肆，今之狂也荡；古之矜也廉，今之矜也忿戾；古之愚也直，今之愚也诈而已矣。"（《论语·阳货》）

五、"志于道，据于德，依于仁，游于艺"

孔子说："志于道，据于德，依于仁，游于艺。"（《论语·述而》）他的弟子在"从游于舞雩之下"之时也不忘提出问题，孔子的很多思想都是从"游艺"中出来的。"君子无所争。必也射乎！揖让而升，下而饮。其争也君子。"（《论语·八佾》）投射这种游戏为君子之争提供了途径，我们今天也可以祈愿以各种没有硝烟的游戏和比赛来取代流血的战争。

"游于艺"实际上也是需要自由和闲暇的，孔子的弟子牢转述说："子云：'吾不试，故艺。'"（《论语·子罕》）正是因为没有具体琐碎的事务缠身，孔子才得以熟悉各种游戏和技术。"艺"作为技能，是很重要的，"卞庄子之勇，冉求之艺，文之以礼乐；亦可以为成人矣！"（《论语·宪问》）至于从政，就更不用说了。

"子钓而不纲，弋不射宿"（《论语·述而》），孔子不使用灭绝性的工具钓鱼，不射杀宿巢的鸟儿，由此可见他的仁是推及动物的。

同时，孔子也强调"佚游"的快乐是一种损害性的快乐。（见《论语·季氏》）

"志于道，据于德，依于仁，游于艺"可以说是孔子价值观的体与用的集中表述，体现了孔子"即体而用，用中寓体"的思维方式。①

六、"答""问""学""习"

《论语》以及《礼记》中孔子的出场都免不了孔子答问或孔子问别人，特别是他的弟子。孔子首先期待甚至培育问题，所谓的"不愤不启，不悱不发"，就是说要在对方苦闷到要发怒，焦虑到要忧郁的时候才给予启发。孔子被评价为"诲人不倦"，一个重要的方面就是他乐意而且能够回答各种各样的问题，"循循然善诱人"。

同时孔子也不回避问题，哪怕是很粗陋的问题。他说："吾有知乎哉？无知也。有鄙夫问于我，空空如也；我叩其两端而竭焉。"（《论语·子罕》）越是知识浅薄的人，越容易提出唐突的问题（南方网的"岭南茶馆"里，曾有人主张大学的哲学系应该停办，因为大学的哲学系不能回答他和社会提出的问题）。孔子的态度是"以无知对无知"，但是，孔子却能"叩其两端而竭焉"，凡事皆有两端（或两极），或者可以归结为两端。孔子的"话语系统"中经常出现"而"，如"狂而不直，侗而不愿，悾悾而不信"等，当这个"而"字表示转折或者并列关系的时候，"而"的两头就是该事物的"两端"，孔子用"竭"的方法推出一个中庸的结论，正所谓"君子无所不用其极"，这是孔子的一个根本的方法。

"问"有关心、过问的意思，或者说之所以提问，是因为关心。"厩焚，子退朝，曰：'伤人乎？'不问马。"（《论语·乡党》）孔子"不问马"不是不关心马，而是更突出马厩是人的马厩。孔子"入大庙，每事问"（《论语·乡党》），他主张"疑思问"，而且要"不耻下

---

① 参见拙文：《"志于道，据于德，依于仁，游于艺"——孔子价值观的体与用》，载于邱高兴主编：《江浙文化》第三辑，上海三联书店 2017 年版。

问"，孔子也过问他的弟子有什么志向，对某事某人有什么看法。这些过程，都是哲学思想被激发出来的过程。可见，对哲学家来说答问和发问一样重要。

《论语·季氏》有一段很有意思的记载：

> 陈亢问于伯鱼曰："子亦有异闻乎？"对曰："未也。尝独立，鲤趋而过庭。曰：'学《诗》乎？'对曰：'未也。''不学《诗》，无以言！'鲤退而学《诗》。他日，又独立，鲤趋而过庭。曰：'学《礼》乎？'对曰：'未也。''不学《礼》，无以立！'鲤退而学《礼》。闻斯二者。"陈亢退而喜曰："问一得三：闻《诗》，闻《礼》，又闻君子远其子也。"

陈亢关心孔子有什么怪异的传闻，伯鱼告诉他孔子两次训诫自己的事情，都是强调"不学"的严重后果，陈亢回来后很高兴，说不仅知道了诗和礼的重要性，而且明白了君子实际上会疏远自己的儿子，显然，孔子不会主张"龙生龙，凤生凤"，而是认为"性相近，习相远也"，可见"习"的重要性，所以要"学而时习之"。

在学、习、问答的过程中，孔子特别重视经典的作用，特别是《诗经》：

> 子曰："兴于《诗》，立于《礼》，成于《乐》。"（《论语·泰伯》）
>
> 子曰："小子何莫学夫《诗》？《诗》，可以兴，可以观，可以群，可以怨；迩之事父，远之事君；多识于鸟兽草木之名。"（《论语·阳货》）

《诗经》因为其体裁的特殊，内容的丰富和传播的广泛，对于启发人的思维，培养人的兴趣，提高人的表达能力具有特殊的意义。

七、"无违""守死""不改其乐"

孔子认为对父母的孝顺就是"无违"，是尊敬的特殊表现。(《论语·为政》)进而维护血缘当中的秩序，即使父母不听从自己的劝谏，也要"无违"，"劳而无怨"(《论语·里仁》)。他还说："父在，观其志；父没，观其行；三年无改于父之道，可谓孝矣。"(《论语·学而》)

孔子的这些思想一度被指责为父权的理论基础，但是，孔子所说的"无违"，似乎是指"有道之父"。父亲也有犯错误的时候，但是，儿子并没有指责和纠正的权力，不是说父亲不应该被指责和纠正，而是说不应该由儿子来指责和纠正，"孝"和"敬"是不可分割的。"吾与回言终日，不违，如愚。退而省其私，亦足以发，回也不愚。"(《论语·为政》)颜回的做法在孔子看来是明智的，尽管他们不是父子。

另外一方面，"父之道"被保留三年是很困难的，很多不肖子孙一夜之间就把宗族的家产，更主要的是把父亲积累起来的为人之道、持家之道、理财之道等最大的遗产给抛弃了，在孔子的时代，"一代不如一代"的情况大概也是比较普遍的。"不改父之臣与父之政，是难能也。"(《论语·子张》)

至于孔子所说的"后生可畏"，那是针对"来者不如今"的观点而发的，因为针对的对象不同，所以孔子的答案也不一样。孔子一贯是"辩证施治"的大师，比如《论语·先进》所记载的他的话："求也退，故进之；由也兼人，故退之。"从下面的材料中我们更可以清楚地看到，"不违"是有针对性的：

定公问："一言而可以兴邦，有诸？"孔子对曰："言不可以若是其几也！人之言曰：'为君难，为臣不易。'如知为君之难也，不几乎一言而兴邦乎？"曰："一言而丧邦，有诸？"孔子对曰："言不可以若是其几也！人之言曰：'予无乐乎为君，唯其言而莫予违也。'如其善而莫之违也，不亦善乎？如不善而莫之违也，不几乎一言而丧邦乎？"（《论语·子路》）

对于"仁"，对于"善道"，不仅要无违，还要守死：

子曰："富与贵，是人之所欲也；不以其道得之，不处也。贫与贱，是人之所恶也；不以其道得之，不去也。君子去仁，恶乎成名。君子无终食之间违仁，造次必于是，颠沛必于是。"（《论语·里仁》）

笃信好学，守死善道。危邦不入，乱邦不居，天下有道则见，无道则隐。邦有道，贫且贱焉，耻也，邦无道，富且贵焉，耻也。（《论语·泰伯》）

哲学家都是要有立场的——有他所坚持和鼓吹的"善道"，这种主张对自己来说应该是"须臾不可离"的，而不是吃一顿饭之后就忘到九霄云外。如果拿自己的学说去交换富贵，或者因为颠沛和造次而放弃自己的立场，没有"念念不忘"的态度，那肯定是"成"不了哲学家的。

"守死"和"不违"在真正的哲学家那里是可以带来愉悦和尊严的，那正是哲学家和普通人的区别：

子曰："贤哉，回也！一箪食，一瓢饮，在陋巷，人不堪其忧，回也不改其乐。贤哉，回也！"（《论语·雍也》）

子曰："饭疏食饮水，曲肱而枕之，乐亦在其中矣。不义而富且贵，于我如浮云。"（《论语·述而》）

叶公问孔子于子路，子路不对。子曰："女奚不曰'其为人

也，发愤忘食，乐以忘忧，不知老之将至云尔。'"(《论语·述而》)

在孔子看来，"士志于道，而耻恶衣恶食者，未足与议也！"(《论语·里仁》)既然"志于道"，而仍然在乎吃穿，就难免成为假道学了。但是，做到了超越富贵的诱惑，忽略贫穷的折磨，对于"志于道"的人来说是应有之义，不值得自美：

子曰："衣敝缊袍，与衣狐貉者立，而不耻者，其由也与！'不忮不求，何用不臧？'"子路终身诵之。子曰："是道也，何足以臧！"(《论语·子罕》)

子路之所以"终身诵之"，除了他平素被孔子批评比较多以外，恐怕也是和孔子引《诗》来表扬他有关。

八、"博约""择善""本原"

孔子博学多能，却不是因为博学多能而出名，他自己说："多乎哉，不多也！"《论语·子罕》的记载颇为传神：

太宰问于子贡曰："夫子圣者与！何其多能也？"子贡曰："固天纵之将圣，又多能也。"子闻之曰："太宰知我乎？吾少也贱，故多能鄙事。君子多乎哉？不多也！"

孔子也反对狐疑不定的思考，有人说季文子"三思而后行"，孔子不以为然，他说："再，斯可矣。"(《论语·公冶长》)

孔子虽然主张勤奋学习，但是更强调"达""专"，他自己引用《诗经》的原话概括其主旨，极为精当：

> 子曰:"诵《诗》三百;授之以政,不达;使于四方,不能专对;虽多,亦奚以为?"(《论语·子路》)
>
> 子曰:"《诗》三百,一言以蔽之,曰:'思无邪'。"(《论语·为政》)

他认为博和约可以相互促进,也是他最成功的教育方法之一:

> 子曰:"博学于文,约之以礼,亦可以弗畔矣夫!"(《论语·颜渊》)
>
> 颜渊喟然叹曰:"仰之弥高,钻之弥坚,瞻之在前,忽焉在后!夫子循循然善诱人:博我以文,约我以礼。欲罢不能,既竭吾才,如有所立,卓尔;虽欲从之,末由也已。"(《论语·子罕》)

一般的人要么陷入支离破碎的博学,而不得要领,要么只知道"思无邪",而不知道《诗经》的真面目,耽于大而无当的标语中。由此更可见孔子"集大成"的可贵之处。

那么如何认识纷繁复杂的万事万物呢?孔子说:"视其所以,观其所由,察其所安。人焉廋哉?人焉廋哉?"(《论语·为政》)"视""观""察"是哲学的方法,而"其所以""其所由""其所安"则是哲学的对象,也就是说了解和考察事物,特别是人的言行的依据、言行的来路、言行的归宿,把这些根本的问题弄清楚了,他还有什么可以逃匿的呢?

但是,对于同样的事物,总是有各种不同的看法,怎么处理呢?孔子的答案是"择善而从":

> 子曰:"三人行,必有我师焉:择其善者而从之,其不善者而改之。"(《论语·述而》)

多闻，择其善者而从之；多见而识之；知之次也。(《论语·述而》)

可以说，任何选择本身就是一种哲学的行为，因为选择总要有依据，总要分析出其善恶、利弊。也就是说，总需要一个原则，一个根本。

孔子有一句著名的话："礼云礼云！玉帛云乎哉！乐云乐云！钟鼓云乎哉！"(《论语·阳货》)十分突出地强调礼乐并不等于玉帛、钟鼓等具体的器物。林放问礼之本，孔子非常赞赏，说："大哉问！"(《论语·八佾》)他的学生有子说："君子务本，本立而道生。孝弟也者，其为仁之本与！"(《论语·学而》)《礼记·孔子闲居》中记载孔子的话："夫民之父母乎，必达于礼乐之原。"虽然这里的本原都是指礼乐而言，但是，"本原"意识无疑是哲学的核心问题。

孔子对不同的弟子都谈到"一以贯之"：

子曰："参乎！吾道一以贯之。"曾子曰："唯。"子出。门人问曰："何谓也？"曾子曰："夫子之道，忠恕而已矣。"(《论语·里仁》)

子曰："赐也，女以予为多学而识之者与？"对曰："然，非与？"曰："非也！予一以贯之。"(《论语·卫灵公》)

"忠恕"通常被理解为针对于人际的道德原则，实际上，"忠恕"完全可以贯穿于人—物之间，"忠"是"忠"于实事，"恕"是推广"求是"。也可以说，孔子的"一以贯之"之道就是"实事求是"。

九、"述而不作"

孔子自己说"述而不作"，作为哲学家，怎么可能没有原创？很多人替孔子圆场，说述也是作的一种。

然而，我们可以假设，孔子要去作《诗》、作《书》、作《礼》、作《乐》、作《易》、作《春秋》，那么他就可能成为诗人、秘书、司仪、音乐家、卜筮者、历史学家，唯独不能成为"集大成"的哲学家；而且，那些事情已经有人做过了，经典业已形成了。孔子要做的就是把《诗》《书》《礼》《乐》《易》《春秋》（孔子"作《春秋》"也一定是有文献依据的）等经典中所蕴含的哲学意义揭示出来，描述出来，表述出来，阐述出来。一些学者认为中国轴心时代孔子所代表的是一种"转向"而不是一种突破，因为孔子乃至儒家的思想在孔子之前的宗教、伦理、社会思想以及经典中就已经准备得比较充分了。但是，我们也可以说，在这样的背景下，实际上更需要阐述，而不是创作，因为思想的资源就是在阐述和解释当中被发扬光大的。文化，尤其是思想不仅需要积累，还需要突破。

而且孔子强调"盖有不知而作之者，我无是也"（《论语·述而》）。"作"的前提是要有知识的积累，而当知识的积累达到一定的程度，就会体会到"述而不作"的必要和可能了，哲学家虽然会创作文章，但是文章里写的都是他"揭示"了什么，或者"论证"了什么，也就是阐述了什么。你可以说"天理二字是自己体贴出来的"，却不能说"天理是自家造作出来的"。但是，"天何言哉！"哲学家的任务就是述而不作，即所谓的解释世界，"作"什么是老天或者上帝的事情，"做"什么则是行动家的事。

十、"如切如磋，如琢如磨"

以上所述，事实上只是思考的基础，毋庸赘言，"君子"都是需要思考的，但君子并不都是哲人。前文已经申述，《学而》篇中，孔子和他的学生的哲学对话是这样进行的：

> 子贡曰:"贫而无谄,富而无骄,何如?"
> 子曰:"可也;未若贫而乐,富而好礼者也。"
> 子贡曰:"《诗》云:'如切如磋,如琢如磨',其斯之谓与?"
> 子曰:"赐也,始可与言《诗》已矣!告诸往而知来者。"

贫富实际上是一个生活的问题,但"无谄"却使得贫穷有了尊严,而"无骄"使得富足有了风度。"贫穷了该怎么办?""富足了该怎么办?"只有哲学才能回答这些问题,或者说,对日常生活的拷问就是哲学的义务。孔子觉得子贡的想法还不错,但是不如贫穷而快乐,富足而好礼。"贫而乐"是一种纯粹的快乐,不附加条件的快乐。"富而好礼"是一种自觉的精神提升,一种"自尊而尊人"的精神。这样的答案只有哲学家才给得出。就像子贡所说的"如切如磋,如琢如磨"。

有一个著名的设问:"人的思想从哪里来,是从天上掉下来的吗?"典型的回答是思想是从社会实践或社会生活中来的,但是,一方面,社会生活往往会淹没思想,另一方面,有哲学家素质的人并不一定成为哲学家。即使是以顿悟出名的慧能也是自愿地投入弘忍的门下,《谈艺录·妙悟与参禅》引用的陆世仪(桴亭)《思辨录辑要》中的话:

> 人性中皆有悟,必工夫不断,悟头始出。如石中皆有火,必敲击不已,火光始现。然得火不难,得火之后,须承之以艾,继之以油,然后火可不灭。故悟亦必继之以躬行力学。

不仅如此,对于日常的生活和文化的经典,哲学家也要不断地琢磨、切磋,才能"出"得来哲学。

十一、孔子的意义

宋朝有个无名诗人，在客店的墙上题了两句诗："天不生仲尼，万古长如夜"，冯友兰说："这是以孔子为人类的代表。他应当说：'天若不生人，万古长如夜。'在一个没有人的世界中，如月球，虽然也有山河大地，但是没有人了解，没有人赏识，这就是'长如夜'。自从人类登上月球，它的山河大地方被了解，被赏识。万古的月球，好像开了一盏明灯，这就不是'长如夜'了。地球和其他星球的情况，也是如此。地球上的山河大地是自然的产物，历史文化则是人的创造。人在创造历史文化的时候，他就为天地'立心'了。"①

实际上，并不是每一个人都可以"为天地立心"，也不是每一类人中都能够产生哲学家。所以说，孔子的工作也是突破性的，只不过他突破的方式是选择了对日常生活的哲学阐述，以及对经典中所描述的日常生活的哲学阐述。在《论语》中，特别是在新近公布的战国时期的儒家文献中，孔子及其弟子对于《诗经》的哲学阐述占了很大的比重，这应该是他们把古典生活哲学化的最主要的方式。也就是说，日常生活经典化以后，哲学的发生和传承才有了载体。

牟宗三说："儒之所以为儒，必须有进一步之规定，绝不能至于礼乐人伦、仁义教化为已足。必须由外部通俗的观点进而至于内在本质的观点，方能见儒家生命智慧之方向。"②但问题往往在于"外部通俗的观点"和"内在本质的观点"在儒家内部有更激烈的冲突。牟宗三自己就说："六艺是孔子以前之经典，传经以教是一回事，孔子之独特生命又是一回事。以习六艺经传为儒，是从孔子绕出去，以古经典为标

---

① 冯友兰：《中国现代哲学史》，广东人民出版社1999年版，第246页。
② 牟宗三：《心体与性体》（上），上海古籍出版社1999年版，第11页。

准，不以孔子生命智慧之基本方向为标准，孔子亦只是一媒介而已。"①伊川先生却说："学莫大于致知，养心莫大于礼仪。古人所养处多，若声音以养其耳，舞蹈以养其血脉。今人都无，只有个义理之养。人又不知求。"(《二程遗书》卷第十七)从《民之父母》以及其他竹简文献来看，早期儒家并不是空洞地鼓吹道德修养，而是极端重视诗书礼乐，孔子的独特之处恰恰在于以一人之力把他以前的多种不同形式的经典和他自己的生命智慧，以及他所见闻的日常生活熔于一炉，追本溯源，一以贯之。

孔子的眼光和心胸是最开阔的，而后儒的门户之见偏狭得有些可笑。美国总统发表讲话，他的幕僚们在后面垂手站立，肃穆恭敬。国事访问都要奏国歌，鸣礼炮，检阅仪仗队，中东地区也不例外。如果说美国总统和中东国家元首都是儒家分子或者说是被儒家教化了的夷狄之君，那将是最大的国际玩笑之一。但是，如果我们也像孔子那样，从这些实例中讨论礼乐等级在各个文明之中的不可或缺，那又是一件饶有趣味的事情。同样，如果把"六经"看成是儒家垄断的传家宝，别人不得染指，儒家的圈子将越来越小，"六经"的生命力将越来越弱；而当黄皮肤、蓝眼珠、大胡子的人都来平等地讨论《诗经》《周易》等等时，那才是真正的全球化。

牟宗三先生去世之后，不止一位仁人志士为儒学在21世纪的前景担忧，甚至要建立儒家文化生态保护圈。但是，换一个角度，我们倒可以为儒家在21世纪的前景感到鼓舞，因为各种经典越来越受到平等地对待，越来越得到丰富的解释，而以"儒"为家的人将越来越少。"儒"本来就是知识人的统称，孔子从来没有说过自己是哪一家的。儒家的思想资源应该像孔子的时代那样在《诗》《书》《礼》《乐》等经典中得以阐发，体现于洒扫庭对，以及对于今日社会生活中的种种问题

---

① 牟宗三：《心体与性体》(上)，第11页。

做出令人信服的回应，方能得到重生，而"圈"起来，恐怕是"道阻且长"。

十二、《诗》的哲学化与哲学的诗化

"哲学"一词，是由日本近代哲学家西周发明的，源于他对希腊语 φιλοσοφα（philosophia）的翻译，意即爱（philo）智慧（sophia）之学。但这个翻译曾在中国学界引起激烈争论，而最终被广泛接受，则与王国维的大力辩证有关：

> 甚矣，名之不可以不正也！观去岁南皮尚书之陈学务折，及管学大臣张尚书之复奏折：一虞哲学之有流弊；一以"名学"易"哲学"。于是海内之士颇有以哲学为垢病者。夫哲学者，犹中国所谓"理学"云尔。艾儒略《西学发凡》有"费禄琐非亚"之语，而未译其义。哲学之语实自日本始。日本称自然科学曰"理学"，故不译"费禄琐非亚"为"理学"，而译曰哲学。我国人士骇于其名而不察其实，遂以哲学为垢病，则名之不正之过也。
>
> 今之欲废哲学者，实坐不知哲学为中国固有之学故。今姑舍诸子不论，独就六经与宋儒之说言之。夫六经与宋儒之说，非著于功令而当时所奉为正学者乎？周子"太极"之说，张子"正蒙"之论，邵子之《皇极经世》，皆深入哲学之问题。此岂独宋儒之说为然，六经亦有之。《易》之"太极"，《书》之"降衷"，《礼》之"中庸"，自说者言之，谓之非"虚"、非"寂"，得乎？①

---

① 王国维：《哲学辨惑》，原刊《教育世界》55号，1903年7月。亦收入张丰乾编：《哲学觉解》，中山大学出版社2009年版。

王国维没有具体提及《诗经》,反而是《诗经》之中直接出现了"哲"字:

维此哲人,谓我劬劳。维彼愚人,谓我宣骄。(《诗经·小雅·鸿雁》)

国虽靡止,或圣或否。民虽靡膴,或哲或谋,或肃或艾。(《诗经·小雅·小旻》)

其维哲人,告之话言,顺德之行。其维愚人,覆谓我僭。(《诗经·大雅·抑》)

下武维周,世有哲王。三后在天,王配于京。(《诗经·大雅·下武》)

"哲"和"愚"相对而言,都是形容词。而在其他的诗篇中,"哲"则成了反讽的对象:

人亦有言:靡哲不愚,庶人之愚,亦职维疾。哲人之愚,亦维斯戾。(《诗经·大雅·抑》)

哲夫成城,哲妇倾城。懿厥哲妇,为枭为鸱。妇有长舌,维厉之阶。乱匪降自天,生自妇人。匪教匪诲,时维妇寺。(《诗经·大雅·瞻卬》)

"哲"的本义也和"知"(智)有关。《说文·口部》:"哲,知也。"段玉裁《说文解字注》:"《释言》曰:'哲,智也。'《方言》曰:'哲、知也。'古'智'、'知'通用。从口。"《说文·矢部》:"知,词也。从口从矢。"段玉裁《说文解字注》:"识敏,故出于口者疾如矢也。"见识敏捷,而能迅速准确地如射箭般讲述出来就是"哲",相关的理论研究就是"哲学"。如此看来,"哲学"之"名"与"实"在《诗经》

等经典中就已露端倪。而孔子、墨子、孟子、庄子等思想家对于《诗经》的哲学化起到了奠基性的作用。另外一方面，因为《诗经》等早期经典的影响，中国哲人不仅引《诗》明理，其思想表达也颇具诗意，乃至有大量哲理诗，兹不赘述。

第九章　经典·圣贤·鸟兽草木鱼虫

"禽兽不如"是痛骂人的习语。但在经典之中，圣贤们往往自比于禽兽；至于草木鱼虫，更是君子人格常见的比喻意象和学习认知的对象。

一、神话传说中的圣贤与鸟兽草木鱼虫

《列子·黄帝篇》有一段独特的文字论及禽兽和人类之间的关系，有几个层面特别值得关注：

其一，人与兽的亲疏一般被外在的形状所左右。[1]

其二，远古圣贤，如庖牺氏、女娲氏、神农氏、夏后氏，均为"蛇身人面，牛首虎鼻"等"非人之状"，而有"大圣之德"。近世君王则是状貌同人，而有禽兽之心。[2]

---

[1] "状不必童而智童，智不必童而状童。圣人取童智而遗童状，众人近童状而疏童智。状与我童者，近而爱之；状与我异者，疏而畏之。有七尺之骸，手足之异，戴发含齿，倚而趣者，谓之人；而人未必无兽心。虽有兽心，以状而见亲矣。傅翼戴角，分牙布爪，仰飞伏走，谓之禽兽；而禽兽未必无人心。虽有人心，以状而见疏矣。……今东方介氏之国，其国人数数解六畜之语者，盖偏知之所得。太古神圣之人，备知万物情态，悉解异类音声。会而聚之，训而受之，同于人民。故先会鬼神魑魅，次达八方人民，末聚禽兽虫蛾。言血气之类心智不殊远也。 神圣知其如此，故其所教训者无所遗逸焉。"

[2] "庖牺氏、女娲氏、神农氏、夏后氏，蛇身人面，牛首虎鼻：此有非人之状，而有大圣之德。夏桀、殷纣、鲁桓、楚穆，状貌七窍，皆同于人，而有禽兽之心。而众人守一状以求至智，未可几也。"

其三，黄帝、尧帝等古代圣王能够"以力使禽兽"，或"以声致禽兽"。①

其四，禽兽之智力无需假借于人，且有自然和谐之秩序。②

其五，禽兽与人类的关系随着时间的推移，由同处并行，至于始惊骇散乱，最终隐伏逃窜，以避患害（或许列子的时代还看不到禽兽"无所逃于天地之间"而濒于灭绝的趋势）。③

其六，太古神圣之人把禽兽视同人民，其原因在于"血气之类心智不殊远"。

在《淮南子》中有多处类似记载。但总体而言，"太古之时"的圣贤在思想经典中的半人半兽的形象似乎比较少见。然而，如果结合"神话传说"，则非常普遍。比如伏羲和女娲就有多种动物的身形④，至于本为鸟兽草木之神的圣帝贤臣亦不在少数⑤。

而在商周时代的器物、占卜文辞之中，动植物同样非常频繁地出现。比如，树被作为神鸟的栖息之处，或登天工具，特别是桑具有神圣性质；而凤凰一类的神鸟则是帝和王之间沟通的信使。⑥至于动物，在殷商时代一方面牛、羊、豕等动物被驯化和家养，另一方面它们又作为"牺牲"用于祭祀，这种情形持续至今。而更加突出的是在各种器皿上的艺术化的动物纹样十分丰富。张光直指出，"从殷商美术上看，人与动物的关系是密切的；这种密切关系采取两种形式：一是人

---

① "黄帝与炎帝战于阪泉之野，帅熊、罴、狼、豹、貙、虎为前驱，雕、鹖、鹰、鸢为旗帜，此以力使禽兽者也。尧使夔典乐，击石拊石，百兽率舞；箫韶九成，凤皇来仪：此以声致禽兽者也。然则禽兽之心，奚为异人？形音与人异，而不知接之之道焉。圣人无所不知，无所不通，故引得而使之焉。"

② "禽兽之智有自然与人童者，其齐欲摄生，亦不假智于人也。牝牡相偶，母子相亲；避平依险，违寒就温；居则有群，行则有列；小者居内，壮者居外；饮则相携，食则鸣群。"

③ "太古之时，则与人同处，与人并行。帝王之时，始惊骇散乱矣。逮于末世，隐伏逃窜，以避患害。"

④ 参见闻一多：《伏羲考》，载于氏著《神话与诗》，第3—69页。

⑤ 杨宽：《中国上古史导论·序》，转引自张光直：《中国青铜时代》，第389页。

⑥ 参见张光直：《商代的巫与巫术》，载于氏著《中国青铜时代》，第266—270页。

与动物之间的转型,一是人与动物之间的亲昵伙伴关系"①。但需要注意的是《国语·晋语》所载鲧因为治水不力,被"化为黄熊",已经是种严厉的惩罚,即意味着禽兽开始被贬抑。

相比之下,在《易传》之中,上古圣王已经"外在于"鸟兽,而且把它们作为观察的对象和创作文化产品——八卦——的参照物:"古者包牺氏之王天下也,仰则观象于天,俯则观法于地,观鸟兽之文,与地之宜,近取诸身,远取诸物,于是始作八卦,以通神明之德,以类万物之情。"(《周易·系辞下》)而此后的圣王神农、黄帝、尧、舜等则依据六十四卦的部分卦象(依据这一记载,六十四卦的成形应在文王之前)发明诸多工具、设立集市、大利天下,"垂衣裳而天下治"②。

先秦诸子中,孔子慨叹:"鸟兽不可与同群,吾非斯人之徒与而谁与?天下有道,丘不与易也。"(《论语·微子》)孟子认为上古圣人对于禽兽采取非常激烈的手段以拓展人类的生存空间:"当尧之时,天下犹未平,洪水横流,泛滥于天下,草木畅茂,禽兽繁殖,五谷不登,禽兽逼人,兽蹄鸟迹之道交于中国。尧独忧之,举舜而敷治焉。舜使益掌火,益烈山泽而焚之,禽兽逃匿。"(《孟子·滕文公上》)在这个问题上,法家和儒家有接近之处,比如韩非子更多地从"去害"的角

---

① 参见张光直:《商代的巫与巫术》,载于氏著《中国青铜时代》,第272页。张光直先生另有《商周神话与美术中所见人与动物之关系演变》《商周青铜器上的动物纹样》《中国古代艺术与政治——续论商周青铜器上的动物纹样》等文讨论该问题,从中亦可见其他学者的相关研究,均载于前揭书。

② "包牺氏没,神农氏作。斫木为耜,揉木为耒,耒耨之利,以教天下,盖取诸《益》。日中为市,致天下之民,聚天下之货,交易而退,各得其所,盖取诸《噬嗑》。神农氏没,黄帝、尧、舜氏作。通其变,使民不倦,神而化之,使民宜之。《易》穷则变,变则通,通则久。是以'自天佑之,吉无不利'。黄帝、尧、舜垂衣裳而天下治,盖取诸《乾》《坤》。刳木为舟,剡木为楫,舟楫之利,以济不通;致远以利天下,盖取诸《涣》。服牛乘马,引重致远,以利天下,盖取诸《随》。重门击柝,以待暴客,盖取诸《豫》。断木为杵,掘地为臼,杵臼之利,万民以济,盖取诸《小过》。弦木为弧,剡木为矢,弧矢之利,以威天下,盖取诸《睽》。上古穴居而野处,后世圣人易之以宫室;上栋下宇,以待风雨,盖取诸《大壮》。古之葬者,厚衣之以薪,葬之中野,不封不树,丧期无数。后世圣人易之以棺椁,盖取诸《大过》。上古结绳而治,后世圣人易之以书契,百官以治,万民以察,盖取诸《夬》。"(《周易·系辞下》)

度理解:"上古之世,人民少而禽兽众,人民不胜禽兽虫蛇,有圣人作,构木为巢,以避群害,而民悦之,使王天下,号之曰有巢氏。民食果蓏蚌蛤,腥臊恶臭而伤害腹胃,民多疾病,有圣人作,钻燧取火以化腥臊,而民说之,使王天下,号之曰燧人氏。"(《韩非子·五蠹》)和孟子的记载相比,反而是韩非子笔下的"有巢氏"和"燧人氏"以"构木为巢"和"钻燧取火"这样文明的方式来避让禽兽虫蛇之害,化解腥臊恶臭之伤。

与此相反,狩猎、游牧,乃至早期农耕民族之中的鸟兽鱼虫及花草树木谷物的崇拜非常普遍①。只可惜我们对这些崇拜的了解只停留在"民俗"的层面。《礼记·郊特牲》记载:"飨农及邮表畷、禽兽,仁之至,义之尽也。古之君子,使之必报之。迎猫,为其食田鼠也;迎虎,为其食田豕也,迎而祭之也。祭坊与水庸,事也。曰'土反其宅',水归其壑,昆虫毋作,草木归其泽。"但学者认为,汉语经典之中记载的有关崇拜不仅和其他民族的崇拜有很大差异,而且和汉民族的口头资料也有很大距离,这是文化遗产散失的一个遗憾②。而这种散失,或许和早期经典,特别是儒家对于早期经典的解释中动植物的"人文化",进而严格区分"人禽之辨"有关系。

二、思想经典中的动植物世界

孔子教训他的门徒:"小子何莫学夫《诗》?《诗》,可以兴,可以观,可以群,可以怨;迩之事父,远之事君;多识于鸟兽草木之名。"(《论语·阳货》)"兴"在"《诗》之六义"之中一般理解为作诗的手法。而孔子认为"可以兴",乃是指明《诗》具有启发思想的功

---

① 参见乌丙安:《中国民间信仰》,上海人民出版社1995年版,第58—99页。另可见詹鄞鑫:《神灵与祭祀——中国传统宗教综论》,江苏古籍出版社1992年版,第82—119页。
② 乌丙安:《中国民间信仰》,第99页。

能。换言之,在"赋、比、兴"三者之中,"兴"不仅是作者处理诗歌内容的手法,也是诗歌作用于读者的途径,使读者了解作者思想的起源,而同时有所感发,故而具有更普遍的方法论意义。对于此点,汉唐经典注疏者有明确认识。

《毛诗正义》引郑玄之言:"兴者,托事于物则兴者起也。取譬引类,起发己心,诗文凡举草木鸟兽以见意者,皆兴辞也。"并进而发挥以为"比之与兴,虽同是附托外物,比显而兴隐。当先显后隐,故比居兴先也。《毛传》特言兴也,为其理隐故也"。他们共同认为《诗》之中的草木鸟兽均是"意"和"理"的寄托所在,而诗人和注疏者的贡献在于由草木鸟兽的习性和特征"兴起"对于义理的关注,或者某种意见的表达。

相比于"四可"和"二事","多识于鸟兽草木之名"看起来是一个知识性的问题,如朱熹所言"其绪余又足以资多识"[①]。这是对初学者而言,杨龟山发挥说:"古人多识鸟兽草木之名,岂徒识其名哉? 深探而力求之皆格物之道也。"[②]可见,在儒家的经典及其解释传统中,对于"深探力求"的"格物之道"是认可和推许的。但在《诗经》之中,以"比"或"兴"的方式,把"鸟兽草木鱼虫"和"君子"连接为"一体",至少在以下篇章中非常明确:

关关雎鸠……君子(《周南·关雎》)
南有樛木……乐只君子(《周南·樛木》)
喓喓草虫,趯趯阜螽;采蕨,采薇……未见君子(《召南·草虫》《小雅·出车》)

---

① 朱熹:《论语集注》。对于鸟兽草木鱼虫的考究是《诗》学的重要分支。新近的著作亦不在少数,如高明乾、佟玉华、刘坤:《诗经动物释诂》,中华书局2005年版;邱静子:《诗经虫鱼意象研究》,台北文史哲出版社2007年版。

② 《龟山集》卷二十一《答曾元忠其三》。

雄雉于飞……展矣君子(《邶风·雄雉》)

芃芃其麦……大夫君子(《鄘风·载驰》)

绿竹……有匪君子(《卫风·淇奥》)

鸡鸣喈喈……既见君子(《郑风·风雨》)

有马白颠，未见君子……漆、栗、桑、杨……既见君子(《秦风·车邻》)

北林、苞栎、六驳、苞棣、树檖……未见君子(《秦风·晨风》)

鸤鸠……淑人君子(《曹风·鸤鸠》)

呦呦鹿鸣……君子(《小雅·鹿鸣》)

四牡……君子、小人(《小雅·采薇》)

嘉鱼、樛木、鵻……君子(《小雅·南有嘉鱼》)

莱、桑、杨、杞、李……乐只君子(《小雅·南山有台》)

蓼彼萧斯……既见君子(《小雅·蓼萧》)

湛露在杞棘……君子令德；桐椅…令仪(《小雅·湛露》)

莪……既见君子(《小雅·菁菁者莪》)

桑扈、莺……君子乐胥、受天之祜、万邦之屏(《小雅·桑扈》)

鸳鸯、乘马……君子万年(《小雅·鸳鸯》)

茑、萝、松、柏……未见君子、既见君子(《小雅·頍弁》)

青蝇……岂弟君子，无信谗言(《小雅·青蝇》)

柞之枝叶……乐只君子(《小雅·采菽》)

毋教猱升木……君子有徽猷，小人与属(《小雅·角弓》)

隰桑……既见君子(《小雅·隰桑》)

瓠叶、兔首……君子有酒(《小雅·瓠叶》)

榛、楛、鸢、鱼、柞、棫、葛、藟……岂弟君子(《大雅·旱麓》)①

---

① 用以比兴的尚有"王瓒"，而涉及的领域包括"干禄""福禄""享祀""神所劳""求福"等。

凤凰、梧桐……君子（《大雅·卷阿》）

而在后世儒家的"格物"语境中，"多识于鸟兽草木之名"更是和"事父""事君"以及"修齐治平"相贯通的。这种思路，甚至融入了《淮南子》中："《关雎》兴于鸟，而君子美之，为其雌雄之不乖居也；《鹿鸣》兴于兽，君子大之，取其见食而相呼也。"（《淮南子·泰族》）

但是，对于上述罗列的文献，至少有两点值得特别注意：

其一，《诗经》中的"君子"固然多指社会地位而言，但其中已经包含了侧重德行的成分。而"君子"的出现，多由鸟兽草木鱼虫而比兴。由此或可以理解孔子之教，为何以"《诗》教"为先，而"多识于鸟兽草木之名"只是必备的基础，并非最终的目的。

其二，《诗经》中鸟兽草木鱼虫的比兴，以"未见君子"和"既见君子"最为突出，反复出现。其中的"君子"多指思念或向往的对象，侧重于抒情。而简帛《五行》所引"未见君子，忧心惙惙。亦既见之，亦既觏之，我心则悦"见于传世本《召南·草虫》及《小雅·出车》。而《五行》篇的用意在于引出"见贤人则玉色""闻君子道则玉音"的修养途径，即孔子所谓"见贤思齐"。《五行》篇的特别之处在于从反面指出"未见君子，忧心不能惙惙；既见君子，心不能悦"。虽然根据下文的解释，"见君子""见贤人"有劝诫统治者重视贤能人士之义。但其更普遍的意义在于强调德行的修养没有外在的模范或同道而不觉得担忧[①]，即使面对榜样或同道也无动于衷，不一定是"麻木不仁"，而有可能是"思"出了问题，包括"思不清""思不察""思不轻"等等。《五行》篇的另一个特别之处在于认为"思"出现问题是因为"不仁""不知""不圣"[②]。

[①] 孔子有云："德之不修，学之不讲，闻义不能徙，不善不能改，是吾忧也。"（《论语·述而》）

[②] "不仁，思不能清；不知，思不能长。""不圣，思不能轻。"

相应地,《诗经》之中的鸟兽草木鱼虫,与"君子"结合,对于儒家而言,其意义或可总结为:

其一,转"神话的动植物"为"人文的动植物"。《商颂·玄鸟》记载:"天命玄鸟,降而生商。"《大雅·生民》则记载周的先祖后稷是因为其母姜嫄"履帝武敏歆"而出生,姜嫄则因为后稷出生的灵异而有疑窦,弃之于狭窄的巷子,结果牛羊避让而怜爱之,置之于寒冰,"鸟覆翼之",鸟飞走之后,后稷大哭。说明后稷虽然为自己的母亲所疑惑,但是却被鸟兽所呵护,这正好说明他的神异。① 同样是追溯先祖,《鲁颂·閟宫》之中已突出帝对于后稷之母姜嫄德行的看重②。《诗经》中这种德行化的趋势已经比较明显,这一点也可以为其他传世及出土文献所证明③。儒家对于《诗经》的引用更加突出和德行修养有关的内容,特别是上述用来比兴君子的动植物,其实都蕴含了拟人化的成分。由此,与天、帝、圣王的人文化相一致,动植物也充分地人文化。

其二,转"有情之思"为"有理之思"。《诗经》固然兼具情理,但还是以"抒情"为主,义理隐晦。儒家引《诗》、论《诗》一方面借助于诗容易打动人心的特征,另一方面将感情的思转化为义理的思,或者德性的思。

其三,转"识名"为"正名"。"多识于鸟兽草木之名"的自然结果就是对它们性情的了解,在鸟兽草木鱼虫的世界,名实之间没有隔阂,"名"的区别即意味着"实"的不同;而在人类社会则不然,"君

---

① "厥初生民,时维姜嫄。生民如何?克禋克祀,以弗无子。履帝武敏歆,攸介攸止,载震载夙。载生载育,时维后稷。诞弥厥月,先生如达。不坼不副,无菑无害,以赫厥灵。上帝不宁,不康禋祀,居然生子。诞寘之隘巷,牛羊腓字之。诞寘之平林,会伐平林。诞寘之寒冰,鸟覆翼之。鸟乃去矣,后稷呱矣。"(《大雅·生民》)

② "閟宫有侐,实实枚枚。赫赫姜嫄,其德不回。上帝是依,无灾无害。弥月不迟,是生后稷。"(《鲁颂·閟宫》)

③ 参见傅斯年《性命古训辨证·卷中》之第一章"周初人之'帝''天'"及第二章"周初之'天命无常论'"。徐复观则选用了一个颇有文学色彩的标题来讨论这一问题:"周初宗教中人文精神的跃动",参见《中国人性论史》第二章。

子"与"小人"的区别固然重要,但"君子"的名不符实则为害日烈,所以孔子一再强调"必也正名乎"!

后世的诗人多以"兴"作为抒情的手段,而在"哲学"著作中,唯独《庄子》书中多以鸟兽草木鱼虫为喻,在形式上和《诗经》最为接近。表面看来,其中充斥着怪诞离奇的想象。如陈少明所言:"想象如何是哲学"是"充满疑惑的问题","我们要用看戏的眼光来读《庄子》"。① 陈荣捷则说:"这戏剧以大自然做舞台,以造物做角色。有声有色。他的意境之高,视线之远,是先秦诸子所皆不可及的。"②

《庄子》之中更有对于鸟兽草木鱼虫生活习性的细致描述和以此为基础的哲理引申。③ 在《庄子》一个个精彩的哲学短剧中,花草树木和鸟兽鱼虫往往是"你方唱罢我登场"。它们各自呈现固有的习性,甚至是只有"专业人士"才能了解的习性。同时,庄子为它们设计了精彩绝伦的台词——只有庄子才能把想象、写实和思辨融和得天衣无缝,把隐匿的哲理表达得淋漓尽致——花草树木与鸟兽鱼虫的哲理化委实属于哲学史上的奇观。

读者熟知的是,在《庄子》书中,鸟兽草木鱼虫多为人类文化的受害者,比如马首与牛鼻的遭遇。在庄子看来,被广为称道的贤能之士仍然因为其私人爱好而被"笼":"一雀适羿,羿必得之,威也;以天下为之笼,则雀无所逃。是故汤以庖人笼伊尹,秦穆公以五羊之皮笼百里奚;是故非以其所好笼之而可得者,无有也。"(《庄子·庚桑楚》)所以庄子的选择乃是"曳尾涂中"的乌龟,而不是"衣以文绣,食以刍叔"的牺牲。

---

① 陈少明:《通往想象的世界——读〈庄子〉》,载于氏著《经典世界中的人、事、物》,第252、256页。
② 陈荣捷:《战国道家》,载于氏著《中国哲学论集》,第207页。
③ 参见周慧:《同与禽兽居——浅析〈庄子〉中的动物故事》,中山大学哲学系2005年本科毕业论文。

概而言之，在古代文化之中，鸟兽草木鱼虫或被"神化"，或被"艺术化"，或被"玩物化"①。儒家经典中对于草木鱼虫的人文化，一方面有"美化"的成分，另一方面也有"低贱化"②，甚至是"罪恶化"的成分。特别是孟子把"妄人"，甚至是杨墨等同于禽兽，几乎是无以复加的谩骂。最温和的说法也是如《礼记·曲礼上》所言："鹦鹉能言，不离飞鸟；猩猩能言，不离禽兽。今人而无礼，虽能言，不亦禽兽之心乎？夫唯禽兽无礼，故父子聚麀。是故圣人作，为礼以教人。使人以有礼，知自别于禽兽。"而在道家经典，特别是《庄子》之中，动植物则在"无以人灭天"的原则上多被"理想化"。

当然，从求同的角度，孟子也承认"人之所以异于禽兽者几希"。而后世儒家经典之中圣贤君子与鸟兽鱼虫的疏离乃至对立，除了外在的生活环境的变化以外，在学理上实质是所谓"人心"与"兽心"的区别日益绝对化。故而圣贤之学被等同于"心性之学"。孟子认为"心"是"大体"，而呼吁"先立乎其大"。心之为"大"者，无非"四端"——正是异于禽兽之几希者。

而《庄子·列御寇》载"孔子"之言以为"凡人心险于山川，难于知天"。庄子所说的"心斋"，正是指人心的朴素化、动物化。老子推崇"复归婴儿"，婴儿的状态正是离动物最近的状态。鸟兽鱼虫的利害美丑其实都是"人为"或者"文化"的产物，它们和婴儿的最大共性就是自然而然，不事矫饰。这并不意味着道家轻贱人心，而恰恰

---

① "孟子见梁惠王，王立于沼上，顾鸿雁麋鹿，曰：'贤者亦乐此乎？'孟子对曰：'贤者而后乐此，不贤者虽有此，不乐也。《诗》云："经始灵台，经之营之，庶民攻之，不日成之。经始勿亟，庶民子来。王在灵囿，麀鹿攸伏，麀鹿濯濯，白鸟鹤鹤。王在灵沼，於牣鱼跃。"文王以民力为台为沼。而民欢乐之，谓其台曰灵台，谓其沼曰灵沼，乐其有麋鹿鱼鳖。古之人与民偕乐，故能乐也。《汤誓》曰："时日害丧？予及女偕亡。"民欲与之偕亡，虽有台池鸟兽，岂能独乐哉？'"（《孟子·梁惠王上》）

② "水火有气而无生，草木有生而无知，禽兽有知而无义，人有气、有生、有知，亦且有义，故最为天下贵也。力不若牛，走不若马，而牛马为用，何也？曰：人能群，彼不能群也。人何以能群？曰：分。分何以能行？曰：义。"（《荀子·王制》）

相反，他们是想保护人心的完整性和素朴性。《庄子·胠箧》尤其以为"圣人不死，大盗不止"，而《庄子·在宥》则借老聃之口呼吁"慎无撄人心"，指责黄帝尧舜以来的圣贤"以仁义撄人之心"，至儒墨两家则"无愧而不知耻也甚矣"①。《庄子》认为的理想社会依然是"夫至德之世，同与禽兽居，族与万物并，恶乎知君子小人哉"②！

中国思想经典之中的动植物世界是一个特别值得注意的现象。动植物和器物不同，它们一方面不是人造的，另一方面是生生不息的，所以更容易引起"文人"的咏叹。但思想家除了留心表现它们的文字，特别是诗歌为读者"喜闻乐见"之外，更加注意的是其中蕴含的"情"的真实性，以及"理"的天然性，并在此基础上体悟到"道"的恒久性和普遍性——经典之中的"事""情""物"总是具有典型性。换言之，中国古代的思想经典既超越了"事"的琐屑，"物"的芜杂，"情"的多变，又避免了"道"的悬隔，"德"的空泛，"理"的苍白。这种形上与形下的完美融合往往导致同时来自形上与形下的误解：思辨不够纯粹和彻底与事物过于理想化和符号化③。

---

① 老聃曰："女慎无撄人心。……偾骄而不可系者，其唯人心乎！昔者黄帝始以仁义撄人之心，尧、舜于是乎股无胈，胫无毛，以养天下之形，愁其五藏以为仁义，矜其血气以规法度。……天下脊脊大乱，罪在撄人心。故贤者伏处大山嵁岩之下，而万乘之君忧栗乎庙堂之上。今世殊死者相枕也，桁杨者相推也，刑戮者相望也，而儒墨乃始离跂攘臂乎桎梏之间。意，甚矣哉！其无愧而不知耻也甚矣！"（《庄子·在宥》）

② "吾意善治天下者不然。彼民有常性，织而衣，耕而食，是谓同德；一而不党，命曰天放。故至德之世，……万物群生，连属其乡；禽兽成群，草木遂长。是故禽兽可系羁而游，鸟鹊之巢可攀援而窥。夫至德之世，同与禽兽居，族与万物并，恶乎知君子小人哉！同乎无知，其德不离；同乎无欲，是谓素朴；素朴而民性得矣。及至圣人，蹩躠为仁，踶跂为义，而天下始疑矣；澶漫为乐，摘僻为礼，而天下始分矣。……夫残朴以为器，工匠之罪也；毁道德以为仁义，圣人之过也。"（《庄子·马蹄》）

③ 冯达文先生有一个很好的说法："事的本体论意义"（参见氏著《"事"的本体论意义——兼论泰州学的哲学涵蕴》，《中国哲学史》2001年第2期）。以笔者的理解，这个说法既可避免对于"事"的鄙薄和逃避，又可以避免对于"本体"的孤立和掏空。但"事情""事物"终究不是"本体"，反之亦然。

三、匪兕匪虎，率彼旷野 —— 夫子之自况

严厉批评孟子性善论的荀子也严格区分人禽之别①，但是这并不意味着儒家只注重德行和礼仪方面的"人禽之辨"，其中还包括对于自身处境的反思。

以孔子为例，"厄于陈蔡"大概是他一生中最为严重的危机②。《史记·孔子世家》记载这时孔子仍然"讲诵重弦歌不衰"，而孔子的弟子很有怨言。孔子于是向他三个最杰出的弟子子路、子贡和颜回提出了同一个问题："《诗》云'匪兕匪虎，率彼旷野'。吾道非邪？吾何为于此？""匪兕匪虎，率彼旷野"是《诗经·小雅·何草不黄》中的诗句③，大意是说草青了又黄、黄了又青，但在这年复一年中，征夫不是犀牛和老虎，可是为什么如此辛苦地在旷野当中劳苦奔波？这首诗的本意是说征夫的劳苦可怜，《诗序》云："下国刺幽王也。四夷交侵，中国背叛，用兵不息，视民如禽兽。君子忧之，故作是诗也。"孔子引用这首诗要与弟子讨论的问题是，我们既不是犀牛又不是老虎，而且也没有人逼迫我们，但为什么如此疲惫？是不是"吾道非邪"？如果不是我的学说出了问题，那么我们怎么会陷于如此境地？

子路猜测说，难道是我们在"仁"的方面不够，所以不能使人信服？或者我们在"智"的方面不够，所以别人不实行我们的学说？孔子说："有这么回事吗？"对子路进行了反驳。接着孔子说："由，譬使仁者而必信，安有伯夷、叔齐？使知者而必行，安有王子比干？"

---

① "故人之所以为人者，非特以其二足而无毛也，以其有辨也。夫禽兽有父子而无父子之亲，有牝牡而无男女之别，故人道莫不有辨。辨莫大于分，分莫大于礼，礼莫大于圣王；圣王有百，吾孰法焉？"（《荀子·非相》）

② 比照各种相关文献而具体入微的讨论，参见陈少明：《"孔子厄于陈蔡"之后》，载于氏著《经典世界中的人、事、物》，第104—119页。

③ "何草不黄？何日不行？何人不将？经营四方。何草不玄？何人不矜？哀我征夫，独为匪民。匪兕匪虎，率彼旷野。哀我征夫，朝夕不暇！有芃者狐，率彼幽草。有栈之车，行彼周道。"

事实上子路的质疑是非常典型的，这里涉及的问题是衡量一种学说的标准到底是什么，是外在的尺度还是内在的标准？子路的标准就是外在的标准：既然别人不相信我们，我们的学说得不到推行，那么一定是我们在"仁"和"智"的方面出了问题。但是孔子举出历史上的例子，说假如仁者一定被别人相信，智者的主张一定被实行，那么又怎会有这么多历史上的悲剧？其实在这里，孔子不仅面临自己一生中最大的困难，他也要回答学生"如何看待历史上的悲剧"的问题。

子贡回答说："夫子之道至大也，故天下莫能容夫子。夫子盖少贬焉？"子贡的表达比子路委婉得多，他说孔子的学说太伟大了，伟大到不能为天下人所容，是否可以稍稍降低一下标准？这涉及的问题便是孔子能否对天下人有所妥协，即不要立意过高。孔子的回答同样包含斥责："赐，良农能稼而不能为穑，良工能巧而不能为顺。君子能修其道，纲而纪之，统而理之，而不能为容。今尔不修尔道而求为容。赐，而志不远矣！"孔子说子贡的志向不够远大。孔子的意思是一个工匠可以制造出十分精巧的器皿，但是这个器皿是否能符合使用它的人的心思不是工匠所能决定的。"君子能修其道，纲而纪之，统而理之，而不能为容。"所以，孔子说最重要的是"修尔道"，而不是"求为容"。

孔子最欣赏的弟子颜回这样作答："夫子之道至大，故天下莫能容。夫子推而行之，不容何病，不容然后见君子！夫道之不修也，是吾丑也。夫道既已大修而不用，是有国者之丑也。不容何病，不容然后见君子！"颜回说孔子的学说因为伟大了而不能为天下人所容，但是尽管如此，"夫子推而行之"，不被天下所容又有什么值得担心，有什么值得指责的？而且颜回进一步说，不容才凸显君子。学说讲得不够深刻、不够精致是我们应该感到羞愧的事情，但是我们的学说已经够好了，却不被采用的话就是"有国者之丑"。然而问题是，自古至今"有国者"从来不知道有此种羞耻。我们看一下，这时孔子的反应是

"欣然而笑","有是哉,颜氏之子!使尔多财,吾为尔宰"。可见孔子对于颜回的回答非常满意。

"孔门三杰"的回答或许有后人附会的因素①,但是圣贤或者大思想家,无不经历过内外交困的狼狈处境,以至于"率彼旷野"。但是,既然他们的追求"任重道远",则非要付出勇猛于兕虎、坚韧于兕虎的巨大努力不可。由此,把"匪兕匪虎,率彼旷野"视为夫子自况也未尝不可。圣贤,无非是"自讨苦吃"的"征夫"而已。

四、"丧家之狗"——圣人的形与神

其实,在同时代的"外人"看来,孔子的栖栖惶惶,游走四方,更像"丧家之狗"。据《史记·孔子世家》记载,孔子六十岁时,在郑国与弟子走散了,"孔子独立郭东门"。有郑人就对子贡说:"东门有人,其颡似尧,其项类皋陶,其肩类子产,然自要以下不及禹三寸。"尧与皋陶、子产都是早期的圣人,就是说孔子的额头、脖子和肩都长成圣人的样子。但是自腰以下不及禹三寸,说明孔子的上身比下身长,所以郑国人就讽刺孔子说他不及大禹三寸。并且说"累累若丧家之狗"。子贡据实以告。孔子听后的第一反应也是"欣然笑曰",并进一步解释说:"形状,末也。而谓似丧家之狗,然哉!然哉!"孔子说郑人对他外貌的描述是细枝末节,但是说他是丧家之狗,"然哉!然哉!"

孔子这里的"欣然笑曰"并不仅仅说孔子有很大的气量,容许别人称他为"丧家狗";也不是说孔子在这里有所感慨,觉得自己无家可归,被郑国人说中;简单理解为这是"六十而耳顺"的例证也失之浮泛。孔子的确非常有政治抱负和政治才能,但他考虑问题的最终落

---

① 我们今日考证其真伪似有难度,但在儒家思想史上,以他们三个与孔子的对答最有代表性。参见陈少明:《孔门三杰的思想史形象——颜渊、子贡和子路》,载于氏著《经典世界中的人、事、物》,第80—103页。

脚点还是思想家的立场。政治家与思想家最大的不同在于思想家对于任何君主没有忠实的义务，不仅如此，很多情况下君主还是思想家们批判的对象。

孔子为什么讲"丧家"？结合孔子的生平来看，他一生四处漂泊，确实像"丧家狗"。然而如果我们细读经典，就不难发现每一次所谓的"丧家"，当然有迫不得已的情况，但更多的是孔子主动的选择，或者说，孔子的"被迫"，恰恰是因为他的坚持。孔子当然有不可胜数的机会可以通过虚与委蛇的方式与权贵结成一体，但是孔子最欣赏的还是"曾点气象"①。所谓："饭疏食饮水，曲肱而枕之，乐亦在其中矣。不义而富且贵，于我如浮云。"所谓的"孔颜乐处"，就是在思想世界中的乐趣。假如一个君王的作为不符合他从道和德的角度的期望，他会主动地离开这个国家。因此孔子的"丧家"不是他被驱逐，虽然有被驱逐的情况，但更多的时候是孔子没有把任何一个具体的君王、任何一个具体的诸侯国当成自己的家，哪怕是鲁国。换言之，孔子真正的精神家园不在当下，不在现实，而在于"周监于二代，郁郁乎文哉！吾从周"（《论语·八佾》）。孔子这里所说的"周"，其实是历史上发生过的、被理想化的文化传统。而在终极意义上了解他、信任他，给他使命的则是"天"。所以我们可以把"丧家狗"的关键理解为在于"丧家"，而并非在于"狗"。郑国人显然有轻侮孔子的意思，但孔子本人至少不会以为"丧家狗"是世俗意义上的没有归宿。毋宁说，恰恰是他在精神世界找到了自己的精神家园或归宿，才可以做自主意义上的"丧家狗"，而不把地域意义上或富贵意义上的"家"看得很重要。

因此，"任何怀抱理想，在现实世界中找不到精神家园的人都是丧家狗"②，这句话其实有些似是而非，因为任何"理想的精神家园"都不

---

① 关于"曾点气象"的历史解读及现代诠释可参看冯达文：《"曾点气象"异说》，《中国哲学史》2005 年第 4 期，又载于氏著《理性与觉性》，巴蜀书社 2009 年版，第 174—186 页。

② 李零：《丧家狗——我读〈论语〉》，山西人民出版社 2007 年版，第 2 页。

在现实世界之中——或许仅在于"世外桃源"——就具体的生活方式而言。倒是可以反过来考虑：在精神世界之中找到理想家园的人不会挂怀于在现实世界中的颠沛流离。

就孔子而言，面对郑国人讥讽的"欣然笑曰"，和在"厄于陈蔡"之时听到颜回之言的"欣然笑曰"，必定有"一以贯之"之处，所谓"志于道，据于德，依于仁，游于艺"（《论语·述而》）。孔子之为孔子，在于他能把一些看起来粗浅的，乃至粗鲁的问题提升转化为具有普遍性、很有意义的哲理。所以，不去从"圣贤"的角度理解孔子，那么他的意义充其量不过是"心灵鸡汤"的提供者；而以"畏虎"或者"丧家狗"为喻，可以使我们更直观地了解圣贤的难能可贵。

五、"无何有之乡"

其实，同时代政治人物对于孔子的了解，可能要以晏婴为最。根据《史记·孔子世家》记载，孔子在齐国时有机会与齐景公交往，齐景公越来越欣赏孔子，"将欲以尼溪田封孔子"。这时晏婴向齐景公罗列了儒者的几大罪状：

其一，"夫儒者滑稽而不可轨法"。所谓"滑稽"，《史记·滑稽列传》司马贞索隐谓："辩捷之人，言非若是，说是若非，能乱异同。"其实和孔子所反对的"佞"和"巧言令色"相近。在思想家看来是"辩证"的说辞，在政治家看来飘忽不定，无法遵从。

其二，"倨傲自顺，不可以为下"。这可视为思想家的傲慢。

其三，"崇丧遂哀，破产厚葬，不可以为俗"。墨家也如此批评。

其四，"游说乞贷，不可以为国"。孟子表达为"无恒产而有恒心者，惟士为能"（《孟子·梁惠王上》）。

因此晏婴说："自大贤之息，周室既衰，礼乐缺有间。今孔子盛容饰，繁登降之礼，趋详之节，累世不能殚其学，当年不能究其礼。"后来司马谈在《论六家要旨》中对儒家的批评大致也是这样。晏婴又说："君欲用之以移齐俗，非所以先细民也。"晏婴批评的现实结果是齐景公最后以"吾老矣，弗能用也"的借口冷落孔子。于是孔子再次"丧家"。

这里我们要特别注意的是晏婴的批评中有两条是关键的：一条是"倨傲自顺，不可以为下"；一条是"游说乞贷，不可以为国"。从正面的角度来说，这其实是儒家一个很可贵的传统，叫作"以德抗位"或"以道事君"，指的是儒者面对君主时不卑不亢，并且君主还要十分尊重他[①]。但是如果从政治伦理的角度说，对上级的不尊重乃至背叛是违背基本的政治伦理的。所以才有孔子对于晏婴"一心事三君"的误解[②]。

经典尽管被怀疑为圣贤的陈迹，文献学家致力于考究字句的是非，即"陈迹"本身的可靠性，而哲学家们喜欢追寻"其所以迹"，即所谓"形而上"的问题，历史学家可能更侧重于史实的梳理，即尽可能还原"真相"。这些常见的追寻自然会有斩获，但也必然会造成"立场优先""范畴措置""考据为上""空谈心性"等流弊[③]。

之所以如此，在于"研究者"都有一个"专家"的立场和出发点，所以非殚精竭虑、条分缕析不可。但是，假如我们"放下身段"，把自己首先定位于一个"读者"，那么经典就会立刻从支离破碎的"观念"，变成一个丰富多彩的"世界"。[④] 在经典的世界中，天地、人生、器物与花草树木和鸟兽鱼虫一道成为我们的"语境"。

或许，读书人乃至思想者理想的精神家园在于置身经典，"尚友千

---

① 参见《礼记·王制》及《礼记·学记》等文献中关于"师道尊严"的论述。
② 参见《晏子春秋》卷八等文献。
③ 参见陈少明：《中国哲学史研究与中国哲学创作》，载于氏著《经典世界中的人、事、物》，第1—25页。
④ 比如朱熹就非常强调"读书法"，其涵盖范围自然超过今日专门的"诠释学"。参见陈立胜：《朱子读书法——诠释与诠释之外》，载于李明辉编：《儒家经典诠释方法》，台北喜马拉雅基金会2003年版，第207—234页。彭国翔则认为，朱子读书法可以看作一种身心修炼的功夫论，且具有宗教性意涵，见氏著《儒家传统：宗教与人文主义之间》，北京大学出版社2007年版，第三章"身心修炼：朱子经典诠释的宗教学意涵"。

古"而"同与禽兽居,族与万物并,恶乎知君子小人哉"!——这其实是"无何有之乡"——仅仅是可能而已。且以惠施与庄子的辩论作为结尾:

> 惠子谓庄子曰:"吾有大树,人谓之樗。其大本臃肿而不中绳墨,其小枝卷曲而不中规矩。立之涂,匠者不顾。今子之言,大而无用,众所同去也。"庄子曰:"子独不见狸狌乎?卑身而伏,以候敖者;东西跳梁,不避高下;中于机辟,死于罔罟。今夫斄牛,其大若垂天之云。此能为大矣,而不能执鼠。今子有大树,患其无用,何不树之于无何有之乡,广莫之野,彷徨乎无为其侧,逍遥乎寝卧其下。不夭斤斧,物无害者,无所可用,安所困苦哉!"(《庄子·逍遥游》)

我们的工作,或许就是培植那棵"大树"的根本吧!

附录一 "鸢飞鱼跃"集说[①]

《诗经·大雅·旱麓》

瞻彼旱麓，榛楛济济。岂弟君子，干禄岂弟。
瑟彼玉瓒，黄流在中。岂弟君子，福禄攸降。
鸢飞戾天，鱼跃于渊。岂弟君子，遐不作人？
清酒既载，骍牡既备。以享以祀，以介景福。
瑟彼柞棫，民所燎矣。岂弟君子，神所劳矣。
莫莫葛藟，施于条枚。岂弟君子，求福不回。

《中庸》

君子之道费而隐。夫妇之愚，可以与知焉，及其至也，虽圣人亦有所不知焉；夫妇之不肖，可以能行焉，及其至也，虽圣人亦有所不能焉。天地之大也，人犹有所憾。故君子语大，天下莫能载焉；语小，

[①] 《中庸》引"鸢飞戾天，鱼跃于渊"之语，随着《中庸》地位的提升，该诗句也被思想家们所反复琢磨，所得之结论和原诗相比自然多有出入，但由此也可以看出"思想"是如何成为"历史"的。本集说只选择有代表性的文献，有关背景文献以注释的方式列出。所称引文献，除书后"参考文献"部分别明者以外，均据《文渊阁四库全书》（台北商务印书馆影印本，上海人民出版社、迪志文化出版公司电子版），附录二同。

天下莫能破焉。《诗》云:"鸢飞戾天,鱼跃于渊。"言其上下察也。君子之道,造端乎夫妇;及其至也,察乎天地。

集说一,《诗经》相关

《旱麓序》:

> 《旱麓》,受祖也。周之先祖,世修后稷、公刘之业。大王、王季,申以百福干禄焉。

《毛诗正义》:

> 毛注:言上下察也。
>
> 笺:鸢,鸱之类,鸟之贪恶者也。飞而至天,喻恶人远去,不为民害也。鱼跳跃于渊中,喻民喜得所。
>
> 疏:"鸢飞"至"作人"。
>
> 毛以为,大王、王季德教明察,着于上下。其上则鸢鸟得飞至于天以游翔,其下则鱼皆跳跃于渊中而喜乐。是道被飞潜,万物得所,化之明察故也。能化及上下,故叹美之。言乐易之君子大王、王季,其变化恶俗,远此不新作人,言其近新作人也。
>
> 正义曰:《中庸》引此二句,乃云"言上下察",故传依用之,言能化及飞潜,令上下得所,使之明察也。
>
> 笺"鸢鸱"至"得所"。正义曰:《苍颉解诂》以为,鸢即鸱也。名既不同,其当小别,故云"鸱之类"也。《说文》云:"鸢,鸷鸟。"击小鸟,故为贪残。以贪残高飞,故以喻恶人远去。渊者,鱼之所处;跳跃,是得性之事,故以喻民喜乐得其所。易传者,言鸟之得所,当如鸳鸯在梁,以不惊为义,不应以高飞为义。且下云"遐不作人"是人变恶为善,于喻民为宜。《礼记》引

《诗》断章,不必如本,故易之。

(宋)吕祖谦:

作人之盛,至于如鸢飞鱼跃,非积累薰陶久且熟者则不能。然其来盖有自矣,此序所谓受祖也。(《吕氏家塾读诗记》卷二十五)

(宋)林岊:

鸢飞鱼跃者,高深之适性。(《毛诗讲义》卷七)

(宋)朱熹:

《中庸》:"《诗》云'鸢飞戾天,鱼跃于渊言',其上下察也。"问:"'鸢飞戾天',上面更有天在;鱼跃于渊,下面更有地在,如何?"曰:"此是谢显道语,熹亦自理会不得,他意思只是道不可执着说,道上面更有天在,下面更有地在,不止于此也。"或问鸢飞鱼跃之说。曰:"此盖是分明见得道体发见。察者,著也,非察察之察也。诗中之意本不为此,《中庸》只是借此两句形容道体。"(《诗传遗说》卷五①)

(明)姚舜牧:

王者任尽瘁之臣,去残贼之害政,行如春而登斯世于熙熙皞皞之域,其民将鸢飞鱼跃,不知天渊之上下也。任用匪人,酷

---

① 宋朱鉴编。

如暑,凄如风,烈如冬,至使民欲奋飞潜逃而不可得,斯世何世哉!斯政何政哉!斯君何君哉!读其诗想其时,可为掩卷而流涕。(《诗经疑问》卷六)

(明)张次仲:

昔子贡因论学而知《诗》,子夏因论《诗》而知学,"鸢飞鱼跃",子思以明上下一理之察。《旱麓》章章果若是乎?"于缉熙敬止"①,朱子谓"敬止,无不敬而安所止也"。他日之训解又何不若是乎?是知读《诗》之法,在随文以寻意;用《诗》之妙,又在断章而取义也。学者诚以是求诸三百篇,则《雅》无大、小,《风》无变、正,《颂》无商、周、鲁,苟意合于心,言契乎理,事适其机,或施之政事,或发于言语,或用之出使,与凡日用施为之间,无往而非《诗》之用矣!固不拘拘于义例训诂之末也。(《待轩诗记》卷首)

集说二,《中庸》相关
(汉)郑玄:

察,犹著也。言圣人之德至于天,则"鸢飞戾天";至于地,则"鱼跃于渊",是其著明于天地也。(《礼记正义》卷五十二)

(唐)孔颖达:

《诗·大雅·旱麓》之篇,美文王之诗。引之者,言圣人之德

---

① 《诗经·大雅·文王》,《大学》《缁衣》引。

上至于天，则"鸢飞戾天"，是翱翔得所。圣人之德下至于地，则"鱼跃于渊"，是游泳得所。言圣人之德，上下明察。《诗》本文云"鸢飞戾天"，喻恶人远去；"鱼跃于渊"，喻善人得所。此引断章，故与《诗》义有异也。（《礼记正义》卷五十二）

（宋）卫湜：

　　河南程氏曰："天下之理，圣人岂有不尽者？盖于事有所不遍知，不遍能也。至纤悉委曲处，如农圃百工之事，孔子亦岂能知哉？"

　　伊川又曰："'鸢飞鱼跃，言其上下察也'。此一段子思吃紧为人处。与'必有事焉，而勿正'之意同。"① 又曰："鸢飞戾天，向上，更有天在；鱼跃于渊，向下，更有地在。"

　　横渠张氏曰："君子之道达诸天，故圣人有所不能；夫妇之知淆诸物，故圣人有所不与。"又曰："戾天，则极高；跃渊，则极深。君子之道，天地不能覆载。"又曰："此言物各得其所。上者安于上，下者安于下。是上下察尽也。"

　　上蔡谢氏曰："'鸢飞戾天，鱼跃于渊'，非是极其上下而言，盖真个见得如此。此正是子思吃紧道与人处，若从此解悟，便可入尧舜气象。"又曰："'鸢飞戾天，鱼跃于渊'，无些私意。'上下察'，以明道体无所不在，非指鸢鱼而言也。若指鸢鱼言，则上面更有天，下面更有地在。知勿忘、勿助长，则知此。知此则知

---

① 《孟子·公孙丑上》："必有事焉而勿正，心勿忘，勿助长也。"朱熹《孟子集注》："'必有事焉而勿正'，赵氏、程子以七字为句。近世或并下文心字读之者，亦通。'必有事焉'，有所事也，如'有事于颛臾'之有事。正，预期也。《春秋传》曰：'战不正胜'，是也。如作'正心'，义亦同。此与《大学》之所谓'正心'者，语意自不同也。此言'养气'者，必以集义为事，而勿预期其效。其或未充，则但当勿忘其所有事，而不可作为以助其长，乃集义养气之节度也。"

夫子与点之意。"又曰："《诗》云：'鸢飞戾天，鱼跃于渊'，犹韩愈所谓'鱼川泳而鸟云飞'，上下自然各得其所也。诗人之意，言如此气象，周王作人似之。子思之意，言上下察也。犹孟子所谓'必有事焉，而勿正'，察见天理不用私意也。故结上文云'君子语大，天下莫能载；语小，天下莫能破'，今人学《诗》，章句横在肚里，怎生得脱洒去。"

延平杨氏曰："大而无外，天下其孰能载之；小而无伦，天下其孰能破之。道至乎是，则天地之大，万物之多，皆其分内耳。故曰：'鸢飞戾天，鱼跃于渊，言其上下察也。''鸢飞鱼跃'，非夫体物而不遗者，其孰能察之？"（《礼记集说》卷一百二十七）

（宋）朱熹：

子思引此诗以明化育流行，上下昭著，莫非此理之用，所谓费也。然其所以然者，则非见闻所及，所谓隐也。故程子曰："此一节，子思吃紧为人处，活泼泼地，读者其致思焉。"（《中庸章句集注》）

（宋）章鉴：

《易》之为道，大而天地风雷，细而鳖蟹蠃蚌之属，无不寓八卦之理，亦犹庄子言"道在瓦砾稊稗"，亦犹子思言"鸢飞鱼跃，上下察也"。圣人有以见天下之赜，而拟诸形容，象其物宜，故谓之象。然不特为鼎、为颐、为飞鸟、为虚舟之而已，触而通之。（《丁易东撰〈周易象义〉序》）

（元）许谦：

"鸢飞鱼跃"，大概言上天下地，道无不在，偶借诗两语以明之。其义不专在于鸢鱼也，观此则囿于两间者。飞潜动植何所往而非道之著？且苍然在上，块焉在下者，又庸非道之著乎？则人于日用之间，虽欲离道，有不可得者，其可造次颠沛之顷，不用功于此哉？（《读中庸丛说》卷二）

（元）王充耘：

"鸢飞鱼跃"，则即物以见道，其飞、其跃者在物，而所以飞、所以跃者，道也。道本无形，随寓而见，本非可以言语形容者也。然或以"不息"言其体，或以"无过不及"名其体，或以"高坚前后不可为象"状其体，夫岂有形质之可言哉？亦各随所见而形容之耳。（《四书经疑贯通》卷四）

《明史·儒林列传·陈献章》：

从吴聘君学于古圣贤之书，无所不讲，然未知入处。比归，白沙专求用力之方，亦卒未有得。于是，舍繁求约，静坐久之，然后见吾心之体隐然呈露，日用应酬，随吾所欲，如马之卸勒也。其学洒然独得，论者谓有"鸢飞鱼跃之乐"，而兰溪姜麟至以为活孟子云。

《明儒学案卷二·举人杨天游先生应诏》：

今世学者病于不能学颜子之学，而先欲学曾晳之狂。自其入门下手处便差，不解克己复礼，便欲天下归仁；不解事亲从兄，便欲手舞足蹈；不解造端夫妇，便欲说鸢飞鱼跃；不解衣锦尚絅，便欲无声无臭；不解下学上达，便自谓知我者其天；认一番轻率放逸为天机，取其宴安盘乐者为真趣，岂不舛哉！故余尝谓学者惟在日用平实伦纪处根求，不在虚夸大门户处寻讨；惟在动心忍性苦楚中着力，不在摆脱矜肆洒落处铺张。

集说三，其他文献

《诗经·小雅·四月》：

> 匪鹑匪鸢，翰飞戾天。匪鳣匪鲔，潜逃于渊。

《庄子·齐物论》：

> 毛嫱、丽姬，人之所美也；鱼见之深入，鸟见之高飞，麋鹿见之决骤，四者孰知天下之正色哉？

（清）胡煦：

> 九五曰："飞龙在天，利见大人"，何谓也？子曰："同声相应，同气相求，水流湿，火就燥，云从龙，风从虎，圣人作而万物睹，本乎天者亲上，本乎地者亲下，则各从其类也。"① 卵生之羽二翼而上飞，本天，亲上也；胎生之兽四足而地行，本地，亲下也。日星明丽于天，山川流峙于地，鸢飞鱼跃皆是也。（《周易函书约注》卷一）

---

① 《周易·乾·文言》。

（明）张次仲：

  《象》曰："利用刑人，以正法也。"此初筮告也，时初位下象百草之始茁，故曰"蒙蒙""困蒙""童蒙"。就学者说包蒙、击蒙，就教者说，蒙养之初，以师为第一义，当用言坊行表之人，日夕周旋，闻正言、见正事，向来气拘物蔽，种种桎梏以渐脱落，所谓"鸢飞鱼跃"之趣，即在戒慎恐惧中也，故曰"利用刑人"。（《周易玩辞·蒙卦》卷二）

附录二 《孟子·梁惠王》篇(上、下)《诗》说集评[①]

罗 静

一、经始灵台,与民偕乐

《诗经·大雅·灵台》

经始灵台,经之营之。庶民攻之,不日成之。
经始勿亟,庶民子来。王在灵囿,麀鹿攸伏。
麀鹿濯濯,白鸟翯翯。王在灵沼,於牣鱼跃。
虡业维枞,贲鼓维镛。於论鼓钟,於乐辟廱。
於论鼓钟,於乐辟廱。鼍鼓逢逢,矇瞍奏公。

《孟子·梁惠王上》

孟子见梁惠王。王立于沼上,顾鸿雁麋鹿,曰:"贤者亦乐此

[①] 此为罗静硕士学位论文的部分,原题"《孟子·梁惠王》篇诗说集注论评",为和附录一体例统一,原文关于字词的集注和论评部分略去,个别材料及标点略有损益。文中亦包括与孟子对话者之引《诗》。此次修订,除了文字校对以外,文献的排列次序和格式也有调整。

乎？"孟子对曰："贤者而后乐此，不贤者虽有此，不乐也。《诗》云：'经始灵台，经之营之，庶民攻之，不日成之。经始勿亟，庶民子来。王在灵囿，麀鹿攸伏，麀鹿濯濯，白鸟鹤鹤。王在灵沼，於牣鱼跃。'文王以民力为台为沼，而民欢乐之，谓其台曰灵台，谓其沼曰灵沼，乐其有麋鹿鱼鳖。古之人与民偕乐，故能乐也。《汤誓》曰：'时日害丧，予及女皆亡。'民欲与之偕亡，虽有台池鸟兽，岂能独乐哉！"

注评选录一，《孟子》相关

（汉）赵岐：

孟子为王诵此诗，因曰文王虽以民力筑台凿池，民由欢乐之，谓其台、沼若神灵之所为，欲使其多禽兽以养文王者也。

孟子说《诗》《书》之义，以感喻王，言民欲与汤共亡桀。虽有台池禽兽，何能独乐之哉！复申明上言"不贤者虽有此，不乐也"。(《孟子注》卷一)

（宋）孙奭：

孟子为王诵此《灵台》之诗，以证贤者而后乐此也。言文王规度，始于灵台，而经营之际，众民皆作治之，故台不期日而有成。言其成之速也。既成之速，文王未尝亟疾使民成之用如此之速也，是众民自然若子来如为父之使耳，故如此之速也。(《孟子疏》卷一)

（宋）朱熹：

"贤者而后乐此也，不贤者虽有此不乐也"，此一章之大指。

此引诗而释之，以明贤者而后乐此之意。

孟子言文王虽用民力，而民反欢乐之，既加以美名，而又乐其所有。盖由文王能爱其民，故民乐其乐，而文王亦得以享其乐也。(《孟子集注》卷一)

(明) 吕柟：

《灵台》之诗不言民乐，《汤誓》之书不见台池鸟兽者何？曰：此孟子读《诗》《书》之法也，乃可谓"以意逆志"矣。文王不能使民遂生养之性，其能使子来以成台池，而又乐其所有乎？《书》既言偕亡天下而不可得，而况有此台池鸟兽哉！呜呼！惠王可以警惧矣。(《四书因问》卷五)

注评选录二，《诗经》相关

(宋) 黄櫄：

此一诗惟孟子之说为尽，而先儒之言皆不足信。孟子曰："文王以民力为台为沼，而民欢乐之，谓其台曰灵台，谓其沼曰灵沼"，皆斯民乐文王有灵德而自以灵台、灵沼、灵囿名之，非文王自为之名也。而先儒之说则曰天子有灵台，诸侯有观台。夫后世之所谓灵台者，盖因文王有灵台而慕其名也，而不知文王之所谓灵台者，特斯民以其德而名其台耳，岂文王自为之乎！此先儒之说所以不足信也。(《毛诗李黄集解》卷三十一)

(宋) 吕祖谦：

所以谓之灵台者，不过如孟子之说而已。(《吕氏家塾读诗

记》卷二十五）

（宋）严粲：

孟子最善说《诗》，只"民乐其有麋鹿鱼鳖"一语道尽诗意，毛氏以为灵道行于囿沼，令鹿养之，久则自驯，白鸟未有不洁、鱼未有不跃者，岂皆灵道之行乎？后世之说《诗》者推广毛意，其辞意美而去诗意愈远矣。（《诗辑》卷二十六）

（元）刘玉汝：

文王始作灵台辟雍，而有台池鸟兽钟鼓之乐，周人乐文王有此乐也，故诗人述民乐之意，以见文王得民之乐者如此。然诗中所言者，皆文王之乐，未见民之乐，所以知者以"庶民子来"一语知之也。东莱之说本于孟子，孟子之言亦本于此语，政诗之本旨也。又诗首章既发此意，则后章皆含此意。（《诗缵绪》卷十四）

（明）姚舜牧：

此篇因孟子引说古之人与民偕乐，故后儒承说前二章是民乐文王台池鸟兽之乐，后二章是民乐文王钟鼓之乐，不知此灵台是文王所筑，以望氛祲、察灾祥、时观游，节劳佚者。（《重订诗经疑问》卷八）

（明）何楷：

孟子解此《诗》云"乐其有麋鹿鱼鳖，古之人与民偕乐，故能乐也"。麋鹿鱼鳖之乐正主文王者，所谓古之人能乐者。观此诗以"王在"起语，可见深探其本，则以为由与民偕乐而然耳。旧说不达孟子立言之意，而并以此诗为"民欢乐之"之辞，其亦误矣。(《诗经世本古义》卷九)

（清）陈启源：

笺云："文王立灵台而知民之归附，始作灵囿、灵沼而知鸟兽之得其所。以为音声之道与政通，故合乐以详之。"此足尽一篇之大指矣。朱、吕以为述民乐说本孟子，然台池鸟兽乐与民同，钟鼓管籥闻而色喜，是孟子纳牖之诲，断章以立言耳，岂诗之正指哉！灵台以望气祥，辟雍以造后秀，乃国家大政教所系，非娱乐之地也。(《毛诗稽古编》卷十八)

二、他人有心，予忖度之

《诗经·小雅·巧言》

悠悠昊天，曰父母且。无罪无辜，乱如此幠。
昊天已威，予慎无罪。昊天泰幠，予慎无辜。
乱之初生，僭始既涵。乱之又生，君子信谗。
君子如怒，乱庶遄沮。君子如祉，乱庶遄已。
君子屡盟，乱是用长。君子信盗，乱是用暴。
盗言孔甘，乱是用餤。匪其止共，维王之邛。
奕奕寝庙，君子作之。秩秩大猷，圣人莫之。
他人有心，予忖度之。跃跃毚兔，遇犬获之。
荏染柔木，君子树之。往来行言，心焉数之。

蛇蛇硕言，出自口矣。巧言如簧，颜之厚矣。

彼何人斯？居河之麋。无拳无勇，职为乱阶。

既微且尰，尔勇伊何？为犹将多，尔居徒几何？

《孟子·梁惠王上》

齐宣王问曰："齐桓、晋文之事，可得闻乎？"孟子对曰："仲尼之徒无道桓文之事者，是以后世无传焉，臣未之闻也。无以，则王乎？"曰："德何如则可以王矣？"曰："保民而王，莫之能御也。"曰："若寡人者，可以保民乎哉？"曰："可。"曰："何由知吾可也？"曰："臣闻之胡龁曰：王坐于堂上，有牵牛而过堂下者，王见之，曰：'牛何之？'对曰：'将以衅钟。'王曰：'舍之！吾不忍其觳觫，若无罪而就死地。'对曰：'然则废衅钟与？'曰：'何可废也？以羊易之！'不识有诸？"曰："有之。"曰："是心足以王矣。百姓皆以王为爱也，臣固知王之不忍也。"王曰："然。诚有百姓者。齐国虽褊小，吾何爱一牛？即不忍其觳觫，若无罪而就死地，故以羊易之也。"曰："王无异于百姓之以王为爱也。以小易大，彼恶知之？王若隐其无罪而就死地，则牛羊何择焉？"王笑曰："是诚何心哉？我非爱其财而易之以羊也，宜乎百姓之谓我爱也。"曰："无伤也，是乃仁术也，见牛未见羊也。君子之于禽兽也，见其生，不忍见其死；闻其声，不忍食其肉。是以君子远庖厨也。"王说，曰："《诗》云：'他人有心，予忖度之。'夫子之谓也。夫我乃行之，反而求之，不得吾心。夫子言之，于我心有戚戚焉。此心之所以合于王者，何也？"曰："有复于王者，曰：'吾力足以举百钧'，而不足以举一羽；'明足以察秋毫之末'，而不见舆薪，则王许之乎？"曰："否。""今恩足以及禽兽，而功不至于百姓者，独何与？然则一羽之不举，为不用力焉；舆薪之不见，为不用明焉；百姓之不见保，为不用恩焉。故王之不王，不为也，非不能也。"

注评选录一,《诗经》相关

(宋)李樗:

《礼记》曰:"为君止于仁,为臣止于敬。""止共"即所谓"止于敬"也,孟子非仁义不敢陈于王前,当时"无以仁义与王言者,岂以仁义为不美?其心曰是何足与言仁义也云尔。则不敬莫大乎是"。① 惟其心主于敬,则无如孟子之告齐王尧舜之道也。此大人所以能格君心之非也,小人不能恭敬以事主,肆为逸谮,适所以病王也。(《毛诗李黄集解》卷二十五)

(明)何楷:

齐宣王谓孟子曰:"夫我乃行之,反而求之,不得吾心。夫子言之,与我心有戚戚焉",凡此皆明于忖度之术者也。(《诗经世本古义》卷十八)

注评选录二,《孟子》相关

(汉)赵岐:

王喜悦,因称是《诗》以嗟叹孟子忖度知己心,戚戚然心有动也。(《孟子注》卷一)

(宋)孙奭:

是宣王见孟子解其己意,故喜悦之,而引《诗》之文而言也。

---

① 孟子答景子之言,见《孟子·公孙丑下》。

"他人有心，予忖度之"二句，是《小雅·巧言》之诗也，宣王引之，而为如夫子之所谓也。(《孟子疏》卷一)

（宋）朱熹：

王因孟子之言，而前日之心复萌，乃知此心不从外得然，犹未知所以反其本而推之也。(《孟子集注》卷一)

（宋）张九成：

齐王以孟子深知其心，乃大说，而举诗为之证曰："'他人有心，予忖度之'，夫子之谓也。"然齐王当时行不忍之心而不识其几，因孟子指之为圣贤之心，乃识此心之着见处，一指之力可谓大矣！(《孟子传》卷二)

（清）焦循：

《诗小序》云："《巧言》，刺幽王也。大夫伤于谗，故作是诗也。"笺云："因己能忖度谗人之心。"王引此处，断章取义。前诗诘驳，王意不能解。孟子以仁术言之，王乃解悦，解悦则喜矣，喜故叹美孟子，以为知己心。(《孟子正义》卷一)

三、刑于寡妻，推其所为

《诗经·大雅·思齐》

思齐大任，文王之母，思媚周姜，京室之妇。大姒嗣徽音，则百斯男。

惠于宗公，神罔时怨，神罔时恫。刑于寡妻，至于兄弟，以御于家邦。
雍雍在宫，肃肃在庙。不显亦临，无射亦保。
肆戎疾不殄，烈假不瑕。不闻亦式，不谏亦入。
肆成人有德，小子有造。古之人无斁，誉髦斯士。

《孟子·梁惠王上》

曰："不为者与不能者之形何以异？"曰："挟太山以超北海，语人曰'我不能'，是诚不能也，为长者折枝，语人曰'我不能'，是不为也，非不能也。故王之不王，非挟太山以超北海之类也；王之不王，是折枝之类也。老吾老，以及人之老；幼吾幼，以及人之幼，天下可运于掌。《诗》云：'刑于寡妻，至于兄弟，以御于家邦。'言举斯心加诸彼而已。故推恩足以保四海，不推恩无以保妻子。古之人所以大过人者，无他焉，善推其所为而已矣。今恩足以及禽兽，而功不至于百姓者，独何与？权，然后知轻重；度，然后知长短。物皆然，心为甚。王请度之！抑王与甲兵，危士臣，构怨于诸侯，然后快于心与？"

注评选录一，《孟子》相关

（汉）赵岐：

> 刑，正也。寡，少也。言文王正己嫡妻，则八妾从，以及兄弟。御，享也。享天下国家之福，但举己心加于人而已。（《孟子注》卷一）

（宋）孙奭：

> "《诗》云：刑于寡妻，至于兄弟，以御于家邦"者，是孟子

引《大雅·思齐》之诗文也。言文王自正于寡妻,以至正于兄弟,自正于兄弟以至临御于家邦。言凡此是能举此心而加诸彼耳。"故推恩足以保四海,不推恩无以保妻子。古之人所以大过人者,无他焉,善推其所为而已矣"者,孟子言为君者但能推其恩惠,故足以安四海,苟不推恩惠,虽妻子亦不能安之。古之人君所以大过强于人者。无他事焉,独能推其所为恩惠耳。盖所谓老吾老以及人之老,幼吾幼以及人之幼;又如《诗》云文王"刑于寡妻,至于兄弟,以御于家邦",是其善推其所为之意旨故也。(《孟子疏》卷一)

(宋)张九成:

故孟子有太山折枝之喻,而极力论用之所以为王道者,其曰"老吾老,以及人之老;幼吾幼,以及人之幼,天下可运于掌"足也,又引诗"刑于寡妻,至于兄弟,以御于家邦"之说为证,且终断之曰:"言举斯心加诸彼而已。"(《孟子传》卷二)

注评选录二,《诗经》相关
(宋)苏辙:

寡妻,犹言寡小君也。文王上顺其先公,推其心以事天地百神,而无有怨痛;下治其室家,推其道以御宗族邦国,而无有不顺,言文王之治,远自其近者始,而皆一道也。(《诗集传》卷十五)

(宋)李樗:

寡妻,犹言寡小君也,言文王治家,惟能以刑法于寡妻,以至于兄弟,而后施之于邦,无所不宜也。《中庸》曰:"君子之道,譬如行远必自迩,登高必自卑。"心正而后身修,身修而后家齐,家齐而后国治,本无二道,推举斯心而加诸彼而已。(《毛诗李黄集解》卷三十一)

(宋)范处义:

刑,法也。文王之所为,足以为天下夫妇、兄弟之法,故自仪刑寡妻以至兄弟,则能齐其家矣,能齐其家,则治国平天下何不顺之有!(《诗补传》卷二十二)

(宋)杨简:

是诗推本文王上有圣母、下有圣妃,虽大姒自有盛德,亦文王盛德感应,至于兄弟,以御于家邦,道化由中而达于外。诗人于是备赞文王盛德。(《慈湖诗传》卷十六)

(宋)严粲:

此诗所言文王之德,皆圣人极致之事,岂必由内助而后圣哉?"刑于寡妻",美文王能仪刑之,非美寡妻也。(《诗辑》卷二十六)

(明)季本:

言寡,以见其虽寡弱而不可侮也;御,临也。自族人而言曰家,自国众而言则曰邦。近之而至于兄弟,远之而御于家邦,皆

自刑寡妻始,家齐而后国治也,此章要旨在于刑寡妻而已。(《诗说解颐》卷二十三)

四、畏天之威,于时保之

《诗经·周颂·我将》

我将我享,维羊维牛,维天其右之。
仪式刑文王之典,日靖四方。
伊嘏文王,既右飨之。
我其夙夜,畏天之威,于时保之。

《孟子·梁惠王下》

齐宣王问曰:"交邻国有道乎?"孟子对曰:"有。惟仁者为能以大事小。是故汤事葛,文王事昆夷。惟智者为能以小事大,故太王事獯鬻,勾践事吴。以大事小者,乐天者也;以小事大者,畏天者也。乐天者保天下,畏天者保其国。《诗》云:'畏天之威,于时保之。'"

注评选录一,《诗经》相关

(宋)黄櫄:

法文王之典,以安文王之天下,天若福我文王,则必享我之祭矣。天既享我之祭,则我亦当尽其畏天之心,夙兴夜寐,慄慄危惧,而不忘于畏天之威,然后太平之业可得而保也。(《毛诗李黄集解》卷三十七)

（宋）吕祖谦：

> 畏天所以畏文王也，天与文王一也。（《吕氏家塾读诗记》卷二十八）

（宋）严粲：

> 然我尤当夙兴夜寐，畏天之威，思所以保之。其敢自恃乎明堂之礼！天与文王在焉，成王写其中心之诚，以对越而言之也。（《诗辑》卷三十二）

（明）姚舜牧：

> 畏天之威，于时保之，则存文王之心矣。存文王之心，斯可常保上帝降鉴之心，此是颂者之本旨。（《重订诗经疑问》卷十一）

（清）钱澄之：

> 天之威既从右享中见，谓天人相去甚迩，能享我即能弃我，敢不畏其威而能常保其右享乎！（《田间诗学》卷十一）

注评选录二，《孟子》相关

（汉）赵岐：

> 圣人乐天行道，如天无不盖也，故保天下，汤、文是也。智者量时畏天，故保其国，大王、勾践是也。《诗·周颂·我将》之篇，言成王尚畏天之威，于是时故能安其太平之道也。（《孟子注》卷二）

（宋）孙奭：

《诗》之《周颂·我将》之篇有云"畏天之威，于时保之"，盖言成王能钦畏上天之威，故能安持盈守，成太平之道也。此孟子所以引之而证其言。(《孟子疏》卷二)

（宋）朱熹：

"畏天之威，于时保之"，此《周颂》之言保天下之事也，而以畏天为言，何哉？曰：圣贤之言各有攸当，彼以成王而言，则固以畏天能保文武之天下矣。且古人引诗断章取义，固不如是之拘也。曰：孟子之引《诗》《书》文，多与今本不同，当以何为正？曰：古者《诗》《书》简册重大，学者不能人有其藏，师弟子间类皆口相授受，故其传多不同，要亦互有得失，不可以一概论也。(《四书或问》卷二十七)

五、文王之怒，无好小勇

《诗经·大雅·皇矣》

皇矣上帝，临下有赫。监观四方，求民之莫。维此二国，其政不获。维彼四国，爰究爰度。上帝耆之，憎其式廓。乃眷西顾，此维与宅。作之屏之，其菑其翳。修之平之，其灌其栵。启之辟之，其柽其椐。攘之剔之，其檿其柘。帝迁明德，串夷载路。天立厥配，受命既固。帝省其山，柞棫斯拔，松柏斯兑。帝作邦柞对，自大伯王季。维此王季，因心则友。则友其兄，则笃其庆，载锡之光。受禄无丧，奄有四方。

维此王季，帝度其心。貊其德音，其德克明。克明克类，克长克君。王此大邦，克顺克比。比于文王，其德靡悔。既受帝祉，施于孙子。

帝谓文王，无然畔援。无然歆羡，诞先登于岸。密人不恭，敢距大邦，侵阮徂共。王赫斯怒，爰整其旅，以按徂旅。以笃于周祜，以对于天下。

依其在京，侵自阮疆。陟我高冈，无矢我陵。我陵我阿，无饮我泉，我泉我池。度其鲜原，居岐之阳，在渭之将。万邦之方，下民之王。

帝谓文王，予怀明德，不大声以色，不长夏以革。不识不知，顺帝之则。帝谓文王：询尔仇方，同尔弟兄。以尔钩援，与尔临冲，以伐崇墉。

临冲闲闲，崇墉言言。执讯连连，攸馘安安。是类是禡，是致是附，四方以无侮。临冲茀茀，崇墉仡仡。是伐是肆，是绝是忽。四方以无拂。

《孟子·梁惠王下》

王曰："大哉言矣！寡人有疾，寡人好勇。"对曰："王请无好小勇。夫抚剑疾视，曰：'彼恶敢当我哉！'此匹夫之勇，敌一人者也。王请大之！《诗》云：'王赫斯怒，爰整其旅，以遏徂莒，以笃周祜，以对于天下。'此文王之勇也。文王一怒而安天下之民。"

注评选录一，《孟子》相关

（汉）赵岐：

> 文王赫然斯怒，于是整其师旅，以遏止往伐莒者，以笃周家之福，以扬名于天下。文王一怒而安民，愿王慕其大勇，无论匹夫之小勇。(《孟子注》卷二)

（宋）孙奭：

孟子所以引此者，概欲言文王之勇而陈于王也。故曰："此文王之勇也。"（《孟子疏》卷二）

（宋）张九成：

夫齐王所谓好勇者，即辟土地、朝秦楚、莅中国、抚四夷之心也，此乃以血气为勇，非义理之勇也。孟子恐齐王错认此心以为勇，乃斥之曰，"此匹夫之勇，敌一人者也"。想宣王闻此一语，心沮魄动而不知所以归矣，乃即引之于正路，曰，"王请大之"，因引文王、武王一怒安天下以为说，夫遏徂莒，耻衡行，此文武以义理为勇，其心在于安天下而已，非虚骄凌轹欲以气压天下、势临诸侯，以取英雄之名也。呜呼！始观孟子之言常若不严，终考孟子之意常合于天理、顺于人情圣王之心，周孔之志也。（《孟子传》卷三）

（宋）张栻：

孟子既陈文武之事，则申告之曰，"今王亦一怒而安天下之民。民惟恐王之不好勇也"。

使王慨然以天下为公，不徇血气之小，行交邻之道，而笃救民之志，则王政将以序而举，不期于求天下，而天下归戴之不暇矣！噫！血气之怒，人主不可有也；而义理之怒，人主不可无也。（《癸巳孟子说》卷一）

注评选录二,《诗经》相关

(宋)李樗:

  文王之怒非私怒也,盖以密人之罪乃上天所共怒也。故文王因天之怒此所以答于天下,盖言其合人心也。孟子曰:"文王一怒而安天下之民",惟文王一怒而安天下之民,则文王之怒异于常人之怒矣。(《毛诗李黄集解》卷三十一)

(宋)范处义:

  文王征伐非出私意,将以登斯民于岸也,于是声密人不恭之罪,谓其敢抗拒我周家之大邦,自阮至于共。文王赫然奋其威怒,严整其师旅,以遏止密人徂共之师,遂定其乱,可谓能厚周家之福而答天下之望矣。(《诗补传》卷二十二)

(宋)杨简:

  文王之怒,非私怒,非生于忿之怒,乃迫于义不得已之怒。密之事,情可以以师临之谕之而止,文王无过怒也。(《慈湖诗传》卷十六)

(清)顾镇:

  文王一怒而安民,所以顺天心而答帝眷也。诸诗多陈文德,此篇独耀武功,盖表王业之隆,以结帝迁之案,而武王之服四方、宅镐京,所以为继伐也。(《虞东学诗》卷九)

六、哀此茕独，发政施仁

《诗经·小雅·正月》(节选)

终其永怀，又窘阴雨。其车既载，乃弃尔辅。载输尔载，将伯助予。无弃尔辅，员于尔辐。屡顾尔仆，不输尔载。终逾绝险，曾是不意。鱼在于沼，亦匪克乐。潜虽伏矣，亦孔之炤。忧心惨惨，念国之为虐。

彼有旨酒，又有嘉肴。洽比其邻，昏姻孔云。念我独兮，忧心殷殷。

佌佌彼有屋，蔌蔌方有谷。民今之无禄，天夭是椓。哿矣富人，哀此惸独。

《孟子·梁惠王下》

王曰："王政可得闻与？"对曰："昔者文王之治岐也，耕者九一，仕者世禄，关市讥而不征，泽梁无禁，罪人不孥。老而无妻曰鳏，老而无夫曰寡，老而无子曰独，幼而无父曰孤。此四者，天下之穷民而无告者。文王发政施仁，必先斯四者。《诗》云：'哿矣富人，哀此茕独。'"王曰："善哉言乎！"

注评选录一，《诗经》相关

(宋) 李樗：

民人不幸乃天之夭害，以椓破之也。民之遭虐，富人犹云可为，惸独之人无以胜其贫，实可哀也。衰乱之世要其极也，贫富俱受其祸，言其一时之虐政，富者之财犹可以胜其求，贫者愈甚而不堪也，然则为幽王之民者，何其不幸欤！（《毛诗李黄集解》卷二十三）

论人君之盛治，必以鳏寡孤独莫不得其所为治。而有一夫不得其所，不足以为盛治也。孟子曰："老而无妻曰鳏，老而无夫曰寡，老而无子曰独，幼而无父曰孤。此四者，天下之穷民而无告者也。文王发政施仁必先斯四者。"则天下可使无穷民如尧舜之时矣。（《毛诗李黄集解》卷二十七）

（元）刘瑾：

佌佌然之小人既有屋矣，蔌蔌窭陋者又将有谷矣，而民今独无禄者，是天祸杽丧之耳，亦无所归咎之词也。乱至于此，富人犹或可胜惸独甚矣。此孟子所以言文王发政施仁，必先鳏寡孤独也。（《诗传通释》卷十一）

（明）何楷：

以为此辈有屋有穀俨然富人，其于自为封植计诚可矣！独哀此惸独之人无辜受其荼毒耳，得不速夭杽之为快乎！盖恨之深，姑托言于天以恐惧之然，天意诚亦有在于此，是以孟子言文王发政施仁，必先鳏寡孤独，而引此诗以为证也。（《诗经世本古义》卷十八）

（明）朱善：

而民今之无禄，则是天独厚于小人而杽丧于庶民也，均之为

椓丧也，富者优于财而裕于力，犹未至于甚困。惸独者疲于力而伤于财，则岂不可哀之甚哉！（《诗解颐》卷二）

（清）顾镇：

"哿矣富人，哀此惸独"，所谓富人即有屋穀之小人，彼自有全躯保家之计，自然无所不可。惟惸惸独忧者为可哀耳。此则诗人自谓也，例以《雨无正》篇第五章其义自明。盖诗人所忧者、讹言所伤者，"我独"。故两言念"我独兮"，而以"惸独"结之。不当援孟子之言释此诗之义也，故别为解而论之。（《虞东学诗》卷七）

注评选录二，《孟子》相关

（汉）赵岐：

诗人言居今之世，可矣富人，但怜悯此茕独赢弱者耳。文王行政如此也。（《孟子注》卷二）

（宋）孙奭；

其意盖言当今之世，可矣富人，但先哀悯此茕独赢弱者耳。孟子所以引之，谓其文王行政是如此也，故援之以答宣王。（《孟子疏》卷二）

（宋）张栻：

发政施仁，必先于鳏寡孤独。盖是四者人情之所易以忽，而文王每笃之不使其独无告也。此可见公平均一，不遗匹夫匹妇。

仁人之心，王政之本也。(《癸巳孟子说》卷一)

(宋)朱熹：

> 岐，周之旧国也。九一者，井田之制也。方一里为一井，其田九百亩。中画井字，界为九区。一区之中，为田百亩。中百亩为公田，外八百亩为私田。八家各受私田百亩，而同养公田，是九分而税其一也。世禄者，先王之世，仕者之子孙皆教之，教之而成材则官之。如不足用，亦使之不失其禄。盖其先世尝有功德于民，故报之如此，忠厚之至也。关，谓道路之关。市，谓都邑之市。讥，察也。征，税也。关市之吏，察异服异言之人，而不征商贾之税也。泽，谓潴水。梁，谓鱼梁。与民同利，不设禁也。孥，妻子也。恶恶止其身，不及妻子也。先王养民之政：导其妻子，使之养其老而恤其幼。不幸而有鳏寡孤独之人，无父母妻子之养，则尤宜怜恤，故必以为先也。《诗·小雅·正月》之篇。哿，可也。茕，困悴貌。(《孟子集注》卷一)

七、乃积乃仓，与百姓同

《诗经·大雅·公刘》

笃公刘，匪居匪康。乃埸乃疆，乃积乃仓；乃裹糇粮，于橐于囊。思辑用光，弓矢斯张；干戈戚扬，爰方启行。

笃公刘，于胥斯原。既庶既繁，既顺乃宣，而无永叹。陟则在巘，复降在原。何以舟之？维玉及瑶，鞞琫容刀。

笃公刘，逝彼百泉。瞻彼溥原，乃陟南冈。乃觏于京，京师之野。于时处处，于时庐旅，于时言言，于时语语。

笃公刘，于京斯依。跄跄济济，俾筵俾几。既登乃依，乃造其曹。执豕于牢，酌之用匏。食之饮之，君之宗之。

笃公刘，既溥既长。既景乃冈，相其阴阳，观其流泉。其军三单，度其隰原。彻田为粮，度其夕阳。豳居允荒。

笃公刘，于豳斯馆。涉渭为乱，取厉取锻，止基乃理。爰众爰有，夹其皇涧。溯其过涧。止旅乃密，芮鞫之即。

《孟子·梁惠王下》

曰："王如善之，则何为不行？"王曰："寡人有疾，寡人好货。"对曰："昔者公刘好货，《诗》云：'乃积乃仓，乃裹糇粮，于橐于囊。思戢用光，弓矢斯张，干戈戚扬，爰方启行。'故居者有积仓，行者有裹囊也，然后可以爰方启行。王如好货，与百姓同之，于王何有？"

注评选录一，《诗经》相关

（宋）李樗：

"笃公刘，匪居匪康"，此章言公刘迁豳之始也。先儒之说以匪居谓不可以居为居、匪安谓不可以安为安，虽有疆场且置而弃之，乃裹此粮食于橐囊之中，以思辑用光，诗人之意恐不如此者。孟子曰："昔者公刘好货，《诗》曰：'乃积乃仓，乃裹糇粮，于橐于囊，思辑用光，弓矢斯张，干戈戚扬，爰方启行'，故居者有积仓，行者有裹囊，然后可以爰方启行也。"孟子之言为得诗人之意。笃，厚也，夫以笃厚哉，公刘之为民也，不以所居为居、不以所安为安，其疆场则治、其仓廪则富，然后裹其糇粮而置于橐囊之中，以思和辑其人民，光其基业，乃持其兵器，开启其道路而行，以迁于豳也。盖非仓廪之富，则何以有糇粮？非糇粮之备，

则何以爰方启行也？孟子所谓居者有积仓、行者有裹粮，然后可以爰方启行也。(《毛诗李黄集解》卷三十三)

（宋）黄櫄：

公刘不轻于用民也，必先有以蓄民之财、洽民之情而后用民之力。

《史记》曰："公刘修后稷之业，耕种治地，行者有资、居者有蓄。"《史记》之言，其此诗之证欤！昔孟子答宣王好货之说，而论此章曰：'居者有积仓、行者有裹粮，然后可以爰方启行。'吁！孟子何其深于《诗》也。"然后可"三字，足以见公刘厚民之心，而挽齐王好货之心，孟子之善言《诗》如此哉！(《毛诗李黄集解》卷三十三)

注评选录二，《孟子》相关

（宋）洪迈：

解释经旨贵于简明，惟孟子独然。其称《公刘》之诗"乃积乃仓，乃裹糇粮，于橐于囊，思辑用光，弓矢斯张，干戈戚扬，爰方启行"而释之之词但云"故居者有积仓、行者有裹粮，然后可以爰方启行"；其称《烝民》之诗"天生烝民，有物有则，民之秉彝，好是懿德"，而引孔子之语以释之但曰"故有物必有则，民之秉彝也，故好是懿德"。用两"故"字，一"必"字，一"也"字，而四句之意昭然。彼训"曰若稽古"三万言，真可覆酱瓿也。(《容斋随笔》卷一)

（清）孙奇逢：

文王治岐之政，总是仁天下之心，公刘好货本无是事，只"乃积乃仓"一句；太王好色本无是事，只"爱及姜女"一句。借《诗》《书》经传为引王之资，故公刘可说好货、太王可说好色，只要与民同之耳。有积仓、有裹粮，是平日不忍使民贫；无怨女、无旷夫，是平日不忍民无室家。推好货好色之心于此，真天地父母之仁，所谓王道本乎人情者，此也。（《四书近指》卷十四）

八、太王好色，民无旷怨

《诗经·大雅·绵》

绵绵瓜瓞。民之初生，自土沮漆。古公亶父，陶复陶穴，未有家室。古公亶父，来朝走马。率西水浒，至于岐下。爰及姜女，聿来胥宇。周原膴膴，堇荼如饴。爰始爰谋，爰契我龟，曰止曰时，筑室于兹。迺慰迺止，迺左迺右，迺疆迺理，迺宣迺亩。自西徂东，周爰执事。乃召司空，乃召司徒，俾立室家。其绳则直，缩版以载，作庙翼翼。捄之陾陾，度之薨薨，筑之登登，削屡冯冯。百堵皆兴，鼛鼓弗胜。迺立皋门，皋门有伉。迺立应门，应门将将。迺立冢土，戎丑攸行。肆不殄厥愠，亦不陨厥问。柞棫拔矣，行道兑矣。混夷駾矣，维其喙矣。

虞芮质厥成，文王蹶厥生。予曰有疏附，予曰有先后。予曰有奔奏，予曰有御侮。

《孟子·梁惠王下》

王曰："寡人有疾，寡人好色。"
对曰："昔者太王好色，爱厥妃。《诗》云：'古公亶父，来朝走马,率西水浒,至于岐下,爰及姜女,聿来胥宇。'当是时也,内无怨女,外无旷夫。王如好色,与百姓同之,于王何有?"

注评选录一,《诗经》相关

(宋)黄櫄:

> 孟子述古公亶父爱厥妃,至于内无怨女,外无旷夫,是亦此诗之意欤!(《毛诗李黄集解》卷二)

(宋)李樗:

> 宣公上烝夷姜,下纳宣姜,恣为淫乱之事。惟其淫乱于声色,故国事不暇恤,军旅数起,大夫久役于外,而男女怨旷,故国人患之也。①孟子曰:"昔者大王好色,爱厥妃。《诗》云:'古公亶父,来朝走马,率西水浒,至于岐下,爰及姜女,聿来胥宇。'当是时也,内无怨女,外无旷夫。"宣公之淫乱,异于大王之好色。故内有怨女,外有旷夫。宜若古先圣人处宫室,则欲民之无流离;立妃嫔,则欲民之无怨旷。是其好色与人同也。(《毛诗李黄集解》卷五)

> 郑氏云:"怨旷者,君子行役过时之所由也。而刺之者,讥其不但忧思而已,欲从君子于外非礼也。"苏氏亦曰:"言思怨而已,其如不知义也。"此皆错会作诗者之意。夫《序》曰:"幽王之时,多怨旷者也。"②则是刺幽王也,非是刺怨旷也。孟子曰:"昔者太王好色,爱厥妃。《诗》云:'古公亶父,来朝走马,率西水浒,

---

① 指《邶风·雄雉》。
② 指《小雅·采绿》。

至于岐下，爱及姜女。'当是时也，内无怨女，外无旷夫。"使幽王之治能如文王，则《采绿》之诗岂作乎？惟其时多征役，久劳于外，此其所以怨旷也。(《毛诗李黄集解》卷二十九)

注评选录二，《孟子》相关

（汉）赵岐：

言大王亦好色，非但与姜女俱行而已，普使一国男女无有旷怨。王如则之，与百姓同欲，皆使无过时之思，则于王之政何有不可乎！(《孟子注》卷二)

（宋）孙奭：

是孟子又引太王好色，故《诗·大雅·绵》之篇文也，答宣王也。

言往者太王好色，爱厥妃，其诗盖谓古公亶父，来朝走马，而避恶且早又疾急，循西水涯而至于岐山之下，曰与姜女自来相土居如此，故当是之时，内无怨女，外无旷夫。(《孟子疏》卷二)

（宋）朱熹：

无旷怨者，是大王好色，而能推己之心以及民也。

此篇自首章至此，大意皆同。盖钟鼓、苑囿、游观之乐，与夫好勇、好货、好色之心，皆天理之所有，而人情之所不能无者。然天理人欲，同行异情。循理而公于天下者，圣贤之所以尽其性也；纵欲而私于一己者，众人之所以灭其天也。二者之间，不能以发，而其是非得失之归，相去远矣。故孟子因时君之问，而剖

析于几微之际，皆所以遏人欲而存天理。其法似疏而实密，其事似易而实难。(《孟子集注》卷二)

孟子陈善闲邪之正，似亦未察于毫厘之际也。盖齐王之小勇，正所以害夫达德，故孟子请其无好此勇而大之，非欲其反此小勇而大之也。好货、好色，人情所不免，但齐王专于私己，而不思及民，故孟子欲其与民同之，非欲因其邪心而利道之也。(《四书或问》卷二十七)

(宋) 张九成：

孟子又因其乐处挽之，使前且以太王好色为对而曰，"与百姓同之，于王何害？"其意以为王爱妃嫔，民亦爱妻子，推爱妃嫔之心，使百姓室家和乐、琴瑟相安、婚嫁以时、怨旷无有，于文王之政何以翼乎？

然《公刘》、《太王》之诗，本无好货、好色之意。而孟子乃遽目《公刘》为好货、《太王》为好色，岂所以为训哉！夫读《诗》《书》，贵在于能用。《诗》《书》本无此意，而为齐王援以为证，且其归要与百姓同之。既足以安齐王之心，使于圣王之心不自绝，又足以大齐王之志，使于百姓之乐无所忘，其用《诗》《书》乃至于此。(《孟子传》卷三)

(宋) 张栻：

今王自谓疾在于好货，而告之以公刘好货；王自谓疾在于好色，而告之以太王好色，是则有深意矣。夫公刘果好货乎哉？公刘将迁国于豳，使居者有积仓、行者有裹粮，弓矢斧钺备，而后启行。是其所谓好货者，欲己与百姓俱无不足之患而已。太王果好色乎哉？太王与其妃来相宇于岐下，方是时也，内外无有怨旷焉。是其所谓好色者，欲己与百姓皆安于室家之常而已。夫其为货与色者，如此盖天理之公且常者也。(《癸巳孟子说》卷一)

(宋)蔡模：

问：好色、好货是委曲诱掖之意否？曰：却不是告以好色、好货，乃是告以公刘、大王之事，此两事看来却似易，做时多少难！

好货、好色，齐王专于私己而不思及民，孟子欲其与民同之，非欲因其邪心而利导之也。(《孟子集疏》卷二)

(明)蔡清：

究公刘之好货，止于"乃积乃仓，乃裹糇粮"而已，他无所谓好货也。究太王之好色，亦止于"爱及姜女，聿来胥宇"而已，他无所谓好色也。然则亦所谓其争也。君子虽然"乃积乃仓"，乃民之货，非公刘之货也。"爱及姜女"，乃天理人情之当然，太王岂可委其妃而独行哉？然则亦何好色之有？孟子特权辞耳，使齐王好货、好色而止如此，庸何害乎？而况与百姓同之。(《四书蒙引》卷九)

主要参考文献

一、古籍（含校释、笔记及资料汇编）

《十三经注疏》，阮元校勘本，北京：中华书局，1980年。

《诗书古训》，阮元辑，粤雅堂丛书本（咸丰年间）。

《先秦两汉典籍引〈诗经〉资料汇编》，何志华、陈雄根主编，香港：香港中文大学出版社，2003年。

《诗集传》，朱熹撰，上海：上海古籍出版社，1980年。

《诗本义》，欧阳修撰，文渊阁四库全书本。

《诗三家义集疏》，王先谦撰，吴格点校本，北京：中华书局，1987年。

《诗说解颐》，季本撰，文渊阁四库全书本。

《读诗说》，刘开撰，见《刘孟涂集》卷一，道光年间姚氏刻本。

《诗经原始》，方玉润撰，李先耕点校本，北京：中华书局，1986年。

《论语集释》，程树德撰，程俊英、蒋见元点校本，北京：中华书局，1990年。

《论语正义》，刘宝楠撰，高流水点校本，北京：中华书局，1990年。

《二十二子》，影印光绪初年浙江书局辑刊本，上海：上海古籍出版社，1986 年。

《郭店楚墓竹简》，荆门市博物馆编，北京：文物出版社，1998 年。

《上海博物馆藏战国楚竹书（一）》，马承源主编，上海：上海古籍出版社，2001 年。

《上海博物馆藏战国楚竹书（二）》，马承源主编，上海：上海古籍出版社，2002 年。

《四书章句集注》，朱熹撰，北京：中华书局，1983 年。

《老子校释》，朱谦之撰，北京：中华书局，1984 年。

《墨子闲诂》，孙诒让撰，孙启治点校本，北京：中华书局，2001 年。

《先秦两汉文献所见子思资料》，张丰乾辑，载于杜维明主编：《思想·文献·历史——思孟学派新探》，北京：北京大学出版社，2008 年。

《孟子正义》，焦循撰，沈文倬点校本，北京：中华书局，1987 年。

《大戴礼记解诂》，王聘珍撰，王文锦点校本，北京：中华书局，1983 年。

《庄子鬳斋口义》，林希逸撰，周启成校注本，北京：中华书局，1997 年。

《庄子集释》，郭庆藩撰，王孝鱼点校本，北京：中华书局，1961 年。

《庄子集解》，王先谦撰，沈啸寰点校本，北京：中华书局，1987 年。

《荀子集解》，王先谦撰，沈啸寰、王星贤点校本，北京：中华书局，1988 年。

《列子集释》，杨伯峻撰，北京：中华书局，1979 年。

《商君书锥指》，蒋礼鸿撰，北京：中华书局，1986 年。

《韩非子集解》，王先慎撰，钟哲点校本，北京：中华书局，1998 年。

《韩诗外传集释》，许维遹撰，北京：中华书局，1980 年。

《战国策新校注》，缪文远撰，成都：巴蜀书社，1998 年。

《淮南鸿烈集解》，刘文典撰，殷光熹点校本，合肥：安徽大学、昆明：云南大学出版社，1998年。

《淮南子集释》，何宁撰，北京：中华书局，1998年。

《说苑校证》，向宗鲁撰，北京：中华书局，1987年。

《新书校注》，阎振益、钟夏撰，北京：中华书局，2000年。

《春秋繁露义证》，苏舆撰，钟哲点校本，北京：中华书局，1992年。

《慈溪黄氏日钞》，黄震撰，慈溪冯氏耕余楼光绪年间刻本。

《困学纪闻》，王应麟撰，影印元刊本，上海：商务印书馆，1935年。

《朱子语类》，黎靖德编，王星贤点校本，北京：中华书局，1994年。

《澹园集》，焦竑撰，李剑雄点校本，北京：中华书局，1999年。

《图书编》，章潢撰，文渊阁四库全书本。

《日知录》，顾炎武撰，黄汝成集释，秦克诚点校本，长沙：岳麓书社，1994年。

《文史通义》，章学诚撰，叶瑛校注本，北京：中华书局，1994年。

《校礼堂文集》，凌廷堪撰，王文锦点校本，北京：中华书局，1998年。

《读书杂志》，王念孙撰，影印王氏家刻本，南京：江苏古籍出版社，2000年。

《四库全书总目提要·经部》（上下），北京：中华书局，2008年。

《礼记集说》，卫湜撰，北京：国家图书馆出版社，2003年。

《明儒学案》（上下），黄宗羲撰，北京：中华书局，2008年。

《经学通论》，皮锡瑞著，北京：中华书局，1954年；周春健校注本，北京：华夏出版社，2011年。

二、近现代学者论（文）著及翻译作品

柏拉图：《理想国》，郭斌和、张竹明译，北京：商务印书馆，1986年。

蔡尚思：《中国传统思想总批判》，上海：上海古籍出版社，2006 年。

曹峰：《试析上博楚简〈孔子诗论〉中有关"木瓜"的几支简》，"简帛研究网"（www.Jianbo.org），2002 年 9 月；亦载于谢维扬、朱渊清编：《新出土文献与古代文明》，上海：上海大学出版社，2004 年。

曹峰：《试析上博楚简〈孔子诗论〉中有关"关雎"的几条竹简》，"简帛研究网"，2002 年 3 月；及日本郭店楚简研究会编：《楚地出土资料と中国古代文化》，东京：汲古书院，2002 年。

曹建国：《论上博〈孔子诗论〉简的编连》，"简帛研究网" 2003 年 4 月网页。

陈静：《思孟学派的历史建构》，载于杜维明主编：《思想·文献·历史——思孟学派新探》，北京：北京大学出版社，2008 年。

陈来：《古代思想文化的世界——春秋时代的宗教、伦理与社会思想》，北京：生活·读书·新知三联书店，2002 年。

陈立胜：《王阳明"万物一体"论——从"身—体"的立场看》，台北：台湾大学出版中心，2005 年。

陈良运：《中国诗学批评史》，南昌：江西人民出版社，2001 年。

陈良运：《中国诗学体系论》，北京：中国社会科学出版社，1992 年。

陈荣捷：《中国哲学论集》，台北："中研院"中国文哲研究所印行，1994 年。

陈少明：《经典世界中的人·事·物》，上海：上海三联书店，2008 年。

陈昭英：《儒家美学与经典诠释》，台北：台湾大学出版中心，2005 年。

程俊英、蒋见元：《诗经注析》，北京：中华书局，1991 年。

丁四新：《略论郭店楚简〈五行〉思想》，《孔子研究》2000 年第 3 期。

董治安：《先秦文献与先秦文学》，济南：齐鲁书社，1994 年。

杜维明：《道·学·政——论儒家知识分子》，钱文忠、盛勤译，上海：上海人民出版社，2000年。

杜维明：《论体知》，载于《杜维明文集》第五卷，武汉：武汉出版社，2002年。

杜维明：《儒家思想新论——创造性转化的自我》，曹幼华、单丁译，南京：江苏人民出版社，1996年。

费孝通：《乡土中国·生育制度》，北京：北京大学出版社，1998年。

冯达文：《理性与觉性》，成都：巴蜀书社，2009年。

冯达文：《早期中国哲学略论》，成都：巴蜀书社，2016年。

冯浩菲：《历代诗经论说述评》，北京：中华书局，2003年。

冯友兰：《中国哲学史》，上海：华东师范大学出版社，2000年。

伽达默尔：《哲学解释学》，夏镇平、宋建平译，上海：上海译文出版社，1994年。

家井真：《〈诗经〉原意研究》，陆越译，南京：江苏人民出版社，2012年。

顾实：《汉书艺文志讲疏》，上海：上海古籍出版社，1987年。

顾易生、蒋凡：《先秦两汉文学批评史》，上海：上海古籍出版社，1990年。

郭梨华：《出土文献与先秦儒道哲学》，台北：万卷楼图书股份有限公司，2008年。

洪湛侯：《诗经学史》，北京：中华书局，2002年。

胡适：《中国哲学史大纲》，上海：上海古籍出版社，1997年。

胡义成：《先秦法家对〈诗经〉的批判》，《江淮论坛》1982年第4期。

黄俊杰：《孟学思想史论》（卷一），台北：东大图书公司，1991年。

黄人二：《从上海博物馆藏〈孔子诗论〉简之〈诗经〉篇名论其性质》，载于朱渊清、廖名春编：《上博馆藏战国楚竹书研究》，上海：

上海书店出版社，2002年。

黄寿祺：《群经要略》，上海：华东师范大学出版社，2000年。

金观涛、刘青峰：《兴盛与危机——论中国社会超稳定结构》，香港：香港中文大学出版社，1992年增订本。

康晓城：《先秦儒家诗教思想研究》，台北：文史哲出版社，1988年。

柯立尼编：《诠释与过度诠释》，王宇根译，北京：生活·读书·新知三联书店，1997年。

李畅然：《清人以"知人论世"解"以意逆志"说平议》，《理论月刊》2007年第3期。

李存山：《儒家的民本与人权》，《孔子研究》2001年第6期。

李凯：《儒家元典与中国诗学》，北京：中国社会科学出版社，2002年。

李零：《上博楚简：三篇校读记》，北京：中国人民大学出版社，2007年。

李锐：《仁义礼智圣五行的思想渊源》，《齐鲁学刊》2005年第6期。

李锐：《上海简"怀尔明德"探析》，《中国哲学史》2001年第3期。

李学勤：《〈诗论〉分章释文》，载于姜广辉主编：《中国哲学（第二十四辑）——经学今诠三编》，沈阳：辽宁教育出版社，2002年。

李学勤：《〈诗论〉说〈关雎〉等七篇释义》，《齐鲁学刊》2002年第2期。

梁漱溟：《梁漱溟学术论著自选集》，北京：北京师范学院出版社，1992年。

梁涛：《简帛〈五行〉新探——兼论〈五行〉在思想史中的地位》，《孔子研究》2002年第5期。

梁涛：《〈缁衣〉、〈表记〉、〈坊记〉思想试探——兼论"子曰"与儒学的内在诠释问题》，载于杜维明主编：《思想·文献·历史——

思孟学派新探》，北京：北京大学出版社，2008年。

廖名春：《郭店楚简引〈诗〉论〈诗〉考》，《中国哲学（第二十二辑）——经学今诠初编》，沈阳：辽宁教育出版社，2000年。

廖名春：《论六经并称的时代兼及疑古说的方法论问题》，《孔子研究》2000年第1期。

廖名春：《上海博物馆藏诗论简校释札记》，载于朱渊清、廖名春编：《上博馆藏战国楚竹书研究》，上海：上海书店，2002年。

廖名春：《新出楚简试论》，台北：台湾古籍出版有限公司，2001年。

林素英：《从〈孔子诗论〉到〈诗序〉的视角思想转化——以〈关雎〉组诗为讨论中心》，中山大学简帛研读班论文，2007年12月。

林毓生：《中国传统的创造性转化》，北京：生活·读书·新知三联书店，1988年。

刘殿爵：《孟子所理解的古代社会》，吴瑞卿译，见《采掇英华——刘殿爵教授论著中译集》，香港：香港中文大学出版社，2004年。

刘宁：《论毛诗诗教观与思孟学派的思想联系》，载于杜维明主编：《思想·文献·历史——思孟学派新探》，北京：北京大学出版社，2008年。

刘述先：《儒家思想开拓的尝试》，北京：中国社会科学出版社，2001年。

刘笑敢：《〈老子〉早期说之新证》，《道家文化研究》第4辑。

刘笑敢：《老子：年代新考及思想新诠》，台北：东大图书公司，1997年。

刘笑敢：《老子古今——五种对勘与析评引论》，北京：中国社会科学出版社，2006年。

刘信芳：《孔子诗论述学》，合肥：安徽大学出版社，2003年。

吕艺：《孟子"以意逆志"、"知人论世"辨析》，《北京大学学报》

1985 年第 2 期。

罗根泽：《罗根泽说诸子》，上海：上海古籍出版社，2001 年。

孟庆楠：《论早期儒家〈诗〉学中的情礼关系——以好色之情与礼为例》，《中国哲学史》2010 年第 4 期。

孟庆楠：《天道与人性——从早期诗学的线索看天道秩序的内在化》，《道德与文明》2019 年第 4 期。

马银琴：《两周诗史》，北京：社会科学文献出版社，2006 年。

马银琴：《孟子"诗亡然后〈春秋〉作"重诂》，《上海师范大学学报》2002 年第 3 期。

马银琴：《战国时代〈诗〉的传播与特点》，《文学遗产》2006 年第 3 期。

马一浮：《默然不说声如雷——马一浮新儒学论著辑要》，北京：中国广播电视出版社，1995 年。

蒙文通：《古学甄微》，《蒙文通文集》第一卷，成都：巴蜀书社，1987 年。

庞朴：《上博藏简零笺》，载于朱渊清、廖名春编：《上博馆藏战国楚竹书研究》，上海：上海书店，2002 年。

庞朴：《竹帛五行篇校注及研究》，台北：万卷楼图书股份有限公司，2000 年。

彭锋：《诗可以兴——古代宗教、伦理、哲学与艺术的美学阐释》，合肥：安徽教育出版社，2003 年。

钱穆：《先秦诸子系年》，香港：香港大学出版社，1956 年。

钱穆：《中国文化特质》，载于深圳大学国学研究所编：《中国文化与中国哲学》1987 年卷，北京：生活·读书·新知三联书店，1988 年。

钱锺书：《七缀集》，北京：生活·读书·新知三联书店，2002 年。

钱锺书：《管锥编》（第一册），北京：中华书局，1986 年。

裘锡圭：《文史丛稿——上古思想、民俗与文字学史》，上海：上海远东出版社，1996 年。

裘锡圭：《关于〈孔子诗论〉》，载于姜广辉主编：《中国哲学（第二十四辑）——经学今诠三编》。

饶宗颐：《竹书〈诗序〉小笺》，载于朱渊清、廖名春编：《上博馆藏战国楚竹书研究》，上海：上海书店，2002 年。

宋启发：《从〈论语〉到〈五行〉——孔子与子思的几点思想比较》，《安徽大学学报》1999 年第 5 期。

唐兰：《老子时代新考》，见罗根泽编著：《古史辨》第六册，上海：上海古籍出版社，1982 年。

童书业：《春秋史》，上海：上海古籍出版社，2003 年。

王葆玹：《今古文经学新论》，北京：中国社会科学出版社，1997 年。

王葆玹：《晚出的"子曰"及其与孔氏家学的关系》，载于《纪念孔子诞辰 2550 周年国际学术讨论会论文集》下册，北京：国际文化出版公司，2000 年。

王博：《〈中庸〉与荀学、〈诗〉学》，《国学研究》第三卷，北京：北京大学出版社，1994 年。

王博：《老子思想的史官特色》，台北：文津出版社，1993 年。

王博：《说"寓作于编"》，《中国哲学史》2006 年第 1 期。

王博：《荆门郭店竹简与先秦儒家经学》，载于氏著《简帛思想文献论集》，台北：台湾古籍出版公司，2001 年。

王长华：《墨子的〈诗经〉观》，《文艺理论研究》2000 年第 2 期。

王国维：《古史新证——王国维最后的讲义》，北京：清华大学出版社，1994 年。

王晓兴主编：《国学论衡》第八辑，北京：社会科学文献出版社，2020 年。

王秀臣：《三礼用诗考论》，北京：中国社会科学出版社，2007 年。

魏斐德：《现代中国文化的民族性探寻》，载于深圳大学国学研究所编：《中国文化与中国哲学》1987年卷，北京：生活·读书·新知三联书店，1988年。

魏启鹏：《简帛文献〈五行〉笺证》，北京：中华书局，2007年。

魏启鹏：《简帛五行直承孔子诗学——读〈楚竹书·孔子诗论〉札记》，《中华文化论坛》2002年第2期。

文幸福：《孔子诗学研究》，台北：学生书局，2007年修订版。

闻一多：《神话与诗》，上海：华东师范大学出版社，1997年。

夏传才、董治安主编：《诗经要籍提要》，北京：学苑出版社，2003年。

向熹：《诗经语文论集》，成都：四川民族出版社，2002年，

谢祥皓、李思乐辑校：《庄子序跋论评辑要》，武汉：湖北教育出版社，2001年。

熊十力：《与梁漱溟（1951年5月）》，见《中国文化散论——〈十力书简〉选载》，载于深圳大学国学研究所编：《中国文化与中国哲学》1987年卷。

许倬云：《西周史》，北京：生活·读书·新知三联书店，1994年。

雅思贝尔斯：《论历史的起源与目标》，李雪涛译，上海：华东师范大学出版社，2018年。

扬之水：《诗经别裁》，北京：中华书局，2007年。

杨朝明：《儒家文献与早期儒家研究》，济南：齐鲁书社，2002年。

杨海文：《试析孟子解〈诗〉读〈书〉方法论》，《孔子研究》1997年第1期。

杨海文：《先秦诗书文化与孔孟文化守成主义》，杨国荣主编：《思想与文化》第19辑，上海：华东师范大学出版社，2016年。

杨儒宾：《儒家身体观》，台北："中研院"中国文哲研究所，2004年。

叶文举：《〈墨子〉〈庄子〉〈韩非子〉说诗、引诗之衡鉴——兼论战国时期非儒家诗学思想》，《安徽师范大学学报（人文社会科学版）》2004年第1期。

于大成：《诸子与经学》，连载于《孔孟月刊》十四卷十二期（1976年8月）及十五卷五期（1977年1月），并载于氏著《理选楼论学稿》，台北：学生书局，1979年。

于茀：《金石简帛诗经研究》，北京：北京大学出版社，2004年。

于省吾：《泽螺居诗经新证》，北京：中华书局，1982年。

余英时：《中国思想传统的现代诠释》，南京：江苏人民出版社，1995年。

俞志慧：《〈孔子诗论〉五题》，载于朱渊清、廖名春编：《上博馆藏战国楚竹书研究》，上海：上海书店，2002年。

俞志慧：《君子儒与诗教——先秦儒家文学思想考论》，北京：生活·读书·新知三联书店，2005年。

虞万里：《从〈诗经〉授受、运用历史看〈缁衣〉引〈诗〉》，载于《传统中国研究集刊》第二辑，上海：上海人民出版社，2006年。

袁长江：《先秦两汉诗经研究论稿》，北京：学苑出版社，1999年。

张丰乾：《慎独新说》，载于方克立主编：《中国传统哲学的现代诠释》，北京：商务印书馆，2003年。

张丰乾：《慎其独、慎其心、慎其身》，载于陈少明编：《体知与人文学》，北京：华夏出版社，2008年。

张光直：《中国青铜时代》，北京：生活·读书·新知三联书店，1999年。

张海晏：《"诗云"时代：先秦时代》，载于姜广辉主编：《中国经学思想史》第一卷，北京：中国社会科学出版社，2003年。

张林川、周春健：《〈左传〉引〈诗〉范围的界定》，《湖北大学学报（哲学社会科学版）》2004年第3期。

张勇：《从诗人之情到哲人之思——〈诗经〉二雅与竹简〈老子〉的契合与演进》，《安徽师范大学学报（人文社会科学版）》2007年第1期。

郑杰文：《墨家的传〈诗〉版本与〈诗〉学观念》，《文史哲》2006年第1期。

钟泰：《庄子发微》，上海：上海古籍出版社，2002年。

周春健：《"宴尔新昏，如兄如弟"与儒家伦理》，《孔子研究》2013年第1期。

周凤五：《〈孔子诗论〉新释文及注解》，载于朱渊清、廖名春编：《上博馆藏战国楚竹书研究》。

周光庆：《孟子"以意逆志"说考论》，《孔子研究》2004年第3期。

朱东润：《诗三百篇探故》，昆明：云南人民出版社，2007年。

朱光潜：《诗论》，北京：生活·读书·新知三联书店，1998年，

朱自清：《诗言志辨》，桂林：广西师范大学出版社，2004年。

三、电子化文献

《文渊阁四库全书》电子版，上海人民出版社和迪志文化出版有限公司合作出版，http://library.sysu.edu.cn/eresource/338。

后 记

本书的"前身"为《〈诗经〉与先秦哲学》（北京大学出版社 2009 年版）。十余年来，经学与哲学的问题日益引起学界的关注；关于中国哲学的发生机制也有巫史传统、经子之别、轴心时代等影响颇大的解释模式（除了众多学者争相引用和讨论以外，王学典、李梅编有《轴心时代的中国思想——先秦诸子研究》[商务印书馆 2019 年版]）。依笔者愚见，"巫史"没有经典，就很难对后世产生影响，而所谓"子学时代"并非横空出世，对于经学历史的"截断众流"实乃伤筋动骨之举。"经"之为"经"，正在于其中的哲理是思想制度的根本。中国先哲对于"经"，除了研习和注释，更多的是称说、论说。中国早期的经典系统，以及每个经典自身都呈现出"一体多元"的特征。就《诗经》而言，"三百篇"实在是一魅力无穷的文化宝树——根深叶茂，硕果累累，不仅滋养着世人，它自身的根系也在沧海桑田的历史变迁中通过文辞训诂、声韵吟诵、歌舞再现与哲理阐释等形式不断壮大与延伸，从而化育出新的思想形态与文化成果。而且，"本根"自身就是中国先秦哲学的重要范畴。然而，在先秦时期，《诗经》中的哲理多是在特定的背景下被"言说"出来的；而"可与言《诗》"则意味着思想交流和学术研讨有了可靠的经典基础；即便是具体的社会生活，也有了深厚雅致的文化底蕴。《诗经》在先秦被频繁称引，不光是因为它丰富多彩的内容；也因为它朗朗上口的文体——这种文体应该成为思想交流的良好载体，而不应成为学科分割的奇怪理由；更因为它在"本根"的意义上孕育和保留了若干哲学议题。

本书较"前身"新增了三章内容，前言及正文部分也有增补修订；能够忝列"中大哲学文库"，自然感谢师友们一直以来的关爱与鼓励，也难免滋生"拖后腿"的惭愧与"视其后者而鞭之"的焦虑。意犹未尽之处，聊作一偈，蒙梓木君指正，附录如下：

载沉载浮，
或兴或丧。
箪食谁与？
其志莫忘！

张丰乾
2020年7月31日于锡昌堂